진보적 글쓰기

일 러 두 기

- 이 책은 단행본과 장편은《　》로 표기했고,
  시 · 단편 · 영화 · 잡지는〈　〉로 표기했습니다.
- 외래어는 외래어 표기법을 기준으로 했으나,
  일상에서 범용적으로 사용되는 일부 외래어는 예외로 했습니다.
- 참조, 인용된 외부 필자의 글은 본문에 출전을 밝혔고,
  여의치 않을 경우 각주로 명기했습니다.
- 이 밖에 출전을 밝히지 않은 모든 창작 글은 이 책 저자의 것입니다.

진보적 글쓰기

마음을 움직이는 글 어떻게 쓰나

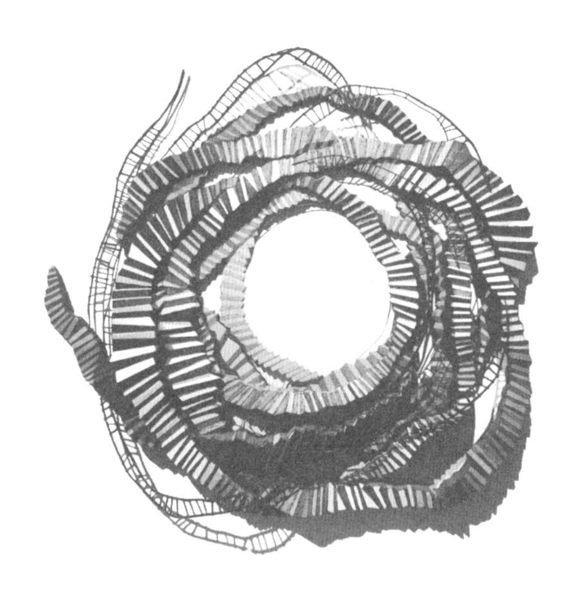

김갑수 지음

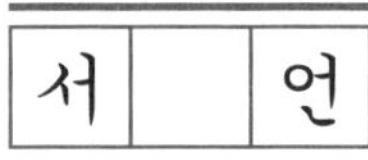

서 언

이 책은 전혀 학구적이거나 이론적이지 않다. 일차적으로 좋은 글을 쓰고는 싶은데, 막상 자판 앞에 앉으면 글 진도가 잘 나가지 않는 사람들을 위한 책이기 때문이다. 다음으로 이 책은 글을 성의 없이 쓰는 사람, 그리고 자기가 쓴 글에 대하여 근거 없이 자족하는 사람들에게 경종을 울린다.

나는 20대 초반부터 본격적으로 글을 썼고, 30대 초반부터는 글쓰기를 가르치는 일을 병행했으니까, 이제 글쓰기는 나의 평생 과업이라고 해도 지나친 말이 아니게 되었다. 사실 처음 나는 오로지 내 글만 쓰면서 살아가고 싶었는데, 그것만으로는 생활이 되지 않았다. 그래서 글쓰기를 가르치는 일에 뛰어들었다. 나는 1992년 서울대학교 입시에 논술고사가 전면 시행되었을 때 서울 강남 학원가에서 강좌를 펼쳤다. 그런데 이 일은 불행히도(?) 내가 혼자서 글을 쓰는 것에 비교할 수 없을 정도의 경제적 효과를 안겨 주었다.

내 강좌가 활성화되기 전, 나는 잠시 글쓰기 개인지도를 한 적도 있는데, 아주 오랜 세월이 지난 지금까지도 나에게 개인지도를 부탁해 오는 사람들이 있다. 대상은 나에게 배웠던 학생의 자녀인 경우가 많은데, 십중팔구 거절한다. 이 특이한 아르바이트는 내가 활동자금이 떨어지거나 여행을 가고 싶은데 돈이 없을 때는 피치 못해 응하는 수도 있다. 그러나 나는 여전히 내 재능(재능이라고 할 수 있다면)과 노력이 부자를 출세시키는 데 사용되지 않고, 우리 공동체의 다수 평범한 사람들에게 기여되기를 절실히 원한다.

나에게 글을 배운 학생 중에는 대입 수험생도 있었고 대학생과 일반 성인은 물론 기성 기자와 문학 전공자도 있다. 이 과정에서 나는 강의는 물론 엄청난 양의 첨삭지도를 해야 했다. 나는 지금도 이 세상 노동 중에서 가장 힘든 것을 꼽으라고 하면, 남이 쓴 글을 고쳐 주는 일이라고 답한다.

사실 첨삭지도란 반복 노동에 불과하다. 좋지 않은 글들은 대동소이한 결함을 가지고 있다. 그래서 대동소이한 첨삭을 해야 하고, 이에 따라 대동소이한 짜증과 피로감이 밀려온다. 아주 이따금씩 좋은 글을 만나는 경우도 없는 것은 아니다. 그러나 좋은 글이라고 해봤자 사실은 허다한 나쁜 글에 비해 상대적으로 나은 수준일 따름이다. 나는 그 '상대적으로 나은 글'일지언정 그 글을 우대해 준다. 그래서 그 글이 어째서 좋은지 말해 주어야 성이 풀린다. 어쨌든 이래저래 결국 내 노동량만 늘어나는 셈이 된다.

첨삭지도는 배우는 사람에게는 단연 유리하지만, 가르치는 사람에게는 단연 불리하다. 왜냐하면 1 : 1로 해야 하기 때문이다. 그래서 나는 개인 첨삭지도에 준하는 수준의 교재와 교수법을 개발하기 위해 나름의 고심과 노력을 기울였다. 이렇게 개발한 교재와 교수법을 한데 모아 정리해 놓은 것이 바로 이 책이다.

왜 '진보적' 글쓰기인가

인류 역사에는 위대한 인물이 많이 있었다. 그들은 남달리 훌륭한 행적과 매혹적인 사상을 남겼다. 하지만 이것만으로 그들의 위대함을 다 말할 수는 없다. 만약 그들의 행적과 사상을 담아낼 수 있었던 정교한 문체가 없었더라면, 오늘날 인류는 그들을 위대한 인물로 기억하고 있지 않을 것이다.

우리도 다르지 않다. 우리 삶의 의미는 언어를 통해 재현되고 전파될 때 비로소 공동체적 의미로 확장된다. 그렇기에 우리는 일단 '나의 생각과 주장'을 ' 나의 문체'로 재현할 수 있어야 한다.

글쓰기는 다른 공부와는 현격한 차이가 있다. 당신은 먼저 자의식을 활짝 열어야 한다. 또한 엄격한 성실성과 유연한 수용성을 동시에 가져야 한다. 그래야 능률적으로 새것을 받아들여 새로운 창조를 이룰 수 있다. 그런데 새로운 창조일수록 합리나 논리로 무장되어야 비로소 공동체의 공감을 얻어낼 수 있다. 요컨대 합리적이고 논리적인 글로 자기 자신은 물론 공동체의 삶에 기여하는 글쓰기, 이래서 진보적 글쓰기라고 명명한 것이다.

이를 위해 우리는 주변의 긴요한 가치들에 대해 짧은 글 위주의 글쓰기를 할 필요가 있다. 이를테면 가족, 친구, 물질, 사랑, 이상, 자존심 등이 그런 것들이다. 이때 동서양의 철학과 문학의 기본 개념을 함께 익히면 좋다. 다음으로는 약간 전문적인 사회과학 분야에 대한 글쓰기를 권한다. 이 경우 역시 일정한 양의 지식 습득이 병행되어야 한다. 다만 어느 경우든 필수적으로 함께 수련해야 할 것은 '표현의 정확성'과 '글의 레토릭'이다.

이런 일련의 과정을 통해 나는 당신이 정교하고 개성적인 문체를 소유하게 되기를 바란다. 나아가 당신의 글쓰기가 우리 사회를 개선하는 데 기여하게 되었으면 한다. 무엇보다 당신 자신이 내실 있고 생각이 깊은 사람으로 한 단계 성숙하는 계기가 된다면 더할 나위 없이 큰 보람이 될 것이다.

'진보적 글쓰기'에 숨어 있는 뜻

한국 사회에서 진보라는 말처럼 곡해되는 용어도 드물 것이다. 이 책의 제목이 왜 하필 진보적 글쓰기냐고 의아해 하는 분도 있다. 글쓰기에도 진보, 보수가 따로 노는 것이냐? 심지어 특정 진보정당을 지지하는 책인 것으로 지레 짐작하는 분도 없지 않을 것이다. 하지만 이런 의문들은 전적으로 오해에서 비롯되었음을 밝힌다.

우리 사회는 대체로 진보냐 보수냐의 문제를 이데올로기를 기준으로 하여 판별한다. 하지만 이것은 올바른 기준이 아니다. 이데올로기는 좌파냐 우파냐의 판별 기준일 따름이다. 좌파를 진보에, 우파를 보수의 개념에 등치시키는 것은 유럽의 관습이다. 나는 진보냐 보수냐의 판별 기준은 이데올로기가 아니라 역사의식에 있다고 본다.

그렇다면 역사의식이란 무엇일까? 일단 역사에는 '기록으로서의 역사'와 '시간으로서의 역사'가 있다. 전자는 과거, 후자는 현재를 문제 삼는다. 전자, 즉 기록의 역사는 사실史實을 인식하는 것인데, 이는 당연히 정확해야 한다. 반면에 후자, 즉 시간의 역사는 의미를 의식하는 것인데, 우리는 이를 가리켜 역사의식이라고 한다. 즉 '오늘의 시대에 어떻게 대처하느냐'의 문제의식이 곧 역사의식이다.

역사의식은 나의 개인윤리를 공동체의 사회윤리와 근접시키려고 노력하는 정신이다. 개인윤리가 사회윤리와 유리되거나 어긋날 때, 비역사적인 인격이 형성된다. 이것은 대부분 위선과 이기주의의 양상을 띠고 나타난다. 따라서 개인윤리와 사회윤리를 따로 가지고 살아가는 사람이 사회에 진보적인 기여를 하기란 매우 어렵다.

과거는 현재를 기준으로 하여 평가해야 더욱 큰 가치를 갖는다. 현재적 의미를 띠지 않는 과거의 가치는 제한적이기 때문이다. 반면에 현재는 과거를 근거로 하여 파악되어야 한다. 과거와 연계되지 않는 현재란 있을 수 없기 때문이다.

그런데 진보란 무엇일까? 나는 일단 서구 개념의 진보주의를 사절한다. 서구 개념의 진보란 세상이 갈수록 좋아진다는 믿음, 즉 역사는 발전한다는 낙관주의적 문명론에 근거한다. 그런데 역사가 발전만 하는 것일까? 그렇지 않다. 역사는 단지 '변화'할 따름이다. 역사는 발전할 수도 있고 후퇴할 수도 있다.

역사는 무조건 발전한다는 믿음, 이것은 진보적 사고가 아니다. 내가 주체가 되어 역사를 좋게 만들 수 있다는 신념을 가지고 노력하는 것이 진보다. 이러한 신념과 노력은 고전적인 용어

'법고창신法古創新의 정신'과도 상통한다. 이는 곧 옛것에 토대를 두되 그것을 변화시킬 줄 알고, 새것을 만들어 가되 근본을 잃지 않는다는 인식이다.

무능한 필자, 가장 불우한 경우

글쓰기라는 것이 마치 숙명이나 되는 것처럼 말하는 필자를 나는 신뢰하지 않는다. 심지어 글쓰기는 자기의 종교라고 말하는 필자도 있다. 이런 말들에는 대체로 멍청한 착각이나 위선적인 자기과대가 들어 있다.

글쓰기란 특정 인간의 숙명도 아닐 뿐더러 종교는 더욱 아니다. 글쓰기는 개인의 선택일 따름이다. 그런데 글을 직업 삼는 것, 즉 전업적인 글쓰기는 몇 가지 상실을 초래한다. 건강과 경제와 친구다. 그러나 취미로 하는 글쓰기는 다르다. 이것은 글 쓰는 이의 삶을 정확하고 풍성하게 만들어 준다.

나는 글쓰기를 유별난 일로 여기지 않는다. 내가 좋아서 하는 일이고, 그나마 할 수 있는 일이기에 하는 것이다. 나는 1984년 소설 등단 이후 열댓 권의 책을 냈는데, 이 중 절반이 소설이고 나머지는 비소설이다. 나는 여기까지를 나의 습작기로 간주하려 한다. 그리하여 이제부터는 정말 좋은 소설을 쓰고 싶으며, 왠지 그렇게 할 수 있을 것 같은 자신감도 있다.

그런데 사실 유능한 필자가 되는 것보다는 유능한 독자가 되는 것이 더 행복하다. 가장 불우한 경우는 무능한 필자가 되는 것이다. 무능한 필자는 자기는 물론 타인에게까지 피해를 준다. 내가 그렇듯이 당신도 무능한 필자가 되고 싶지는 않을 것이다.

'네거티브, 네거티브' 하게

좋은 글의 요건을 다 갖춘 글을 쓰기는 불가능하다. 당연히 나는 아직 그런 글을 본 적이 없다. 불가능한 일을 하려고 노력해 본들 성과가 안 날 것 아니겠는가? 아니, 성과는커녕 글 만들기 자체가 어려워진다. 우리는 여기에서 '좋은 글쓰기'의 문제와 관련해서 긴요한 힌트 하나를 도출할 수가 있다.

막상 글을 쓰려고 앉았는데 의욕과는 달리 처음부터 막막하다든지, 한두 줄 쓰고 나니 더 이상 글이 나가지 않는 이유는 뭘까? 이럴 경우 지나치게 '좋은 글'을 쓰려는 욕심이 앞섰기 때문인 수가 많다. 실제로 시중의 글쓰기 교본이나 글쓰기 강좌의 경우 대부분 '좋은 글쓰기'의 문제에 과도한 비중을 둔다. 하지만 내 경험으로 볼 때 이런 방식으로는 결코 글 실력이 붙지 않는다. 글쓰기 공부는 철저히 네거티브 방식으로 해야 한다. 다시 말해 좋은 글을 쓰려고 노력하지 말고, 나쁜 글을 안 쓰려고 노력하는 방식이어야 한다는 것이다.

다음으로 어떤 성격의 글을 주로 쓰는 것이 좋을지를 생각해 보자. 내 경우를 말하겠다. 나는 비판적이고 부정적인 글을 주로 쓴다. 그러다 보니 유감을 표시하는 분들이 있다. 세상에는 좋은 사람도 많고 같은 값이면 긍정적인 면을 보는 것이 더 나을 텐데, 왜 김갑수는 썼다 하면 냅다 신랄한 비판의 소리만 내는지 의문을 갖는 분이 있다는 것이다. 개중에는 심지어 나에게 훈계하려 하고 핀잔까지 하는 분도 있다. 친하지도 않은데.

일단 우리 역사와 현실에 실제로는 부정적 인물인데 오히려 긍정적 인물로 미화되는 경우가 너무 많다. 그런데 부정적 인물이 미화되면 긍정적 인물이 소외된다. 공정하지 못하다. 역사의 왜곡이란 기실 인물에 대한 왜곡인 경우가 대부분이다. 따라서 나는 인물 비판을 할 때 실명은 기본이며 논점을 벗어나지 않는다면 필요에 따라 인신공격도 불사해야 한다는 방침을 가지고 있다.

이런 방침은 나의 인생관과 관련된다. 나는 기본적으로 유학적인 가치관을 가지고 있다. 나는 '내가 하고자 하는 바가 아니면 남에게 시키지 않음己所不欲勿施於人, 기소불욕물시어인'을 실행하려고 노력하는 편이다. 얼핏 보아 이 말은 매우 소극적이고 부정적인 삶의 자세를 권장하는 것 같지만 실제로는 그 반대이다.

반면에 내가 부정적으로 생각하는 말은《바이블》에 있는 황금률이라는 것이다. "무엇이든지 남에게 대접을 받고자 하는 대로 너희도 남을 대접하라."는 말, 이 말은 긍정적이고 적극적인 실천을 강조한다. 한편 버나드 쇼 같은 사람은 "남에게 대접을 받고자 하는 대로 남을 대접하지 마라. 나와 남은 취향이 다르니까."라고 말함으로써, 이 황금률이 지니는 억압의 논리를 풍자했다.

나는 나 자신이 여간해서 읽지 않을 뿐 아니라, 남에게 읽지 말라고 권하는 책이 세 종류 있다. 위인전과 자기계발서와 베스트셀러이다. 이 책들의 진실성과 가치는 따로 논의하더라도, 나는 일단 사람이 타인을 본받으려고 노력하다 보면 자기 정체성을 잃고 부자연스러워진다는 생각을 가지고 있다.

나는 소극적이고 부정적인 사고방식이 더 좋다. 영어에 '네거티비즘negativism'이라는 말이 있다. 무슨 일을 하고자 할 때 그 일로 인해 생기는 긍정적 효과보다 남에게 미치는 부정적 결과를 더 고려하는 태도이다. 긍정적 효과만을 내세우게 되면 다른 사람을 억압하게 되고 피해를 입히게 된다. 바로 이 네거티비즘은 조선시대 지식인들이 가장 중시한 가치관이었다.

나는 긍정적 인물을 본받으려고 하는 것보다는 부정적 인물을 통해 교훈을 얻는 타산지석他山之石의 태도가 바람직하다고 생각한다. 나는 사람을 존경하지 않는다. 마음에 들면 좋아하고 지지하면 되는 것이지, 존경까지 할 필요는 없다고 본다. 만약 내가 존경하던 사람이 차후에 변하면 또 어떻게 할 것인가? 사실 세상에서 유명한 사람 중에 우리가 존경할 만한 사람은 극소수에 불과할지도 모른다. 내가 좋아하는 말이 있다. 그것은 "세상에서 유력한 놈들은 모두 야비하다."는 보들레르의 말이다. 바로 이런 이유로 나는 부정적이고 비판적인 글쓰기를 주로 하는데, 이것을 나는 당신에게 권하고 싶다.

글쓰기가 주는 유용함

말을 잘하는 사람은 글도 잘 써야 하는데 꼭 그렇지만은 않다. 말은 잘하지만 글은 잘 못 쓰는 사람이 있는가 하면, 말은 잘 못 하더라도 글은 아주 잘 쓰는 사람도 있다.

사실 말과 글이 실제로 완벽하게 일치하는 경우는 없다. 말하기와 달리 글쓰기에는 변별적인 속성이 따로 있다. 세상 사람은 누구나 말을 하며 살아간다. 그러나 글을 쓰며 살아가는 사람은 인류 전체에서 소수 비율밖에는 되지 않는다. 말은 엄마의 혀를 보면서 자연스럽게 습득되지만 글은 따로 학습, 수련하는 과정을 거쳐야 한다.

말은 한 번 발설된 후에는 소멸한다. 반면에 글은 오래도록 남는다. 특수한 경우가 아니라면 자기가 한 말을 녹음했다가 들어보는 사람은 없다. 하지만 글을 쓴 사람은 자기가 쓴 글을 최소 한 번 이상은 읽어보게 되어 있다. 여기에 '말하는 것'이 갖지 못하는 '글 쓰는 것'의 유용함이 있다. 요컨대 글을 쓰게 되면 자기성찰의 시간을 가지게 된다. 현대인에게 부족한 점이 있다면 곧 자기성찰이 아닐까?

글은 말에 비해 오래 남기도 하지만, 사전에 준비하는 시간을 갖는다는 점에서 말과 또 다른 속성을 갖는다. 글을 쓰기 위해 사전에 준비한다는 것은 무엇일까? 이는 곧 독서나 사색의 시간을 갖는다는 것이다. 여기에 글쓰기의 또 다른 의의가 있다. 결국 '글을 쓴다는 것'은 곧 우리의 삶을 풍성하게 만드는 작업이다.

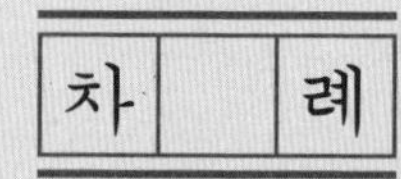

차례

19장. 소설 쓰기 … 286

4부. 진보적 글쓰기를 위한 핵심 쓰기자료
— 제자백가와 춘추전국 —

1부.

일반적인 글쓰기

• • •

'일반적인 글쓰기'가 무엇을 의미하는지 먼저 밝혀야 할 것 같다. 글의 종류는 다양하다. 글은 크게 나누면 운문과 산문, 문학과 비문학이 있다. 여기에서 주로 논의하고자 하는 것은 산문이면서 동시에 비문학인 글이다. 산문에는 설명문, 논설문, 감상문 등이 있는데, 물론 각 장르마다 변별적 속성이 있다.

그러나 운문이건 산문이건, 문학이건 비문학이건, 설명문이건 논설문이건 감상문이건, 모두가 '글'이라는 점에서는 같다. 이렇게 모든 글이 가지는 공통적 속성을 추려서 논의한다는 의미에서 '일반적인 글쓰기'라고 했다. 당연히 모든 글은 장르적 특성을 갖추기 이전에 먼저 '글'이 되어야 한다.

1장

알아두어야 할 것들

글은 말과 함께 언어를 이루는 양대 요소이다. 언어철학에서는 말이 사람됨을 만들고, 나아가 인간의 실존을 창조한다고 주장한다. 여기서 실존이란 마치 뜬구름처럼 허무하고 유동적인 삶에서, 그나마 고정적이고 유의미한 가치를 갖는 어떤 것을 뜻한다. 따라서 언어철학에서는 말에 일관성이 없다는 것은 곧 그 사람의 실체 상실을 의미한다.

반면 불가佛家에서는 말의 의미를 하찮게 여긴다. 언어도단言語道斷이나 어불성설語不成說, 그리고 교외별전敎外別傳은 물론 이심전심以心傳心 같은 숙어들은 모두 언어를 폄하하거나 경계하는 것들이다. "말할 수 없는 것에 대해 침묵하라."라는 비트겐 쉬타인의 언명에는 세상에는 말로 표현할 수 없는 진정한 가치가 따로 있다는 뜻이 담겨 있다.

그렇긴 하지만 현대의 우리는 단 하루도 언어와 접촉하지 않고는 삶 자체를 영위할 수 없다. 우리는 평생 말하거나 듣거나 읽거나 쓰면서 살아간다. 아니, 이런 행위를 외면하고서는 생존경쟁에서 뒤처져서 정상적인 삶을 부지할 수가 없다. 오히려 우리가 언어를 적극적으로 연마할수록 경쟁에서 유리해지는 것도 사실이다. 언어능력은 현대인이 필수적으로 갖춰야 할 교양 중에서도 가장 긴요한 것이 되었다.

언어행위에는 네 가지가 있다. 말하기와 듣기와 쓰기와 읽기다. 이 중에서 듣기와 읽기는 수동적인 언어행위이다. 반면 말하기와 쓰기는 주동적인 언어행위이다. 그런데 우리는 같은 주동적 언어행위라고 해도, 말을 많이 했을 때보다는 글을 많이 썼을 때 왠지 보람을 느낀다.

왜 그런 것일까? 앞서 말했듯이 우리는 대부분 준비 없이 말하며, 필요한 양보다 더 많이 말하기도 한다. 그러나 글쓰기에는 사전 준비와 사후 점검의 시간이 주어진다. 우리는 이런 시간을 통해 보다 진중하고 성찰적인 사람으로 변화해 갈 수가 있다.

글 쓰듯이 하는 말, 말하듯이 쓰는 글

말을 음성언어라고 하고 글은 문자언어라고 한다. 그런데 음성과 문자 중에서 어느 것이 더 중요할까? 단연 음성, 즉 말이 중요하다. 글이란 말을 대신하는 기호에 불과하다. 이런 점에서 말과 글은 일치할수록 바람직하다. 말과 글이 일치하는 것을 '언문일치言文一致'라고 하는데, 이것은 현대적 언어의 기준이 된다.

우리는 세상에 나오자마자 엄마 혀를 보면서 말을 배우기 시작한다. 엄마가 "어엄마!"라고 할 때, 우리는 엄마의 혀를 보고 "어엄마!"라고 따라했다.

그러므로 '모국어母國語'라는 용어는 좀 어색하다. 모국어는 영어의 mother tongue을 번역한 말이다. '엄마의 혀'라는 뜻이다. 정확히 하자면 '모설어母舌語'라고 번역했어야 한다. 일본인들이 이것을 모국어라고 번역한 데에는 국가주의가 작용한 것 같다. 그렇다고 해서 내가 당장 '모국어' 대신 '모설어'로 쓰자고 주장하는 것은 아니다. 국어순화를 어디까지 해야 하는지의 문제는 참으로 애매하다.

김용옥의 베스트셀러 《사랑하지 말자》 초판 첫 문장에는 '칠흙'이라는 잘못된 표기가 나온다. 칠흑은 한자 漆黑, 즉 '검은 옷칠'이지, 고유어 '흙'이 아니다. '진흙'할 때의 흙이 아닌 것이다. 페이스북에서 가끔 '관**건**선거'라고 표기하는 사람을 보았다. 한자 '관**권**官權'을 모르기 때문일 것이다. 그러나 한자를 모르더라도 평소 '관권'이라고 정확히 발음했더라면 표기를 틀릴 리가 없다.

한국 남부지방 사람들은 이중모음을 정확히 발음하지 못한다. 옛날 김영삼은 '**확**실히'를 '**학**실히'라고 발음했다. 그의 말은 "한라산을 **간**통하여 **강**간단지로 만들겠다."라고 하는 것처럼 들리기도 했다. 김대중은 '민주주의의'를 발음할 때 아예 '민주주으으'라고 했다. 이런 식으로 발음이 부정확하면 표기도 틀리게 되는 수가 있다. 역시 말과 글은 불가분의 관계임을 알려 주는 유별난 사례들이라고 하겠다.

물론 말과 글이 전부 일치할 수는 없다. 대체로 우리는 말은 너무 쉽게, 함부로 하는 반면 글은 너무 어렵게, 신중하게 쓰려는 경향이 있다. 그 결과 말과 글이 너무 달라지면 부자연스럽게 느껴진다. 말이건 글이건 자연스러운 것이 가장 좋다. 이를 위해서 우리는 일차적으로 '좋은 말'과 '좋은 글'이 무엇인지를 짚어 놓고 넘어가기로 한다. 좋은 말이란 글 쓰듯이 하는 말이고, 좋은 글이란 말하듯이 쓰는 글이다.

글의 요건과 진짜로 더 중요한 것들

나는 좋은 글의 요건 세 가지로 '주제의 명료성'과 '표현의 정확성'과 '생각의 깊이'를 든다. 여기에다 논증문의 경우 '논증의 적절성'과 '논리적 구성과 전개' 정도를 추가할 수 있다.

하지만 이런 요건들을 충족시키기에 앞서 이보다 단연 더 중요한 요소들이 있음을 생각해야 한다. 특수한 경우가 아니면 당신이 쓰는 글은 짧을 것이다. 그러므로 위에 제시된 것 중 마지막 항인 '논리적 구성과 전개'는 거의 무시해도 무방하다. 네 번째 항인 '논증의 적절성' 문제는 따로 논리적인 글쓰기에서 다루기로 하고 우선 앞의 것 세 개만 논의해 볼 것이다.

그런데 '좋은 글의 요건'에 앞서 더욱 중요한 요소가 있다. 글은 일단 독자에게 좋은 인상을 주어야 한다. 제 아무리 글쓰기의 요건들을 잘 갖추었다고 해도 독자에게 나쁜 인상을 주면 허사가 된다. 그렇다면 당연히 당신은 독자에게 좋은 인상을 줄 수 있는 방법을 강구해야 할 필요가 있다.

나는 글이 좋은 인상을 줄 수 있는 첫째 요소로 '순수성'을 꼽는다. 순수한 마음의 표현은 독자를 감동시킬 가능성이 높다. 이 경우 독자가 순수한 사람인지 아닌지는 문제가 되지 않는다. 다만 대부분의 사람은 순수하든 순수하지 않든지 간에, 순수한 것을 좋게 여긴다.

다음으로 중요한 요소는 '진지성'이다. 진지한 자세가 반영된 글은 신뢰성을 높인다. 진지함은 성실성과도 직결된다. 그러므로 당신은 일차적으로 순수한 마음을 진지하게 담기 위해 노력할 필요가 있다.

끝으로 '재미있는 글'은 누구나 좋아한다. 여기서 재미있다는 말은 의미하는 바가 다양하다. 또한 사람에 따라 재미를 느끼는 양상도 다르다. 이럴 때에는 정상적이고 지성적인 사람이 느끼는 재미를 기준으로 할 수밖에 없다. 나는 이것을 '참신성'이라고 본다. 참신한 글은 재미를 준다. 반대로 진부한 글은 독자를 무료하게 만든다.

그런데 사실 순수하고도 진지하며 참신하기까지 한 글은 전문가들도 쓰기 어렵다. 이것은 어찌 보면 이상론일지도 모른다. 그렇더라도 우리는 좋은 글을 쓰기 위해 노력하는 자세를 가져야 한다. 아무튼 내가 말하는 진짜 좋은 글의 요건은 이 세 가지다. 순수성, 진지성, 참신성!

의외로 쉬울 수도 있는 글쓰기

그렇다면 어떻게 해야 이 세 가지를 두루 갖춘 글을 쓸 수 있을까? 나는 대부분의 인간은 순수하며 진지함과 참신함을 좋아한다고 믿는다. 이 의견에 동의한다면 당신은 과감하게 당신 자신의 적나라한 모습을 글에 반영해야 한다. 이것은 당신이 '내심 진정으로 하고 싶었던 말'을 쓰라는 뜻이다. 글을 쓸 때 '남의 눈'을 지나치게 의식하는 경향이 있다. 그 결과 '쓰고 싶은 것'을 쓰는 것이 아니라 '써야 된다고 생각하는 것'을 쓰려고 시도한다. 하지만 이런 식으로 글을 쓰면 평생 가도 좋은 글이 나오지 않는다.

초기 몇 번의 실패를 감수할 각오를 하고서, 당신이 진정 하고 싶은 말을 써라. '써야 된다고 생각하는 것'을 쓰면 좋은 글이 되기 어렵다는 점을 명심하라. 결국 좋은 글이란 평소 당신의 생각과 가치관과 세계관을 소신껏 피력하는 글이다. 또한 이렇게 해야 당신의 글과 함께 당신의 인격도 점차 향상될 수가 있다. 당신에게는 순수하고 진지하며 참신한 기질이 잠복되어 있다. 다만 당신의 이런 미덕들을 객관화하기 위해 수련할 준비를 해라. 이렇게 할 때 비로소 글쓰기는 의외로 쉬워질 수가 있다.

글이 진부하고 유형화되는 이유

나쁜 글들은 대부분 비슷한 속성을 지닌다. 나는 글을 나쁘게 만드는 최악의 요소로 '진부성'과 '유형성'을 든다. 진부성과 유형성은 모든 창작물의 치명적인 결함이다. 심지어 사람도 마찬가지이다. 진부하고 유형화되어 있는 사람은 매력과 거리가 멀다.

그렇다면 글이 진부해지고 유형화되는 원인을 찾아서 고칠 필요가 있다. 우선 이 원인을 두 가지만 들어 보자.

- 신문이나 텔레비전 등에서 제재를 구하거나 거기서 본 내용을 반영한다.
- 천편일률적인 글쓰기 교본 식의 지침을 따른다.

대중매체에서 글의 소재를 구하거나 거기서 본 내용을 반영하면서 진부하지 않은 글을 만들기는 어렵다. 신문과 텔레비전 등은 현대의 다수 대중이 가장 쉽게 접할 수 있는 것들이기 때문이다.

그러면 당신이 쓰려는 글의 제재는 어디에서 구하는 것이 좋을까? 제재는 무한정으로 많다. 《논어》《맹자》《대학》《중용》 등의 동양 고전, 《플라톤》《소크라테스》《아리스토텔레스》 등의 서양고전, 그리고 《불경》《노자》《장자》뿐 아니라 뛰어난 한국고전도 의외로 많다. 《삼국사기》, 《삼국유사》 외에도 각종 시문과 고전소설과 조선 유학자들의 역작에는 많은 사람이 호감을 가지고 있다.

다음으로 글이 유형화되는 이유는 글쓰기 교본 등에서 말하는 천편일률적인 방식을 추구하기 때문이다. 글이란 생물과 같은 것이다. 그렇기에 좋은 글은 유기체에 곧잘 비유되곤 한다. 모든 창작물은 유기체처럼 역동적이라야 한다. 아니 역동적이지 않으면 창작물이 아니라고 말해도 무방하다.

글에는 조금 달리 표현하자면 '생동감'이 있어야 한다. 모든 글은 글 자체의 내용이나 표현은 변화하지 않더라도, 파악되는 양상은 시간과 독자에 따라 달라진다. 그러므로 모든 글은 쓰는 시점과 독자에 따라 다른 방식으로 써야 한다. 그러니 여기에 천편일률적인 공식이 적용되어서는 안 된다. 요컨대 글쓰기에 '유일한 공식' 같은 것은 없다.

글에는 서론과 본론과 결론 3단계가 있어야 한다고 말한다. 세간의 저명한 글쓰기 교본들이 정당한 것은 유감스럽게도 여기까지다. 이어서 글쓰기 교본들은 서론에서는 논제를 제시하거나 주제어의 개념을 정의하거나 문제를 제기하라고 가르친다.

그러나 막상 글을 쓸 때 서론에 이 세 가지를 다 담아야 할 경우는 거의 없다. 일단 우리가 쓰는 대부분의 글에서 서론의 양은 아주 적다. 이 세 가지를 담기에는 턱없이 적은 분량이다. 분량이 많더라도 이 세 가지를 반드시 다 담을 필요도 없다. 두 가지나 한 가지, 심지어 셋 다 담지 않아도 무방하다. 그럼에도 글쓰기 교본들은 하나같이 이 세 가지를 담으라고 권위적으로 말한다. 이에 굴복하는 사람이 가장 손쉽게 할 수 있는 것은 '논제의 제시'이다. 그 결과 서론에서는 '그러면 이제부터 …에 대하여 생각해 보기로 하겠다.' 투의 도식화된 문장이 출현하는 것이다.

결론도 다르지 않다. 결론에는 본론을 요약하면서 필자의 주장을 담으라고 말한다. 그러나 짧은 글에서 본론을 요약하는 것은 반복적인 지면 낭비가 된다. 글이 길더라도 잘 써진 본론이라면 따로 요약할 필요가 없다. 본론을 읽고 충분히 이해가 되었는데, 뭐 하러 요약문을 또 읽게 만든다는 말인가? '필자의 주장을 담아야 한다'는 말에도 문제가 있다. 설득을 목적으로 하는 글일 경우 필자의 개인 주장을 담는 것이 좋다. 그러나 논증을 목적으로 하는 글에서 필자의 개인 주장은 의미가 없다. 아니, 논증적인 글의 경우 개인 주장이라는 말 자체가 성립되지 않는다.

2장

비유에 대하여

글의 참신성을 해치기 쉬운 비유

나는 좋은 글의 요건보다 더 중요한 요소로 세 가지, 순수성과 진지성과 참신성을 들었다. 반대로 말해서 순수하지 않은 속된 글, 진지하지 않은 경박한 글, 그리고 참신하지 않은 진부한 글은 결코 좋은 글이 될 수 없다. 따라서 당신은 글이 속되거나 경박하거나 진부해지지 않도록 각별히 유의해서 쓰지 않으면 안 된다.

사람들은 글을 참신하게 쓰기 위한 기법의 하나로 '비유'를 사용한다. 특히 한국인처럼 비유를 좋아하는 민족도 드물다. 우리 속담의 대부분은 비유로 되어 있다. 우리가 자주 쓰거나 듣는 속담, 즉 가는 날이 장날, 가물에 콩 나듯, 남의 떡이 커 보인다, 등잔 밑이 어둡다, 모난 돌이 정 맞는다, 믿는 도끼에 발등 찍힌다, 소 잃고 외양간 고친다, 원수는 외나무다리에서 만난다, 종로에서 뺨 맞고 한강에 가서 눈 흘긴다, 지렁이도 밟으면 꿈틀 한다, 티끌 모아 태산, 하늘에 별 따기 등에는 하나같이 비유가 들어 있다.

여기서 잠깐 속담에 대해 생각해 보고 넘어가자. 한국인들은 속담이라면 무조건 유용한 것으로 믿고 있다. 하지만 속담이란 말 그대로 '세속의 담론'일 따름이다. 만약에 글이 세속적이라면 그것은 결코 미덕이 될 수 없다. 세속적이라는 것은 유형적이거나 진부하다는 것과도 통하기 때문이다.

사람들은 속담에 삶의 지혜가 담겨 있다고 생각한다. 그러나 속담 중에는 지혜라기보다는 처세가 담겨 있는 것이 더 많다. 송충이는 솔잎 먹고 살아야 한다? 이 속담은 일단 인간을 송충이에 비유하고 있다. 여기에는 인간의 꿈이 거세되어 있다. 인간을 송충이에 비유하는 것도 자학적이지만 설령 송충이라 한들 솔잎만 먹고 살아야 할 이유는 없지 않은가. 은행잎도 먹고 아침이슬도 먹으면 안 되나? 심지어 속담 중에는 무기력하거나 야비한 것을 가르치는 것도 있다. 오르지 못할 나무는 쳐다보지도 마라, 암탉이 울면 집안이 망한다, 홧김에 서방질 한다 등을 생각해 보라.

과연 비유는 글을 참신하게 만들까? 그럴 수도 있다. 하지만 극히 제한적이다. 앞에서 말했듯이 참신성과 반대되는 말은 진부성이다. 진부陳腐하다는 것은 낡아서 새롭지 못하다는 뜻으로, 상투적常套的이라는 말과도 통한다.

그럼에도 많은 사람이 글에서 비유를 즐겨 구사한다. 비유를 거의 무의식적으로 쓰는 사람도 적지 않다. 특히 교사나 기자 중에는 비유를 구사하는 것이 마치 세련된 표현인 양 오해하고 있는 경우도 있다. 그러나 참신하지 못한 비유, 즉 상투적인 비유는 안 쓰느니만 못하다. 상투적인 비유는 언어의 참신성을 결정적으로 떨어뜨릴 뿐 아니라, 심지어는 그 사람을 우스꽝스럽게까지 만든다.

특히 한국의 저널리즘은 비유를 구사해야 멋진 문장이 된다는 고정관념 같은 것을 가지고 있다. 한국의 기자들은 무엇이 늘어났을 때는 '눈덩이같이 커졌다'라고 비유한다. 무엇이 구부러졌을 때는 '엿가락같이 휘어졌다'라고 비유한다. 땀만 흘리면 모두가 '비지땀'이고, 어려움을 겪을 때면 으레 '몸살을 앓는다'라고 비유한다. 해결하기 어려운 예민한 사안에는 '뜨거운 감자', 두 가지 목적을 동시에 추구할 때에는 '두 마리 토끼'라고 비유한다. 교통이 막힐 때에는 '꼬리에 꼬리를 물고' '거북이걸음'을 했다고 비유한다. '도로는 주차장을 방불케 했다'는 비유도 있다. 명절 때에는 너 나 없이 '민족 대이동'이라고 비유한다.

가히 비유의 천국이라고 할 수 있다. 어! 여기에도 비유(천국)가 있네? 아무튼 당신은 이런 표현들이 좋아 보이는가? 나는 글쓰기에 가장 해로운 텔레비전 프로그램으로 하오 〈9시 뉴스〉를 든다. 한국의 뉴스 문장은 낡아빠진 비유 문장들로 점철되어 있다.

표현의 긴장감을 떨어뜨리는 비유

비유에서는 원관념과 보조관념이 짝을 이룬다. 원관념은 내포內包,

보조관념은 외연外延이다. 내포는 인텐션intention, 외연은 익스텐션extention과 비슷한 개념이다. 그런데 비유는 원관념과 보조관념의 유사성을 전제로 성립된다. 여기서 인텐션은 안in을 향하는 텐션이고 익스텐션은 밖ex을 향하는 텐션이다. 그들이 각각 안으로 잡아당기거나 밖으로 밀어내면서, 양자 사이에 텐션이 만들어지는 것이다. 그런데 텐션이란 무엇인가? 팽팽한 힘, 즉 긴장감이다. 그러므로 비유의 원관념과 보조관념의 사이는 우리가 아는 것과는 반대로 오히려 멀어야 긴장감이 만들어지는 법이다.

이육사의 시 〈절정〉 마지막에는 '겨울은 강철로 된 무지개'라는 비유가 나온다.

매운 계절의 채찍에 갈겨
마침내 북방으로 휩쓸려오다.
하늘도 그만 지쳐 끝난 고원
서릿발 칼날 진 그 위에 서다.
어디다 무릎을 꿇어야 하나
한 발 재겨 디딜 곳조차 없다.
이러매 눈감아 생각해 볼밖에
겨울은 강철로 된 무지갠가 보다.

여기에서 원관념 '겨울'과 보조관념 '무지개'의 거리는 멀다. 이는 유사성이 거의 없다는 뜻이다. 그러나 오히려 그렇기 때문에 이 시는 상당한 긴장감을 주는 데 성공하고 있다. 속담이나 저널리즘의 비유들은 원관념과 보조관념의 거리가 너무나 가깝다. 그래서 그들의 비유에는 하나같이 긴장감이 없다. 긴장이 없는 표현은 진부함으로 결과 된다. '달 달 무슨 달, 쟁반같이 둥근 달'에 긴장감이 있는가? 그러므로 나는 일단 비유를 삼갈 것을 권한다. 비유가 가지는 세속성과 장식성과 유형성을 경계하기 때문이다.

비유, 어느 때 쓰는 것인가

내 마음은 호수요
그대 노 저어 오오
나는 그대의 흰 그림자를 안고
옥같이 그대의 뱃전에 부서지리다.

김동명의 시 〈내 마음〉이다. 이 시에는 '내 마음은 호수'라는 비유가 있다. 그런데 이것은 적절한 비유로 보인다. 시의 화자는 일단 자기를 호수라고 비유해 놓음으로써, 그대에게 노를 저어 오라고 할 수 있게 된다. 만약에 '내 마음은 사막'이라고 해 놓았다면, 노를 저어 오라고 할 수는 없다.

화자는 그대가 노를 저어 오면, 나는 '옥같이 그대의 뱃전에 부서지겠노라'고 선포한다. 여기서 옥같이 그대의 뱃전에 부서지겠다는 표현이 미묘하다. 옥은 곱고 고귀하고 정숙한 이미지를 가진다. 반면에 뱃전에 부서진다는 표현은 과격하고 충동적이며 파괴적이다. 곱고 고귀하고 정숙하면서도 과격하고 충동적이고 파괴적으로 사랑한다? 대단한 모순이다. 그러나 이 문장은 전혀 어색하지 않다.

이처럼 시적 언어는 일상의 언어 또는 과학의 언어로는 좀처럼 표현할 수 없는, 미묘하고 모순되는 감정을 더욱 효과적으로 표현할 수가 있다. 비유는 이럴 때라야 제 기능을 하는 것이다. 비유란 아무 때나 쓰는 것이 결코 아니다.

3장

좋은 글이란

먼저 글이 되어야 한다

글에는 예술적인 글과 비예술적인 글이 있다. 전자를 문학, 후자를 비문학이라고 할 수 있다. 이런 구분은 주로 예술적인 글을 쓰는 사람들, 즉 작가들이 한다. 글에는 논증적인 글과 비논증적인 글이 있다고도 하는데, 이 구분은 주로 논증적인 글을 쓰는 사람들, 즉 학자들이 한다.

나는 글쓰기를 가르치기 위해 편의상 글을 세 가지로 구분한다. '일반적인 글'과 '논리적인 글'과 '서사적인 글'이다. '일반적인 글'이란 조금 쉽게 말하면 '잡글'이라고 할 수 있는데, 사실 뚜렷한 정체성이 없는 이 글이야말로 가장 유용하고 광범위하게 쓰인다.

다음으로 '논리적인 글'이란 설득이나 증명을 목적으로 하는 글이다. 논리적인 글에는 시론, 칼럼, 사설, 서평, 논문 등이 있는데, 여기에는 반드시 주장이나 논증이 담겨야 한다. 이 글은 다른 사람을 이끌어야 하는 교사나 지도자가 갖추어야 할 덕목 중 하나이며, 우리 공동체에 기여하는 바가 크다.

마지막으로 '서사적인 글'이 있다. 서사적인 글이란 이야기가 담긴 글인데 우리에게 친숙한 장르다. 이야기는 예술적이기도 하고 비예술적이기도 하며, 논증적이기도 하고 비논증적이기도 하다. 이야기는 소설이나 영화 등과도 밀접하게 관련되는데, 만약 우리가 쓰는 글이 짧다면 콩트 또는 담화수필이 되며, 글의 제재에 따라 평전, 기행문 등이 될 수도 있다.

이 밖에도 글의 장르는 다양하다. 문학만 하더라도 시, 소설, 수필, 희곡, 시나리오, 드라마, 대본, 평론 등이 있다. 통상 문학은 서정적인 글과 서사적인 글로 양분된다. 서정은 대상과의 동화同化를 추구하고 서사는 대상과의 이화異化를 추구하는 양식이다. 동화를 추구하는 서정에는 갈등이 없는 데 반해, 이화를 추구하는 서사에는 갈등이 있다. 하지만 서사의 핵심 요소는 갈등이 아니라 시간이다. 서사문은 시간의 경과에 따른 사건을 서술하는데, 만약 시간이 없다면 사건 자체의 성립이 아예 불가능하기 때문이다. 또한 기행문은 서사와 서정을 공유하는 특이한 장르다.

한편 비문학에는 설명하는 글과 논증하는 글이 있는데, 전자는 이해를 목적으로 하고 후자는 설득을 목적으로 한다. 실용적인 글도 당연히 비문학이다. 여기에는 일기, 편지, 광고문, 공지문, 성명서, 선언문 등이 포함된다.

그런데 나는 막상 글쓰기를 공부하는 데 이런 복잡다단한 구분보다는 가치를 기준으로 하는 구분이 더욱 긴요하다고 생각한다. 글에는 가치 있는 글과 가치 없는 글, 즉 좋은 글과 나쁜 글이 있다. 우리는 언제든지 좋은 글을 쓸 수도 있고 나쁜 글을 쓸 수도 있는데, 나쁜 글을 쓰기가 단연 쉽다는 점을 항상 염두에 두어야 한다.

다시 처음으로 돌아가서 글에는 문학과 비문학이 있다고 간주하고 논의를 이어가 보자. 나는 글을 사람에 비유할 때가 있다. 글에 문학과 비문학이 있듯이 사람에는 남자와 여자가 있다고 치자. 사람들은 누구나 매력적인 남자 또는 매력적인 여자가 되기를 원한다. 이를 위해서는 당연히 각각의 성적 매력을 가져야 한다. 물론 남성적 매력과 여성적 매력은 다르다.

그러나 많은 사람들이 매력적인 남성, 매력적인 여성이 되기에 앞서 이보다 훨씬 더 중요한 전제가 있음을 간과한다. 매력적인 남성, 매력적인 여성이 되기 전에 먼저 인간이 되어야 하지 않을까? 매력적인 인간이 아니면서 매력적인 남성 또는 매력적인 여성이 되기는 불가능하다.

글도 마찬가지다. 문학적인 글이건 비문학적인 글이건 간에, 또는 논증적인 글이건 비논증적인 글이건 간에, 먼저 글이 되어야 한다. 요컨대 '먼저 인간이 되어라'처럼 '먼저 글이 되어야 한다.'는 것이다.

좋은 글의 요건들

좋은 글이 되기 위해서는 반드시 갖추어야 할 요건들이 있다. 앞서 말했듯 주제의 명료성, 표현의 정확성, 논증의 적절성, 그리고 생각의 깊이 등이다. 이런 요건들을 두루 갖춘 글을 쓰기란 결코 쉬운 일이 아니지만 아예 불가능한 일도 아니다. 일단 글이 짧으면 이런 요건들을 갖춰 쓰기가 쉽다. 그런데 다행히도 우리는 긴 글을 써야 하는 경우는 거의 없지 않은가?

첫째, **주제의 명료성**은 '논점일탈이 없음'과 거의 같은 뜻이다. 글은 한 가지 주제로만 일관됨으로써 문력文力과 통일미를 방출한다. 그렇다면 왜 논점일탈이 나오는 것일까? 사전 준비 없이 쓰기 때문이다. 글을 쓰기는 써야 하는데 준비가 없으면 쓸거리가 궁할 수밖에 없다. 그러므로 글이 안 써질 때 자판 앞에서 애쓰지 말고 도서관에 가라는 말은 나름 일리가 있다.

준비가 안 된 채로 글을 쓰다 보면 글의 주제에서 벗어난 엉뚱한 이야기라도 끌어다가 양을 채워야 할 때가 있다. 결과는 논점일탈이 있는 글, 즉 주제의 명료성이 없는 글이 나온다. 나는 특별한 사정이 없는 한, 쓰기 전에 여유를 가지면서 내가 쓰고자 하는 양보다 최소 1.5배 정도의 콘텐츠를 준비한다.

다음으로 쓸모없는 자기 확신이 논점일탈을 유발한다. 당신은 글을 쓰려고 했을 때 어디선가 보고 간직해 놓았던 그럴듯한 말이 떠올랐던 경험이 있을 것이다. 이런 것을 자기 글에 무리하게 접목시켜 반영하려다 보면 논점일탈이 발생한다. 또한 당신은 마치 섬광처럼 기발한 영감inspiration이 떠오를 때도 있을 것이다. 아쉽지만 이런 영감은 버리는 것이 좋다. 그것은 남들에게도 떠오르는, 기발하지 않은 평범한 착상인 수가 많기 때문이다. 자기 영감에의 확신은 논점일탈로 귀결된다. 그리고 미안하지만, 당신의 영감만 섬광 같은 것이 아니다.

둘째, **표현이 정확한 글**이란 일단 맞춤법과 띄어쓰기가 제대로 되고 바른 문장이 구사된 글을 말한다. 사실 이것은 사소한 것 같지만 녹록지 않은 요건이다. 여기에는 각고의 수련이 필요하다. '맞춤법 띄어쓰기를 잘한다고 해서 좋은 글을 쓰는 것은 아니지만, 좋은 글을 쓰는 사람은 예외 없이 맞춤법과 띄어쓰기를 잘한다'는 사실을 기억할 필요가 있다.

바른 문장, 즉 정문을 쓰기 위해서는 틀린 문장, 즉 비문의 유형을 익히면 된다. 다행히 비문의 유형은 그리 많지 않다. 정문이란 비문이 아닌 문장이다. 따라서 비문을 안 쓰게 되면 곧 정문을 쓰게 되는 것이라고 알면 된다.[1]

셋째, **적절한 논증의 글**이 되려면 전제와 결론, 근거와 주장의 관계가 필연적으로 연결되어야 한다. 사실 이것은 글의 요건 중 가장 쉽다. 비교적 단순하고 명확한 '추론과 논리적 오류'를 익히면 되기 때문이다. 추론이란 결론짓는 방법이고, 논리적 오류란 부당하거나 부실한 추론이다. 추론에는 연역과 귀납 두 가지가 있고, 논리적 오류는 최다로 잡으면 약 50가지가 있다. 이것은 하루 이틀

1 비문의 유형은 72쪽을 참고하기 바란다.

집중 공부로 해낼 수 있다.[2]

넷째, **생각의 깊이**는 독서와 사색의 부단한 병행으로 얻어진다. "독서만 많이 하고 사색이 없으면 경박한 사람이 되고, 사색만 많이 하고 독서가 없으면 위험한 사람이 된다."는 공자의 말은 날카로운 지적이다. 평소 책을 많이 읽고 나아가 책을 향유할 줄 알아야 한다. 독서 습관을 붙이기 위해서는 가급적이면 일정 기간 대중매체를 멀리 하는 것이 좋다.

대체로 '좋은 글의 요건'이 무엇인지는 사회적 합의가 이루어져 있다. 하지만 좋은 글과 매혹적인 글은 또 다르다. 좋은 글의 요건들을 어지간히 갖추었어도 매혹적이지 않은 글이 있는가 하면, 좋은 글의 요건들을 덜 갖추었어도 매혹적인 글이 있다. 매혹적인 글은 사람의 마음을 움직인다. 그렇다면 사람의 마음을 움직이는 글은 어떤 것일까? 이것이 바로 최상 수준의 글인데, 이런 글은 이론적인 법칙들을 뛰어넘는다. 이에 대해서는 다음에서 조금 부드럽게 논의해 보기로 한다.

최상으로 가치 있는 글이란

한 신문사로부터 강의 요청을 받은 적이 있다. 나는 강의 요청을 받아 놓으면 틈나는 대로 어떤 말을 할지 생각하고 메모해 놓는다.

2 추론은 114쪽을, 논리적 오류는 217쪽을 참고하기 바란다.

기자들에게 요긴하고 절실한 말이 무엇일까? 생각 끝에 나는 '기자가 반드시 갖추어야 할 것'에 대해 말하기로 하고, 세 가지 소주제를 선택했다. 내가 선택한 세 가지는 '언어'와 '논리'와 '역사'였다. 정해 놓고 나니 괜찮아 보였다. 기자로서 정확한 언어와 명징한 논리와 깨어 있는 역사의식, 이 세 가지만 있으면 되는 것 아니겠는가?

그런데 다음 날 주최 측에서 새로 연락을 해왔다. 강의 주제를 조금 바꿔 '가치 있는 글쓰기'로 해 달라는 것이었다. 이만 하면 조금 바꾸는 게 아니라 많이 바꾸는 것이라는 생각이 들었다. 하지만 나는 괘념치 않았다. 아니, 오히려 더 홀가분했다. 나는 글쓰기 강의는 아무런 준비 없이도 한 자리에서 최소 50시간 정도는 할 수가 있다.

일단 나는 처음 정했던 주제를 변용하기로 했다. 그래서 가치 있는 글이란 정확한 표현의 글, 명징한 논리의 글, 그리고 깨어 있는 역사의식을 담은 글이라는 말을 하기로 했다. 하지만 이런 식의 강의는 실제로 글을 쓰는 데 거의 도움이 되지 않는다는 난점이 있다. 다분히 이론적이고 추상적이기 때문이다. 다른 관점에서 말하면, 좋은 글이란 순수하고 진지하며 참신한 글이라고 할 수도 있다. 이것 역시 내가 글쓰기에서 늘 강조하는 것이기는 해도, 사실은 추상적인 관념에 불과하다.

글쓰기 공부는 축구나 수영 같은 것이라고 여겨야 한다. 아무리 이론을 잘 알고 좋은 경기를 많이 본다고 해도 축구 실력이나 수영 실력이 붙는 것은 아니다. 실제로 운동장이나 수영장에 가서 직접 해 봐야 실력이 붙는다.

이런 저런 생각을 하다 보니, 나는 새로 받은 강의 주제가 의외로 어렵다는 결론에 이르렀다. 왜냐하면 내가 글쓰기에 대해 말하고 싶은 양을 시간으로 계산하면 50시간 정도는 되는데, 이것을 한 번 강의로 압축하기란 생각만큼 쉽지 않았기 때문이다.

가치 있는 글이란 무엇인가? 이것을 한 번에 말하려면 논점을 파격적으로 축소해야 한다. 어떤 글이 가치 있는가? 여기에 짧게 답하기란 불가능하다. 결국 이것은 어떻게 써야 가치 있는 글이 되는지의 문제로 전환된다. 이것을 나더러 한 문장으로 말하라고 하면, 나는 내 식대로 답할 수밖에 없다. 어떻게 써야 가치 있는 글이 되는가? 최상으로 가치 있는 글이란 '자기 목소리를 내는 글'이다. 자기 목소리를 내야 개성적이고 창조적인 글을 만들 수가 있다. 우리는 이런 글에 '개성이 있는 글'이라는 찬사를 붙인다.

4장

짧은 첫 문장에 대한 긴 생각

좋은 첫 문장은 곧장 말한다

앞서 말했듯이 글은 독자에게 좋은 인상을 주어야 한다. 우리가 사람을 만날 때 첫인상이 중요하듯이 글도 첫인상이 중요한데, 이 첫인상을 결정짓는 것이 바로 첫 문장이다. 그러므로 첫 문장의 중요성은 의외로 크다. 첫 문장에서 받은 공감이나 호감은 글 전체에 대한 공감이나 호감으로 이어진다. 반대로 첫 문장에서 받은 반감이나 부정적 인상은 좀처럼 만회되기가 어렵다. 조금 과장해서 말하면, '첫 문장의 중요성은 나머지 문장들 전부와 맞먹는다'고도 할 수 있다. 그렇다면 우리는 좋은 첫 문장을 쓰기 위해 심사숙고하는 시간을 가져야 한다.

소문에 의하면, 소설가 김동리는 역작 〈무녀도〉를 완성해 놓고,

원고를 책상 서랍에 반 년 이상이나 묵혀 두었다고 한다. 반 년 동안이나 작가는 좋은 첫 문장을 심사숙고했던 것이다. 만약 〈무녀도〉를 '낡은 것과 새것의 갈등'이나 '무속신앙과 기독교 신앙의 대립' 구조로만 읽는다면 우리는 이 탁월한 소설의 일부만을 가지게 된다.

이 소설에서 그림 무녀도는 뛰어난 예술작품이며, 이 그림을 만든 예술가는 귀머거리 소녀 낭이다. 뛰어난 예술작품은 낭이같이 쓰라리고도 기이한 체험으로 인해 품게 된 한을 발화, 승화시킬 때 탄생된다는 것을 말하는 이 소설에서 그림 무녀도는 핵심적인 중요성을 갖는다. 그래서 작가는 오랜 고심 끝에 그림 무녀도를 묘사하는 신비한 첫 문장을 내 놓게 되었다.

> 뒤에 물러 누운 어둑어둑한 산,
> 앞으로 폭이 넓게 흐르는 검은 강물,
> 산마루로 들판으로 검은 강물 위로 모두 쏟아져 내릴 듯한 파아란 별들, 바야흐로 숨이 고비에 찬, 이슥한 밤중이다. (중략)
> 이 그림이 그려진 것은 아버지가 장가를 들던 해라 하니, 나는 아직 세상에 태어나기도 이전의 일이다.

서정주의 시 〈자화상〉의 첫 문장은 가히 충격적이다.

> 애비는 종이었다. 밤이 깊어도 오지 않았다.
> 파뿌리같이 늙은 할머니와 대추꽃이 한 주 서 있을 뿐이었다.

어매는 달을 두고 풋살구가 꼭 하나만 먹고 싶다 하였으나,

흙으로 바람벽한 호롱불 밑에

손톱이 까만 에미의 아들

갑오년이라든가 바다에 나가서 돌아오지 않는다 하는

외할아버지의 숱 많은 머리털과

그 크다란 눈이 나는 닮았다 한다.

스물 세 해 동안 나를 키운 것은 팔 할이 바람이다.

(중략)

찬란히 틔어오는 어느 아침에도

이마 위에 얹힌 시의 이슬에는

몇 방울의 피가 언제나 섞여 있어

볕이거나 그늘이거나 혓바닥 늘어뜨린

병든 수캐마냥 헐떡거리며 나는 왔다.

"애비는 종이었다.", 너무도 당돌한 첫 문장이다. 그러나 문장을 아는 사람이라면, 이 시의 첫 문장이 참으로 적절하다고 느낄 것이다. 이 시는 화자가 소외와 저주로 점철된 23년의 인생 역정을 돌아보면서, 시 쓰기에 용맹 정진한 시인으로서의 자부심을 토로하고 있다. 이 자서전적인 시에다 애비를 가장 먼저 거론하는 것은 합리적이기까지 하다.

나는 이런 첫 문장을 매혹적이라고 생각한다. 얼마나 솔직 대담한 시작인가? 이런 첫 문장은 어김없이 독자를 긴장시킨다. '아버님은 국회의원이셨다.' '아버님은 대법원 판사였다' 이런 첫 문장

은 어김없이 독자의 긴장을 이완시킨다.

다음으로 서정시 두 편을 더 읽어 보자.

막차는 좀처럼 오지 않았다.

대합실 밖에는 밤새 송이눈이 쌓이고

흰 보라 수수꽃 눈시린 유리창마다

톱밥난로가 지펴지고 있었다.

그믐처럼 몇은 졸고

몇은 감기에 쿨럭이고

그리웠던 순간들을 생각하며 나는

한줌의 톱밥을 불빛 속에 던져 주었다.

(중략)

오래 앓은 기침소리와

쓴 약 같은 입술담배 연기 속에서

싸륵싸륵 눈꽃은 쌓이고

그래, 지금은 모두들 눈꽃의 화음에 귀를 적신다.

자정 넘으면

낯설음도 뼈아픔도 다 설원인데

단풍잎 같은 몇 잎의 차창을 달고

밤 열차는 또 어디로 흘러가는지

그리웠던 순간들을 호명하며 나는

한 줌의 눈물을 불빛 속에 던져 주었다.

— 곽재구, 〈사평역에서〉

당신을 나의 누구라고 말하리
나를 누구라고 당신은 말하리
마주 불러 볼 정다운 이름도 없이
잠시 만난 우리 오랜 이별 앞에 섰다.
갓 추수를 해들인 허허로운 밭이랑에
노을을 등진 그림자마냥
외로이 당신을 생각해 온 이 한 철
삶의 백 가지 가난을 견딘다 해도
못내 이것만은 두려워했음이라
눈 멀 듯 보고 지운 마음
신의 보태심 없는 그리움의 벌이여
이 타는 듯한 갈망
당신을 나의 누구라고 말하리
나를 누구라고 당신은 말하리
먼 옛날 창가에서 울던
어여쁘디 어여쁜 후조라고나 할까
옛날 옛날에 이러한 사람이 있었더니라.

— 김남조, 〈후조〉

이 두 시의 첫 문장은 똑같이 급박한 느낌을 준다. 먼저 곽재구의 〈사평역에서〉는 귀향하는 젊은이의 애상과 고뇌를 담은 시다. 화자는 간이역 대합실에서 막차를 기다리고 있다. 첫 문장 "막차는 좀처럼 오지 않았다"에는 몇 개의 정보가 보이지 않게 압축되어 있다. 이 문장을 평이하게 서술한다면 '기차는 막차였다. 나는 기차를 기다리고 있었다. 그런데 기차는 오래도록 오지 않고 있었다.'가 된다. 시인은 이 세 가지 정보를 짧은 첫 문장에 압축시켜 놓은 것이다.

김남조의 〈후조〉는 사랑하는 사람과의 이별로 인한 절망과 공포를 말하는 시다. 이 사랑은 맹목적인 짝사랑이다. 그러니 마땅한 호칭도 없는 사이다. 화자는 이런 허망하고 비참한 자기 처지를 곧장 첫 문장에 담고 있다. "당신을 나의 누구라고 말하리", 이것은 '당신이 나의 누구'라는 게 아니라 '나는 당신에게 아무것도 아니다'라는 처절한 독백이다.

- 애비는 종이었다.
- 막차는 좀처럼 오지 않았다.
- 당신을 나의 누구라고 말하리.

위 세 문장의 공통점을 정리해 보자. 거침없이 곧장 시작한다. 그러니 군더더기가 있을 수가 없다. 이처럼 좋은 첫 문장을 쓰는 첫째 비결은 '곧장 말하기'에 있다.

좋은 첫 문장은 호기심을 자극한다

일요일인데도 그는 죽으러 나가려고 구두끈을 매고 있었다.

조해일의 단편소설 〈매일 죽는 남자〉의 첫 문장이다. 아마도 이것을 읽은 독자는 다음 줄거리를 읽지 않고서는 견디기 어려울 것이다. 이 사람은 누군데 죽으러 나가는 걸까? 일요일과 평일을 가려 죽는 건 또 뭘까? 죽는 사람이 왜 또 구두끈은 조여 매는 걸까? 자살일까? 아니면 생사를 건 결전이라도 치르러 가는 걸까? 여러 가지 의문과 호기심이 한꺼번에 일 것이다. 독자는 다음 글들을 읽어 내려가게 되면서 여러 의문과 호기심들을 하나하나 해소하게 된다.

이 소설의 주인공 '그'는 참혹하게 가난한 소시민이다. 이 가난은 가히 생존을 위협하는 수준이다. 임신한 아내는 영양실조에 걸려 있다. 하루라도 벌지 못하면 당장 굶어 죽을 판이다. 아내가 소고기를 먹고 싶다고 한 지 오래 됐지만 아직 사 먹이지 못하고 있다. 그래서 그는 이른 아침 인력시장으로 나가는 것이다.

그가 주로 일하는 곳은 영화 촬영 현장이다. 그는 단역 엑스트라이다. 유명배우의 칼이나 총에 맞아서 한순간에 죽는 시늉을 하고 돈을 받는 직업(?)이다. 그는 구두가 해져서 끈으로 조여 매지 않으면 벗겨진다. 그래서 일 나가기 전에 먼저 구두끈을 맸던 것이다.

그런데 그 날은 운이 좋았는지, 그는 두 번이나 죽을 수 있었다. 그래서 예상보다 많은 수입을 올렸다. 귀가하는 그의 발걸음이 가벼웠다. 손에는 신문지에 쌓인 소고기 반 근이 쥐어져 있다. 어둑어둑해지는 저녁, 이제 골목길로 접어들면 아내가 기다리고 있는 집이다. 순간 그는 발에서 수상한 기운을 느낀다. 무언가 촉감이 이상했던 것이다. 걸음을 멈춘 그는 소스라치게 놀란다. 구두 한 짝이

자기도 모르는 사이에 달아나고 없는 것이다.

이 장면에서 독자는 왜 첫 문장을 구두끈 조여 매는 장면으로 만들었는지를 알게 된다. 이어서 독자는 '자기 구두가 벗겨지는지조차 모를 정도로 헐떡거리며 일하지 않으면 안 되는 도시 소시민의 숨 가쁜 삶을 그린 소설이구나'라는 비평적 해석까지 내리게 된다.

이 첫 문장은 다음 두 가지 장점을 가지고 있다.

- 독자를 궁금하게 만들고 호기심을 가지게 한다.
- 본문(여기서는 주로 끝 부분)과 상응된다.

지금까지 강하고 명료한 첫 문장과 독자의 궁금증 또는 호기심을 유발하는 첫 문장에 대해 살펴보았다. 김동리의 〈무녀도〉에서 보았듯이, 좋은 첫 문장을 만들기란 녹록지 않은 일이다. 일단 우리는 이런 첫 문장들과 반대되는 나쁜 첫 문장을 안 쓰려는 노력부터 해야 한다. '텔레비전의 영향력은 막강하다.'라든지, '사람은 먹지 않고는 살 수 없다.' 식의 매가리 없는 첫 문장을, 그것도 자기만 아는 것처럼 쓰면 치명적이다. 이런 첫 문장은 독자의 관심과 긴장을 유발하기는커녕 그나마 있었던 관심과 긴장마저 날려 버린다.

세계적으로 유명한 첫 문장 중에 "4월은 가장 잔인한 달April is the cruellest month"이 있다. 이것은 T. S 엘리엇Thomas Stearns Eliot의 장시 〈황무지〉의 첫 문장이다.

April is the cruellest month, breeding

Lilacs out of dead land, mixing
Memory and desire, stirring
Dull roots with spring rain.

4월은 가장 잔인한 달
죽음의 땅에서 라일락을 키워 내고
추억과 욕망을 뒤섞고
봄비와 함께 잠든 뿌리를 일깨운다.

'4월은 가장 잔인한 달', 이 문장은 4월에 대한 우리의 통념에 공격을 가한다. 보통 4월은 진달래와 종달새의 계절이라는 것이 우리의 통념이다. 그런데 잔인한 4월이라니? 그것도 최상급the ~est으로 잔인하다고 했다. 이런 수식이 달린 첫 문장은 독자에게 당혹과 충격을 주어 긴장감을 안긴다. 그런데 만약 이 시가 첫 문장만 말하고 말았더라면 아주 무책임했을 것이다. 왜 잔인한 4월이라고 했는지 다음 문장에 의해 반드시 뒷받침되어야 한다.

엘리엇은 이런 의무를 탁월하게 수행했다. 죽음의 땅과 라일락, 추억과 욕망, 봄비와 잠든 뿌리 등은 왜 잔인한 4월인지를 인상적으로 말해 준다. 여기서 '잔인한'은 비유다. 비유이지만 긴장감이 팽팽하다. 시인은 생명 소생의 가열함과 인간 본능의 준동을 잔인하다고 압축하여 표현한 것이다. 이렇게 놓고 보니, 여기에서 '잔인한'이라는 수식어 말고는 달리 적절한 어휘가 또 있을 것 같지가 않다. 다시 말해서 이 어휘는 4월을 수식하는 데 단 하나뿐인 선택이라고 할 수가 있다.

우리는 《보바리 부인》을 쓴 작가 귀스타브 플로베르Gustave Flaubert, 1821~1880의 일물일어설一物一語說을 알고 있다. 하나의 사물을 표현하는 데 적절한 어휘는 하나밖에 없다는 것이다. 이것은 글을 쓸 때 최선의 어휘를 찾기 위해 끝까지 고심해야 한다는 교훈을 준다. 〈황무지〉의 첫 문장은 다음 사항들을 알려 준다.

- 첫 문장을 충격적으로 써라. 하지만 뒷받침할 수 있어야 한다. 뒷받침할 수만 있다면 최대한 충격적으로 써도 된다.
- 첫 문장에 비유나 수식어를 쓸 때는 최선의 어휘를 선택해야 한다. 최선의 어휘를 쓰지 못할 바에야 비유나 수식을 삼가야 한다.

지금까지 주로 예술적인 글의 첫 문장을 살펴보았다. 이제는 논증적인 글의 첫 문장들을 살펴보자.

> 현대에 들어 예술에 관한 한 자명한 것은 하나도 없다는 사실만 자명해졌다. — T. W 아도르노, , 《미학이론》

> 별이 빛나는 하늘을 보고, 갈 수가 있고 또 가야만 하는 길의 지도를 읽을 수 있었던 시대는 얼마나 행복했던가?
>
> — G. 루카치 , 《소설의 이론》

먼저《미학이론》의 첫 문장은 현대예술이 얼마나 복잡하고 예측 불가능한지를 오히려 반대가 되는 뜻의 '자명하다'라는 형용사 어휘를 반복해서 강조하고 있다. 박력과 함께 새로움이 느껴지는 문장이다. 아울러 이 문장은 이토록 복잡하고 예측 불가능한 현대예술에 관해 이제부터 논의하겠다는 의사를 표명하고 있다. 자신감에 차 있는 첫 문장이다. 동시에 글의 논제를 아주 자연스럽게 제시하는 첫 문장이기도 하다.

다음으로《소설의 이론》의 첫 문장은 대단히 서정적이다. 여기에서 하늘, 길, 지도 등은 모두 비유이다. 그리고 '행복한 시대'는 필자가 인문학이 풍성했던 현자의 시대라고 보는 그리스 시대를 말한다. 이 문장은 적절한 비유어가 아름답게 구사되었다는 점이 특기할 만하다.

> 가을이 깊어지면 나는 거의 매일 뜰의 낙엽을 긁어모으지 않으면 안 된다.

이효석의 수필 〈낙엽을 태우면서〉의 첫 문장이다. 사실 이 수필의 주제는 평범하고 진부하다. 작가는 가을을 생활의 계절이라고 규정한다. 그래서 가을의 퇴락물인 낙엽을 긁어모아 태우면서 생활에 대한 상념, 즉 좀 더 성실하게 살아가겠다는 생각을 한다.

이 수필은 내용이 평범하고 진부함에도 불구하고 재미나게 읽힌다는 장점이 있다. 이것은 이미 기교적인 첫 문장에도 담겨 있다. "가을이 깊어지면 나는 거의 매일 뜰의 낙엽을 긁어모으지 않으면 안 된다", 이 문장은 군더더기 없이 곧장 시작하면서 무언가 독자의 궁금증을 유발하는 데 성공하고 있다.

좋은 첫 문장은 처음임을 의식하지 않는다

뱃길, 철길, 고속도로, 산길, 들길… 이 모든 길들은 인간의 언어다.

— 박이문, 〈길〉

박이문의 〈길〉은 무거운 주제를 가진 에세이다. 필자에 의하면 길에는 실제 길과 언어로서의 길이 있다. 사람은 길을 통해 떠나기도 하고 돌아가기도 한다. 사람이 떠나는 것은 반드시 희망이 있기 때문이며(심지어 도망가는 사람도 여기보다는 나을 것 같으니까 떠나는 것이다.), 돌아가는 것은 그리움이 있기 때문이다. 그런데 떠남과 돌아감에는 만남이라는 공통점이 있다. 사람은 이런 만남을 통해 열림을 얻게 된다는 것이 이 수필의 논지다.

이 에세이에는 한국의 다른 수필에서는 찾기 힘든 장점이 있다. 견고한 논리가 있으며 철학적 심오함이 담겨 있다. 그러나 안타깝게도 이 에세이는 재미나게 읽히지를 않는다. 독자의 관심을 불러일으키는 힘이 없기 때문이다. 왜 그런 것일까? 우리는 첫 문장에서 그 이유를 알아볼 수가 있다.

필자는 첫 문장에서 각종 길들을 나열한다. "뱃길, 철길, 고속도로, 산길, 들길…". 단도직입적으로 말해서 뭐 하자는 것인지? 길에 이런 것들이 있음을 모르는 사람이 어디 있단 말인가? 이 첫 문장에서 나열되고 있는 여러 길의 어휘는 전혀 불필요한 것들이다. 결국 이 문장은 초장부터 독자의 긴장감을 떨어뜨린다.

차라리 둘째 문장부터 시작했더라면 더 좋았을 것이다. 둘째 문장, "이 모든 길들은 인간의 언어다."에서 맨 앞의 관형사 '이'까지 지워 버리고 '모든 길들은 인간의 언어다.'라고 시작했어야 한다. 이렇게 하면 강하고 명료해서 독자를 긴장시킬 수 있다.

하나 더 지적하자면, 단어를 나열할 때에 고려해야 할 점이다. 단어 나열에는 중요성 순서라든지 시간 순서 같은 기준이 있는 경우가 있다. 그러나 이런 기준이 없는 단순 나열일 경우 단어의 음절 개수를 감안해야 한다. 예를 들어 '붓과 벼루와 화선지'처럼 짧은 단어에서 긴 단어 순서로 나열해야 문장이 윤활해진다. '화선지와 붓과 벼루' 또는 '벼루와 화선지와 붓'이라고 했을 때와는 사뭇 다르지 않은가? 〈길〉의 첫 문장 "뱃길, 철길, 고속도로, 산길, 들길…"에서 음절이 가장 많은 '고속도로'는 당연히 맨 끝에 놓았어야 했다.

그렇다면 필자는 왜 이런 첫 문장을 쓴 것일까? 그것은 첫 문장임을 지나치게 의식했기 때문이다. 첫 문장이니까 처음답게 천천히 시작해야 한다는 고정관념이 작용한 것이다. 다시 강조하거니와, 첫 문장은 무조건 곧장 시작해야 한다.

이런 점을 염두에 두고 세계적으로 알려진 문학 비평문들의 첫 문장을 읽어 보자.

작품의 진정한 가치란 오직 후손들의 평가에 의해서만 결정된다.

— 브왈로, 〈시법〉

시의 원리를 말함에 있어 나는 완벽하거나 심오한 이론을 펼 생각이 없다.

— 포우, 〈시의 원리〉

문학비평은 과연 이론으로 정립할 수 있는 것일까?

— 르메르트, 〈문학비평은 인상주의적일 수밖에 없다〉

지금 우리에게 주어진 '예술가와 사회'라는 제목이 매우 까다로운 것임을 사람들은 알고 있는지 모르겠다.

— 토마스 만, 〈예술가와 사회〉

영국의 문필가들은 전통이 없음을 개탄할 때 '전통'이라는 말을 쓰기는 하지만 전통에 관해서 언급하는 일은 좀처럼 없다.

— 엘리엇, 〈전통과 개인의 재능〉

나는 이 자리를 빌려서 저작물과 개인의 재능을 검토하는 가장 좋은 방법과 과정을 비교적 상세히 기술해 보려고 한다. 나에게 당신을 존경하고 사랑하는 사람이 누구인가를 알려 준다면, 나는 곧 당신이 어떤 사람인가를 말할 수 있으리라.

— 생트 뵈브, 〈나의 방법론을 말한다〉

아리스토텔레스는《시학》에서 모든 비극은 처음과 중간과 끝으로 구성된다고 했다. 그리고 처음이란 앞에 아무것도 없는 것이고 끝이란 뒤에 아무것도 없는 것이라고 덧붙였다. 당연히 중간이란 처음과 끝의 사이가 된다.

이 시학의 진술은 너무도 지당해서 실소를 자아내게 할 정도로 무익해 보이지만 기실 의미하는 바가 중차대하다. 일단 **처음 – 중간 – 끝**, 3단계론은 오늘날 **서론 – 본론 – 결론**의 개념과 같은 것이다. 또한 비극에 처음과 끝이 공존한다는 말은 예술작품이 완결적 성격 또는 자율적 구조를 가진다는 것을 의미한다. 이것은 현대의 구조주의나 형식주의 관점과 다르지 않다. 또한 E. M 포스터Edward Morgan Forster, 1879~1970가《소설의 양상》에서 말한 **발단 – 전개 – 위기 – 절정 – 결말**의 5단계론은 이 3단계론을 다소 장황하게 바꾼 것이다.

좋은 글은 앞에 아무것도 없다는 느낌과 함께, 뒤에도 아무것이 없다는 느낌을 준다. 다시 말해서 온전한 시작과 끝이 함께 있다. 이것은 글의 길이와는 거의 상관이 없다. 우리가 잘 아는 김소월의 짤막한 시 중에 〈엄마야 누나야〉가 있다.

엄마야 누나야 강변 살자
뜰에는 반짝이는 금 모랫빛
뒷문 밖에는 갈잎의 노래
엄마야 누나야 강변 살자

우리는 이 시를 읽고서, 시 이전의 단계나 이후의 과정을 전혀 궁금해하지 않는다. "이 아이는 누군데 갑자기 나타나 강변 살자고 하나?"라든지 "그래, 강변 살자고 하더니 정말 한강변에 아파트라도 한 채 장만했나?" 따위의 의문을 제기하지 않는다. 이 시는 짧지만 온전한 시작과 끝을 갖추었기 때문이다.

여기에서 다시 우리는 '앞에 아무것도 없는 시작'이라는 말에 관심을 갖기로 하자. 이를 위해서는 거침없는 첫 문장, 군더더기가 없는 첫 문장을 만들어야 한다. 누구나 아는 것을 말하는 첫 문장은 안 된다. 가령 "현대는 과학문명의 시대다." 따위의 첫 문장은 독자를 무료하게 만든다. 맞춤법이나 띄어쓰기에 잘못이 있거나 비문으로 된 첫 문장은 필자를 한심한 사람으로 인식시킨다. 이런 첫 문장을 대하면 짜증을 내거나 심지어 화를 내는 독자도 있다.

'처음이란 앞에 아무것도 없는 것'이라는 말은, 만약 앞에 '아무것'이 있으면 처음도 아니라는 말과 같다. 따라서 아리스토텔레스에 의하면, 박이문이 쓴 〈길〉의 첫 문장은 처음도 아닌 게 되고 마는 것이다. 첫 문장 쓰기에서 무엇보다도 중요한 지침은 '처음임을 의식하지 마라'는 것이다.

글쓰기 16계

지금까지 글을 쓰는 데 필요한 지침들을 개괄적으로 살펴보았다. 각론으로 들어가기 전에 글쓰기의 요점을 한 번 더 정리한다. 요즘 '좋은 글을 쓰는 방법 ○○가지' 유형의 글을 자주 본다. 일부 유용한 항목도 있지만 대부분이 추상적이어서 실제로 별 도움이 되지 않는다.

1. 좋은 글을 쓰려 하기보다는 나쁜 글을 안 쓰려고 노력해야 한다.
2. 좋은 표현력은 하루아침에 얻어지지 않는다. 단기간에 좋은 표현력을 얻고 싶으면 시를 100편 이상 외워라.
3. 10장의 글을 쓰고 싶으면 15장 분량의 준비를 해라. 글은 늘일 때 좋아지기 어렵고 줄일 때 나빠지기 어렵다.
4. 글쓰기 직전 섬광처럼 떠오르는 기발한 착상이 있다. 그것은 쓰지 마라. 남들에게도 거의 다 떠오르는 것이다.
5. 글 진도가 나가지 않으면 앉아서 버티지 말고 도서관에 가라.
6. 사적인 신변담은 일반화할 수 있는 생활체험으로 바꿔 써라.
7. 누구나 아는 범상한 내용을 강조하지 마라.
8. 첫 문장부터 곧장 논점으로 진입해라.

9. 첫 문장이 가장 중요하다. 첫 문장은 첫 문장을 제외한 나머지 전체의 문장보다 더 중요할 수 있다. 첫 문장에서의 실수는 치명적이다.
10. 되도록이면 문장을 짧게 나눠 써라.
11. 아무리 좋은 표현과 내용이라도 주제와 상관없는 것은 버려라.
12. 상투적인 표현은 치명적인 약점이 된다. 대부분의 속담과 통용되는 비유는 상투적이다.
13. 맞춤법, 띄어쓰기를 잘한다고 해서 좋은 글을 쓰는 것은 아니지만, 좋은 글을 쓰는 사람은 맞춤법, 띄어쓰기를 잘한다.
14. 생각이 깊은 글을 쓰고 싶으면 독서와 사색을 병행해야 한다. 이것 역시 생각이 깊은 글을 쓰려 하지 말고 생각이 얕은, 즉 졸렬한 글을 안 쓰려고 노력해야 한다.
15. 좋은 결론을 쓰고 싶으면 본론을 단순히 요약정리만 할 게 아니라, 논점일탈이 되지 않는 범위 내에서 새로운 읽을거리를 제시해라.
16. 글을 다 쓴 다음에는 소리 내어 읽으면서 퇴고해라. 퇴고하지 않은 글을 남에게 보이는 것은 자기의 벗은 몸을 노출하는 것과 같다.

위에 제시된 준칙들을 거의 다 지킨다고 해도, 언제나 좋은 글을 만들어 내는 경지에 오르는 것은 아니다. 단적으로 말해서 글쓰기에는 왕도가 없다. 중국 송나라 문인 구양수歐陽脩가 말한 '3다多', 즉 다독多讀, 많이 읽기, 다작多作, 많이 쓰기, 다상량多商量, 많이 생각하기은 글쓰기에 관한 한 불변의 철칙이다.

문제는 당신에게 이 '3다'를 실행에 옮길 만한 시간과 여건이 허락되지 않는다는 데에 있다. 그러니 좋은 교사를 만나는 것이 긴요하다고 하겠는데, 아무리 좋은 교사라고 해도 당신의 글쓰기 실력을 단박에 키워줄 수 있는 이른바 '용빼는 재주' 같은 것은 없다.

바른 마음과 성실한 자세, 날카로운 사물 세계관, 남다른 호기심과 탐구심, 부단히 관찰하고 검증하려는 마음, 남의 것이든 나의 것이든 쉽사리 믿으려 하지 않는 태도… 이런 것들이 필요하다. 그리고 이런 것들과 함께 꾸준히 '3다'를 실천하는 일 외에 대안은 없다.

5장

주제의 명료성을 위한 글쓰기

논점을 일탈하지 말 것

주제가 명료한 글이란 진술이 일이관지一以貫之, 하나로써 꿰뚫음. 일관하여 통일성을 갖는 글을 말한다. 주제에는 글 전체의 큰 주제가 있고, 문단마다의 작은 주제들이 있다. 당연히 문단 내의 문장들은 작은 주제에 종속되어야 하고, 모든 문단들은 큰 주제에 종속되어야 한다.

앞에서 나는 주제가 명료한 글은 '논점일탈이 없는 글'이라고 규정했다. 그리고 논점일탈을 방지하기 위해서는 사전 준비를 많이 해서 쓸거리가 궁하지 않도록 해야 한다고 말했다. 또한 아무리 멋진 표현이나 내용이라고 해도 논점을 벗어나는 것이면 아낌없이 포기해야 한다고도 했다.

한편 논리적인 글에서는 모든 논점일탈을 '논리적 오류'로 간주한다. 논리적 오류로 인한 논점일탈은 2부 '논리적인 글쓰기'에서 상세히 다루기로 하고, 여기에서는 글의 명료성과 통일성을 높은 수준으로 확보할 수 있는 효과적인 방안을 하나 더 생각해 보기로 하자.

'주제의 명료성을 위한 글쓰기'를 위해 글 두 편을 제시한다. 〈우리를 슬프게 하는 것들〉이라는 같은 제목을 가진 두 편의 수필이다. 하나는 독일 수필가 안톤 슈나크Anton Schnack, 1892~1973의 것이고 다른 하나는 한국 소설가 최인훈의 것이다. 먼저 최인훈의 것은 안톤 슈나크의 것을 의도적으로 모방해서 쓴 글이라는 점을 일러둔다.

하지만 최인훈의 글이 안톤 슈나크의 글을 표절했다고는 할 수 없다. 왜냐하면 최인훈은 글 제목을 안톤 슈나크의 것과 똑같이 붙인 데다 그의 글을 모방했다는 점을 글을 읽은 사람이라면 누구나 알게끔 썼기 때문이다. 즉 최인훈은 자기가 모방했다는 사실을 '명백하고 공공연히' 밝힌 셈이다. 이 명백성과 공공연성 두 가지는 표절 여부 판단의 기준인데, 이렇게 했을 때 문학 용어로 따로'인유'라고 한다. 그런데 최인훈의 글은 인유이면서 풍자적 성격을 띠므로 패러디가 된다. 패러디란 '인유를 통한 풍자'를 뜻하는 용어다.

안톤 슈나크의 〈우리를 슬프게 하는 것들〉

울음 우는 아이들은 우리를 슬프게 한다. 정원 한편 구석에서 발견된 작은 새의 시체 위에 초추初秋의 양광陽光이 떨어져 있을 때, 대체로 가을은 우리를 슬프게 한다. 그래서 가을날 비는 처량히 내리고, 그리운 이의 인적은 끊어져 거의 일주일이나 혼자 있게 될 때. 아무도 살지 않는 옛 궁성, 그래서 벽은 헐어서 흙이 떨어지고, 어느 문설주의 삭은 나무 위에 거의 판독하기 어려운 문자를 볼 때. 숱한 세월이 흐른 후에, 문득 돌아가신 아버지의 편지가 발견될 때. 그곳에 씌었으되, "나의 사랑하는 아들이여, 너의 소행이 내게 얼마나 많은 불면의 밤을 가져오게 했는가…" 대체 나의 소행이란 무엇이었던가? 혹은 하나의 허언虛言, 혹은 하나의 치희稚戲, 이제는 벌써 그 많은 죄상을 기억 속에 찾을 수가 없다. 그러나 아버지는 그 때문에 애를 태우신 것이다.

동물원에 잡힌 범의 불안, 초조가 또한 우리를 슬프게 한다. 철책 가를 그는 언제 보아도 왔다 갔다 한다. 그의 빛나는 눈, 그의 무서운 분노, 그의 괴로움에 찬 포효, 그의 앞발의 한없는 절망, 그 미친 듯한 순환, 이것이 우리를 말할 수 없이 슬프게 한다.

횔덜린의 시, 아이헨도르프의 가곡. 옛 친구를 만났을 때, 학창시대의 동무 집을 방문하였을 때, 그리하여 그가 이제는 우러러볼 만한 고관대작이요, 혹은 돈이 많은 공장주의 몸으로서, 우리가 몽롱하고 우울한 언어를 조종하는 한 시인밖에 못되었다는 이유에서, 우리에게 손을 주기는 하나, 그러나 벌써 우리를 알아보려 하지 않는 듯한 태도를 취할 때.

포수의 총부리 앞에 죽어 가는 사슴의 눈초리. 재스민의 향기, 이것은 항상 나에게 창 앞에 한 그루의 늙은 나무가 선 내 고향을 생각하게 한다. 공원에서 흘러오는 고요한 음악. 그것은 꿈같이 아름다운 여름밤에, 모래자갈을 고요히 밟고 지나가는 사람의 발자국 소리가 들리고, 한 곡절의 쾌활한 소성笑聲은 귀를 간질이는데, 그러나 당신은 벌써 근 열흘이나 침울한 병실에 누워 있는 몸이 되었을 때. 달리는 기차가 또한 우리를 슬프게 한다. 그것은 황혼이 밤이 되려 하는 즈음에, 불을 밝힌 창들이 유령의 무리같이 시끄럽게 지나가고, 어떤 예쁜 여자의 얼굴이 창가에서 은은히 웃고 있을 때. 찬란하고도 은성한 가면무도회에서 돌아왔을 때. 대의원 제씨諸氏의 강연집을 읽을 때. 부드러운 아침 공기가 가늘고 소리 없는 비를 희롱할 때.

공동묘지를 지나갈 때, 그리하여 문득 "여기 십오 세의 약년으로 세상을 떠난 소녀 클라라는 잠들다."라고 쓴 묘지명을 읽을 때, 아, 그는 어렸을 적의 단짝 동무의 한 사람. 날이면 날마다 언제나 도회의 집과 흥미 없는 등걸만 보고 사는 시꺼먼 냇물… (후략)

—— 최인훈의 〈우리를 슬프게 하는 것들〉 ——

배고파 우는 아이는 우리를 슬프게 한다. 어느 마을 돌담에 기댄 어린이의, 나무뿌리로 포식한 창황색의 배 위에 초춘의 양광이 떨어져 있을 때, 대체로 봄은 우리를 슬프게 한다. 그래서 봄날 철 이른 비는 처량히 내리고, 데이트 할 밑천이 없어, 그리운 이의 인적은 끊어져 거의 일주일이나 혼자 있게 될 때.

아무도 돌보지 않는 길가의 석불, 그래서 동리 강아지 한 마리가 일각을 거하여 그 밑동아리에 쉬이를 하고 있는 것을 보게 될 때. 몇 해고 지난 후에 문득 돌아가신 아버지의 편지가 발견될 때, 그곳에 씌었으되, "이놈아, 너의 소행이 내게 얼마나 많은 불면의 밤을 가져오게 했던가…." 대체 나의 소행이란 무엇이었던가? 고등고시를 거부한 일, 혹은 아버님더러 소친일파라고 몰아세운 일. 이제는 벌써 그 많은 죄상을 기억 속에 찾을 바이 없되, 그러나 아버님은 그 때문에 애를 태우신 것이다.

동물원에 갇힌 사슴이 어느 날 밤 누군가에 의해서 뿔이 잘려 죽어 있는 사진이 우리를 슬프게 한다. 철책 속에서 그는 언제 보아도 멍청하니 서 있었다. 그의 순한 눈, 그의 가여운 낙천, 그의 귀여운 젖은 코, 그의 앞발의 한없는 순종, 그의 태평한 잔걸음, 생시의 그의 모습이 우리를 슬프게 한다.

이상의 시장詩章, 김소월의 가곡, 고구故舊를 만날 때, 학창시대의 동무 집을 심방하였을 때, 그리하여 그가 이제는 전도가 유망한 공무원이요, 혹은 번창하는 외인상사의 임원 된 몸으로 우리가 몽롱하고 우울한 언어를 조작하는 일개 시인밖에 못 되었다는 이유에서, 우리에게 손을 주기는 하나 벌써 우리를 알아보지 않으려는 태도를 취하는 것같이 보일 때.

길거리에 앉은 근교 촌부의 바구니에 담긴 진달래꽃, 이것은 항상 나에게 언제 다시 가 볼지 모르는 이북의 고향 집 뒷동산을 생각나게 한다. 삼류극장에서 들려오는 소란한 재즈, 그것은 후텁지근

> 한 도회의 여름밤에 휘파람을 불며 동네의 불량한 소년들이 너무나 일찍 배운 성의 이야기를 왁자지껄 주고받으며 지나가는데, 당신은 벌써 근 열흘이나 침울한 하숙집에서 앓는 몸이 되었을 때.
> 달아나는 유엔 군용열차가 우리를 슬프게 한다. 그것은 황혼이 밤이 되려 하는 즈음에 불을 밝힌 창들이 유령의 무리같이 시끄럽게 지나가고, 어떤 어여쁜 외국 여자의 얼굴이 창가에서 은은히 웃고 있을 때, 찬란하고도 은성한 미국 영화를 보고 났을 때, '단상단하'를 읽을 때, 부드러운 공기가 가늘고 소리 없는 비를 희롱하는 아침, 조간에 씌었으되, '방사능은 끝내 우리나라에도'
> 공동묘지를 지날 때, 그리하여 문득 "여기 십오 세의 약년으로 놈들에게 학살된 철호는 누워 있음"이라는 묘표를 읽을 때. 아 그는 6.25때 손잡고 월남한 나의 사촌동생. 날이면 날마다 도회의 집의 흥미 없는 등걸만 보고 사는 이국종 가로수들… (후략)

안톤 슈나크의 수필에는 인간의 보편적인 슬픔이 감정적이고 주관적으로 나타나 있다. 반면 최인훈의 수필에는 1960년대 가난한 분단국의 특수한 현실이 객관적이고 사실적으로 나타나 있다. 안톤 슈나크의 것이 섬세한 어휘의 선택과 기지에 찬 문장 등으로 유머와 관련되는 글이라면, 최인훈의 것은 과장적인 어휘의 선택과 위트 있는 문장 등으로 풍자성을 띠는 글이다.

유머와 풍자는 둘 다 '있는 현실'을 '있어야 할 현실'로 보지 않는 데서 발생한다는 공통점을 갖는다. 달리 말해 둘 다 실제적 현실을 당위적 현실로 받아들이지 않고 '개선되어야 할 현실'로 파악한다. 그리고 둘 다 현실을 개선하는 데 웃음의 방식을 사용한다는 점도 같다.

다만 유머는 현실을 우호적인 방법으로 완곡히 개선해 보고자 하는 반면 풍자는 현실을 비판적인 방법으로 곧장 개선하려 한다. 그러므로 풍자는 웃음을 통한 저항과 공격의 행위라고 할 수 있다. 유머에는 낭만적 상상력이 발동한다. 반면 풍자는 현실을 분석하는 과학정신에서 발동하는 지적인 행위이다. 다시 풍자를 정의하자면, '웃음을 무기로 삼는 지적인 공격 행위'라고 할 수 있다.

우리는 이 두 편의 글을 읽으며 유머의 글과 풍자의 글이 가지는 차이점을 생각해 보아야 한다. 한 가지 유의해야 할 것은, 풍자가 비판적 공격 행위라고는 해도 어디까지나 현실의 개선에 목적을 둔다는 점이다. 그러므로 풍자는 어떤 상대를 타도하기 위한 야유나 성토와는 구별되어야 한다.

글의 통일성을 생각할 것

앞에서 강조했듯이 주제의 명료성은 글의 통일성과 직결된다. 그런데 글이 통일성을 가지려면 내용뿐 아니라 형식에서도 일관되어야 한다. 즉 제시된 두 글처럼 유머면 유머, 풍자면 풍자 하나로만 일관되어야 좋다는 것이다.

또한 두 편의 글은 모두 슬픔을 제재로 했다. 그렇지만 두 슬픔에는 차이가 있다. 안톤 슈나크의 슬픔은 범인간적인 것이다. 반면 최인훈의 슬픔은 특수한 시대의 것이다. 전자가 보편적 슬픔이라면 후자는 사회적 슬픔이라고 할 수 있다. 이렇게 같은 슬픔을 말하더라도 보편적 슬픔이면 보편적 슬픔, 사회적 슬픔이면 사회적 슬픔 하나로 주제를 압축한 후에, 그것만으로 일관되는 글을 써야 높은 수준의 명료성과 통일성이 달성된다.

6장

표현의 정확성을 위한 글쓰기

'표현의 정확성'은 모든 언어행위에서 문제가 된다. 글쓰기에서 이것은 바른 문장, 적절한 어휘, 맞춤법과 띄어쓰기 등으로 세분된다. 한국어의 맞춤법과 띄어쓰기는 어렵다. 적절한 어휘 선택능력과 바른 문장의 구사능력을 갖기는 더욱 어렵다.

대책 없는 말 같지만, 많이 써서 많이 고쳐 보는 방법 외에 묘수가 따로 있는 것이 아니다. 문장론을 가르치는 어느 대학의 교실에서 학생이 교수에게 정확한 글을 쓰려면 어떻게 공부해야 하느냐고 묻자 교수가 되묻기를, "진실로 그 방법을 알고 싶은가?"라고 했다. 학생이 그렇다고 대답하자 교수가 말하기를, "그렇다면 지금 내 강의를 듣지 말고 집에 가서 글을 써라."라고 했다는 일화는 유명하다.

비문을 경계할 것

정확한 표현을 위해서 가장 경계해야 할 것은 비문(틀린 문장)의 노출이다. 한 문단에 비문이 하나 이상만 되어도 문단 전체의 내용 전달이 불가능해지기 때문이다.

> 그게 무슨 새삼스러운 것도 아니고 우리의 핵심 목표는 올해 달성해야 할 것은 이것이다 하는 것을 정신을 차리고 나가면 우리의 에너지를 분산시키는 걸 해낼 수 있다는 마음을 가지셔야 될 거라고 생각한다. — 2015. 5.12 청와대 국무회의 시작 전 '대통령 말씀' 중

비문으로 점철되어 있다. 이런 언어를 즉각 독해할 수 있는 능력을 가진 천재는 없다. 만약 이런 문장을 구사한다면 의미 전달에 실패하는 데 그치지 않고, 필자에 대한 독자의 신뢰를 삽시에 무너뜨린다. 당연히 독자는 신뢰하지 않는 필자의 글을 더 이상 읽으려 하지 않을 것이다.

의식적으로 비문을 안 쓰려고 노력해야 한다. 이를 위해서는 비문의 유형을 숙지해 두어야 한다. 가장 많이 나타나는 대표적인 비문의 유형 다섯 가지는 아래와 같다.

- 부적절한 어휘 선택의 비문
- 필수성분 누락의 비문
- 호응 불일치의 비문

- 동어중복의 비문
- 부당한 주어 공유의 비문

동어중복의 비문 중에는 피동을 부당하게 중복해서 쓰는 비문이 많이 보인다. 우리가 흔히 듣는 '보여지다'를 살펴보자. 이 단어를 분석하면 **보**(어간) + **이**(피동접사) + **어지**(피동접사) + **다**(어미)가 된다. 당연히 피동접사가 중복된 비문이다. 이와 비슷한 유형의 비문 몇 개를 더 제시한다.

전문가들에 의해 검증되어진 실력 (검증된)
이러한 성격 때문에 당해지는 손해가 여간 크지 않았다. (당하는)
내일 아침이면 또 마음이 변해지겠구나. (변하겠구나)
그것이 요즈음 학생들에게 많이 읽혀지는 책이다. (읽히는)

또한 지나친 영어 구문식의 표현도 비문이다.

시간을 갖고 검토해 보려 합니다. (두고)
월요일 오전 10시에 회의를 갖겠습니다. (하겠습니다)
세월호의 침몰과 함께 수많은 익사자가 발생했다. (침몰로 인해서)

적절한 한자어의 사용은 다양한 표현과 압축적인 표현에 효과적이다. 하지만 너무 생경한 한문 투의 문장은 현학적이라기보다는 코믹하게 느껴진다. 귤 한 조각을 '집었다'라고 해야 할 것을,

귤 한 조각을 '나포해 왔다'라고 표현한다면 우습지 않겠는가? 남녀가 입을 맞추는 장면을 '구강 대 구강의 대면'이라고 표현할 사람은 없을 것이다.

극단적인 예를 하나 더 들자면, '그녀는 깜짝 놀라 온몸에 털이 솟았다'를, '경악한 그녀는 전신의 융모가 일제히 봉기했다'라고 할 수 있을까? 물론 이처럼 극단적인 한문 투의 문장을 쓰는 사람은 없다. 불요불급한 한자어의 사용은 무조건 자제할수록 좋다는 것을 경고하기 위해 만들어 본 말이다.

글쓰기에서 비문을 안 쓴다는 것은 워낙 중요한 일이다. 그러므로 지면을 좀 더 들여서라도 흔히 나타나는 비문의 사례들을 더 소개하기로 한다.

6.25 때 아들을 잃은 후, 그다지 인심이 후하던 그녀도 세태의 변화에 따라 마음이 달라졌다.

⋯→ 호응 불일치의 비문. '그다지'는 부정어와 결합해야 함. 그러므로 '인심이 후하지 않던 그녀'로 정정하거나 '그다지'를 빼야 함.

90년대 들어 부쩍 늘어나는 차량은 굳이 다른 설명을 붙이지 않아도 명절 귀향길에서 누구나 확인할 수 있다.

⋯→ '늘어나는 차량은'과 '확인할 수 있다'의 호응 불일치. '90년대 들어 차량이 부쩍 늘어났다는 것은'으로 고쳐야 함.

텔레비전이 우리 생활에 미치는 가장 나쁜 영향은 가족 간의 대화를 단절시킨다.

…→ '영향은'과 '단절시킨다'의 호응 불일치. '단절시킨다'를 '단절시키는 것이다'로 고침.

그가 오락에 몰두하는 것은 단순히 즐기기 위해서보다는 현재의 괴로움을 잠시나마 잊어보려는 행동에 불과하다.

…→ '-보다는'과 '행동에 불과하다'의 호응 불일치. '즐기기 위해서보다는'을 '즐기기 위해서가 아니라'로 고침.

가정은 어느 시대를 막론하고 인간성의 함양과 사회적 덕목을 계발하는 터전이다.

…→ 부당한 접속의 비문임. '과(와)'는 앞뒤 어절을 대등하게 접속시키는 조사임. 부당한 접속의 비문은 '고'나 '며'를 사용하는 정당한 대등 문장으로 고쳐야 함. '인간성을 함양하고'로 바꿈.

대학은 형성된 심오한 진리 탐구와 치밀한 과학적 정신을 배양하는 도장입니다.

…→ 마찬가지로 부당한 접속의 비문임. '심오한 진리를 탐구하고 치밀한 과학 정신을 배양하는'으로 고침.

철수는 대학입시에 대비해 날마다 적당한 운동과 체육이론을 열심히 공부하였다.

…→ 마찬가지로 부당한 접속의 비문임. '적당한 운동과'를 '적당한 운동

을 하고'로 고침.

국내에서도 에이즈는 강 건너 불이 아닌 발등의 불이 되어 버린 지 오래 전이며 따라서 에이즈를 다른 나라의 이야기만으로 치부하기는 어려운 상황에 있는 것 같다고 할 수 있다.
··· '발등의 불이 되어 버린 지'와 '오래 전이며'의 중복, '오래이며'로 고침. 문장에서 불필요한 단어는 무조건 안 쓰는 것이 좋음. 뒷부분은 불필요한 어구가 많음. '치부하기 어렵다' 정도로 간결하게 줄임.

그가 이 책에서 주장하고 있는 것은 지령적 언어에서는 낱말이나 문장이 사전적 의미가 그리 중요하지 않다.
··· 한국어 문장에서 주어와 서술어는 필수적 성분임. '것은'의 서술어가 없음. '사전적 의미가 그리 중요하지 않다는 점이다.'로 고침.

그것을 고려에 넣는다면 우리가 참는 것이 낫겠지요.
··· 외국어 번역 투 문장. '고려에 넣는다면'을 '고려한다면'으로 고침.

우리가 그걸 모두 주선할 예정으로 있습니다.
··· 외국어 번역 투 문장. '주선할 예정으로 있습니다'를 '주선하겠습니다'로 고침.

그 소방관은 생명을 무릅쓰고 불로 뛰어들어 사람을 구출하였다.
··· '생명을 무릅쓰고'를 '생명의 위험을 무릅쓰고' 또는 '죽음을 무릅쓰

고'로 고침.

너의 행동은 아무리 생각해 보아도 나에게는 이해가 가지를 않는다.

⋯› '이해가 가지를 않는다'를 '이해가 안 된다'로 고침.

〈무정〉은 이광수의 작품인데 우리나라 신문학기의 선구자임이 분명하다.

⋯› 주어의 부당한 공유 비문임. '~작품인데 그는 우리나라~'로 고침.

민족성에는 기본적인 것과 파생적인 것 두 가지로 성립된다.

⋯› 조사가 잘못 사용된 비문임. '민족성에는'을 '민족성은'으로 고침.

사람들은 그것이 선수들보다 관중의 책임이 훨씬 큰 사건이었다라고 지적하였다.

⋯› 간접 인용문에는 '~라고'가 아니고 '~고'로 써야 함.

사람들은 자기 혼자만 옳다고 생각하는 편견에 빠질 위험을 늘 경계해야 한다.

⋯› 부적절한 어휘 선택의 비문임. '편견'을 '독선'으로 고침.

음식이 식어지기 전에 식사부터 하고 일을 시작하도록 하자.

⋯› '식어지기'를 '식기'로 고침.

창안으로 환한 햇볕이 비쳐들었다.

⋯→ 열의 개념일 때는 햇볕, 빛의 개념일 때는 햇빛. '햇볕'이 아니라 '햇빛'으로 고침.

사회주의 체제가 무너진 후, 세계는 도처에서 자본주의의 승전고를 울리면서 세계를 하나의 시장으로 통합해 가고 있다.

⋯→ 주어 '세계는'이 목적어 '세계를'로 부당하게 전용되었음. '승전고가 울려 퍼지면서 하나의 시장으로 통합되어 가고 있다'로 고침.

선배들은 기강을 확립하여, 질서와 위계를 분명히 해야 한다는 데 의견을 모았다.

⋯→ 목적어의 부당한 공유 비문임. '질서와 위계를' 두 개가 같은 서술어의 목적어가 될 수 없음. '질서와 위계를'을 '질서를 바로잡고 위계를 분명히 해야'로 고침.

아버님, 할아버지께서 내일 시골로 내려오시랍니다.

⋯→ 높임법 오류의 비문임. 제1높임(할아버지) 앞에서는 제2높임(아버지)을 높여서는 안 됨. '내려오라십니다'로 고침.

웃어른의 말씀이 계실 때에는 모름지기 경청해야 하는 것이다.

⋯→ 직접높임(계시다, 모시다. 주무시다, 잡숫다 등)과 간접높임의 문제. '말씀'은 간접높임으로 해야 함. '계실'을 '있으실'로 고침.

아빠는 출장 가셨고 엄마는 설거지하신다.

···› 부당한 대등의 비문임. '~고'와 ~'며'는 대등적 연결어미. 출장과 설거지는 의미의 격이 대등되지 않음. 두 문장으로 따로 써야 함.

청소년들이 마약으로부터 보호받기 위한 법적 장치의 마련이 시급히 요청된다.

···› '청소년들을 마약으로부터 보호하기 위한 법적 장치를 시급히 마련해야 한다.'로 고침.

나의 사상이 밖으로 표출된 것이 바로 이 책이다.

···› '밖으로'와 '표출(밖으로 나옴)'은 의미가 중복됨. '밖으로'를 제거.

사람이 많은 도시를 다녀 보면 재미있는 일이 많을 것이다.

···› 애매어의 비문임. 사람이 많은 도시인지, 많은 도시를 다닌다는 뜻인지 모호. 쉼표를 쓰든지 어휘의 위치를 옮기는 방법 등으로 고침.

고유어 사용에 대하여

지나치게 고유어 사용을 고집하는 사람들이 있다. 심지어 그들은 '고유어固有語'도 한자어니까 '토박이말'로 쓰자고 주장한다. 나는 이런 주장에 동의하지 않는다. 언어는 유연하게 사용되어야 한다고 생각하기 때문이다.

예컨대 음식, 식품 등의 멀쩡한 우리말을 놔두고, 굳이 먹거리, 먹을거리라고 하는 분들을 이해할 수 없다. 한자어는 훌륭한 우리말이다. 어원이 외국어에 있다는 이유로 외래어라고 배척하는 것은 언어의 본질적 속성을 무시하는 처사이다. 세계적 언어라고 하는 영어 어휘의 대부분은 외국어에 어원이 있다.

무엇보다 언어 사용의 경직주의는 어휘 축소라는 비문화적 현상을 초래한다. 예를 들어 외래어 '페이지' 대신 '쪽'을 주장하는 분들이 있다. 가뜩이나 '쪽'은 얼굴, 방향, 쪼가리, 짙은 푸른 빛, '비녀를 꽂은 여자 머리털'에다 의성어(입맞춤 소리)로까지 쓰이는 터에, 페이지의 뜻까지 보탤 필요는 없다고 본다. 그래서 나는 외래어 '페이지'를 그냥 사용한다.

나는 언어에 '민족의 얼'이 담겨 있다고 보지도 않는다. 하지만 우리말을 중시하는 것은 우리의 민족정신과 일정한 관련이 있기는 하다. 다만 영어 철자나 영어 발음이 틀리는 것은 부끄러워하면서 우리말 철자나 우리말 발음의 잘못은 괘념치 않는 사람이 있다면 나는 그를 약간 모자란 사람으로 본다.

한국어 문장의 3형식

영어에는 5형식 문장이 있는데 비해, 한국어에는 3형식 문장밖에 없다는 것은 별로 알려져 있지 않다. 정문 쓰기에 익숙해지기 위해서는 이 한국어 문장 3형식을 반드시 익혀야 한다.

한국어의 문장성분에는 7개가 있다. 주어, 보어, 서술어, 목적어, 관형어, 부사어, 독립어이다.

[1형식 문장]

나는 간다.

새가 날아든다.

꽃이 피어 있다.

1형식 문장은 **주어 + 서술어**로 구성된 가장 간결한 형태의 문장이다. 1형식 문장의 서술어는 앞에 하나의 성분만 필요로 한다.

[2형식 문장]

나는(주어) 사과를(목적어) 먹는다.(서술어)

나는(주어) 어른이(보어) 되었다.(서술어)

오늘은(주어) 산보하기에(부사어) 좋다.(서술어)

2형식 문장에는 **주어 + 목적어 + 서술어 / 주어 + 보어 + 서술어 / 주어 + 필수부사어 + 서술어**로 구성되는 문장이 있는데 역시 간결한 문장들이다. 2형식 문장의 서술어는 앞에 두 개 성분만 필요로 한다.

[3형식 문장]

나는(주어) 꽃을(목적어) 순이에게(필수부사어) 주었다.(서술어)

3형식 문장은 **주어**와 **서술어**에 **목적어**와 **필수부사어**가 첨가되어 4개 성분으로 구성된다. 따라서 3형식 문장의 서술어는 앞에 세 개 성분을 필요로 한다.

한국어 문장의 뼈대는 이 세 개 형식밖에 없다. 아무리 길고 복잡한 문장도 이 세 개 형식에서 출발해야만 한다. 다행인 것은 한국어에서 길고 복잡한 문장일수록 좋은 문장은 아니라는 점이다. 문장은 짧을수록 가독성과 전달력이 높아진다. 사실 필수적인 성분만을 최소한으로 갖춘 이 세 개 형식의 문장이면, 아무리 길고 어려운 내용도 그 의미를 다 전달할 수가 있는 것이 한국어의 장점이다.

맞춤법과 띄어쓰기에 관하여

언어는 끊임없이 변화한다. 그에 따라 사회적 약속도 달라진다. 정서법 또한 시간이 지나면서 바뀐다. 정서법이란 주로 맞춤법과 띄어쓰기를 말하는데, 정서법이 몇 군데 틀렸다고 해서 그 글이 나쁘다고 단정할 수는 없다. 정서법은 언어 사용에서 지엽적인 것이고, 이것이 정확하지 않다고 해서 소통에 큰 지장을 초래하는 것은 아니다. 그러나 정서법이 틀리면 대체로 글의 내용까지 나쁘게 보일 수 있으며 심지어 글쓴이의 지적 자질까지 의심 받게 된다.

프러포즈를 한답시고 "나는 아침마다 너의 구두를 '닦아 주는'

사람이 되고 싶어."라고 쓴 카드의 글이 있다면 상상만으로도 난감하다. '암마', '문리치료'라고 써 놓은 간판도 있다. 이처럼 맞춤법이 심하게 틀린 문장은 웃음을 자아낸다. 물론 맞춤법을 일부러 변형시켜 쓰는 것은 언어생활을 풍부하게 하는 면이 있다. 하지만 거듭 말하거니와 영어 스펠링을 틀리면 부끄러워하면서 우리말 맞춤법에는 대범한 태도를 보이는 것은 가당치 않다.

당신은 어렸을 때 맞춤법이 틀린 어른의 글을 본 기억이 있을 것이다. 그때 느낌이 어떠했는가? 그것은 지금 당신이 쓴 틀린 맞춤법을 당신의 자녀가 보는 것과 별반 다르지 않다. 이럴 경우 어른인 당신은 어린이에게 연민의 대상이 될 수도 있다는 것을 생각하라.

언어의 속성상 맞춤법은 시간에 따라 바뀌지만, 당신이 생각하는 것처럼 자주 바뀌는 것은 아니다. 단지 당신에게는 새로 바뀐 맞춤법을 따로 익힐 기회가 없었을 따름이다. 그런데 무엇이든 변화를 따라가지 못하는 것은 구세대의 속성이다. 그러니 일찍 꼰대가 되고 싶으면 맞춤법에 대범해져라.

정확한 맞춤법은 정확한 발음과 관련을 갖는다. 예를 들어 '꽃을 꽂아라'가 있다. 여기에서 '꽃'에는 **ㅊ** 받침이, '꽂아라'에는 **ㅈ** 받침이 쓰인다. 그러므로 이 문장의 정확한 발음은 **[꼬츨 꼬자라]**가 된다. 이것을 평소에 '**꼬츨 꼬자라**'라고 정확히 발음하면, 글로 쓸 때 받침을 혼동하지 않게 된다.

'깊숙이'나 '깨끗이'도 마찬가지다. 평소 말할 때 **[깁수키]**라고 한다든지 **[깨끄치]**라고 잘못 발음하면 '깊숙히' '깨끗히'로 잘못 쓰게 된다. 그러나 평소에 **[깁수기]**, **[깨끄시]**로 정확히 발음해 두면 '깨끗이', '깊숙이'로 정확히 쓰게 된다. 접사 '이'와 '히'의 구별에는 기준이 없다. 정서법 규정을 찾아보면 참으로 허망하다. 왜냐하면 거기에는 '이'로 발음 나면 '이'로, '히'로 발음 나면 '히'로 쓴다는 규정만 있을 뿐이기 때문이다. 그러나 이것 역시 발음과 표기는 직결된다는 점을 알려 주는 사례이다.

한 가지 재미나는 사실은 맞춤법 역시 이론보다는 실전이 중요하다는 것이다. 나는 국어국문학을 전공했는데, 국어국문학 전공자는 어학 전공자와 문학 전공자로 나뉜다. 얼핏 생각하면 어학 전공자의 맞춤법 실력이 문학 전공자보다 나을 것 같은데, 문학 전공자의 맞춤법 실력이 낫다. 문학 전공자가 실제로 글을 더 많이 써 보기 때문이다. 이처럼 맞춤법과 띄어쓰기 실력은 글쓰기 실력과 비례한다. 한국어의 맞춤법과 띄어쓰기가 까다로운 것은 사실이다. 아래 문장을 보자.

'붙여 쓰기'는 띄어 쓰고 '띄어쓰기'는 붙여 쓴다

이 문장에서 '붙여'와 '쓰기'는 별개의 동사지만, '띄어쓰기'는 하나의 합성명사다. 그러니까 정서법상 '붙여 쓰기'는 띄어 쓰고, '띄어쓰기'는 붙여 쓰는 것이다.

띄어쓰기를 어렵게 만드는 것으로 이중단어가 있다. 이중단어는 두 단어 이상이 결합된 단어인데, 원래는 단어 별로 띄어 쓰는 것이 원칙이다. '책상 서랍'에서 책상과 서랍은 띄어 쓴다. 그러나 여기에는 여러 예외가 있다. 이 예외 규정에 속하면 편의상 붙여 쓰는 것이 더 좋다.

- **동식물의 이름** : 진달래꽃, 너도밤나무, 고추잠자리
- **명승고적이나 행정구역** : 도산서원, 천지연폭포, 서울특별시, 전라남도
- **책 이름** : 백범일지, 동국여지승람, 세종실록지리지
- **기구 이름** : 진공청소기, 자동세탁기, 김치냉장고
- **학술용어** : 유전공학, 상대성이론, 동북항일연군

이와는 달리 외래어는 띄어쓰기로 구별해 주는 것이 원칙이다. '회교', '기독교'는 붙여 쓰지만, 외래어가 들어 있는 '힌두 교, '크리스트 교'는 띄어 쓴다.

한국어의 9품사

사실 한국어 맞춤법과 띄어쓰기에 능통하려면 모든 어휘의 품사와 형태소를 분석할 수 있는 실력이 있어야 한다. 그러나 이것은 불가능에 가깝다. 나는 이런 실력을 갖춘 사람을 만난 적이 없다.

내가 당신에게 권하는 것은 한국어의 품사 정도는 알아 두어야 한다는 점이다. 한국어 띄어쓰기의 대원칙이 '품사별로 띄어 쓰되 조사는 붙여 쓴다'는 것이기 때문이다. 먼저 한국어에는 몇 개 품사가 있는가? 당신은 바로 대답하지 못할 것이다. 그러면 영어에는

품사가 몇 개 있는가? 당신은 8품사임을 알고 있을 것이다. 이것이 바로 오늘날 한국어 인식의 현실이라는 점을 자각할 필요가 있다.

한국어 표기가 어렵다고들 한다. 하지만 잘 생각해 보라. 한국어를 제대로 배운 적이 있는지를. 한국은 국문법보다 영문법을 더 많이 교육하는 이상한 나라다. 그러다 보니 국문법도 영문법도 다 모르게 되는 것이다. 한국어가 어렵게 느껴지는 것은 국어 교육이 부실하기 때문이지, 한국어 자체가 어렵기 때문은 아니다.

한국어 품사에는 9개가 있다. 영어에 있는 접속사와 전치사 두 개가 없고 영어에 없는 수사, 관형사, 조사 세 개가 더 있으니까 9품사가 된다. 글쓰기 공부를 위해서라면 이 이상 깊이 알 필요는 없다. 다만 9개 품사의 명칭 정도는 아래 노래 가사를 통해 확인해 주기 바란다.

- **체언** : 명사, 대명사, 수사
- **용언** : 동사, 형용사
- **수식언** : 부사, 관형사
- **관계언** : 조사
- **독립언** : 감탄사

아![감탄사] 당신[대명사]은[조사] 누구[대명사]시길래[조사]

내[관형사] 맘[명사] 깊은[형용사] 곳[명사]에[조사]

외로움[명사] 심으셨나요.[동사]

그냥[부사] 스쳐[동사] 지나갈[동사] 사람[명사]이라면[조사]

모르는[동사] 타인들[명사]처럼[조사]

아무[관형사] 말[명사] 말고[동사] 가세요.[동사]

잊으려[동사] 하면[동사] 할수록[동사]

그리움[명사]이[조사] 더하겠지만[동사]

가까이하기[동사]엔[조사] 너무[부사] 먼[형용사] 당신[대명사]을[조사]

난[대명사+조사], 잊을[동사] 테요.[명사+조사]

— 이광조 작사, 노래 〈가까이하기엔 너무 먼 당신〉

정서법 26계

한국어 정서법이 까다로운 것은 사실이지만 쉽게 해결할 수 있는 편법이 있다. 사실 정서법만을 논의하더라도 책 한 권이 넘을 정도로 많은 분량이다. 그러나 당신이 주로 틀리는 유형은 거의 정해져 있으며, 이것은 다 합쳐 봐야 얼마 되지 않는다. 자주 틀리는 유형 26개를 무작위로 골라 설명을 붙여 제시할 테니 힘들더라도 반드시 익혀 주기 바란다.

1. 할런지/할는지, 통털어/통틀어, 엄한 데/애먼 데

⋯▸ 모두 뒤의 것이 맞는 표기다.

2. 비젼/비전, 쟝르/장르, 심심챦다/심심찮다, 만만챦다/만만찮다

⋯▸ 역시 뒤의 것이 맞는 표기다. 대부분의 경우 이중모음보다는 단모음

으로 표기하는 것이 원칙이다.

3. 일찍이/일찌기, 더욱이/더우기

⋯› 앞의 것이 맞다. 표기법에는 '끊어적기'와 '이어적기'가 있는데, 앞의 것이 '끊어적기', 뒤의 것이 '이어적기'다. 이 둘 중 하나를 선택해야 하는 문제이다. '일찍 + 이', '더욱 + 이'로 분석된다. 이런 경우 '일찍', '더욱'만으로 자립적인 사용이 가능하므로 '일찍이', '더욱이'로 끊어 적어야 한다. '손아귀'도 비슷한 경우다. '손'과 '아귀' 두 단어는 자립적인 사용이 가능하므로 끊어 적은 것이다. 반면에 '소나기'에서 '아기'는 자립적으로 쓸 수 없는 단어이므로 이어 적은 것이다.

4. 구분/구별

⋯› '구분'과 '구별'은 구별해서 써야 한다. 구분은 상위개념을 하위개념으로 나누는 것이고, 구별은 단순히 차이에 따라 나누는 것이다.

사람은 남자와 여자로 '구별'된다. (구분)
용언은 동사와 형용사로 '구별'된다. (구분)
⋯› 이 경우 남자와 여자를 합하면 상위개념인 사람이 되고, 동사와 형용사를 합하면 역시 상위개념인 용언이 된다.

남녀 차별과 남녀 구별은 구별되어야 한다.
동사와 형용사를 구별할 줄 알아야 한다.
⋯› '구별'은 이와 같은 경우에 쓴다. 단순히 '차이에 따라 나누다'의 뜻이다.

5. 채/째/체하다

음식을 거의 남겨 둔 채 자리에서 일어났다.

⋯▸ '채'는 '~ 하는 상태로'의 뜻인데, 의존명사이므로 앞 단어와 띄어 써야 한다.

둘째가라면 서럽다. / 통째로 삼키다.

⋯▸ '째'는 '차례' 또는 '그대로'의 뜻을 가지는 접미사로, 앞 단어에 붙여 써야 한다.

잘난 체하다.

⋯▸ '체하다'는 '~ 척하다'의 뜻. 보조동사이므로 앞 단어와 띄어 써야 한다.

저녁 먹은 것이 체했다.

⋯▸ 이 밖에 '체하다'는 '먹은 것이 얹히다'의 뜻을 가지는 동사로도 쓰인다.

6. 할게/할께

내가 거기로 갈게.

⋯▸ 먼저 '할게'는 있지만 '할께'라는 표기는 없다. 미래 의지의 뜻을 가질 때 '게'를 쓴다.

내가 해낼 수 있을까? / 그는 봄이 되면 물러날까?

···› 된소리 '까'가 있는데 이것은 의문형에 쓰인다.

7. 웬/왠지

웬 놈이냐? (Who are you?)

···› '웬'은 '어인', '어떠한'의 뜻이다. 영어 who의 뜻도 있다.

왠지 모르게 무섭다. / 왠지 모르게 마음이 끌린다.

···› '왠지'는 '왜인지'의 준말이다. 영어 why와 가깝다.

결국 '웬'이나 '왠지'는 있지만, '왠'이나 '웬지' 따위는 한국어에 없는 표기이므로 써서는 안 된다.

8. 옳다/올바르다

···› '옳다'가 활용되어 '옳은'이 되고 올바르다가 활용되어 '올바른'이 된다. '옳바른'으로 써서는 안 된다.

9. -으로서/-으로써

선생으로서, 부모로서

···› '으로서'는 자격의 의미를 가질 때 쓴다.

이로써 해결되었다. / 결승골을 넣음으로써 승리했다.

···› '으로써'는 수단, 방법의 의미로 쓰인다.

10. -에/-에게

···› 무정물에는 '에'를 쓰고 유정물에게는 '에게'를 쓴다. 여기서 유정물이란 본능을 가진 것, 즉 사람과 동물을 뜻한다. 식물은 아니다.

개에게 밥을 주다.

꽃에 물을 주었다.

나라에 충성, 부모에게 효도

11. 고마와/고달파/가까와

···› 옛날식 표기로서 모음조화를 철저히 지킨 것이다. 그런데 현행 맞춤법은 사람들이 많이 발음하는 쪽으로 바뀌었다. 일부 모음조화 파괴를 인정한 것이다. 그래서 '고마워', '고달퍼', '가까워' 등으로 써야 한다.

12. 든지/던지

···› '든지'는 선택에 쓰고, '던지'는 과거시제에 쓴다

가든지 말든지 / 어찌나 좋았던지

13. '율, 열'과 '률, 렬'

···› 선율, 범죄율, 대열 / 확률, 사망률, 일렬 등이 있다. 어려운 것 같지만 무조건 ㄴ 다음이나(선율) 모음 다음(범죄율, 대열)에서만 '율', '열'로 적는

다는 점을 기억하면 된다.

14. 대로/데로, 뿐, 만큼

⋯› '데로'라는 표기는 없다. '대로'가 맞다.

ⓐ 너는 너대로, 나는 나대로

ⓑ 바람 부는 대로 걸었다.

문제는 의외로 복잡하게 벌어진다. 보다시피 ⓐ의 '대로'는 붙여 쓴 반면 ⓑ의 '대로'는 띄어 썼다. 이것이 조금 어렵다. 이런 띄어쓰기는 컴퓨터가 식별해 내지 못한다. ⓑ의 '대로' 앞의 '너'와 '나'는 품사로 대명사다. 우리말에서는 명사, 대명사, 수사를 합쳐 체언이라고 하는데, '대로'가 체언 뒤에 쓰일 때는 조사가 되므로 붙여 쓰는 것이다.

반면 ⓑ의 '대로'는 '부는' 뒤에 쓰였다. '부는'은 기본형 '불다'에서 활용된 동사다. 우리말에서는 동사와 형용사를 합쳐 용언이라고 한다. 이처럼 '대로'가 용언 뒤에 쓰일 때는 의존명사가 되므로 띄어 쓰는 것이다. 이와 똑같은 변용을 보이는 단어로 '뿐'과 '만큼'이 더 있다.

내가 사랑하는 것은 너뿐이다.

나는 너만 사랑할 뿐이다.

너만큼 착한 사람은 없다.

사람은 착한 만큼 행복해지는 법이다.

조금 까다롭게 느껴질 것이다. 하지만 이런 예외적 띄어쓰기는 우리말에서 다 합쳐서 '뿐', '대로', '만큼' 세 개뿐이다.

이왕 내친 김에 하나 더 까다로운 것을 추가한다.

15. 우리말에는 어미 'ㄴ데'와 의존명사 '데'가 있다.

ⓐ 내가 가는데 비가 왔다. (어미)

ⓑ 네가 가는 데가 어디냐? (의존명사)

ⓒ 이 문제를 해결하는 데 있어서 (의존명사)

… ⓐ는 붙여 썼지만 ⓑ와 ⓒ는 띄어 썼다. 쉽게 생각해서 ⓐ처럼 진행의 뜻일 때는 붙여 쓰고 ⓑ처럼 '곳'(장소)의 뜻이거나 ⓒ처럼 '것'의 뜻일 때는 띄어 쓰는 것으로 기억해 두면 된다.

16. 다음으로 '-대'와 '-데'가 또 있다.

… '-대'는 직접 경험한 사실이 아니라 남이 말한 내용을 간접적으로 전달할 때 쓰이고, '-데'는 화자가 직접 경험한 사실을 나중에 보고하듯이 말할 때 쓰이는 말로 '-더라'와 같은 의미다.

내일은 춥대. (다고 해)

내가 보기에는 좋던데. (더라)

17. 띠다/띄다

경향을 띠다. / 미소를 띠다.

⋯➝ '띠다'는 '허리띠'할 때의 '띠'에 '다'가 붙어 파생된 동사다. 그러니 '두르다' '가지다'의 뜻이다.

눈에 띄다. / 띄어 쓰다.

⋯➝ 그러나 '띄다'는 피동의 뜻인 '뜨이다'의 축약이거나 '붙이다'의 반대다.

18. 다르다/틀리다

⋯➝ '다르다'와 '틀리다'는 뜻이 다르다. 다르다는 '차이 나다'의 뜻으로 영어 different의 뜻인 반면, 틀리다는 '잘못되다'의 뜻으로 wrong과 비슷한 뜻이다. 많은 사람이 '다르다'를 써야 할 때 '틀리다'를 쓴다. 이것은 다른 것을 모두 틀린 것으로 간주하는 비진보적인 가치관이 반영된 언어 사용의 사례다.

나는 너와 견해가 '틀리다' (다르다.)
'틀린' 사람이 왔어. (다른)

네 계산은 틀렸다. (○)
왜 자꾸 틀린 것을 맞다고 우기는 거냐? (○)

19. 모든 조사는 앞말에 붙여 쓴다.

너마저, 너밖에, 웃고만, 고향으로부터, 어디까지나, 공부는커녕

20. 의존명사와 열거하는 말은 띄어 쓴다.

할 수, 아는 것, 뜻한 바, 떠난 지

빵 한 개, 차 한 대, 소 한 마리, 나이 열 살, 집 한 채, 신 두 켤레, 옷 한 벌,

국장 겸 위원장, 열 내지 스물, 국가 대 개인, 사장 및 임원들

21. 수를 적을 때는 만萬 단위로 띄어 쓴다.

십이억 삼천사백오십육만 칠천팔백구십팔 (○)

12억 3456만 7898 (○)

22. 성과 이름, 성과 호는 붙여 쓰고 호칭어, 관직명은 띄어 쓴다.

김정희, 서화담 / 김성수 씨, 김대중 대통령, 충무공 이순신 장군

23. 성명 이외의 고유명사는 붙여 씀을 원칙으로 한다.

민주회복국민회의, 대한중학교, 한국대학교

24. '간'에는 세 가지가 있다.

ⓐ 서로간, 부부간

ⓑ 10년 간

ⓒ 좋든지 싫든지 간에

⋯› ⓐ처럼 '사이'의 뜻을 가진 접사는 붙여 쓴다. ⓑ처럼 '동안'의 뜻을 지닌 의존명사라면 띄어 쓴다. ⓒ처럼 '- 든지 간에'에서는 띄어 쓴다.

25. 같이, 같은

ⓐ 눈같이 흰, 너같이 착한

ⓑ 같이 가자. 힘든 일이라서 같이 했다.

ⓒ 사람 같다. 짐승 같은 행동

⋯› ⓐ는 비교 '처럼'의 의미로 조사로서 붙여 쓴다. ⓑ는 부사 '함께'의 의미로 띄어 쓴다. ⓒ의 '같다', '같은'은 언제나 형용사로서 띄어 쓴다.

26. 마지막으로 가장 많이 나타나는 맞춤법의 오류는 사이시옷이다.

언젠가 경향신문 인터넷 판 톱기사의 제목이 '덕수궁 뒷뜰'이라고 되어 있는 것을 본 적이 있다. 현행 맞춤법으로는 '뒤뜰'인데 '뒷뜰'이라고 표기한 것이다. 사이시옷은 '체언과 체언' 사이에 들어가 관형격 조사 '의'의 역할을 한다. 그러니까 뒷마당이라고 하면 '뒤의 마당'이라는 뜻이 된다. 이 사이시옷의 용법은 옛날과 많이 다른 데다 간단하지도 않다.

먼저 이 시옷은 뒤 체언이 된소리나 거센소리로 시작될 때는 사용하지 않는다. 그러므로 '뒷마당'에는 쓰이지만 '뒤뜰'에는 안 쓰인다. 같은 이치로 '뱃살'에는 쓰지만 '배탈'에는 안 쓴다. '위층'이나 '뒤통수', '뒤풀이' 등에 안 쓰는 것도 마찬가지 경우다.

사이시옷을 정확히 쓰려면 단어가 고유어인지 한자어인지를 알아야 한다. 왜냐하면 사이시옷은 연결되는 두 단어 중 한 단어라도 고유어일 때만 쓰기 때문이다. 이삿짐, 부잣집, 수돗물, 칫솔 등에서 짐, 집, 물, 솔 등은 모두 고유어이므로 사이시옷을 쓴 것이다. 물론 두 단어가 모두 고유어일 경우에도 쓴다. '나뭇잎'에서 나무와 잎은 둘 다 고유어이다.

문제는 한자어에 있다. 원칙적으로 한자어와 한자어 사이에는 시옷을 쓰지 않는다. '칫솔'은 쓰지만 '치과齒科'는 안 쓰는 이유가 여기에 있다. 마찬가지로 초점焦點, 대가代價, 시구詩句, 시가時價 등의 한자어에는 쓰지 않는다. 다만 읽을 때는 뒤 음절을 된소리로 낸다. 그래서 **[초쩜]**, **[대까]** 등으로 발음한다.

여기서 절대 놓쳐서는 안 되는 것이 예외 규정이다. 현행 맞춤법에서는 여섯 개의 예외를 두었다. 한자어라도 이 여섯 가지 경우에는 사이시옷을 써야 한다.

셋방, 찻간, 숫자, 횟수, 곳간, 툇간

예외는 이것뿐이다. 사실 나는 이처럼 규정을 지나치게 작위적으로 만드는 국어학자들에게 유감을 가지고 있다. 특히 한자어끼리는 안 쓴다고 해 놓고 6개만 예외를 인정했는데, 무슨 근거인지

석연치 않다. 그들의 규정대로라면 '찻간'은 써야지만 '기차간'은 안 써야 한다. '셋방'은 써야겠지만 '전세방'은 쓰지 않아야 한다.

국어학자들 중에는 국어 사용의 문제를 다소 과장하는 분들이 있다. 그들은 걸핏하면 국어를 민중 또는 민족, 심지어는 국가로까지 연결시킨다. 나는 국어에 민중 · 민족혼이 담겨 있거나 국가 정신이 내재화되어 있다고 보지 않는다. 오히려 국어를 잘못하는 사람을 민중 · 민족혼이 부족하거나 비애국자로 보는 태도가 훨씬 더 위험하다.

언어란 무시로 변화하는 것이다. 다른 어떤 분야보다 변화의 정도가 심한 것이 언어다. 이런 언어를 도그마처럼 여기는 국어학자들이 나는 우스꽝스럽게 보일 때도 있다.

정서법에 실수하지 않는 사람은 없다. 하지만 기사를 작성하고 교정까지 전문으로 보는 부서가 따로 있는 유수 신문의 톱기사 타이틀에 틀린 맞춤법이 있는 것은 민망스러운 일이다. 나는 정서법에 지나치게 집착하는 사람보다는 무시하는 사람이 더 좋아 보일 때도 있다. 단 알면서 무시해야 한다. 몰라서 틀려 놓고 맞춤법 따위는 하찮은 것이라고 치부하는 사람까지 좋게 볼 수는 없다.

음상 효과와 조사의 활용

한국어에는 음상音相 효과라는 것이 있다. 이것은 주로 모음조화 때문에 나는 효과인데, 이를 잘 활용하면 생동감 있는 표현을 할 수가 있다. 한국어의 모음에는 양성모음과 음성모음이 있다. 양성모음은 ㅏ와 ㅗ 계열의 모음이고 음성모음은 ㅓ, ㅜ, ㅡ 계열의 모음이다. 양성모음은 양성모음끼리, 음성모음은 음성모음끼리 어울리는 현상이 모음조화이다.

고양이 울음소리는 양성모음으로 된 '야옹'이지만 호랑이 울음소리는 음성모음으로 된 '어우홍'이다. 이처럼 양성모음을 사용하면 작고 밝고 가까운 느낌을 주는 반면, 음성모음을 사용하면 크고 어둡고 먼 느낌을 준다. '찰싹'과 '철썩', '깜깜하다'와 '컴컴하다'를 비교해 보라. '요것'과 '저것'도 마찬가지다.('이것'의 ㅣ는 중성) 글쓰기에서 음상 효과로 생동감을 내려면 이런 점에 유의할 필요가 있다.

또한 이런 표현들은 주로 의성어나 의태어 등에서 감각적 효과를 내는 기능을 한다. 사람의 감각에는 시각, 청각, 촉각, 미각, 후각, 등이 있으며 이와 관련된 표현을 적절하게 구사하면 감각적인 문장을 만들 수가 있다.

이보다 더 큰 한국어의 특징으로 조사의 발달을 들 수가 있다. 영어에는 없는 한국어의 조사는 실로 많아서 언어를 어렵게 만드는 면이 있다. 그러나 한국어의 조사는 미묘한 차이를 간결하고 정확하게 표현하는 데 탁월한 기능을 한다. 조사에는 격조사와 접속조사와 보조사가 있다. 예컨대 격조사에서 '이', '가'는 주격조사, '을', '를'은 목적격조사다. 그리고 '와', '과'는 접속조사다.

그런데 글쓰기에서 가장 요긴한 것은 보조사이다. 보조사는 문장성분의 격이나 접속이 아닌 미묘한 뜻의 차이를 만들어 내는 조사다. 보조사에는 '은', '는', '도', '만', '마다', '조차', '부터', '까지', 'ㄹ망정', 'ㄴ커녕' 등이 있는데, 이것들이 제각각 미묘한 뜻의 차이를 내는 기능을 한다. '은', '는'은 차이 또는 대조, '만'은 단독 한정, '도'는 동일, 감탄 등의 뜻을 표현한다.

우리는 보통 사람을 평가하는 데 외모와 내면으로 나눠서 한다. 여기서 외모를 명사 '키'로 대유하여 말한다고 치고 아래처럼 네 단계의 평가를 내려 보자.

ⓐ 키도 크다.

ⓑ 키만 작다.

ⓒ 키만 크다.

ⓓ 키도 작다.

여기에 쓰인 조사 '도'와 '만'은 보조사이다. 그런데 이 보조사가 쓰임으로써 ⓐ **키도 크다**는 외모와 내면이 다 좋다는 뜻, ⓑ **키만 작다**는 외모는 조금 부족하지만 내면이 좋다는 뜻, ⓒ **키만 크다**는 내면은 조금 부족하지만 외모는 좋다는 뜻, ⓓ **키도 작다**는 외모도 내면도 다 부족하다는 뜻이 만들어진다.

이 모두가 보조사로 간결하게 낼 수 있는 효과다. 만약 이것을 사자숙어로 만들어 본다고 치자. '키도 크다'는 금상첨화錦上添花, '키만 작다'는 내유외강內柔外剛, '키만 크다'는 외화내빈外華內貧, 그리고 마지막 '키도 작다'는 설상가상雪上加霜쯤 될 수 있으려나? 이런 복잡 미묘한 뜻의 차이를 보조사 '도'와 '만' 두 개만으로 명징하게 말할 수가 있다. 글쓰기에서 보조사를 잘 활용하는 것은 생동감 있고 정확한 표현을 하는 데 아주 효과적이다.

7장

생각의 깊이를 위한 글쓰기

좋은 글의 요건으로 '생각의 깊이'라는 것이 있다. 생각의 깊이란 필자의 인생관, 세계관 등과 관련된다. 생각의 깊이가 있는 글은 독자에게 신뢰감을 준다. 반면에 생각의 깊이가 없는 졸렬한 글은 필자의 치명적인 약점을 노출한다.

사람은 도덕적이면서도 지혜로워야 생각의 깊이가 생기는데, 이를 가지기 위해서는 우선 자기의 인생관과 세계관을 정립해 놓고, 부단한 독서와 사색을 통하여 새로운 가치를 받아들여야 한다.

오늘의 우리는 영상물의 홍수 속에 살고 있다. 그러므로 의도적으로라도 혼자 있는 시간을 많이 가질 필요가 있다. 사색은 언제 어디서나 할 수가 있다. 사색은 버스나 전철에서도, 심지어 화장실에서도 할 수가 있다. 사색을 많이 하면 얼굴도 이지적으로 변한다.

사색 없는 독서는 사람을 경박하게 만드는 면이 있다. 한국 국무총리를 지낸 분 중에 정운찬 씨가 있다. 그는 미국 유수 대학의 박사인 데다 서울대학교 교수와 총장을 역임했으니 얼마나 책을 많이 있었겠는가? 그런데 정운찬 씨는 국회에서 "731부대를 아느냐?"는 질문에 "독립군 부대 아니냐?"라고 답변한 적이 있다. 731부대는 일제 관동군이 중국 동북에서 운영한 세균전 부대이다. 이 부대에서는 수많은 사람을 대상으로 생체실험을 자행했다. 그런데 독립군 부대라니? 이것은 알고 모르고의 문제가 아니다. 모를 수도 있다. 하지만 단순히 모르는 것과 독립군 부대라고 (감히) 말하는 것은 차원이 다른 문제이다.

텔레비전을 치우고 책을 읽어라

반면에 독서 없는 사색은 사람을 위험하게 만드는 면이 있다. 독서 시간을 많이 가지려면 텔레비전 따위의 영상물을 멀리해야 한다. 나는 텔레비전은 적게 볼수록 좋다고 생각한다. 안 볼 수 있으면 안 보는 것이 최상이다. 텔레비전을 2주 정도만 안 보면, 그것이 얼마나 필요 없는 것인지를 알게 된다. 텔레비전이 없으면 자연이 책을 읽는 시간이 늘어난다. 나는 집에 텔레비전이 없지만 조금도 불편하지 않다.

인생에서 책보다 유용한 것은 없는 것 같다. 특히 사람은 나이가 들수록 책을 가까이 해야 한다. 문제는 어떤 책을 읽을 것인지에 있다. 나더러 종종 좋은 책을 추천해 달라는 사람이 있는데, 내가 잘 모르는 사람일 경우 참 난감하다. 그 사람의 지적 역량을 잘 모르는 상태에서 특정한 책을 권유하기가 어렵기 때문이다.

앞에서 나는 세 가지 부류의 책을 읽지 않는다는 말을 했다. 위인전과 자기계발서와 베스트셀러이다. 이런 책들은 생각의 깊이를 더해 주기보다는, 사람을 단순하고 저돌적으로 만드는 면이 있다.

어떤 책을 읽을 것인가

생각의 깊이를 얻기 위해서는 먼저 동서양의 고전을 읽어야 한다. 그런데 서양 고전보다는 동양 고전을 더 많이 읽을 것을 권한다. 다만 서양 고전 중에서 그리스 철학은 필수적으로 읽어야 한다. 그리스 철학은 오늘의 서양 사회를 만들어낸 원동력이다. 그런데 그리스 철학을 읽는 것은 그다지 힘든 일은 아니다. 책이 그리 많지도 않고 내용이 별로 어렵지도 않다. 좋은 책 몇 권을 골라 독파하면 된다.

문제는 동양 고전이다. 사서삼경, 즉《논어》《맹자》《대학》《중용》《시경》《서경》《역경》 등을 섭렵하기란 지난至難한 일이다. 이뿐 아니라 다른 제자백가들, 예컨대 안자, 관자, 노자, 장자, 묵자, 한비자, 사마천 등도 읽어 두어야 한다. 여기에다 중국 역사나 문학 등도 한국인에게 대단히 유용한 교양물이다.

그런데 글쓰기 공부를 위해 무작정 동양 고전을 읽으라고 말하자니 내가 조금 무책임하다는 생각이 든다. 나는 동양 고전 분야의 책을 많이 읽은 축에 든다. 이 중에서도 가장 다양하고 유익한 것은 제자백가의 저작들이다. 그래서 내가 일단 제자백가와 관련된 이른바 '쓰기자료'를 만들어 보았는데, 이 책의 4부로 수록해 두었다.

한편 사람은 평소 주관적 가치 개념이 없을 경우 진보할 수 없으며, 인생관과 세계관이 일관성 없이 동요하게 된다. 다시 말해서 무엇이 됐는지 간에 평소 자기 고유의 '생각'을 가지고 있어야 한다는 뜻이다.

글쓰기에서 생각의 깊이는 비단 내용으로만 나타나는 것이 아니다. 그것은 형식에도 나타난다. 생각의 깊이는 글의 어조나 문체와도 관련된다는 점에 유의해야 한다. 문어, 속어, 유행어, 상투어, 비속어, 감각어 등의 분별없는 사용은 생각의 깊이를 의심하게 만들 수 있다.

특히 인간관, 즉 사람에 대한 안목은 그 사람의 생각의 깊이를 여지없이 드러낸다. "당신이 존경하는 사람이 누구인지를 말해 주면 나는 당신이 어떤 사람인지를 알 수 있다."는 말이 있다.

언젠가 나는 초보적인 글쓰기 교실에서 수강생들에게 '내가 좋아하는 남자(여자)'라는 주제의 글을 쓰게 한 적이 있다. 그때 수강생의 글 중, 생각의 깊이가 거의 없는 한 편의 글을 제시해 본다.

내가 좋아하는 남자는 우선 내 눈에 금방 띌 수 있어야 한다. 나는 아주 미남인 것보다는 귀엽게 생긴 형을 더 좋아한다. 무엇보다 나의 호감을 살 수 있는 사람이어야 한다. 머리는 장발이거나 아주 짧은 스포츠 머리형이 좋다. 물론 이러한 머리형이 얼굴 생김새와 조화를 이루어야 한다. 피부는 약간 검은 형이 좋고 눈은 쌍꺼풀이 없고 금테안경을 쓰고 코가 아주 높았으면 좋겠다. 키는 나보다는 커야 하고 하체가 길었으면 한다. 마른 것보다는 운동을 해서 약간의 근육이 있는 것이 좋고 건강하고 활동적인 남자라면 좋겠다.

내면적으로는 나에게 아주 친절하고 나의 세세한 부분까지도 신경 써 줄 수 있는 남자라면 좋겠다. 절대 이기적이지 않고 모두를 생각하고 독단적이지 않고 남의 의사도 존중해야 한다. 대범하고 약속을 철저히 지키며 결단력도 있어야 한다. 가장 중요한 것은 어떤 상황에서도 나를 신뢰하는 남자라야 한다. 아무리 어려운 상황에서도 나를 끝까지 도와주며 지켜주는 남자라야 한다.

다시 말하면 외면상으로는 나의 관심을 끌 수 있어야 하고 내면적으로는 나를 전적으로 신뢰해 줄 수 있는 사람을 나는 좋아한다.

이 글은 세 개 문단으로 되어 있다. 1문단에서는 좋아하는 남자의 외모를 말하고 2문단에서는 내면을 말하며 3문단에서는 1, 2문단을 요약 정리했다. 그런데 1문단이 가장 길고 2문단은 1문단의 반 정도밖에 안 되며 3문단은 아주 짧다.

이것은 무엇을 뜻하는가? 일단 문단 배분에서 실패한 글이다. 나는 글을 쓸 때, 특별한 사정이 없는 한, 가장 긴 문단이 가장 짧은 문단의 두 배 이상이 되지 않도록 한다. 이것을 문장 길이에도 적용시켜서, 가장 긴 문장이 가장 짧은 문장의 두 배 이상이 될 경우, 퇴고할 때 긴 문장을 짧게 나눠 길이를 조정한다.

생각의 깊이와 관련시켜 볼 때, 이런 문단 배분은 필자가 외모를 얼마나 중시하는지를 알게 해 준다. 물론 좋아하는 이성의 외모는 중요하다. 하지만 지나치게 외모를 중시하는 것은 외모지상주의라는 말도 있듯이 생각의 얕음을 드러낸다.

또한 이 글의 필자는 외모건 내면이건, '아주 많은 것'을 남자에게 바라고 있다. 과연 이런 남자가 실제로 있을지 의문이다. 그리고 이 글은 자기본위의 진술이 너무 많은 부분을 차지한다.

표면적으로 필자의 이성관은 이기적이고 과도한 욕심에 기반하고 있다고 할 수 있지만, 문체나 어조로 볼 때 욕심이 과도해서라기보다는 아직 철이 덜 들었기 때문인 것 같은 느낌을 준다. 다시 말해서 이 글의 필자는 삶의 미숙성을 드러내고 있는 것이다. 이처럼 균형 없는 사고와 미숙성은 생각의 깊이와는 반대가 되는 졸렬성만을 부각시킨다.

2부.

논리적인 글쓰기

• • •

논리적인 글에는 독자의 이해를 목적으로 하는 글과 설득을 목적으로 하는 글이 있다. 이를 달리 말하면 '설명하는 글'과 '논증하는 글'이다. 설명하는 글은 객관적이며 주장을 담지 않는 반면, 논증하는 글은 주관적이며 주장을 담는다. 물론 논증하는 글의 주관은 객관적 논리로 발현되어야 한다. 그러므로 설명하는 글보다는 논증하는 글을 쓰기가 다소 어렵다.

그러나 설명하는 글이건 논증하는 글이건 논리적인 글은 여러 장르의 글 중에서 가장 쓰기가 쉬운 편에 속한다. 이 글에는 플롯이나 레토릭 등의 기교적인 장치가 거의 불필요하고, 정서를 환기하여 독자의 공감이나 감동을 일으켜야 할 의무도 없기 때문이다.

논증하는 글보다는 설명하는 글이 더 단순하다. 설명하는 글은 형식보다는 내용이 중요하다. 이 글은 정확하고 충실한 정보를 적절히 배분해서 독자를 잘 이해시키는 것으로 목적이 달성된다.

한편 논증하는 글을 쓰려면 몇 가지 논증의 요소들을 따로 공부해 두어야 한다. 차후 상세히 논의하겠지만, 추론과 오류는 논증의 요소 가운데에서 가장 중요하다. 또한 논증하는 글은 설명하는 글에 비해 구성, 즉 논리적 전개가 필요하다. 이것은 논제의 제시, 상대 주장의 검증과 반론, 자기주장의 근거 제시, 최종적 결론이나 주장 제기 등으로 구체화된다.

8장

알아두어야 할 것들

설명의 방식

논증하는 글을 논의하기에 앞서, 설명하는 글에 대해 간략히 짚고 넘어가기로 한다. 설명하는 글을 쓰기 위해서는 몇 가지 설명의 방식을 알아둘 필요가 있다.

정의

어떤 말의 개념이나 사물의 정체성을 'A는 B다' 형식으로 밝히는 것으로, 일반적 정의와 지정적 정의가 있다. 예를 들면 '세시풍속이란 민족 공동체가 주기 전승해 온 의례적 생활행위를 말한다.'는 일반적 정의, '손열음은 한국의 뛰어난 음악 연주가이다'는 지정적 정의다.

일반적 정의는 A와 B, 즉 정의항과 피정의항을 바꾸어도 참이 성립하지만 지정적 정의는 그렇지 않다. 예컨대 '민족 공동체가 주기 전승해 온 의례적 생활행위를 세시풍속이라고 한다.'는 참이지만, '한국의 뛰어난 음악 연주가는 손열음이다.'는 참이 성립하지 않는다. 한국의 뛰어난 음악 연주가는 손열음만 있는 것이 아니기 때문이다.

예시

구체적인 사례를 들어 말하는 방식이다. 예를 들면 '우리나라는 발효 음식이 발달했는데 김치와 된장이 대표적이다.'와 같은 식이다.

유추

어렵고 생소한 개념을 쉽고 친숙한 것에 빗대어 설명하는 방식이다. '장편소설이 나무 전체를 그리는 것이라면 단편소설은 나무를 잘라 그 단면도를 그리는 것이다.'라고 한다면, 이것은 소설이라는 어려운 개념을 쉬운 개념인 나무에 빗대어 설명한 것이다.

설명에서의 유추는 문학에서의 비유와 원리가 유사하지만 사용 목적은 다르다. 유추는 더러 논증의 방식으로도 이용된다. 유추에서 유의할 점은 비유 관계인 두 개념이 합당한 유사성을 가져야 한다는 것이다. 예컨대 속담 '호랑이는 죽어서 가죽을 남기고 사람은 죽어서 이름을 남긴다.'는 잘못된 유추에 속한다. 호랑이의 가죽은 자연현상으로 사실명제이지만, 사람의 이름은 선택의 문제로 가치명제이므로 동렬에 놓고 말할 수는 없는 것이다.

비교/대조

두 대상의 공통점을 말하는 것이 비교이고, 차이점을 말하는 것이 대조이다. 그런데 비교는 '서로 다른 두 대상'의 '공통점'을 밝히고, 대조는 '서로 유사한 두 대상'의 '차이점'을 밝혀야 의미가 있다. 예를 들어 '불면증과 과다수면증은 반대되는 것 같지만, 사실은 둘 다 잠을 자고 싶은 욕구로 인해 발생한다는 점에서 같다'고 '비교'할 수 있다. 또한 똑같이 생긴 쌍둥이를 비교하는 것은 무의미하다. 대상이 유사점이 많은 쌍둥이일 때는 차이점을 밝히는 '대조'가 더 의미 있다.

인과

원인과 결과를 관련지어 설명하는 방식이다. 예를 들어보자. '나트륨은 수분을 끌어당겨 흡수하는 성질이 있다. 그러므로 짜게 먹으면 물을 많이 마시게 된다.'

분류/구분

분류와 구분은 잘 구별되지 않고 쓰이는데, 엄밀히 말하면 분류는 하위개념의 것을 상위개념의 것으로 '묶는 것'이고, 구분은 상위개념의 것을 하위개념의 것으로 '나누는 것'이다. 예를 들어 시험 채점을 하고 나서 점수대 별로 묶을 경우 분류가 된다. 풀과 나무를 묶어서 식물로 '분류'하고 식물과 동물을 묶어서 생물로 '분류'한다. 반대로 생물은 식물과 동물로 '구분'되고, 식물은 풀과 나무로 '구분'되는 것이다.

분석

나눠 말할 수 없는 것을 나눠 말하는 형식으로 설명하는 방법이다. 예를 들어 '물고기는 살과 뼈와 피로 되어 있다.'라고 하면 분석이 된다. 분석의 방식은 주로 복잡한 사물이나 추상적 개념을 설명하는 데 사용된다.

논증과 추론

문장이 정확하고 표현이 적절한데도 설득력이 없어 공감하기 어려운 글이 있는가 하면, 특출 난 문장이나 뛰어난 표현기교가 없는데도 공감이 잘 되는 글이 있다. 표현이 능숙한데도 공감이 잘 안 되는 글은 적절한 논증이 되지 못했기 때문이며, 표현이 미숙하더라도 설득력과 호소력을 가지는 글은 논증이 잘 이루어졌기 때문인 경우가 많다. 그러므로 독자를 이해시키거나 설득하여 공감을 얻으려면, 적절한 논증을 구사하는 글을 쓸 수 있어야 한다.

적절한 논증에는 반드시 정당한 추론이 있어야 한다. 추론이란 '결론짓는 법'이다. 단 이 경우의 '결론'은 한 편의 완성된 글에서 서론, 본론, 다음의 결론과는 다른 개념이다. 논증에서 결론이란

'근거로부터 도출되는 주장'이거나 '전제로부터 얻어지는 마지막 명제'를 뜻한다.

이보다 앞서 근거와 명제와 전제는 또 무엇인지 각각 확인할 필요가 있을 것 같다.

- **근거** : 어떤 주장의 바탕이 되는 예나 이유를 말한다.
- **명제** : 어떤 문제에 대한 하나의 판단이나 주장을 문장화한 것으로 결론의 참과 거짓을 결정할 수 있는 내용이다. 예) 사람은 동물이다. 동물은 모두 죽는다.
- **전제** : 추론을 할 때 결론의 기초가 되는 판단, 즉 명제 중에서 결론 앞에 제시하는 명제를 전제라고 한다. 삼단논법은 대전제, 소전제, 결론으로 이루어진다.

'추론'이란 과학적인 근거를 통해 확실한 주장을 도출해 내거나 이성적인 전제로부터 합리적인 결론을 얻어내는 과정이다. 그런데 근거로부터 주장을 도출하고 전제로부터 결론으로 이어지는 과정에는 '필연성의 원칙'이 적용된다. 필연성이 부족하거나 예외가 허용될 수 있는 추론은 오류가 개재된 부당한 추론이다.

추론에는 '연역추론'과 '귀납추론'이 있다. 연역추론은 추론의 정통 형식으로 결론의 타당성을 입증하기 위해 근거가 되는 다른 명제를 먼저 제시하는 방식인데, 이때 근거가 되는 사전 명제를 '전제'라고 한다. 즉 전제란 '앞에 두는 명제'를 뜻한다. 여기에서 전제가 참인 것이 밝혀지면 결론 역시 참이라는 것을 받아들일 수밖에 없다.

이와 같이 전제들의 참이 결론의 참을 보장하는 논증이 연역추론이다. 연역추론은 짧은 글에서 명확한 논증을 하는 데 필수적이다. 연역추론에는 전제가 하나인 이단논법(전제 → 결론), 전제가 둘인 삼단논법(대전제 → 소전제 → 결론)이 있다.

이와 달리 귀납추론은 실험, 관찰, 조사, 예시, 유비추리 등의 방식으로 결론을 낸다. 이 경우 실험, 관찰, 조사 등에 사용된 자료의 질과 양에 따라 추론의 정당성이 높아지기도 하고 낮아지기도 한다. 요컨대 근거가 되는 자료가 질적이나 양적으로 정확하고 풍부할수록 결론은 참에 가까워진다.

귀납추론은 근거의 참이 그 자체로서 결론의 참을 완전히 보장해 줄 수는 없다. 결론이 참인 것을 확증하기 위해서는 지속적인 실험이나 관찰, 조사를 통해 근거로부터 도출한 결론이 예외 없이 필연적으로 100% 적용된다는 점을 밝혀야 한다. 따라서 실험이나 관찰, 조사의 횟수가 많을수록 결론이 보다 명확해지는 것이다.

이와 같이 반복되는 근거 보강을 통해 새로운 결론을 얻는 방식이 귀납추론이다. 귀납추론은 원래 정통 추론 방식은 아니었으나 근대에 들어 과학이 발달하면서 실험이나 관찰, 조사의 중요성이 커짐에 따라 유력한 추론 방식 중 하나로서 경우에 따라 연역추론 이상으로 중요하게 인식되기 시작했다.

이제 예문을 통해 연역추론과 귀납추론을 구체적으로 논의해 보자. 논의 과정에서 정당한 추론과 그렇지 못한 추론의 차이가 무엇인지를 알게 될 것이다.

모든 현자는 산의 돌멩이 하나에서 우주를 읽는다.

장자는 현자였다.

그러므로 장자는 산의 돌멩이 하나에서 우주를 읽었다.

대전제와 소전제 그리고 결론으로 이루어진 연역추론이다. 앞의 두 전제가 참이면 뒤의 결론 역시 저절로 참이 된다. 이 연역추론은 정당한 논증이다. 만약 결론에다 장자 대신 맹자나 주자를 말했거나, 전제에다 산의 돌멩이 대신 정원의 나무나 하늘의 구름을 넣었다면 이 추론은 부당한 논증이 된다. 이 추론이 정당한 것은 대전제와 소전제를 일관되게 종합했기 때문이다.

이와 다른 추론을 보자.

옥경이는 나를 보면 미소를 짓는다.

그러므로 옥경이는 나를 좋아한다.

이것은 이단논법 귀납추론이다. 이 경우 '옥경이는 나를 좋아한다.'라는 결론의 근거가 되는 '나에 대한 옥경이의 미소'는 옥경이의 행동을 관찰한 후에 알게 된 사실이다. 그러나 이 논증은 부당하다. 옥경이가 나에게 미소를 지었다고 해서 나를 좋아하기 때문에 그런 것이라는 판단은 성급하기 때문이다. 물론 이성에 대한 미소가 안 중요한 것은 아니지만 그렇다고 해서 미소 하나로 나를 좋아한다고 결정지어 버리는 것은 경솔하다. 다시 말해 이 논증은 관찰의 자료가 부족하다.

이처럼 귀납추론은 실험이나 관찰, 조사 등으로 작성한 자료가 부실할 경우 결론의 참을 보장할 수가 없다. 이 논증이 정당해지려면 더욱 많은 관찰 자료를 보강해서 제시해야 한다. 바로 이 점 때문에 귀납추론은 짧은 글의 논증으로는 한계가 있다. 그러므로 당신은 귀납추론보다는 연역추론을 더 중시하여 숙지할 필요가 있다. 다시 강조하거니와 짧은 글을 쓸 때는 연역추론이 단연 유리하다.

민주주의 국가는 인권을 중시한다.
한국은 민주주의 국가이다.
그러므로 한국 정부는 인권을 중시하는 정책을 적극 추진해야 한다.

이 논증은 [A = B, C = A, C = B] 형의 삼단논법 연역추론이다. 대전제와 소전제와 결론, 세 문장으로 '인권 정책의 당위성'이 논증되었다.

이런 기본형의 연역추론을 다소 변칙적으로 응용해 보는 것도 좋다. 왜냐하면 글쓰기는 수학적 논리와는 조금 달라도 괜찮기 때문이다.

독재정치는 국민의 자유를 억압한다.
자유는 사람에게 생명처럼 소중한 것이다.
그러므로 독재정치는 국민에게 치명적인 해악을 준다.
('생명처럼 소중한 것을 억압한다'의 변형)

[A = B, B = C, A = C] 형의 변형된 삼단논법이다. 이 추론 역시 불과 세 문장으로 '독재정치가 국민에게 어떤 영향을 미치는지'를 논증했다.

윤리에 반하는 행위를 패륜이라고 한다.

패륜은 인간이기를 포기하는 행위로 간주된다.

그렇다면 윤리는 인간임을 확인시키는 도리이자 덕목이 된다.

[A = B, B = C, - A = —C] 형의 추론이다. 역시 단 세 문장으로 '윤리의 중요성'이 논증되었다.

지금까지 우리가 본 것은 '정언삼단논법'이다. 기본적인 삼단논법으로 '가언삼단논법'과 '선언삼단논법' 두 가지만 더 보기로 한다.

먼저 가언假言이란 '가정해서 말한다'는 뜻이다. 영어의 if 문장과 흡사한 개념이다.

[가언삼단논법]

비가 오면(전건) 땅이 젖는다.(후건)

그런데 비가 왔다.

그러므로 땅이 젖었다.

가언삼단논법은 'P라면 Q다, 그런데 P다, 그러므로 Q다.'라는 형식으로, 전건을 긍정하면 후건도 자동으로 긍정되는 논법이다.

다음으로 선언選言이란 '선택하여 말한다'는 뜻이다. 영어의 or 문장, 우리말의 '~거나' 또는 '~든지'가 들어가는 문장이다.

[선언삼단논법]

성명서를 발표한 사람은 원내대표이거나 사무총장이다.

그런데 성명서는 원내대표가 발표했다.

그러므로 성명서를 발표한 사람은 사무총장이 아니다.

선언삼단논법은 'P거나 Q다, 그런데 P다, 그러므로 Q가 아니다.'라는 형식으로, 선지 하나를 긍정하면 다른 선지가 부정되는 논법이다.

9장

제시형 논증문 쓰기

논증적인 글에는 크게 보아 두 유형이 있다. 하나는 자기주장을 제시하는 글이고, 또 하나는 다른 사람의 주장을 반박하는 글이다. 이를 편의상 각각 '제시형', '반박형'이라고 해 보자. 제시형은 어떤 문제에 대하여 해결책을 말하거나 문제점을 지적하는 글이다.

이 유형은 서론이나 결론보다 본론이 더 중요하다. 본론의 내용이 충실해야 하기 때문이다. '영상매체의 영향'이나 '자본주의의 문제점' 같은 논제는 제시형으로 작성되어야 한다. 이런 유형은 다른 사람의 주장에 대하여 반박할 필요가 없지만, 자기의 견해나 주장을 제시했을 경우 다른 이에게 반박 당할 소지를 제공한다는 점에서 한층 더 주의를 기울여야 한다.

그러면 이제부터 '독재정치가 국민성 형성에 미치는 영향'이라는 논제로 제시형 글 한 편을 함께 만들어 보자. 글의 분량은 원고지 6장 정도로 한다.

먼저 글의 서론과 본론과 결론을 각각 구상해야 한다. 이는 개요 짜기를 한다는 것이다. 서론과 본론과 결론에 어떤 내용을 담을지 간단히 메모하면 된다. 개요를 짤 때는 먼저 문단 수를 정해야 한다. 원고지 6장 분량이면 4~6개 문단이 적당하다. 여기에서는 서론 한 문단, 본론 세 문단, 결론 한 문단으로 해서 합 다섯 개 문단으로 만들어 볼 것이다. 이럴 경우 한 개 문단의 평균 글자 수는 240자 내외로 계산된다.

개요가 완성되면 곧장 글쓰기에 들어간다. 글에서 개요는 건물의 설계도와 같은 것이다. 설계대로 시공이 되어야 부실공사도 발생하지 않고 애초의 목적에 부합하는 건물을 완공할 수가 있다. 무엇보다도 개요대로 글을 써야 논점일탈을 방지하면서 통일성 있는 글을 만들 수 있다.

'독재정치가 국민성 형성에 미치는 영향'이라는 논제를 생각할 때, 대부분의 사람은 긍정적 영향보다는 부정적 영향을 떠올릴 것이다. 만약 긍정적 영향을 쓰려면 논거를 확보하기가 매우 어렵다. 따라서 이 글은 독재정치의 악영향을 진술하는 글이 될 것이다.

먼저 서론이다. 독재정치가 그리 어려운 개념은 아니지만 그 정의가 불분명하므로, 서론에서 독재정치의 개념을 정의하는 것도 하나의 방법이 될 것이다. 하지만 독재정치를 긍정적으로 보는 사람도 있다는 점은 염두에 두어야 한다. 독재정치를 공개적으로 지지하지는 않지만, 심정적으로 독재정치에 동조하는 사람은 의외로 많다. 그들은 흔히 '선의의 독재'라는 말을 한다. 그들은 자유가 많이 허용되는 사회 분위기를 좋아하지 않는다. 물론 이런 사고방식 자체가 독재정치의 후유증일 수 있다. 서론에서 '선의의 독재'를 언급해 보는 것도 좋을 것 같다. 이런 언급은 차후 반대자의 반박을 차단하는 효과를 낸다.

본론은 세 문단이니까 독재정치가 국민성에 미치는 영향 세 개를 각각의 문단에 하나씩 담으면 된다. 독재정치의 악영향은 많지만 그 중 세 개만 선택해야 한다. 첫째, 독재정치는 국민의 윤리의식을 약화시킨다. 둘째, 독재정치는 국민을 우매하게 만든다. 셋째, 독재정치는 국민을 기회주의적으로 만든다.

결론에는 어떤 내용이 적당할까? 본론이 쉬운 내용이므로 결론에서 따로 요약 정리할 필요는 없겠다. 이럴 경우 논점일탈이 되지 않는 범위에서 독창적인 새로운 내용을 담으면 가장 좋다. 예컨대 우리의 현실과 결부시켜 독재정치의 후유증과 그 극복 방안에 대하여 약간 언급해 보는 것도 하나의 방법이 될 것이다.

[글의 개요]

제목 : 독재정치의 악영향

서론 : 독재정치의 개념과 '선의의 독재'

본론 : 1) 윤리의식의 약화, 2) 국민의 우매화, 3) 기회주의 조장

결론 : 우리의 현실과 독재정치의 후유증 극복 방안

이 개요에 따라 글을 만들어 보았다.

[작성 예문]

1문단(서론) : 독재정치를 단순하게 정의하자면, '국민의 자유를 억압하는 정치'라고 할 수 있다. 자유는 사람에게 생명처럼 소중한 것이다. 그러므로 독재정치는 국민에게 치명적인 해악을 미친다. '선의의 독재'라는 말이 있다. 이런 독재는 더러 자주 국방력을 강화하고 경제 수준을 높이기도 한다. 하지만 이것의 효과는 한시적이며, 견제 받지 않는 권력은 끝내 타락하고 만다는 것을 우리는 역사를 통해 알고 있다.

2문단(본론) : 독재정치는 국민의 윤리의식을 약화시킨다. 국민 개개인은 공동체 환경의 영향에서 자유롭지 못하다. 그런데 정치체제는 가장 중요한 공동체 환경이다. 국가와 사회가 부도덕한데 그 개체가 되는 국민이 명료한 윤리의식을 보지保持하기는 매우 어렵다. 물론 독재정치는 부도덕한 권력에 저항하는 소수의 용기 있는 사람들을 낳게 하는 면이 있다. 하지만 이것은 역사의 변증법 또는 반동성으로 파악해야지 독재정치의 영향이라고는 할 수 없다.

3문단(본론) : 다음으로 독재정치는 국민을 우매하게 만든다. 언론, 출판, 사상, 양심의 자유를 규제하지 않는 독재정치는 없다. 아니, 이런 자유를 허용하지 않으니까 독재정치가 되는 것이다. 정론을 포기하고 상황론이나 양비론으로 호도하는 언론, 말초적인 쾌감을 자극하는 드라마나 오락, 스포츠 등으로 치닫는 방송, 통시적인 안목은 금기시되고 일시적인 실용주의로 기우는 조잡한 사상 아래의 국민은 날이 갈수록 우매해질 수밖에 없다.

4문단(본론) : 독재정치는 기회주의적인 가치관을 조장한다. 이런 가치관이 굳어지면 장기적 속성으로 자리 잡는다. 결과 원칙주의자들은 소외되거나 탄압 당한다. 그들의 삶은 고단하며 가족들의 삶까지 피폐하게 만든다. 반면에 영합하는 사람의 삶은 편하고 부유해진다. 정치 책략적인 혜택이 그들에게 주어지기 때문이다. 이런 상황에서 국민은 양심을 묻어 두고 기회를 엿보게 된다. 그 결과할 수만 있다면 기회를 잡아 이기적 욕망을 이루는 사람이 승자라는 사회 분위기가 조장된다.

5문단(결론) : 우리에게 독재정치의 역사는 길고도 선명하다. 수십 년 간이나 지속되었던 우리나라의 독재정치는 이 사회 전반에 심각한 후유증을 남겨 놓았다. 독재는 짧더라도 그 후유증은 길게 남는다. 이를 치유하고자 할 때에는 독재정치를 견딜 때보다도 더 큰 어려움이 따른다. 독재적인 국가 권력은 언제 어디에서 준동할지 모른다. 그러므로 국민은 늘 각성된 의식을 가지고 행동할 수 있어야 한다.

10장

논리적 반박문 쓰기

주장의 핵은 '근거'에 있다

중국 춘추전국시대에는 제자백가諸子百家가 백가쟁명百家爭鳴을 벌였다. 이것은 '온갖 학파의 사람들이 각기 제 목소리를 냈다'는 뜻이다. 사람이 하나면 주장도 한 가지, 사람이 열이면 주장도 열 가지, 사람이 백이면 주장도 백 가지였다.

이처럼 사람이 많아지면 많아질수록 주장도 더 늘어난다. 단순히 주장이 늘어난다는 것에 문제가 있는 것은 아니다. 주장이 늘어나면 사람들은 자신의 주장을 옳게 여기고 타인의 주장은 그르다고 하여 서로 번갈아 비판을 일삼게 된다.

사람들이 공동체의 특정 사안에 대해 자신의 견해를 피력하는 것은 좋은 현상이다. 주장들이 경쟁하면서 더 우월한 주장을 도출

해낼 수 있기 때문이다. 하지만 다양한 주장들이 계속 주장으로만 소리를 높일 뿐 공론으로 집약되지 않는다면 이것은 소모적일 수밖에 없다.

여기에 제자백가 중 하나인 순자荀子는 너무도 지당한 하나의 기준을 제시했다. 그는 "한 가지 주장을 가지려면 반드시 그것을 뒷받침하는 논거가 있어야 하고 사안에 관해 주장하려면 반드시 이치를 갖추어야 한다持之有故 言之成理, 지지유고 언지성리."라고 말했다.

근거 없는 주장은 푸념이거나 선동 또는 소모적인 비난에 불과하다. 이는 마치 술자리에서 술 취한 사람이 같은 말을 반복하는 것과 다를 바가 없다. 나는 함량미달의 논객들에게 넌덜머리를 낸 순자를 십분 이해한다.

순자가 말한 대로 어떠한 주장이 논거와 이치를 갖추고 있다면, 그 주장이 누구의 것인지를 따질 것이 아니라 주장 자체에 주목하는 것이 옳다. 누구의 주장인지에만 관심을 두는 것은 기실 나와 같은 편인지 아닌지를 따지는 것밖에는 되지 않는다. 이렇게 될 때 우리는 이른바 '진영논리'에 빠지게 되는 것이다.

《안자춘추晏子春秋》의 주인공 안영晏嬰, ?~BC 500은 통상 안자晏子로 경칭되는데, 그는 공자와 맹자에게 지대한 영향을 준 왕도정치의 선구적 인물이다. 그는 제나라에서 장공莊公과 경공景公을 보좌한 명재상이었다. 또한 그는 "귤이 회수를 건너가면 탱자가 된다."라는 고사성어 귤화위지橘化爲枳의 발설자로 유명하다.

하루는 경공의 애마가 병에 걸려 죽었다. 경공은 이 사실을 알고 크게 화를 내며 그 자리에서 칼을 들고 말 관리인 어인圉人을 죽이려 했다. 그러자 옆에 있던 안영이 경공을 만류했다. 경공은 일단 어인을 감옥에 가두어서 처리하라고 명령했다.

안영은 경공에게 '죄인이 벌을 받으려면 그 이유를 알아야 한다.'면서 어인의 세 가지 잘못을 지적했다.

첫째, 군주의 말을 제대로 관리하지 못하고 죽게 했으니 첫 번째 죽을 이유이다.

둘째, 군주가 가장 아끼는 말을 죽였으니 두 번째 죽을 이유이다.

셋째, 군주가 말 한 마리 때문에 사람을 죽게 만들었다. 이를 백성이 들으면 군주를 원망할 것이고, 다른 나라의 제후가 들으면 군주를 업신여기게 될 것이다. 이처럼 말 한 마리로 인해서 백성이 군주를 비방하고 이웃 나라가 이 나라의 국력을 약하게 보도록 했으니 이것이 세 번째 죽을 이유이다.

경공은 어인을 죽이지 않았다. 어인을 죽이는 일이 어떤 결과를 불러올지에 대해 명확한 근거와 함께 말하며 그 부당성을 지적하는 안영의 논리를 수용했기 때문이다. 요컨대 경공은 안영의 주장이 자신의 주장보다 근거가 우월해서 더 합리적이라고 판단했던 것이다.

우리는 주장과 함께 반드시 근거를 제시해야 한다. 그리고 다른 이의 주장도 신분, 파당, 진영의 논리만으로 보지 말고 주장 자체의 합리성에 주목해야 한다. 타인은 나와 같은 생각을 하는 것이 아니라 다른 생각을 하는 게 정상이라고 인식해야 한다.

우리는 나의 주장을 펼칠 때, 또는 남의 주장을 대할 때 아집과 고집을 버리고 보편적인 관점과 일반적인 가치를 존중하는 데에서 출발해야 한다. 우리 주변에는 근거 없이 주장만 하는 사람, 진영논리에 함몰된 나머지 편들기만을 일삼는 사람이 많이 눈에 띈다. 다시 강조하거니와 주장의 핵은 '근거'에 있다.

절대적 논박문과 상대적 논박문

논리적 반박, 즉 논박이란 상대 주장의 부당성을 입증하는 일이다. 하지만 이것만으로는 소극적 반박밖에는 되지 않는다. 우리는 왜 상대 주장의 부당성을 입증하려 하는가? 그것은 자기주장의 정당성을 말하기 위함이다. 상대 주장의 부당성을 말하는 데 그치는 것은 기껏 해야 소모적 비판에 지나지 않는다. 상대 주장의 부당성에 비추어 자기주장의 정당성을 설파해야 글의 목적이 관철되는 것이며, 동시에 격식과 체계를 갖춘 반박문이 되는 것이다.

논박문은 논박 대상의 성격에 따라 두 가지로 나눠 볼 수 있다. 절대적 논박문과 상대적 논박문이다. 절대적 논박은 일방적 논박과 같은 개념이다. 상대 주장이 도저히 정당한 근거를 찾을 수 없는 궤변 또는 무논리거나 부도덕한 것일 때, 당신은 주저 없이 절대적 논박을 가해야 한다. 예컨대 식민사관이라든지 지역감정 유발론이라든지, 아니면 인종차별 혹은 백인우월의식 등에는 명분은 고사하고 일고의 가치도 없다. 이럴 경우에는 가차 없이 상대 주장을 공격해야 한다.

반면에 상대 주장에 일정한 정당성이 있을 경우에는 상대적 논박을 해야 한다. 상대 주장이 역사나 예술이나 인간 등에 대한 유력한 두 관점 중 하나인 경우, 이를테면 실증주의 역사관 대 민족주의 역사관, 형식주의 예술론 대 역사주의 예술론, 순수문학 대 참여문학, 성선설 대 성악설 중 어느 하나를 논박하고 다른 하나를 주장해야 할 경우, 당신의 논박은 보다 신중해지지 않으면 안 된다. 특히 명분론 대 실질론이 대립할 때, 이 중 하나를 선택하여 주장할 경우는 반드시 상대적 논박문을 써야 한다.

절대적 논박문보다 상대적 논박문을 써야 할 경우가 많다. 치욕적인 역사 유물은 없애는 게 좋은가 보존하는 게 좋은가, 원자력 발전은 계속되어야 하나 중단되어야 하나, 중고생에게 교복 착용이 좋은가 자율복장이 좋은가, 사형제도는 폐지해야 하나 존속시켜야 하나, 자동차 안전띠 착용을 법으로 규제해야 하나 자율로 해야 하나 등의 문제는 어느 사회든 찬반양론이 대립하는데, 어느 한 쪽이 언제나 일방적으로 정당한 것은 아니다.

앞에서 말했듯이 절대적 논박문의 경우 당신은 단호하게 써야 한다. 예컨대 식민사관을 논박할 경우 '식민사관은 제국주의 침략을 미화하고 약소민족을 노예로 만드는 역사의 허구적 조작'이라고 곧장 공격해야 한다. 지역감정을 유발하는 주장에 대해서도 마찬가지다. '분단된 나라에서 지역감정까지 조장하는 것은 민족을 병들게 하고 국민을 분열시키며 나아가 통일까지 방해하는 반민족적이고 반화합적인 작태'라고 하면 된다. 백인우월의식에 대하여는 '인종차별을 정당화하는 주장으로 구미제국주의의 산물이며 근거도 전혀 없는 낭설'이라고 일축해야 한다. 덧붙여 '인류 역사상 가장 많은 약탈과 학살을 자행한 인종은 바로 백인이 아니냐?'라고 질책해도 무방하다.

이에 비해 당신이 상대적 논박문을 써야 할 경우에는 신중하게 접근하면서 어조를 낮춰야 한다. 일단 당신은 상대 주장이 무엇인지 객관적으로 살펴보아야 한다. 상대 주장을 왜곡해서 받아들이면 안 된다. 상대 주장에 대한 검토가 끝나면 상대의 정당한 점에 대해서는 적당한 선에서의 인정과 시인을 해 주는 것이 옳다. 이것은 무엇보다도 당신 글의 신뢰성을 높인다.

중요한 것은 상대 주장의 핵심 논거를 찾는 일이다. 상대 주장에는 여러 가지 논거가 있을 수 있다. 이 중 결함이나 오류가 있는 논거는 간단히 지적하면 된다. 왜냐하면 뚜렷한 결함이나 오류는 제3자도 이미 헤아리고 있는 수가 많기 때문이다. 상대의 논거 중 명분과 타당성이 큰 것을 골라 주로 논박해야 한다. 이렇게 하면 당신의 글이 더욱 적극적이고 날카롭게 된다.

상대의 논거에 결함이나 오류가 없을 때는 글쓰기가 어려워진다. 이럴 때 당신은 매우 난감해질 것이다. 이것은 당신이 상대 주장을 논박할 실력이 없다는 것을 의미한다. 여기에서 당신은 지적 역량이나 통찰적인 세계관 미비로 인한 판단력의 결핍을 느낄지도 모른다. 당신은 상대 주장에 결함이나 오류가 없을 때, 과연 상대의 글을 논박할 수 있을까?

상대 주장이 정당한 경우의 논박

상대 주장에 결함이나 오류가 없을 때 논박이 가능할까? 얼마든지 가능하다. 이제부터는 논의의 실감을 높이기 위해 실제 예를 들면서 논의해 보자.

'중고생 교복 착용 주장에 대하여 반박하는 글'

일단 당신은 논박의 대상, 즉 상대의 교복 착용 주장에 대하여 검토해야 한다. 처음부터 교복 착용에 반대한다는 결론을 노출하면 글의 효과를 반감시킬 수 있다. 또한 교복 착용에 반대한답시고, 교복은 일제식민주의의 잔재라고 하거나 독재정치 획일화 기도의 일환이었다라는 식으로 비난하는 것은 금물이다. 상대는 이런 이유에서 교복 착용을 주장하는 것이 아니기 때문이다. 멀쩡한 상대 주장을 허술하게 만들어 놓고 논박하기는 어렵지 않다. 하지만 그렇게 하면 논리적 오류가 발생한다. 허수아비도 아닌 것을 허수아비로 만들어 놓고 공격하는 '허수아비 공격의 오류'이다.[1]

최종 주장을 먼저 노출할 경우 논리적 전개도 어려울 뿐더러 무엇보다 주어진 분량을 채우기도 힘들어진다. 처음부터 "교복은 절대 안 돼."라고 말해 놓으면 다음에 무엇을 쓸 수 있겠는가? '아무리 생각해 보아도 교복은 안 되겠다.' 이런 식으로 중언부언할 수

1 논리적 오류에 대해서는 13장과 14장에서 상세히 논의한다.

밖에 없지 않겠는가? 게다가 결론은 또 무엇으로 채울 것인가? 기껏 해야 '교복보다는 자율복장이 더 바람직하다.'라고 쓸 수밖에 없지 않을까? 또한 이 경우에는 '순환논점의 오류'가 발생한다.

먼저 교복 찬성의 논거가 무엇인지를 차분히 검토해야 한다. 그들은 학생의 생활지도 문제를 우선 거론할 것이다. 학생의 복장이 성인과 다르지 않게 됨으로써 많은 학생이 성인과 같은 행동을 하게 된다는 것이다. 일리가 있는 지적이다. 호기심 많은 청소년들이 성인 유흥업소 등에 제한 받지 않고 출입할 수 있는 환경을 조성해서는 안 된다.

이런 주장에 대한 논박은 어떻게 해야 하는지 생각해 보자. 우선 당신은 학생 생활지도의 문제는 교복을 엄격히 착용했던 시대에도 매우 심각했다는 점을 말해야 한다. 옛날 학생들은 교복을 이상하게 변조해서 입기도 했다. 바지를 나팔 형태로 고쳐 입기도 했고, 딱단추 같은 것을 달아 필요에 따라 치마 길이를 줄이기도 하는 등 웃지 못할 일들도 많았다. 학교에 갔다 오면 곧장 성인 옷으로 갈아입고 외출하는 학생도 적지 않았다. 교복은 학생에게 저주의 대상이었다. 그래서 졸업식에서 교복을 갈가리 찢어발겨 입고 그 위에 밀가루를 뿌리는 추태를 연출하기도 했다.

또한 자율복장이 곧 성인복장이라는 생각에도 무리가 있음을 지적할 수 있다. 그것은 청소년에게 어울리는 의상을 마련해 주지 않은 어른들에게도 책임이 있다. 교복 이상으로 건전하면서도 보기 좋은 의상을 만들어 청소년에게 제공해 주어야 할 책임이 어른에게 있는 것이다. 성인복장을 하는 청소년만을 탓할 게 아니라 그들에게 어울리는 청소년복이 있는지부터 생각해 보아야 할 것이라고 쓰면 되겠다.

교복 찬성자들이 다음으로 주장하는 것은 '빈부차의 가시화'일 것이다. 학생들의 옷 수준이 달라 그것으로 경제형편이 드러날 수가 있다는 것이다. 맞는 말이다. 그러다 보면 가난한 집의 학생 중에 부모에게 좋은 옷을 사 달라고 요구하는 학생도 생길 터이다. 부잣집 학생은 부잣집 학생대로 고급 옷만을 입으려 할 것이고, 결과로 학생들의 의식에 세속적 사치 심리가 배어들게 된다.

그런데 사치 심리보다 더 심각한 것은 빈부차의 가시화 현상 자체이다. 빈부차가 뚜렷이 드러나는 교정의 정경은 상상만으로도 딱한 일이다. 게다가 싼 옷밖에 입지 못하는 학생의 위축감이나, 그들이 그런 옷밖에는 사 주지 못하는 가난하고 정직한 부모를 원망하거나 무시하게 되는 경우가 생긴다면 그것은 두려운 일이다.

이렇게 생각하면 교복 찬성론을 논박하기가 더 어려워진다. 만약에 "빈부 차이는 자본주의에서 불가피한 일인데 그걸 교복으로 해결하려 하느냐?"라고 논박한다면, 당신은 빈곤한 의식 수준을 드러낼 따름이다. 만에 하나 "빈부차가 별 거냐? 그럴수록 열심히 공부해서 잘 살아야겠다는 마음을 먹으면 되지 않느냐?" 이런 식으로 쓴다면 그것은 죄악에 가까운 글이 된다.

사실 자율복장으로 인해서 빈부의 차이가 드러난다는 논거는 진지한 것이다. 따라서 이런 논거로 교복을 입히자는 주장은 설득력을 가진다. 이렇게 진지한 논거에 의한 타당한 주장에는 어떻게 대처하는 것이 좋을까? 이 경우 어떻게 말해야 자율복장이 더 좋다고 주장할 수 있을지 생각해 보자.

상대보다 우월한 논거를 제시할 것

상대의 정당한 주장에는 상대의 논거보다 우월한 논거를 제시하는 것 외에는 방법이 없다. '빈부차의 가시화로 인한 폐해'보다 더 우월한 논거로는 뭐가 있을지를 생각해내야 한다. 그것은 '인간이 자유를 누릴 수 있는 권리'가 아닐까? 인간의 삶에서 자유가 얼마나 중요한지에 대해서는 모두가 동의한다. 인류 역사는 자유 확장의 역사라고 말한 철학자도 있다. 인류 역사는 보다 많은 사람이 자유를 누리는 방향으로 발전해 온 역사라는 것이다.

학생들에게 자율복장을 허락해야 한다는 주장은 결국 이 자유의 문제로 귀결된다. 청소년이라고 해서 이 소중한 자유를 누려야 할 대상에서 배제할 수는 없다. 따라서 다소의 부작용이 따르더라도 자율복장을 허락해야 한다고 쓰면 될 것이다.

여기에서 우리는 우월한 논거를 찾는 방법이 무엇인지 알아야 한다. 가장 적절한 논거는 언제나 '주장'과 가까운 거리에 있는 법이다. 좋은 논거는 주장과 밀접한, 일차적이고 본질적인 것으로 해야 한다. 자율복장에서 '자율'이란 기실 '자유'의 작은 개념이다.

그렇다면 이번에는 논의를 진전시켜서 자유를 논거로 하는 주장에 대해서는 어떻게 대처해야 할지를 생각해 보자. 안전띠 착용 문제가 있다. 일단 안전띠를 착용해야 하는지 착용하지 않아야 하는지의 문제는 논쟁이 될 수 없다. 거의 모든 사람이 안전띠 착용에 동의하기 때문이다.

그런데 안전띠 착용에는 동의하지만, 이를 법으로까지 규제하는 것은 안 된다는 주장이 있다. 개인의 자유를 간섭받고 싶지 않다는 것이다. 지금은 폐지되었지만 과거 한국 사회는 간통죄를 놓고 많은 논쟁을 벌였다. 간통죄 폐지를 주장했던 사람들의 논거도 바로 이 자유의 문제였다.

'안전띠는 착용하는 것이 좋지만, 그것을 법으로 규제하는 것은 반대한다. 왜냐하면 개인의 자유는 보장되어야 하기 때문이다.' 이런 주장을 논박할 때에도 상대의 논거보다 우월한 논거를 확보하는 것이 필수적이다. 앞에서 말한 대로 적절한 논거는 주장과 가까운 곳에 있다. 안전띠에서 '안전'이란 곧 무엇의 안전인가? 생명의 안전이다. 그러므로 안전띠는 생명의 안전을 도모하는 도구다. 이 정도까지 생각이 미쳤으면 논거는 확보된 셈이다.

자유도 소중하지만 생명은 더 소중하다. '생명처럼 소중한 자유'라는 말은 있지만 '자유처럼 소중한 생명'이라는 말은 없다. 이제 당신은 자유를 논거로 삼는 안전띠 규제 불가론을 생명의 소중함을 논거로 논박한다. 결과 당신의 주장인 안전띠 규제 당위론은 설득력을 가지게 된다.

졸렬한 논거는 오류를 낳아 글의 설득력을 약화시킨다. 예컨대 안전띠를 착용하지 않은 채 사고를 당하면 보험금을 조금밖에 못 받는다든지, 안전띠를 착용하지 않았다가 적발되면 범칙금을 물게 된다느니 식의 논거는 졸렬하다. 이보다 더 치졸한 논거도 있다. 사고가 났는데 안전띠를 안 맨 형은 살았지만, 안전띠를 맨 할아버지(95세)는 죽었다는 식의 궤변이다. 이 경우 '우연의 오류'가 발생한다. 오류가 많은 글은 억지 주장이 된다. 논거를 제시하지 않는 글은 격문이거나 선동문이 된다. 다시 말하거니와 논리적인 글의 핵심은 적절한 논거의 제시에 있다.

'생명의 존엄성'을 논거 삼아 펼칠 수 있는 논박문의 예를 하나 더 생각해 보자.

'사형제도에 대한 찬반양론 중 하나를 선택하고 다른 하나를 논박하는 글'

당신은 양론 중 하나를 선택해야 한다. 어느 쪽을 선택하는 게 좋을까? 물론 평소의 소신대로 할 수 있을 것이다. 그러나 평소의 소신이 없었다면 어떻게 하나? 이럴 때에는 명분 면에서 앞서는 쪽을 선택하는 것이 글 만들기에 유리하다. 나는 사형제에 대해서는 찬성론보다는 반대론의 명분이 앞선다고 본다. 왜 그런지는 차후 밝혀질 것이고, 이제부터 사형제도 폐지를 주장하는 글을 함께 만들어 보자.

당연히 사형제 찬성을 논박하는 내용이 들어가야 한다. 이를 위해서 사형제 찬성론을 객관적으로 검토해야 한다. 사형제에 찬성하는 주장은 사실은 사형제 불가피론이거나 한시적 존속론 또는 폐지 유보론인 경우가 많다. 사형제도를 적극적으로 옹호하는 사람은 거의 없다.

먼저 당신은 사형제 찬성의 논거를 살펴야 한다. 사형제 찬성의 논거 중에서 가장 많이 제기되는 것은 '범죄 사전 예방론'일 것이다. 이것은 예비 범죄자들에게 무서운 징벌을 가하는 법 집행을 알려 경각심을 주어야 한다는 것이다. 두 번째로 '피해자 위로론'이 있다. 진정한 위로는 복수를 통해 이루어질 수 있는데, 사적인 복수를 개인에게 인정하면 질서가 무너지니까 이를 원칙과 기준에 따라 국가가 대행해 주어야 한다는 것이다. 이것도 제 나름의 설득력을 지닌 주장이다. 셋째로 '야수 제거론'이라는 것도 있다. 이것은 인간이기를 포기한 야수는 인간 사회에서 제거해야 한다는 주장이다.

[사형제 찬성의 논거들]

첫째, 엄정한 법 집행으로 경각심을 주어 범죄를 예방한다.

둘째, 억울한 피해자 및 그 가족을 위로하기 위해 가해자를 응징한다.

셋째, 용서받지 못할 죄를 지은 야수는 사회에서 제거한다.

이 세 가지 논거를 검증 비판하는 논박문을 함께 만들어 보자. 먼저 우리는 사형제도의 시행이 범죄 발생을 예방한다는 증거가 있는지를 물을 수 있다. 엄정한 법 집행이 범죄 발생을 줄일 수는 있지만 그것은 한시적이다. 사형제가 있는 나라의 범죄가 없는 나라보다 적다는 일반적 통계 같은 것도 없다. 특히 현대사회의 범죄는 매우 복합적인 요인으로 발생한다. 그러므로 사형제가 범죄를 예방한다는 주장은 의외로 근거가 빈약하다고 할 수 있다.

사실 범죄 예방론이라는 것은 속된 말로 '시범 케이스 처벌'과 같은 것이다. 우리는 중고등학교 시절 시범 케이스 운운하는 교사를 별로 좋게 생각하지 않았다. 시범 케이스가 효과적이라면 공개처형이 가장 좋을 것이다. 그러나 오늘날 대부분의 국가는 공개처형을 채택하지 않고 있다. 또한 이에 대해서는 관점을 달리 해 볼 수도 있다. 범죄자에게는 오히려 체포되면 죽는다는 생각이 범죄를 더욱 잔인하게 만들 수도 있다.

예비 범죄자 개인으로 논점을 좁혀 생각해 볼 수도 있다. 과연 사람이 다른 사람이 사형 당하는 장면을 보고 '나도 죄 짓지 말아야겠다.'라고 생각하게 되는지? 학자들에 의하면 이것은 개연성이 없는 주장이라고 한다. 이런 말을 가장 설득력 있게 한 사람으로 알베르 카뮈Albert Camus, 1913~1960가 있다. 그는 사형제도에 반대하는 글 〈단두대〉에서 이 문제에 대한 사려 깊은 통찰을 보여 주었다. 이 글에 의하면 사람이 다른 사람이 죽는 장면을 보고 나타내는 반응은 이성적이 아니라 감각적이라고 한다. 그러니 범죄 예방 효과 따위는 없다는 것이다.

사형제 찬성의 두 번째 논거인 '복수를 통한 피해자 위로론'은 간단히 논박할 수 있다. 진정한 위로는 안정과 평화를 얻는 것인데, 과연 복수에 성공한 사람이 안정과 평화를 얻을 수 있겠는지를 물으면 된다. 복수가 피해자를 위로하는 것은 일시적일 뿐이라고 말해도 되겠다.

세 번째 '용서 받지 못할 야수 제거론' 역시 보편성이 결여된 주장이라고 하면 된다. 인류가 스승으로 삼는 성현들은 하나같이 용서의 위대함을 가르친다.

상대의 논거 검토와 반론을 마치면 이제 결론을 만들어야 한다. 먼저 당신은 '사람에게 다른 사람을 죽일 권리가 있는지'를 반문할 수 있다. 아니면 곧장 어느 누구도 다른 사람을 죽일 권리가 없다고 말해도 좋다. 생명은 누구의 것이든 존엄하다. 국가라 할지라도 이 존엄한 생명을 죽일 권리는 없다. 국가는 오히려 구성원의 생명을 보호해야 한다. 또한 극악한 범죄 발생의 책임은 국가에도 있다.

결국 당신이 사형 폐지론에 담을 최종적인 논거는 '생명의 존엄성'이다. 어찌 보면 이것은 아주 단순한 논거다. 그러나 단순한 논거일수록 우월한 논거일 가능성이 높다. 그리고 우월한 논거가 확보되었으면 얼마든지 강하게 주장해도 된다.

뚜렷한 결말을 낼 수 없는 주제의 경우

예술의 참여, 순수 논쟁은 동서양의 구별 없이 오래 전부터 있었다. 이 논쟁은 사회 현실이 척박해질 때, 예술가들에게 그들의 사회적 책무가 무엇인지를 묻는 양상으로 전개되었다. 한국에서도 군부독재가 횡포했던 시절 이런 논쟁이 치열하게 벌어졌다.

사실 이 논쟁은 어느 사회에서도 뚜렷한 결말을 낼 수 없는 성격을 띠고 있다. 그러다 보니 논쟁이 생산적이기는커녕 소모적인 것으로 변질되고 만 사례가 허다하다. 원래 논쟁이란 마땅한 근거가 없을수록 격렬해지는 속성을 띤다. 2차대전 직후 프랑스에서 벌어진 지식인들 간의 논쟁도 그랬고, 1970년대 한국에서 벌어진 '리얼리즘 논쟁'도 기득권 다툼이나 인신공격으로 치달은 면이 있었다.

문제는 예술을 보는 극단적인 이원론에서 비롯된다. 예술은 참여적이면서도 동시에 순수한 것일 수 있고, 순수한 가운데 참여적일 수도 있는 성격을 가지고 있다. 심지어 가장 순수한 예술이 가장 참여적일 수도 있으며, 가장 참여적인 예술이 가장 순수할 수도 있다.

우리는 대체로 〈홍길동전〉을 참여적인 사회개혁 소설로 이해한다. 반면에 〈구운몽〉은 순수한 소설로 간주한다. 그런데 이 두 소설은 공히 높은 가치를 지닌 고전이라는 데 의견의 일치를 보인다. 여기서 우리는 '참여와 순수'가 가치판단의 개념이 아님을 알 수 있다. 이것은 일종의 유형판단에 불과하다.

예술은 사회현실에 분노의 외침을 낼 수도 있고, 슬픔의 정서를 토로할 수도 있다. 이육사의 시와 정지용의 시, 채만식의 소설과 김유정의 소설을 비교해 보라. 분노와 슬픔은 똑같이 예술 작품의 의미 있는 제재가 된다.

중요한 것은 참여냐 순수냐의 문제가 아니다. 그것이 우리의 삶에 어떤 의미를 주는지의 문제가 단연 중요하다. 그러므로 참여 순수 양론이 어느 쪽으로든지 극단성을 띨 경우 이 두 주장은 모두 정당성을 잃게 된다. 예술 현상이 경직되는 것은 결코 바람직하지 않다. 그렇기에 극단적인 참여론, 극단적인 순수론은 양자 모두가 불건전하다.

2012년 서울시향 예술감독 정명훈의 과다 연봉 및 근무 행태가 문제화된 적이 있다. 그때 가장 첨예하게 정명훈을 편들고 나선 것은 논객 진중권이었다. 진중권은 정치와 예술은 별개라면서 '마에스트로(거장)' 정명훈을 비난해서는 안 된다고 주장했다. 심지어 그는 '너희가 클래식 음악을 알아?' 투의 글을 써서 읽는 이의 미간을 찌푸리게 했다.

나는 이에 대해 반박하는 글 '예술과 정치는 별개인가'를 한 언론에 게재했다. 원래의 글은 상당히 길었는데 쉽게 읽을 수 있도록 대폭 축약하여 제시한다.

[논리적 반박문 사례]

—— 예술과 정치는 별개인가 ——

"솔직히 믿기 힘들겠지만 저는 음악밖에 모르는 사람입니다."

— 서울시향 상임지휘자 겸 예술감독 정명훈

"정명훈 가만 놔둬라. 그만큼 잘났으면 그 정도 받아도 된다. 예술가에게 굳이 정치적 입장을 물을 필요도, 그들에게 정치적 입장을 요구해서도 안 된다."

— 평론가 진중권

위 발언은 둘 다 예술에서 정치를 격리해야 한다는 논리를 펴고 있다. 그런데 사실 '예술과 정치'의 관계를 묻는 질문에 섣불리 답변하기란 참으로 어려운 것이다.

다만 순수예술을 지향하는 예술가들에게는 예술을 정치의 영역에서 격리해야 한다는 신념을 대범하게 피력하는 습성이 있는 것 같다. 예술지상주의자들은 점잖게 '예술을 위한 예술'이라는 말을 하기도 한다. 하지만 이 말은 투쟁을 위한 구호로 만들어진 말에 불과하다는 점을 그들은 잘 모르고 있다.

물론 예술 중에서도 음악은 가장 순수한 예술이다. "모든 예술은 음악의 상태를 동경한다."는 유명한 말은 음악 특유의 순수성과 관련되어 있다. 당연히 음악에 정치적 의미를 적용하려는 시도는 번번이 실패했거나 투박한 성과밖에는 거두지 못했다.

그러므로 음악가가 정치를 모른다고 말했다 한들 그를 탓할 것도 없으며, 음악가에게 정치적 입장을 요구하면 안 된다는 주장이 부당하다고만 할 수도 없다. 역사상 음악이 가진 이념 때문에 투옥된 작곡가는 없다. 하지만 그렇다고 해서 음악가가 모두 순수한 것은 아니다. 사기나 치정과 같은 도덕적 문제로 투옥된 음악가는 의외로 많다.

정말 우리가 진지하게 논의해야 할 것은 '예술가에게 정치적 잣대를 들이댄다든지, 특정한 정치적 입장을 요구할 수 있는지'의 문제다. 청년 시절 나치당에 자원 입당한 카라얀은 늘 자기는 정치와 무관하다는 말을 했다고 한다. 친일 전력의 시인 서정주는 박정희 시절 저항 단체인 자유실천문인협회 가입을 요청 받았을 때, 자기는 정치와는 무관한 예술가라는 이유로 거절했다고 한다. 하지만 그는 훗날 전두환 지지 연설자가 되었다.

명석하고도 전위적인 시인이자 파시스트였던 에즈라 파운드Ezra Pound가 전쟁 후 유죄판결을 받고 감금되어 있을 때 저명한 영국계 미국인으로 구성된 한 위원회는 그에게 권위 있는 볼링겐 상을 수여했다. 이로써 그들은 예술적인 판단은 정치로부터 상당히 독립되어 있다는 점을 극적으로 보여주는 듯했다. 이에 토마스 만Thomas Mann이 나서서 말한다.

"그 위원회가 만약 에즈라 파운드가 파시스트가 아니고 공산주의자였어도 그에게 볼링겐 상을 수여했을 것인지 궁금해 할 사람은 나 혼자만은 아닐 것이다."

이처럼 예술이 정치와 무관하다는 점이 유달리 강조될 때 기실은 가장 정치적일 수가 있는 법이다.

11장

주장하는 글쓰기

여럿 중 하나를 선택하여 주장하는 글쓰기

논리적인 글 중에는 다수의 견해 중 하나를 선택해서 자기주장으로 삼아야 하는 글이 있다. 이럴 경우 자기가 선택하는 견해가 아닌 다른 유력한 주장들을 검증 비판해야 한다. 예를 들어 '통일 조국의 수도를 어디로 하는 것이 좋겠는가'와 같은 논제는 여러 주장이 경합을 벌일 수 있다.

우선 거론될 수 있는 곳은 현재 남과 북의 수도인 서울 또는 평양이다. 그리고 개성을 드는 주장도 있다. 이 도시가 갖는 역사적 의미와 지리적 균형성을 생각한 견해일 것이다. 다음으로는 민족 분단의 상징인 판문점을 들 수도 있다. 또는 중부권의 적당한 위치에 새로운 수도를 건설하자는 주장도 설득력을 가진다.

ⓐ 서울 또는 평양

ⓑ 개성

ⓒ 판문점

ⓓ 새로운 수도 건설

이 중에서 'ⓓ 새로운 수도 건설'을 주장하는 글쓰기를 해 보자. 이럴 경우 다른 견해들을 객관적으로 검토 비판한 후에 당신의 주장을 밝혀야 한다. 이 네 가지 주장에는 나름대로의 근거가 있다. 그러니까 모두를 부정하는 식의 반대를 하지 말고 객관적으로 장점과 단점을 말해 줄 필요가 있다.

여기에 약간의 기교가 필요하다. 당신의 주장이 아닌 ⓐ, ⓑ, ⓒ을 언급할 때는 먼저 장점을 말해 준 후 나중에 단점을 말한다. 이 나중에 말하는 단점이 반대의 근거가 된다. 결론에 당신의 주장 ⓓ를 말할 때에는 먼저 단점을 말하고 나중에 장점을 말한다. 역시 이 나중의 장점이 당신 주장의 근거가 된다.

[작성 예문]

통일 조국의 수도를 정하는 것은 매우 어려운 일이다. 이것은 통일 후 나라 이름을 정하는 것보다 훨씬 더 중대하다. 수도란 상징적 의미도 크지만 현실적인 문제까지도 감안해야 하기 때문이다. 수도의 위치에 따라 그 나라 전체의 변화가 좌우된다. 게다가 분단되어 있던 우리의 경우 '남과 북의 동화'라는 화급한 문제까지 고려해야 하므로, 수도를 정하기는 더욱 어려울 수밖에 없다.

서울과 평양은 도시 규모나 지리적 여건으로 보아 적절한 도읍지라고 할 수 있다. 그러나 이 두 도시가 가지는 이미지는 지나치게 일방적이다. 서울은 대한민국을, 평양은 조선공화국을 선명히 대표한다. 이 점에서 이 두 도시는 통일 조국의 수도로서 적절치 않다.
개성은 역사적, 지리적 장점을 다 가지고 있다. 북의 영토이기는 하지만 6.25 전쟁 전에는 남의 영토였다. 개성은 고구려를 계승한 고려의 수도였으며 풍수지리적 여건도 서울, 평양에 뒤지지 않는다. 하지만 위치상 서쪽에 너무 치우쳐 있다는 결점이 있다.
판문점에다 수도를 건설하면 민족 분단의 상징을 민족 통합의 상징으로 변모시킨다는 이점이 있다. 하지만 분단의 상처는 상처대로 두어 역사적 교훈을 얻는 유산으로 삼아야 한다. 게다가 판문점은 북한 인민에게 분단의 상징이라기보다는 제국주의 미국과 협상을 벌이던 장소라는 또 다른 인식이 더 강할지 모른다.
통일 조국의 수도는 새로이 건설하는 게 가장 좋을 것 같다. 교통과 입지여건 등을 조사하고 연구한 후에, 중부권의 적당한 위치에 행정수도를 건설하면 될 것이다. 이것은 통일 조국의 백성들에게 가슴 벅찬 과업이 될 것이다. 우리 민족에게는 세계에서 가장 아름답고도 내실 있는 수도를 건설할 수 있는 능력이 있다.

[실전] 주장하는 글 만들어 보기 1

이번에는 단순 제시형의 짧은 글을 한 편 만들어 보자. 전체 5개 문단으로 구성한다. 각 문단 별로 소주제를 미리 정해서 개요를 짠 다음, 개요에 따라 번호를 매겨 각 문단의 글을 써 보는 방식이다. 논제는 '일의 의미와 가치'이다.

1문단에서는 '일의 보편성과 일의 두 종류'를 말한다.
평생 일하지 않고 사는 사람은 없다. 만에 하나 있다고 해도 그 사람의 삶이 인간다운 것이라고 말하기 어렵다. 요컨대 일은 인간을 인간답게 만드는 필수적인 요소이다. 인류는 탄생과 더불어 일을 시작했기에 오늘날까지 존속될 수가 있었다. 일에는 육체노동과 정신노동이 있다. 원시시대에는 아주 특수한 사람, 예컨대 제사장이나 예언자를 빼고는 모두 육체노동을 했는데, 이 노동은 생존을 위한 것이었다.

2문단에서는 '일에 대한 우리의 인식 변화를 통사적'으로 일별해 본다.
우리나라에서는 고대국가가 수립되면서 유학이 전래되자 정신노동의 중요성이 커지게 되었다. 고려를 지나 조선시대에 들어 사농공상의 직업관이 자리 잡게 되자 정신노동이 더 중시되었다. 그러나 근현대로 접어들면서 육체노동에 대한 인식도 호전되었다. 요즘은 자아실현과 부의 축적을 위해 하는 일이라면 육체노동이든 정신노동이든 똑같이 가치 있는 것으로 인식된다.

3문단에서는 '일이 인류와 개인에게 가지는 의미와 가치'를 말한다. 3문단이 중심 문단이다.

사실 인류가 온전히 생존하고 나아가 정신 영역을 고양하는 데 요구되는 모든 것들은 육체노동과 정신노동이 합쳐져 이룩된 결과이다. 그렇다면 사람이 일을 거부하거나 기피해 버리면 동물 이하의 존재로 전락할 것이 분명하다. 게다가 일은 개인이 욕망을 충족하고 이상을 성취하는 데 없어서는 안 되는 요소이다. 결국 일은 우리의 현재와 미래를 더욱 긍정적으로 만든다.

4문단에서는 '일의 즐거움'을 말한다. 4문단은 다음 5문단에 담을 주장의 근거가 된다.

물론 일에는 어려움과 괴로움이 따른다. 우리는 일할 때 즐거움을 느끼기보다 일을 끝냈을 때 더 큰 즐거움을 느낀다. 하지만 일을 끝냈을 때 느끼는 즐거움도 기실 일하지 않고는 얻을 수 없는 것이다.

마지막 5문단에서는 '일에 대한 바른 자세'를 말한다. 이것은 이 글의 '주장'이다. 이로써 논점일탈이 되지 않는 범위 내에서 새로운 읽을거리를 제시하는 결론이 만들어진다.

따라서 우리는 먼저 일에 대한 인식을 정확히 해야 한다. 그런 다음 주어지는 일에 성실히 그리고 즐거운 마음으로 대처해야 하겠다. 성실하고 즐거운 일은 그 사람의 현재와 미래를 인간답고 풍요롭게 만들 것이다.

[실전] 주장하는 글 만들어 보기 2

이번에는 더욱 진지한 논제인 '죽음에 대한 태도'를 밝히는 글을 써 본다. 전체 13개 문단으로 구성된 조금 긴 글이다. 이 글은 어느 정도 사전 준비를 해 놓고서 쓰는 것이다. 소크라테스, 장자, 박완서의 소설, 실존주의 죽음관 등을 쓰기 자료로 삼았다.

1문단에서 '죽음의 돌발성과 보편성'을 말한다.

죽음은 도둑같이 찾아든다는 말이 있다. 이는 죽음의 돌발성을 지적한 말이다. 다시 말해 죽음은 인간에게 예고 없이 들이닥친다. 또한 "창백한 죽음은 가난한 자의 초막도 제후의 궁전도 두드린다."라는 시구도 있다. 이는 죽음의 보편성을 노래한 것이다. 죽음은 인간을 비롯한 모든 생명체에게 예외 없이 주어진다.

2문단에서는 '구체적 사례를 들어 죽음을 두려워하는 인간의 심리'를 말한다.

진시황의 불로초 설화는 인간이 죽음을 거부하기 위해 직접 행동에 나선 이례적인 사건을 담고 있다. 진시황은 일견 무모하고 어리석어 보이지만, 기실 다른 사람도 만약 황제와 같은 형세를 얻는다면 그보다 더한 행동도 불사하지 않을 것이라는 보장이 없다. 요컨대 대부분의 사람은 죽음을 거부하려는 태도를 가지고 있다.

3문단에서는 2문단에서 내린 결론, '죽음에 대한 두려움'의 근거로 '죽음의 종료성'을 제시한다.

그렇다면 인간은 왜 죽음을 거부하는 것일까? 그것은 죽음이 갖는 종료성 때문이다. 죽음은 이승의 모든 것들을 종료시킨다. 망자라면 필연적으로 이승의 아름다운 것들과 이별해야만 한다. 그래서 죽는 이는 유감을 갖는다. '모든 것이 여기에 있는데 왜 나만 혼자 떠나야만 하나?' 이런 마음이 내부에 회오리처럼 감길 때, 사람은 대책 없이 비탄에 빠지거나 심지어는 저주에 사로잡히기도 한다.

4문단에서는 '영육분리에 근거한 소크라테스의 긍정적 죽음관'을 소개한다.

소크라테스는 죽음을 통해 육체와 영혼이 분리된다고 믿었다. 그는 육체를 속박의 쇠사슬로 보는 한편, 죽음을 영혼의 해방이라고 규정했다. 그에 의하면 죽음은 삶에 비해 현저히 자유로워지는 계기가 된다. 따라서 그는 사람이 죽음을 싫어할 이유가 없다고 호언했다. 그는 슬피 우는 아폴로도르스에게 "이게 무슨 꼴인가?"라고 사뭇 힐난하면서 "참 이상한 사람들 다 보겠다."라고 탄식했다. 영육분리를 믿었다는 점에서 철학자 소크라테스의 죽음관은 오히려 종교적이다. 그리고 죽음을 해방이라고 보았다는 점에서 그의 죽음관은 대단히 긍정적이다.

5문단에서는 '장자의 죽음관'을 소개한다. 장자는 죽음을 자연의 이치라고 했는데, 그의 죽음관은 가치중립적이다.

죽음을 슬퍼하는 행위를 탓한 것은 장자도 마찬가지였다. 그는 아내가 죽었을 때 곡하기는커녕 아예 두 다리를 펴고 앉아 질그릇을 두드리며 노래를 불렀다고 한다. 이것은 죽음을 슬퍼하는 사람들을 비판하려는 의도적인 풍자였다. 더 나아가 장자는 죽음에 놀랄 필요도 없다고 했다. 그는 죽음이란 자연의 조화일 뿐이라고 단언했다. 삶과 죽음을 자연의 이치로 파악했다는 점에서 장자의 죽음관은 의외로 과학적이다. 그의 죽음관은 현대 이론물리학자들의 관점과 상통한다.

6문단에서는 '죽음을 원망하는 세속적인 죽음관을 박완서의 소설을 근거'로 제시한다.

박완서의 소설 〈한 말씀만 하소서〉에 등장하는 원태 엄마는 죽음을 거부하는 행동 양식을 거칠게 보여 준다. 그녀는 아들 원태의 죽음을 현실로 받아들이지 않는다. 그렇기에 그녀는 "설마 꿈이겠지?"라고 뇌까리면서 스스로를 환각시키려 한다. 그녀에게 아들의 죽음은 '괴물' 같은 고통이며 '환장'할 정도로 경악스러운 것이다. 그만큼 젊은 아들의 죽음은 그녀에게 돌발적이었던 것이다. 그녀는 '태어난 지 25년밖에 안 된 아들의 죽음은 결코 있을 수 없는 일'이라고 말한다. 이는 죽음이 누구에게나 주어진다는 죽음의 보편성을 성찰하지 못한 탓이다. 일면 그녀는 아들 원태가 전도가 밝은 젊은 의사였다는 점에서 더욱 억울해 하고 있는 것처럼 보인다. 이런 점에서 그녀의 죽음관은 대단히 세속적이라고 할 수 있다.

7문단에서는 바로 앞의 6문단, '세속적인 죽음관'을 비판한다.

우리는 죽음을 저주하는 원태 엄마를 속수무책으로 동정만 할 수는 없다. 무엇보다 그녀의 죽음관은 죽음의 본질적 속성을 응시하지 못하고 있다. 게다가 그녀가 의사 아들의 죽음에 보인 것과 같은 세속적인 태도는 인류 사회를 더욱 척박하게 만들 뿐이다.

8문단에서는 '죽음을 긍정적으로 보는 소크라테스의 죽음관을 비판'한다.

소크라테스는 죽기 전 의학의 신에게 빚진 닭 한 마리를 갚아 달라는 유언을 했다. 이것은 죽음 앞에서도 대범한 현자의 행동처럼 보인다. 하지만 그의 죽음관은 비논리적이라는 데에 문제가 있다. 그는 죽음에 대한 자신의 주관적인 신념을 토로했을 뿐이다. 육체와 영혼이 따로 있어 분리된다는 말에도 선뜻 동의할 수 없다. 그래서 '죽음이 좋은 것'이라는 그의 주장이 솔깃할 수는 있겠지만 일면 위선적이어서 흔연히 수용할 수가 없다.

9문단에서는 '장자의 가치중립적 죽음관을 비판'한다.

장자의 죽음관은 이성적이지만, 죽음에 보인 그의 태도는 다소 위악적이다. 죽음이 '자연의 이치'라는 그의 말에는 동의한다. 하지만 그것은 일방적으로 자연적인 관점일 뿐이다. 사람의 입장에서 죽음은 냉혹한 시련이자 두려운 통과의례란 점은 누구도 부인하지 못한다. 자연의 이치라고 해서 마냥 즐겁게 노래한다면, 태풍이나 수해가 몰려와도 그것을 자연의 이치라고 좋아해야 하지 않겠는가?

10문단에서는 '실존주의의 죽음관을 제시'한다. 이것은 최종 결론을 내기 위한 사전 포석의 구실을 한다.

인류는 아직 죽음을 극복하거나 연기하는 의료 문명을 구축하지 못했다. 미래에도 이것은 불가능하다고 보는 것이 옳다. 앙드레 말로의 소설《왕도로 가는 길La Voie royale》에서는 병에 걸려 죽어가는 주인공이 "죽음은 존재하지 않는다. 다만 죽어가고 있을 뿐이다." 라고 말한다. 사람은 자신이 죽어가고 있다는 것을 인식할 뿐, 죽음의 세계에 돌입하면 그것을 인식할 수 없다는 말이다. 요컨대 실존주의자들은 "죽음이란 인식되지 않는 것이므로 존재하지도 않는다."라고 말한다.

11문단에서는 '실존주의의 죽음관에 이의를 제기'한다. 이것은 12문단에서 내릴 최종 결론의 전제 구실을 한다.

이것 역시 부분적으로는 타당하지만, 죽음을 부인하려는 또 다른 노력에 불과할 따름이라고 볼 수도 있다. 죽음이란 당사자가 의식을 상실하여 인식하지 못할 뿐이지 엄연히 삶의 현실에 존재한다. 그리고 당사자 주변의 사람들은 그의 죽음을 더욱 문제적으로 인식한다.

마지막 12문단에서 '죽음에 대한 바람직한 태도는 차분한 수용'이라고 최종 결론을 내고 끝을 맺는다.

이런 점에서 우리는 죽음에 대한 어떠한 논리도 죽음을 온전히 극복할 수는 없다는 데에 동의해야만 한다. 죽음에 대하여 유달리 과도하거나 과소한 반응을 보이는 것은 이성적이지 않다. 결국 우리가 죽음에 대해 가질 수 있는 유일한 태도란, 죽음의 필연성을 용인하고 이를 차분히 수용하는 것뿐이다.

논리적인 글 분석해 보기

다음에 제시하는 다소 긴 글은 사학자 이기백이 쓴 〈민족 문화의 전통과 계승〉으로 한국 고등학교 국어 교과서에 장기간 수록되었다. 전통의 참뜻과 올바른 계승 방법을 주제로 하는 이 글은 논리적인 글의 규범을 두루 갖추고 있다. 당연히 이 글 속에는 많은 추론이 들어 있다. 또한 이 글은 '논리적 구성과 전개'가 잘 되어 있다. 이런 글 하나를 철저히 숙지하면 실제 논리적인 글을 쓰는 데 의외로 큰 효과를 낼 수가 있다. 전문을 부분 별로 제시하면서 분석해 보기로 한다.

> 우리는 대체로 머리끝에서 발끝까지를 서양식西洋式으로 꾸미고 있다. "목은 잘라도 머리털은 못 자른다."고 하던 구한말舊韓末의 비분 강개悲憤慷慨를 잊은 지 오래다. 외양外樣뿐 아니라, 우리가 신봉信奉하는 종교宗敎, 우리가 따르는 사상思想, 우리가 즐기는 예술藝術, 이 모든 것이 대체로 서양적西洋的인 것이다. 우리가 연구하는 학문學問 또한 예외가 아니다. 피와 뼈와 살을 조상祖上에게서 물려받았을 뿐, 문화文化라고 일컬을 수 있는 거의 모든 것이 서양西洋에서

받아들인 것들인 듯싶다.

⋯→ 문제를 제기하는 서론이다. 첫 문장부터 사례를 들어 지나치게 서구화된 우리 문화의 현실을 문제 삼는다. 예시를 통해 결론을 내는 귀납추론이 사용되었다.

이러한 현실現實을 앞에 놓고서 민족 문화民族文化의 전통傳統을 찾고 이를 계승繼承하고자 한다면, 이것은 편협偏狹한 배타주의排他主義나 국수주의國粹主義로 오인誤認되기에 알맞은 이야기가 될 것 같다. 그러면 민족 문화의 전통을 말하는 것은 반드시 보수적保守的이라는 멍에를 메어야만 하는 것일까? 이 문제問題에 대한 올바른 해답解答을 얻기 위해서는 전통이란 어떤 것이며 또 그것은 어떻게 계승되어 왔는가를 살펴보아야 할 것이다.

⋯→ 앞부분 문장 '민족 문화의 전통을 찾고 이를 계승하자'는 것은 제목과 비슷하며, 이것은 이 글 전체의 주된 논지이기도 하다. 그런데 필자는 일단 이런 주장을 펼치기가 얼마나 어려운 상황인지를 환기함으로써, 자기 글이 가지는 도전성을 내비쳤다. 또한 필자는 이를 해결하기 위해 먼저 '전통이란 어떤 것이며 그것은 어떻게 계승되어 왔는가'를 살펴보겠다고 말함으로써 이른바 논제를 제시했다.

이런 서론은 평범한 글에 비해 조금 복잡한 것이다. 이 서론에는 '문제 제기'와 '논제 제시'가 둘 다 들어 있기 때문이다. 먼저 이 글에서 제기한 문제는 '민족 문화의 전통을 찾고 이를 계승하자는 것이 보수적이라는 멍에를 메어야만 하는가'이고, 이 글에 제시된 논제는 '전통이란 무엇이며 이를 어떻게 계승해야 하는가'이다. 당연히 서론에서 '제기된 문제'는 '해결'되어야 하고, '제시된 논제'는 '해명'되어야 한다. 글을 많이 읽어 본 사람이라면 이런 서론을 대할 때, 이 글이 다소 복잡하게 전개될 것임을 예상하게 된다. 왜냐하면 이 글은 '문제 해결'과 '논제 해명'을 둘 다 해야 하기 때문이다. 이런 경우 어느 것을 먼저 하는 것이 좋을까? 먼저 논제를 해명한 다음 문제 해결로 가야 한다. 따라서 이 글의 본론은 틀림없이 이원화되어 나타날 것이다.

이럴 경우 글은 서론 하나, 본론 둘, 결론 하나로 구성된다. 《문화유산답사기》의 저자 유홍준은 "글에는 기승전결이 있어야 한다."는 말을 자주 한다. 하지만 이런 언명은 글쓰기를 공부하는 사람들을 헛갈리게 할 수 있다. 자칫 하면 글에는 4단계가 있어야 하는 말로 이해될 수 있기 때문이다.

원래 기승전결이란 산문의 용어가 아니라 운문(한시의 절구)의 용어다. 이를 산문에 적용하면, '기'는 서론, '승'과 '전'은 본론, '결'은 결론이다. 유홍준의 기승전결론은 이 글처럼 본론이 두 개인 특수한 경우에 해당될 수 있다. 하지만 유홍준은 이런 취지로 말한 것은 아닌 것으로 보인다. 그는 단순히 글에는 연계적인 순서가 있어야 한다는 뜻으로 기승전결을 말했을 것이다. 이 점을 염두에 두고 기승전결이라는 용어를 이해하면 된다. 다만 보다 정확히 하자면, 모든 글은 '처음-중간-끝', 즉 '서론-본론-결론' 3단계로 구성되어야 한다는 말이 맞다.

연암燕巖 박지원朴趾源은 너무도 유명한 영 정조 시대英正祖時代 북학파北學派의 대표적 인물 중의 한 사람이다. 그가 지은 '열하일기熱河日記'나 '방경각외전放 閣外傳'에 실려 있는 소설은 몰락하는 양반 사회兩班社會에 대한 신랄辛辣한 풍자諷刺를 가지고 있을 뿐 아니라 문장文章이 또한 기발奇拔하여, 그는 당대當代의 허다한 문사文士들 중에서도 최고봉最高峰을 이루고 있는 것으로 추앙推仰되고 있다.

그러나 그의 문학文學은 패관기서稗官奇書를 따르고 고문古文을 본받지 않았다 하여, 하마터면 '열하일기'가 촛불의 재로 화할 뻔한 아슬아슬한 장면이 있었다. 말하자면 연암은 고문파古文派에 대한 반항(反抗)을 통하여 그의 문학을 건설建設한 것이다. 그러나 오늘날, 우리는 민족 문화의 전통을 연암에게서 찾으려고는 할지언정, 고문파에서 찾으려고 하지는 않는다. 이 사실은 우리에게 민족문화의 전통에 관한 해명解明의 열쇠를 제시提示하여 주는 것은 아닐까?

⋯→ 갑자기 연암의 문학이 제시되었다. 이른바 '던져두기'의 방식이라고 할 수 있다. 독자는 왜 연암의 문학이 나왔는지 조금 어리둥절해질 수도 있겠다. 이 글의 필자는 연암의 문학이 당대에는 탄압받았지만 지금

의 우리는 연암을 전통으로 인식한다고 했다. 그런데 연암 문학의 특성은 '반항을 통한 창조'에 있다. 필자는 '전통이란 무엇인가'라는 첫 번째 논제를 해명하기 위해 연암의 문학을 던져둔 것이다.

전통은 물론 과거로부터 이어 온 것을 말한다. 이 전통은 대체로 그 사회 및 그 사회의 구성원構成員인 개인個人의 몸에 배어 있는 것이다. 그러므로 스스로 깨닫지 못하는 사이에 전통은 우리의 현실에 작용作用하는 경우境遇가 있다.

그러나 과거에서 이어 온 것을 무턱대고 모두 전통이라고 한다면, 인습因襲이라는 것과의 구별區別이 서지 않을 것이다. 우리는 인습을 버려야 할 것이라고는 생각하지만, 계승繼承해야 할 것이라고는 생각하지 않는다. 여기서 우리는 과거에서 이어 온 것을 객관화客觀化하고, 이를 비판批判하는 입장에 서야 할 필요를 느끼게 된다.

그 비판을 통해서 현재現在의 문화 창조文化創造에 이바지할 수 있다고 생각되는 것만을 우리의 전통이라고 불러야 할 것이다. 이같이 전통은 인습과 구별될 뿐더러 또 단순한 유물遺物과도 구별되어야 한다. 현재에 있어서의 문화 창조와 관계가 없는 것을 우리는 문화적 전통이라고 부를 수가 없기 때문이다.

⋯➝ 이 글의 필자는 일단 전통은 과거의 것이 대상이지만 그 중에서도 '객

관적 비판을 통해 현재의 문화 창조에 이바지할 수 있는 것만 전통'이라고 말했다. 이는 '전통의 참뜻'을 밝힌 것인데, 이로써 필자는 '전통이란 무엇인가'라는 첫 번째 논제를 해명한 셈이다.

그러므로 어느 의미에서는 고정 불변固定不變의 신비神秘로운 전통이라는 것이 존재存在한다기보다 오히려 우리 자신이 전통을 찾아내고 창조創造한다고도 할 수가 있다. 따라서 과거에는 훌륭한 문화적 전통의 소산所産으로 생각되던 것이 후대後代에는 버림을 받게 되는 예도 허다하다. 한편 과거에는 돌보아지지 않던 것이 후대에 높이 평가評價되는 일도 한두 가지가 아니다. 연암의 문학은 바로 그러한 예인 것이다. 비단 연암의 문학만이 아니다. 우리가 현재 민족 문화의 전통과 명맥命脈을 이어 준 것이라고 생각하는 거의 모두가 그러한 것이다. 신라新羅의 향가鄕歌, 고려高麗의 가요歌謠, 조선 시대朝鮮時代의 사설시조辭說時調, 백자白磁, 풍속화風俗畵 같은 것이 다 그러한 것이다.

…› 필자는 첫 번째 논제 해명 내용인 '전통의 참뜻'을 근거로 두 번째 논제 '전통을 어떻게 계승할 것인가'까지를 손쉽게 해명했다. 전통이란 '객관적 비판을 통해 현재적 의미를 갖는다고 판단되는 것'이니까, 자연스럽게 '우리 자신이 전통을 찾아내고 창조해야 한다'는 주장을 이어갈 수

가 있었던 것이다. 아무튼 이로써 서론에서 제시된 두 가지, 즉 '전통이란 무엇이며 어떻게 계승해야 하는가'의 논제는 모두 해명되었다. 그렇다면 다음에는 서론에서 제기한 '문제 해결'로 넘어가야 한다.

한편 우리가 계승繼承해야 할 민족 문화의 전통으로 여겨지는 것들이 연암의 예에서 알 수 있는 바와 같이, 과거의 인습을 타파打破하고 새로운 것을 창조하려는 노력努力의 결정結晶이었다는 것은 지극히 중대한 사실이다. 세종대왕世宗大王의 훈민정음訓民正音 창제 과정創製過程에서 이 점은 뚜렷이 나타나고 있다. 만일 세종이 당시 보수적인 학자들의 한글 창제에 반대하는 여론에 뜻을 굽혔던들, 우리 민족 문화의 최대 걸작품最大傑作品이 햇빛을 못 보고 말았을 것이 아니겠는가?

원효元曉의 불교 신앙佛敎信仰이 또한 그러하다. 원효는 당시의 유행流行인 서학西學, 당나라 유학을 하지 않았다. 하지만 그의 '화엄경소華嚴經疏'가 중국中國 화엄종華嚴宗의 제3조第三祖 현수賢首가 지은 '화엄경탐현기華嚴經探玄記'의 본이 되었다. 원효는 여러 종파宗派의 분립分立이라는 불교계佛敎界의 인습에 항거抗拒하고, 여러 종파의 교리敎理를 통일統一하여 해동종海東宗을 열었다. 그뿐만 아니라 모든 승려僧侶들이 귀족貴族 중심의 불교佛敎로 만족할 때에 스스로 마을과 마을을 돌아다니며 배움 없는 사람들에게 전도傳道하기를 꺼리지 않은 민중 불교民衆佛敎의 창시자創始者였다. 이러한 원효의 정신은 우리가 이어받아야 할 귀중한 재산財産이 아닐까?

겸재謙齋 정선鄭敾이나 단원檀園 김홍도金弘道, 혹은 혜원惠園 신윤복申潤福의 그림에서도 이런 정신을 찾을 수 있다. 이들은 화보 모방주의畵報模倣主意의 인습에 반기反旗를 들고 우리나라의 정취情趣가 넘치는 자연自然을 묘사描寫하였다. 더욱이 그들은 산수화山水畵나 인물화人物畵에 말라붙은 조선 시대의 화풍和風에 항거抗拒하여 '밭가는 농부農夫', '대장간 풍경風景', '서당書堂의 모습', '씨름하는 광경光景', '그네 뛰는 아낙네' 등 현실 생활現實生活에서 제재題材를 취한 풍속화風俗畵를 대담大膽하게 그렸다. 이것은 당시에 있어서는 혁명革命과도 같은 사실이었다. 그러나 오늘날에는 이들의 그림이 민족 문화의 훌륭한 유산遺産으로 생각되고 있는 것이다.

⋯→ 필자는 여기서부터 과연 '민족 문화의 전통과 그 계승을 주장하는 것이 보수적이라는 멍에를 메어야 하는 것인가'라는 '문제의 해결'에 들어가는데, 보다시피 '한편'이라는 접속어로 시작했다. 이 접속어는 전환의 의미를 띤다. 다시 말해 '논제 해명'은 끝났으니까 이제는 '문제 해결'로 전환된다는 뜻이다. 내가 이 글의 본론이 둘이라고 한 것은 바로 이 '논제 해명'과 '문제 해결'과정이 따로 있기 때문에 한 말이었다.

이 글의 필자는 문제 해결의 근거를 대기 위해 새로운 주장을 제기했다. '우리 민족 문화의 전통은 하나같이 과거의 인습을 타파하고 새로운 것을 창조하려는 노력의 결정이었다.'는 주장이다. 필자는 이 주장의 근거로 훈민정음, 원효 사상, 조선 풍속화 세 가지를 예시하는 귀납 추론을 펼쳤다. 이 글의 본론은 여기까지다.

요컨대 우리 민족 문화의 전통은 부단不斷한 창조 활동創造活動 속에서 이어 온 것이다. 따라서 우리가 계승繼承해야 할 민족 문화의 전통은 형상화形象化된 물건物件에서 받은 것도 있지만, 한편 창조적創造的 정신 그 자체自體에도 있는 것이다.

이러한 의미에서 우리 민족 문화의 전통을 무시無視한다는 것은 지나친 자기 확대自己虐待에서 나오는 편견偏見에 지나지 않을 것이다. 따라서 첫머리에서 제기提起한 것과 같이, 민족 문화의 전통을 계승하자는 것이 국수주의國粹主義나 배타주의排他主義가 될 수는 없다. 오히려 왕성旺盛한 창조적 정신은 선진 문화先進文化 섭취攝取에 인색하지 않을 것이다.

⋯→ 필자는 본론에서 제기한 주장 '우리 민족 문화의 전통은 창조적인 노력의 결정이었다'를 다시 한 번 반복, 강조했다. 이 부분으로만 보면 주장을 앞과 뒤 두 곳에 배치하는 이른바 양괄식 문장이 되는데, 필자는 왜 이토록 이 주장을 반복, 강조한 것일까? 필자의 주장을 줄여 말하면 '우

리의 전통은 대단히 훌륭했다'라는 것이다. 바로 이 전제가 '전통을 말하는 것은 보수적이라는 멍에를 메어야 하는가'라는 문제를 단박에 해결하는 근거가 되기 때문이다. 요컨대 우리 민족 문화의 전통이 이토록 훌륭하니까 이를 계승하자고 하는 것이 보수적이라는 비판을 받아서는 안 되고, 국수주의나 배타주의로 오인되어서는 더욱 안 된다는 것이다. 이로써 필자는 서론에서 제기한 문제까지 말끔히 해결했다. 사실 이 글은 여기서 끝나도 괜찮다. 하지만 필자는 할 말이 더 남아 있다.

다만 새로운 민족 문화의 창조創造가 단순한 과거의 묵수墨守가 아닌 것과 마찬가지로, 또 단순한 외래문화外來文化의 모방模倣도 아닐 것임은 스스로 명백한 일이다. 외래문화도 새로운 문화의 창조에 이바지함으로써 뜻이 있는 것이고, 그러함으로써 비로소 민족 문화의 전통을 더욱 빛낼 수가 있는 것이다.

⋯› '다만' 으로 시작한다. 이것은 덧붙이는 말이라는 의미를 띤다. 필자는 우리가 민족 문화를 계승하고 전통을 더욱 빛내기 위해 외래문화와의 관계를 어떻게 해야 하는지에 대해 말한다. 필자는 우리 것의 묵수도 안 되지만 남의 것의 모방도 안 된다고 강조하고 글을 마쳤다. 이처럼 좋은 결론은 서론, 본론의 단순한 정리, 해결이 아니라 논점일탈이 되지 않는 범위에서 새로운 읽을거리를 제시하기도 한다.

12장

감상 비평문 쓰기

요약문 쓰기

요약은 가장 적극적인 독서 행위인 동시에 가장 효과적인 글쓰기 수련 방식이다. 당신이 아직 창조적인 글을 쓰기에 실력이 부족하다고 생각되면 먼저 요약문을 써 보라고 권한다. 좋은 글을 요약해 보는 것만큼 글쓰기 실력과 배경지식을 동시에 그리고 단기간에 향상시키는 방법은 없다. 나는 요즘도 좋은 책을 만나면 요약문을 쓴다.

요약이란 말 그대로 '줄여 쓰기'라고 할 수 있다. 따라서 원문의 내용을 충실히 반영하면서도 원고의 양을 대폭 축소해야 한다. 가급적이면 요약문 자체가 완성문의 성격을 가지도록 하는 것이 좋다. 다시 말해서 요약문만 읽고도 글에 담긴 주제와 주장과 기타 중요한 정보들을 알 수 있게 하면 가장 좋다. 사실 훌륭한 서평은 정제된 요약이 담긴 글이다.

흔히 요약을 식물의 가지치기나 분재에 빗대기도 한다. 하지만 내 생각으로는 이런 식의 개념 파악은 실제 요약문 작성에는 별 도움이 되지 않는다. 이론적 지식이라는 것은 대체로 추상적이어서 현실에서는 쓸모없을 때가 많다. 따라서 요약이 무엇인지를 잘 안다고 해서 실제 좋은 요약문을 쓸 수 있는 것은 아니다. 그렇기에 내가 시종일관 강조하는 말을 또 하자면, 실제로 요약문을 써 보면서 실력을 키워나가야 한다는 것이다. 그리고 작성된 원고에 나타나는 오류와 실수들을 줄여나가야 한다.

일단 요약에 앞서 필수적인 것은 독해이다. 독해는 문단 별로 나눠서 하는 것이 좋고, 이것이 끝나면 문단끼리의 연관성을 파악해 보아야 한다. 이렇게 하면 중심 문단과 주변 문단이 구분된다. 중심 문단은 충실히, 주변 문단은 과감히 줄여서 요약하면 된다.

요약문 역시 좋은 요약을 하려 할 게 아니라 나쁜 요약을 하지 않는 쪽으로 쓰는 것이 효과적이다. 요약을 할 때 주의할 점 몇 가지를 소개한다.

- 원문의 중심 내용을 누락해서는 안 된다.
- 원문에 없는 내용을 첨가해서도 안 된다.
- 원문의 중요하지 않은 내용을 부각시키면 안 된다.
- 원문의 내용을 왜곡하거나 변질시켜서는 안 된다.
- (부분적으로) 요약이 아닌 상세화를 해서는 안 된다.

- 원문의 문장을 너무 길게 고스란히 옮겨 적어서는 안 된다.
- 원문을 띄엄띄엄 뽑아 써서도 안 된다.
- 원문의 순서를 너무 심하게 바꿔 쓰면 안 된다.
- 원문에서 불필요한 부분은 과감하게 생략하지 않으면 안 된다.

서평 쓰기

'요약문 쓰기'를 따로 공부한 이유는 이것이 서평을 쓰는 데 매우 긴요하기 때문이다. 서평에는 알찬 요약이 있어야 한다. 하지만 책의 내용을 요약하는 것만으로는 좋은 서평이 나오지 않는다. 핵심 내용을 요약해서 소개하는 것은 반드시 필요하지만, 이 소개된 내용을 근거로 자기의 주장을 담아야 한다.

당신이 책 비평가가 아닌 이상, 나쁜 책을 대상으로 서평을 쓰는 일은 거의 없을 것이다. 정말 좋은 책인데, 세상이 주목하지 않는 책의 서평을 쓰는 일이 값질 것이다. 당신 보기에 좋은 책이라면 왜 좋은지를 말해줘야 한다. 그래서 당신의 서평을 읽은 사람으로 하여금 '나도 책을 읽어보고 싶다'는 욕구가 생기도록 해야 한다.

서평은 세간의 평가와 당신의 평가가 다를 때에도 쓸 수 있다. 당신 보기에 그다지 좋은 책이 아닌데 세간에서는 대단히 좋은 책으로 평가된다면, 그런 책에 대한 서평에 도전해 보는 것은 의미 있는 일이다. 또한 어떤 책에 대하여 세간의 평가가 찬반양론으로 갈려서 논쟁이 치열하게 일 때, 한 번 참여해서 당신의 주장을 펼쳐보는 것은 더욱 의미 있는 일이다. 책의 성격에 따라 각기 다른 목적으로 쓰인 서평들을 제시해 본다.

[책에 근거해 자기주장을 펼치는 서평]

—— 역사를 쓰고 실천한 사람들에 대한 탐구 ——

— 에드먼드 윌슨의 《핀란드 역으로》를 읽고

한때 레닌그라드로 명명되기도 했던 러시아 서북단에 있는 도시 상트페테르부르크에는 다섯 개의 역이 있다. 바르샤바 역, 바르셀로나 역, 모스크바 역, 페트로파브로프스크 역, 그리고 핀란드 역이다. 이는 특이하게도 역 이름을 출발지가 아닌 종착지 이름을 따서 일목요연하게 지어 붙인 것이다.
스위스 취리히의 낡고 음습한 방 한 칸에서 아내 나듀사와 함께 망명 생활을 하고 있던 블라디미르 레닌은 조국 러시아가 혁명의 열기에 휩싸여 있다는 소식을 듣는다. 그는 기차를 타고 독일을 거쳐 스웨덴으로 가서 사슴 썰매로 바꿔 타고 국경을 넘어 핀란드에 이른다.
핀란드에서 다시 기차를 탄 레닌은 러시아의 도시 상트페테르부르크에 있는 핀란드 역을 향한다. 이것은 이름이 둘 다 핀란드이지만 사실은 핀란드 영토에서 러시아로 진입한 것이다. 이로부터 6개월, 레닌은 북극 도시 상트페테르부르크의 백야가 진행되는 동안 사회주의 혁명의 꿈을 달성한다. 따라서 이 책의 제목 '핀란드 역으로'

는 '사회주의 혁명을 향하여 달렸던 기차들'이란 뜻으로 읽힌다.

이 책의 주요 등장인물은 10여 명이다. 프랑스의 역사가 쥘 미슐레 Jules Michelet, 1798~1874는 《프랑스 혁명사》의 저자이다. 그는 "영국은 제국이고 독일은 민족이며 프랑스는 개인이다."라는 유명한 말을 남겼다. 조제프 에르네스트 르낭Joseph Ernest Renan, 1823~1892은 프랑스의 사상가로서 예수를 인간화한 저서《기독교의 기원》을 남겼다. 아폴리트 텐은 평론가였고, 아나톨 프랑스는 작가였다.

사회주의 이념을 최초로 가시화한 인물은 그라쿠스 바뵈프Gracchus Babeuf, 1760~1797였다. 그는 법과 신분의 평등은 물론, 교육과 취직의 기회 균등, 토지 사유의 제한, 생산물의 배당 및 분배의 국가 관리와 재산의 평등을 주장했다. 상 시몽과 샤를 프리에는 프랑스의 사회주의 사상가였고 로버츠 오언은 영국의 사회주의자였다.

이후 사회주의 연구와 운동의 주도권은 독일로 넘어간다. 칼 마르크스와 프리드리히 엥겔스 그리고 페르디난트 라살 등은 독일인이었다. 하지만 사회주의는 러시아에서 한층 더 구체적으로 현실화된다. 미하일 바쿠닌은 러시아의 혁명가 겸 무정부주의자였다. 그리고 레닌과 트로츠키도 우리가 알고 있듯이 러시아 사람이었다.

이 중 핵심 인물은 마르크스와 엥겔스 그리고 레닌과 트로츠키 4인이다. 이 책에서는 이 네 인물이 가장 중요하게 다루어지고 있다. 한편 레닌이 핀란드 역에 도착할 당시 스탈린은 〈프라우다〉 지의 편집진 중 한 명이었다.

나는 오래 전 이 책을 읽으려 하다가 그만 둔 적이 있다. 부분 번역본이었기 때문이다. 그런데 완역본이 나와 모처럼 책 읽는 재미를 누리게 되었다. 완역자 유강은에게 감사한다.

에드먼드 윌슨이 필생의 노력을 기울여 저작한 이 책은 700쪽 분량으로 방대한 편이다. 서문을 쓴 루이스 매넌드의 말대로, 이 책은 '위대한 책은 아닐지언정 훌륭한 책'임은 분명해 보인다.

나는 사회주의자는 아니다. 하지만 '의료와 교육 정도는 국가가 책임져야 한다'는 사회주의자들의 주장에 동의한다. 그리고 토지가 사유화되어서는 안 되겠다는 생각이 든다. 마르크스와 엥겔스가 발표한 〈공산당 선언〉은 이런 주장들을 최초로 세상에 공표한 선언문이다.

> 사회주의는 인간 영혼의 가장 고귀한 감정의 항거에서 태어났다. 사회주의는 실업과 추위, 비참함과 배고픔처럼 견딜 수 없는 광경이 성실한 가슴들에 타오르게 하는 연민과 분노에서 태어난 것이다. 한쪽에는 사치가 있는가 하면 다른 한쪽에는 궁핍이, 또 한쪽에는 견딜 수 없는 노동이 있는가 하면 다른 쪽에는 거만한 게으름이 있는, 이 터무니없이 서글픈 대비에서 사회주의는 태어났다. 사회주의는 사람들이 흔히 말하듯 인간의 천한 감정인 시기의 산물이 아니라 정의의 산물이며 가난한 사람들에 대한 공감의 산물이다.
>
> – 레옹 블룸(1872~1950)

사회주의를 상징하는 이름, 핀란드 역을 향해 질주했던 사람들의 불꽃같은 삶이 담겨 있는 이 책은 사회주의가 이제는 역사의 뒷전으로 밀려났다고 함부로 말하는 사람들의 경박성을 일깨운다. 역사에서 소멸한 것은 스탈린 식의 국가사회주의 독재일 뿐이다.

혁명가들은 선량하고 민감한 사람들이었다. 가장 과격하다고 알려진 바쿠닌은 말년에 고향 러시아가 그리워 눈물지었고, 베토벤의 〈9번 교향곡〉에 감동한 나머지 "세상은 사멸해도 〈9번 교향곡〉은 영원하리라."라고 선언했다. 한편 초인적으로 실천적이었던 레닌도 장모의 약을 구하기 위해 취리히 시내 곳곳을 뒤졌고, 〈열정〉 소나타를 듣고는 "가능하기만 하다면 이 위대한 곡을 매일 듣고 싶다."고 토로했다. 사회주의자들은 인간의 선량한 심성과 위대한 예술을 사랑할 줄 알았다. 그들이 거부한 것은 종교였다.

누가 뭐라 한대도 역시 위대한 사회주의자들이 발현한 공통적인 미덕은 오롯이 남아 있다. 그것은 '다른 사람들을 일부러 전락시키는 대가로 자기들끼리의 배를 불리는 착취자들에 대한 분노'이며 '출생과 소득 차에 근거를 둔 계급적 특권을 없애야 한다'는 열정이다. 오늘의 신자유주의는 한 치도 인간다운 것이라 할 수 없다. 신자유주의는 심지어 합리적이지도 않다. 물신이 지배하고 있는 타락한 현실에서 인간다운 세상을 만들어 보려다 순수하고 처절하게 좌절한 문제적인 인간들의 삶을 들여다보는 일은 더욱 의미 있다. 마치 인문적 가치가 사라진 시대에 인문학이 더 필요해지는 것처럼 사회주의적 가치가 백안시되는 시대일수록 사회주의적 정신이 더 요긴해졌다.

[세상이 알아주지 않는 좋은 책의 서평]

——— 놀랍도록 흥미진진한 두 권의 책 ———

—《조선민주주의인민공화국의 탄생》,

《김일성과 박헌영 그리고 여운형》을 읽고

정초 연휴에 읽은 책 두 권을 소개한다.《조선민주주의인민공화국의 탄생》과《김일성과 박헌영 그리고 여운형》이다. 이 두 책은 좀처럼 만나기 힘든 역작들이다. 이 책들은 해방정국부터 1950년대 후반에 이르기까지 조선 정치권력의 핵심지대를 핍진하게 증언하고 있기 때문이다.

우리가 만날 수 있는 조선 관련 서적은 거의가 일방적이라는 결함과 한계를 지니고 있다. 쉽게 말해서 북측 편을 들지 않으면 남측 편을 드는 책이 대부분이라는 것이다. 나는 독서 행위에서 가장 중요한 것은 책을 읽을 때 그 책에 담긴 내용이 사실인지 거짓인지를 식별할 수 있는 능력이라고 생각한다. 특히 역사물에서의 핍진성逼眞性은 책의 가치를 결정하는 관건이 된다. 하물며 분단체제, 국가보안법이 적용되는 현실에서 북과 관련되는 핍진한 책을 만나기란 부자가 천국에 가기만큼이나 어려운 게 현실이다.

이 저작물의 원작자(구술자)는 박병엽인데, 그는 책 표지에 '전 노동당 고위간부'라고 소개되어 있다. 그는 1922년 전남 무안 출생으로 함경도에 이주해서 살다가 8 · 15를 맞이했다. 그는 평양에서 여러 관직을 거쳤는데, 조선노동당 3호 청사 자료실에서 일한 경력이 있다. 조국통일민주주의전선 국장을 역임하기도 한 그의 최종 직함은 당 중앙위원회 부부장이었으니, 이는 남측 직급으로는 치면 장관급이다.

이 책은 그가 무슨 연유로 1980년대 초부터 서울에 와서 살게 되었는지 밝히고 있지 않다. 반드시 알아야 할 필요가 있는 것은 아니지만, 이 책의 집필자인 유영구 선생을 만나면 한 번 물어 볼 작정이다.

앞에 말했듯이 중요한 것은 이 책의 핍진성인데, 이것은 이 책의 원작자 박병엽과 두 집필자 유영구 · 정창현의 캐릭터만으로도 신뢰를 주기에 충분하다. 먼저 원작자는 조선민주주의인민공화국의 실상을 아주 가까운 거리에서 볼 수 있는 위치에 있었다. 게다가 그는 조선노동당 자료실에서 일한 경력도 있다. 이랬던 그가 남으로 내려와 15년 이상 살다가 1998년에 사망했다. 이런 이력은 그가 북과 남에 대해 비교적 객관적인 시각을 가지고 있었으리라는 심증을 준다. 또한 이 책들은 생전의 그에게서 녹취해 두었던 것을 사후에 발표한 것인데, 이 점 또한 내용의 신빙성을 더욱 높여 준다.

집필자인 유영구 · 정창현 두 분은 대한민국 최상위 수준의 이북 전문가들이다. 세속 언론에 이북 관련 글을 함부로 쓰는 '겁 없는 전문가'들과는 격이 다르다. 나는 여태 이토록 권위 있는 원작자와 집필자가 합작하여 만든 이북 관련 저작을 만난 적이 없다. 물론 책의 내용도 충실하며 문체 또한 매우 정치精緻하다.

1권《조선민주주의인민공화국의 탄생》은 제목 그대로 이북의 건국 비화를 담고 있다. 왠지 비화라고 하면 사실성이 떨어지는 것 같은데, 정확히 말하면 '비화 같은 실화'라고 할 수 있다. 다만 이북의 건국 역사를 어느 정도 알고 있는 나에게는 유달리 새로운 내용은 없었다. 하지만 나는 이 책을 통해 나의 이북 현대사 지식을 더욱 정확하게 만드는 소득을 낼 수 있었다.

한 가지 특기할 점은 사회주의 또는 공산주의일수록 파벌경쟁이 심하다는 것이다. 이 책은 김일성 · 김책 · 최용건 등의 빨치산 파, 허가이 · 김열 등의 소련 파, 김두봉 · 무정 등의 연안파, 박헌영 · 이승엽 등의 남로당파에 관한 정보를 자세히 담고 있다. 한편 이 책은 명분이 우월하고 구심점이 뚜렷한 쪽이 파벌경쟁에서 승리한다는 점도 가르쳐 준다.

"김일성에게도 환영대회를 열어주었는데 공산주의 선배인 우리에게는 왜 소홀한가?"

이것은 연안파 한빈이 한 말이다. 나는 요즘도 이른바 진보를 표방하고 과거 운동권 경력을 가진 사람들이 선후배 서열을 따지는 것을 보면 참으로 한심하다는 생각을 지울 수가 없다. 빨치산 파의 김책은 김일성보다 9살, 최용건은 13살이나 많았지만 항일투쟁과 건국사업 내내 연하자 김일성을 중심으로 단결했다는 점은 중대한 교훈을 준다. 오히려 독립항쟁이건 민주화운동이건 제대로 하지도 못한 사람들일수록 선배의 권위를 내세운다는 점은 북이나 남이나 다르지 않은 것 같다.

2권《김일성과 박헌영 그리고 여운형》은 깜짝 놀랄 정도로 흥미진진한 책이다. 이 책에는 요동치는 해방정국의 남과 북이 함께 담겨 있는데, 1권에 비해 남측의 이야기가 더 많이 나온다. 이 책은 김일성의 '그릇'과 여운형의 '합리' 그리고 박헌영의 '이기'를 여실히 보여준다. 여기에서 박헌영의 이기주의는 허세와 위선의 면모를 띠고 있다. 사실 이기적인 종파주의는 비단 정치뿐 아니라 사회적 모임에도 자주 나타난다. 파벌을 조장하는 사람일수록 여지없이 허세와 위선이 심하다는 점도 똑같다.

2권은 후반부로 갈수록 재미가 더해진다. 나는 400쪽 가까운 이 책을 말 그대로 단숨에 읽어 버렸다. 이 책은 이북의 내란범죄수사와 재판이 어떻게 이루어지는지를 박헌영, 이승엽의 예를 통해 박진감 있게 서술하고 있다. 이 책은 과연 박헌영은 미제 간첩이었는지, 이승엽과 이강국 등의 정체는 무엇이었는지를 합리적으로 추론하게 만든다. 아울러 이를 통해 우리는 최근에 이북에서 있었던 장성택 처형의 실체를 유추해 볼 수가 있다.

덧붙이자면 이 책들은 지질이나 활자 디자인 등도 최상급이다. 그런데도 발간 3년이 넘도록 초판밖에 나오지 않았다고 한다. 출판사가 적지 않은 손해를 감수했을 것 같다. 다시 한 번 우리 독서 풍토를 개탄하지 않을 수가 없다. 이토록 좋은 책이, 이토록 안 읽히는 이 패러독스, 바로 여기에 한국 사회의 모순이 도사리고 있다면 나의 지나친 억측일까?

[논쟁이 치열한 책의 서평]

—— 지적 무능, 역사적 무지로 점철된 투정——

—《제국의 위안부》를 읽고

원래 관심이 별로 없는 책이었는데 논쟁이 의외로 크게 비화된 데다 일부 친구들의 문의도 있어서 뒤늦게 책을 구해 읽어 보았다.《제국의 위안부》는 예상했던 것보다 저급한 책이었다. 이 책이 가지는 비역사성과 비인간성 외에 이 책의 저급한 수준을 곧장 지적하는 글이 거의 없는 것은 무슨 이유인지 궁금하다. 아마도 '게이오'와 '와세다'라는 저자의 학력 그리고 현직 대학교수라는 외형 때문이 아니었을까?

시간을 아끼기 위해 간단히 핵심만 지적하려 한다. 일일이 분석하지 않고 이 글에 담긴 핵심 주장들을 그대로 제시해도 읽는 사람이 쉽게 알 수 있을 것이기 때문이다. 이 책은 "위안부 문제가 해결되지 않는 것은 해결을 요구하는 측에 잘못이 있음을 말해준다."는 궤변(서문)으로 시작한다. 사실 이 책을 읽으라고 권하고 싶지가 않다. 시간 낭비가 될 수 있기 때문이다. 그래서 이 책 중에서 문제성이 있는 부분들을 발췌하여 제시한다.

- 위안부는 일본만의 특수한 문제다. 그런데 군국주의나 파시즘 때문이 아니라 일찍부터 있었던 유곽이라는 공창제도를 가지고 있었던 데에서 찾아야 한다
- 위안부 모집은 강제가 아니라 속인 것이고, 모집자는 일본 군경

이 아니라 매춘업자였으며 조선인 면장이 대동한 것으로 보아 우리 안의 협력자도 있었다.

• 정신대건 위안부건, 그들이 그렇게 동원되는 과정에 조선인이 깊이 개입했다는 사실을 묵과한 것이 '위안부 문제'를 혼란에 빠뜨린 원인이기도 했다.

• 일본 대사관 앞의 소녀상은 왜곡 조작되었다. 실제 위안부는 대부분 스무 살이 넘은 나이였다.

• 소설 〈춘부전〉을 보면 위안부들이 희망지로 이동하는 장면이 나온다. 이것은 일본군의 깊은 관여 관리 사실과 함께 위안부의 '자유'도 보여주는 것이다.

• 군인들과 위안부들이 어울려 말이나 자동차에 타고는 "어른애들 마냥" 놀았던 체험을 이 할머니는 즐겁고 행복한 추억으로 기억한다. (그런데 유감스럽게도) 이런 기억들 역시 공적 기억이 되는 일은 없다.

• 그녀들이 설사 어느 정도 여유를 가진 생활을 할 수 있었다고 해도, 그녀들은 여전히 일본군 위안부이며 그러한 그녀들을 만든 것이 식민지 지배구조라는 것은 분명하기 때문이다.

• 실제로 조선 여성의 임금은 일본 여성의 뒤를 이었고 중국 여성은 그 다음이었다.

• 식민지 조선의 빈곤과 인신매매조직의 활성화 때문에 조선인 위안부가 많았다.

• 위안부가 20만 명이 있었고 그 중 80%가 조선인이었다고 한다면 2012년 현재까지 등록된 234명이라는 숫자는 너무나 적은 숫

자가 아닐 수 없다.

• 나(저자)는 일본군과 나눈 안타까운 사랑이야기를 들려주는 할머니를 만난 적이 있다.

• 일본인, 조선인, 대만인 위안부의 경우 노예적이기는 했어도 기본적으로는 군인과 동지적인 관계를 맺고 있었다.

• 위안부는 성노예가 아니었다. 오히려 그녀들의 미소는 매춘부로서의 미소가 아니라 병사를 위안하는 역할을 부여받은 애국처녀로서의 미소로 보아야 한다.

• 2011년 12월 14일 수요집회 1000회를 기념하여 서울의 일본 대사관 앞에 위안부를 상징하는 소녀상이 세워진 일은 일본의 부정파들의 반발을 한층 가속화시켰다.

• 하지만 성공 가능성이 희박한 운동을 20년 동안이나 계속하면서 병들고 나이 든 위안부들에게 한국의 자존심을 대표하게 하는 것은 과연 당사자의 뜻을 존중한 일이었을까? 이는 민족의 억압이다.

• 위안부 모집은 '죄'는 될지언정 '범죄'는 아니다.

• 바르가스 요사의 소설 〈판탈레온과 특별봉사대〉를 보면 페루에도 군인 위안소가 있었다.

• 종주국(일본)에 대한 협력과 순종의 기억은 우리 자신의 얼굴로 인정하지 않으려 했다. '자발적으로 간 매춘부'라는 이미지를 우리가 부정해온 것 역시 그런 욕망 기억과 무관하지 않다.

이 글에서 문제가 되는 문장들을 대충 뽑아보았다. 이처럼 이 책은 자가당착, 논점일탈, 피장파장, 성급한 일반화 등 다 거명하기 어려울 정도로 많은 오류 일색이다. 논리적 오류를 구사하는 데에는 두 가지 이유가 있다. 오류인 줄 알면서 구사하면 기만하기 위한 것이고, 오류인 줄 모르고 구사하면 무지 때문이다. 저자 박유하는 후자에 속하는 것으로 보인다.

하나만 예를 들자면 박유하는 "그런데 실은 일본은 전쟁 자체에 더 깊숙이 개입했다. 미군의 요청에 따른 통역이나 운전 등의 군속 업무에 그치지 않고 직접 참전해서 목숨을 잃은 사람까지 있었다."(p259)라고, 일본의 한국전쟁 개입을 주장했다가 얼마 못 가서 "미국과 한국은 징병제를 유지했고 타국에 군대를 보내기도 했지만 일본은 그런 적이 없다. 물론 그건 일본이 평화헌법을 지켜왔기 때문이다."(p300)라고, 일본의 한국전쟁 개입을 부정한다.

이러한 모순 현상은 자기 목소리만으로 지면을 다 채우기가 힘든, 지적능력이 달리는 필자에게서 나타나는 법이다. 실제로 이 책은 3분의 1 이상이 일본 우익 필자들의 저서를 생으로 따서 옮겨 놓은 인용문으로 채워져 있다.

또 한 가지 놀라운 것은 대학교수라는 저자가 한국 헌법이 우월한지 한일협정이 우월한지도 모르고 있다는 점이다. 그래서 '위안부 배상 문제를 한국정부가 해결하려고 노력하지 않는 것은 위헌'이라는 2011년 헌법재판소의 판결도 잘못된 것이라고 강변한다.

뿐만 아니라 박유하는 물타기 식 '종북몰이'까지 시도한다.

"군국주의를 비판한다면 북한부터 비판 받아야 하지 않을까? 그러나 위안부 문제에 적극적인 한국의 진보가 북한의 군사주의를 큰 목소리로 비난하는 일은 없다." (p300)

박유하는 할머니들은 강제 모집된 군대 위안부가 아니라 '자발적 매춘부'였다는 도발적인 발언을 서슴지 않았다. 이에 대해서는 박유하의 지인으로 보이는 일본의 와다 하루키 교수(《김일성과 만주무장항쟁》 저자)도, "일부 인격모독적인 심한 표현이 있다."라고 지적했다. 이런 점에서 이 책이 위안부 할머니들의 명예를 훼손했다는 최근 한국 법원의 판결은 정당하다고 본다.

이 책에 대해 가장 정확한 평가를 한 사람은 정영환 일본 메이지학원대학 교수인 것 같다. 그는 "《제국의 위안부》는 검토 대상이 애매한 데다가 이용되는 개념이 이해 가능한 형식으로 정리되어 있지 않은" 책이라고 평가했다. 그의 말대로 이 책은 애매할 뿐 아니라 서로 모순되는 주장들이 도처에 산재해 있다. 그러니 하나만을 가지고 문제를 제기하면 다른 하나를 가지고 얼마든지 역공격을 가할 수 있도록 되어 있다.

박유하가 이 책에서 말하려 했던 핵심은 '일본은 위안부 문제에 도의적 책임은 있지만 법적 책임은 없다'는 일본 정부의 입장을 대변하기 위한 것으로 보인다. 그런데 능력이 달리는 저자가 책을 쓰다 보니 여기저기서 투정 비슷한 발언들이 노출되지 않았나 싶다. 이 책에 담겨 있는 것은 '프로크루스테스의 침대Procrustean bed'처럼 일방적인 기준에 다른 사람들의 생각을 억지로 맞추려는 아집과 편견들이다.

이를 테면 박유하는 일본군의 "조선인 위안부들은 분명 피해자였지만 그러면서도 일본 제국 안에서 두 번째 일본인의 지위를 누릴 수 있었다."라고 투정을 부렸다. 앞에서는 할머니들이 자발적 매춘부였다고 해 놓고 난데없이 일본인에 버금가는 2등 국민의 지위를 누렸다고 말하는 것이다. 요컨대 이것은 할머니들이 '제국의 위안부'들이었다는 말과 유사한 발언이다. 진정 제국을 위안하는 사람은 누구인가? 박유하, 바로 이 책의 저자가 아닐까?

영화평 쓰기

영화는 종합예술인 만큼 여러 요소가 종합되어 있는 장르다. 이야기와 연출과 연기와 영상미 등이 모두 영화평 쓰기의 제재가 될 수 있다. 하지만 논문이 아니라 짧은 영화평을 쓸 때는 이 여러 제재 중 일부만 선택해서 집중적으로 쓰는 것이 좋다. 그래야 '주제의 명료성'을 가진 글이 만들어진다.

영화평 쓰기의 계기는 서평 쓰기와 비슷하다. 좋은 영화인데 알려져 있지 않거나 세간에서는 평가가 왁자한데, 그다지 수작으로 보이지 않는 경우 영화평을 쓸 수가 있다. 영화평 역시 자기주장을 담는 것, 그리고 글을 읽은 사람이 영화를 보고 싶도록 만드는 것이 중요하다. 간략하게 쓴 영화평 두 편과 영화에 책을 접목시켜 함께 논의한 글 한 편을 제시한다.

[의미 있는 영화를 소개하는 영화평]

예술은 '투쟁'과는 다른 방식이어야 하는가

— 영화 〈카트〉를 보고 나서

나는 이 영화를 보면서 여러 번 눈물을 닦아야 했다. 이 영화의 주인공들은 대형 마트의 여성 계산원들과 청소부들이다. 정규직 승진을 목전에 두고 누구보다도 열심히 일해 온 모범사원 선희(염정아), 다른 회사에서 정규직으로 근무하다가 임신으로 해고당한 적이 있는, 그래서 다소 냉소적인 혜미(문정희), 청소부 아줌마 순례 여사(김영애) 등이 주동인물이다.

어느 날 일방적으로 해고가 통고되자 그들은 노조를 만들어 싸우기로 한다. 회사의 노조 이간책, 용역 동원, 회유와 협박과 폭력 등은 다른 투쟁 현장에서도 흔한 일이다. 하지만 이 영화는 가정과 가족이라는 소중한 가치를 배경으로 해서 그들의 투쟁이 이 소중한 가치를 지키기 위해서라는 점을 감동적으로 보여준다. 심지어 회사의 앞잡이 역을 하는 최 과장(이승준)까지도 "넌 혼자니까 그럴 수 있지. 난 애가 셋이야. 우리 큰 놈 무섭게 먹는다. 애들 학원비 대느라 등골 빠진다."라고 말한다.

남편이 집에 없는, 남매의 엄마 선희, 혼자서 아이를 키우는 혜미, 회사에 50번이나 이력서를 넣었다가 안 되자 마트 계산원으로 취업한 미진, 수학 여행비를 마련하기 위해 편의점 알바를 하는 태영(선희의 아들) 등은 하나 같이 우리와 근접해 있는 이웃들이다.

여기서 잠깐 우리는 이 영화가 왜 감동적인지를 한번쯤 짚고 넘어

갈 필요가 있다. 이 영화가 한국 사회의 심각한 현안인 비정규직 문제를 다뤘기 때문일까? 아니면 '갑질'하는 강자의 횡포를 고발하기 때문일까? 아니면 누구나 공감할 수 있는 가정과 가족 문제를 배경으로 했기 때문일까?

물론 이 영화는 소재 면에서 다른 영화에 비해 도덕적으로 우월한 것은 틀림없다. 그러나 우리가 이 영화에서 놓쳐서는 안 되는 것은 이 영화야말로 좋은 영화가 갖추어야 할 미덕들을 그럴듯하게 영상화하는 데 성공하고 있다는 점이다.

〈카트〉는 배우들의 연기는 물론, 사건의 진행 속도와 대사의 탄력성 등에서 허점이 없다. 이 영화는 특히 촬영의 우수성이 돋보인다. 파란색 일색인 매장, 똑같은 형광등의 정렬 배치, 계산원들의 과도하게 친절한 언행 등은 차갑고 반복적이며 비굴하지 않으면 안 되는 노동자들의 근무 현장을 날카롭게 재현한다.

가난한 3인 가정의 좁고 무질서한 집안 모습은 또 얼마나 실감나는지? 그들의 식량 '라면'이란 또 무엇일까? 이런 분위기에서는 조금만 슬픈 일이 벌어져도 더욱 아프게 느껴지는 법이다. 이런 것들은 감독(부지영) 이하 전 스탭진의 정교하고 치밀한 노력이 없었다면 결코 성취될 수 없는 미덕들이다.

이 영화에서 다시 확인되는 것은 예술은 '투쟁'과는 다른 방식이어야 한다는 점이다. 예술에는 '분노의 예술'과 '슬픔의 예술'이 있다고 했던가? 이 영화는 분노의 방식보다는 슬픔의 방식이 보편적인 공감을 일으키는 데 효과적임을 알려 주는 사례에 속한다.

한국인 임금노동자 1800여만 명 중 비정규직이 820여만 명이라고 한다. 이 가운데 여성 비정규직은 440여만 명이나 된다. 〈카트〉는 이들 비정규직 여성노동자들을 전면에 부각시킨 논픽션 영화라고 할 수 있다.

한국인 4인 가족 중 1명은 비정규직 노동자다. 그들의 한 달 평균 임금은 113만 원 수준이며, 4명 중 1명은 최저임금 시급에도 못 미치는 임금을 받고 있다. 물론 이런 저임금도 문제지만 그들을 더욱 두렵게 만드는 것은 고용불안이다.

사적인 소감을 피력하자면 나에게는 딸이 셋 있다. 그들은 물론 나의 소중한 가족이다. 그러나 〈카트〉를 볼 때만은 영화 속의 선희와 혜민 그리고 미진 등이 내 아이들보다 더 애잔하고 소중하게 느껴졌다. 내 아이들이 이 영화를 꼭 봐주었으면 한다. 그리고 모든 친구들에게도 '일람'을 권한다.

[유명하지만 별 의미 없는 영화를 비판하는 영화평]

——— 바보들을 열광케 하는 우주 멜로물 ———

— 영화 〈인터스텔라〉를 보고 나서

영화가 세간의 평가만큼 대단했다면 당연히 나는 이 영화평을 더 진지하게 쓰려 했을 것이다. 나는 이 영화를 혹평하는 데 이론물리학의 리얼리티까지 동원할 필요를 느끼지 않는다. 물론 이 영화에서 소개되는 우주 관련 지식은 가설 수준으로도 설명될 수 없을 정도로 엉터리 일색이다. 하지만 〈인터스텔라〉는 이런 것들 이전에,

수작이라면 지녀야 할 기본적인 영화적 미덕들을 만들어 내는 데 실패했다.

먼저 이 영화의 거의 모든 장면에 등장하는 주인공 메튜 메커너히의 우직한 연기는 극중 캐릭터와 부조화를 이룬다. 그는 이 캐릭터가 지녀야 할 용기, 지성, 섬세 셋에서 어느 것 하나도 제대로 충족시키지 못하는 연기력으로 일관한다. 그는 21세기 판 찰톤 헤스턴이라고나 할까? 그는 심리 연기에 약하니 표정 연기가 잘 나올 수 없는 배우다. 이 밖에 머피 역의 메켄지 포이(아역)를 제외한 대부분 배우의 연기도 범상한 수준이다.

영화에서 다이얼로그는 배역과 연기 다음으로 중요하다. 서사물이 탁월해지려면 다이얼로그에 서스펜스나 서프라이스가 있어야 한다. 물론 이 영화의 다이얼로그 수준이 아주 낮은 것은 아니다. 그렇다고 해서 긴장감이나 경이감을 주는 것도 아니다.

앞에서 나는 이 영화를 혹평하는 데 이론물리학의 지식까지 동원할 필요가 없다고 했다. 하지만 이 영화에서 사건을 진행시키거나 반전시키는 데 결정적인 역할을 하는 웜홀이나 블랙홀 통과 장면은 대단히 비과학적이어서 사건의 사실성을 약화시킨다. 특히 인류가 새로운 삶의 터전으로 찾아낸 행성이 토성 근처의 것이라는 결말은 더욱 비사실적이다.

예술 감상에서 "무식한 감상자는 자기가 좋아하는 것 이외의 것을 알려하지 않는다."라는 말이 있다. 이 영화의 주제는 가족과 사랑이다. 이런 멜로물을 만드는 데 1800억 달러씩이나 쏟아 부었다는 점에서 이 영화가 목적한 것은 '좋은 영화'가 아니라 '좋은 흥행'임을 방증하고도 남음이 있다.
마지막으로 우주의 행성 땅에서 어김없이 나부끼는 성조기들과 우주인 잠바 명찰 옆의 NASA 표지는 또 뭐란 말인가? 이 영화가 가진 단 하나의 미덕은 '별과 별 사이'를 뜻하는 제목 '인터스텔라'가 아닐까 한다.

[좋은 영화와 좋은 책을 접목시킨 비평문]

—— 일과 사랑 그리고 우주 ——

— 영화 〈굿윌헌팅〉과 책 《평행우주》을 보고

미국 케임브리지의 뒷골목을 배경으로 삼은 영화 〈굿 윌 헌팅〉에는 수학적인 재능을 타고난 천재 역으로 맷 데이먼Mat Damon이 출연한다. 그는 동네 불량배들과 주먹다짐이나 하며 지내던 중 우연히 MIT의 일용직 청소부로 취업한다.
어느 날 MIT의 한 수학과 교수가 학생들에게 아주 어려운 문제를 내주고, 답을 아는 사람은 복도에 걸어놓은 칠판에 적으라고 한다. 그리고 "누구일지는 몰라도 그 사람은 위대한 수학자가 될 것"이라고 덧붙인다. 그런데 놀랍게도 답을 적어 놓은 사람은 MIT의 학생이 아니라 불량배들과 주먹다짐이나 벌이며 살던 학교 청소부 소년이었다. 물론 교수는 크게 놀란다. 그는 흥분하여 "제2의 라마누잔이 나타났다!"라고 소리친다.
교수는 청소부 소년이 천재적인 수학적 재능을 가졌다는 것을 알고, 이 야성적인 천재를 길들여 위대한 수학자로 만들고 싶어 한다. 하지만 여러 가지로 심리적 불안을 겪고 있었던 그는 사려 깊은 상담교수(로빈 윌리엄스 분)와 긴 대화를 나눈 끝에 스스로 기회를 저버리고 사랑하는 여자 친구를 찾아 MIT를 떠난다.

입자는 크기가 없는 점이 아니라 유한한 길이의 끈으로 되어 있다는 것이 이론물리학에서 제기한 '끈 이론'의 핵심이다. 끈 이론은 이전의 '점 이론'이 가지고 있던 중대한 문제점인 무한대 발생 문제를 해결할 수 있는데, 물론 여기에는 매우 어렵고 까다로운 수학적 증명 과정이 요구된다. 이 과정에는 '타원모듈라함수'라고 부르는 유별난 함수가 등장하는데, 바로 이것이 영화 〈굿윌헌팅〉의 제재가 된 수학 문제다.

한편 영화 〈굿윌헌팅〉에서 수학과 교수가 천재를 발견하고 한 말 "제2의 라마누잔이 나타났다."에서 라마누잔은 인도의 불우한 천재 수학자 이름이다. 라마누잔은 1887년 인도 마드라스 교외에 있는 지독히 가난한 집에서 태어났다. 천재적인 수학적 재능을 지니고 태어난 그는 외롭고 한적한 동네에서 모든 공부를 독학으로 해결했다.

우연한 기회에 그의 천재성을 알아본 케임브리지대학의 하디 교수가 그를 영국으로 초청하여 수학 연구에 몰두할 수 있도록 만들어 주었다. 그러나 라마누잔은 이방에서의 추운 기후와 외로움을 이기지 못하고 결핵에 걸려 32세의 나이로 요사夭死한다. 그의 삶은 마치 초신성처럼 폭발적이고 순간적이었다.

라마누잔이 관심을 가지고 있었던 것은 26차원에서 특이한 성질을 발휘하는 타원모듈라함수와 그 함수가 만족하는 방정식이었다. 이것은 영화 〈굿 윌 헌팅〉에서 청소부 맷 데이먼이 풀었던 문제와 같은 것이다.
요컨대 라마누잔은 영화 〈굿 윌 헌팅〉의 오리지널 제재가 된 천재 수학자이다. 그런데 영화를 만든 사람은 젊은 나이에 죽은 라마누잔의 경우에서 무언가를 느꼈는지, 영화에서는 주인공으로 하여금 수학을 포기하고 사랑을 찾아 떠나게 만듦으로써 학문보다 더 중요한 것은 '삶과 행복'이라는 메시지를 던진다. 학문적 탐구는 그가 아니더라도 다른 사람이 해서 언젠가 이룰 것이지만 그의 사랑은 세상의 어느 누구도 대신해 줄 수 없기 때문이다.

"과학이론은 우아할수록 정당하다."

이렇듯 의미 있고 흥미로운 이야기가 소개되는 책은 미치오 카쿠의《평행우주》다. 이 책에는 이런 이야기들이 도처에 깔려 있다. 정치가 혼란스럽고 경제가 어려워 삶이 팍팍해진 이 여름, 잠시 우주의 세계로 도피함으로써 새로운 충전을 할 수 있다고 보아 이 책을 독자들에게 권한다.
미치오 카쿠는 일본계 미국인으로서 뉴욕시립대의 이론물리학 석좌교수이며 끈 이론의 권위자로 인정받는다. 그는 어려운 이론물리학의 세계를 단아하고 위트 있게 전달하는 문체 능력을 가진 저술가이기도 하다. 그의 역저《평행우주》는 영국 〈BBC〉에서 다큐멘터리로 방영하기도 했다. 문화사학자 자크 바전은 "모든 순수과학이 실제로는 그리 순수하지 않지만 이론물리학만은 예외"라고 말했는데 나는《평행우주》를 통해 그 말을 실감할 수 있었다.

몇 년 전 나는 우연한 기회에 미치오 카쿠의 다른 저서《초공간》을 접했다. 그런데 놀랍게도 이 책은 생명체의 탄생에 관해 내가 품었던 궁금증을 거의 해소해 주었다. 미치오 카쿠는 '과학이론은 우아할수록 정당하다'는 심미적인 과학관을 가지고 있다.《초공간》에서 보인 그의 논리는 한 마디로 '인류는 별의 후손'이라는 것이다. 물론《초공간》에도 경이적인 이야기들이 여럿 나온다. 하지만 이 책은 중반부 이후가 너무 어려운 것이 흠이다.

최근 나는《평행우주》를 여러 차례 읽었다. 그리고 읽을 때마다 이른바 삼매경을 체험했다.《평행우주》는 제목과 달리 우주 이론을 소개하는 내용이 주를 이룬다. 이 책은 뉴턴 시대 이후 인류가 우주의 신비를 어떻게 알아내 왔는지를 가장 재미나게 전달하는 저술물이다. 최신의 우주학설인 '평행우주론'은 책의 마지막에 언급된다.

> 인간이 겪을 수 있는 경험 중 가장 아름다운 것은 '신비'이다. 신비는 예술과 과학의 근본을 이루는 모태이다. 이 사실을 깨닫지 못하고 확실한 길만을 추구하는 과학자는 결코 우주를 맑은 눈으로 바라볼 수 없다.
>
> — 알베르트 아인슈타인

이렇게 이 책은 아인슈타인의 말을 인용하면서 시작된다. 그리고는 만유인력의 법칙, 핼리혜성, 상대성이론, 허블의 망원경, 빅뱅이론, 인플레이션 우주론 등을 소개하고, 중반부 이후 블랙홀의 가공성과 양자역학의 기묘함과 함께 끈 이론을 뛰어 넘는 M-이론의 정교함을 보여준다. 이 과정에서 비교적 익숙한 지구와 태양계와 별의 일생, 그리고 중력과 전자기력 등이 해명된다.

우리는 이 책을 통해 별은 왜 반짝이는가? 물체가 빛보다 빨리 달리면 어떻게 되는가? 우주적 우연이란 무엇인가? 시간 여행은 가능한가? 차원이란 무엇인가? 지구의 종말은 어떤 것인가? 등의 질문에 대한 우아한 답변을 풍요롭게 얻을 수가 있다.

미치오 카쿠는 음악에도 깊은 조예를 보여준다. 그는 초끈이론을 음악에 유추하여 설명해 준다. 구체적으로 말해서 음악기호는 수학이며 바이올린의 끈은 초끈이 된다. 그리고 음조는 소립자, 화성법칙은 물리학, 멜로디는 화학, 우주는 '끈의 교향곡'에 비유된다. 그는 마지막에 중차대한 의문을 제기한다. 그렇다면 음악의 작곡가는 과학에서 무엇이란 말인가?아무튼 미치오 카쿠는 참으로 예술적인 이론물리학자이다. 그는 이런 말을 덧붙이고 있다.

> 끈 이론이 아름답게 여겨지는 이유는 음악과 일맥상통하는 부분이 많기 때문이다. 우주는 미시적 규모나 거시적 규모에서 음악과 비슷한 특성을 갖고 있다. "음악은 혼돈 속에서 질서를 창출하는 능력이 있다. 리듬은 다양한 대상에 일치감을 부여하며 멜로디는 불연속적인 대상에 연속성을 부여한다. 그리고 화성은 판이하게 다른 것들 속에서 화합을 이끌어낸다."[1]

1 인용 문장은 바이올리니스트 예후디 메뉴인(Yehudi Menuhin)의 말이다.

미치오 카쿠가 내린 음악의 정의를 소개한다. 그는 "음악이란 무의식중에 계산이 수행되고 있는 마음의 수학"이라고 규정한다.

지구는 인간을 위해 만들어진 것인가

우리가 알고 있듯이 갈릴레오는 하늘의 움직임이 바티칸의 교리와 상충된다는 사실을 일목요연하게 보여주는 기구인 망원경을 유포시켜 사제들을 난처하게 만듦으로써 종교재판에 회부되었다.
그런데 갈릴레오보다 더 억울하게 당한 과학자가 있다. 그는 "하늘에는 무수히 많은 행성들이 존재하며 그곳에는 무수히 많은 생명체들이 살고 있다."라고 말함으로써 결국 인간을 우주의 중심에서 내쫓았기 때문에 로마의 저잣거리에서 화형 당한 브르노Giordano Bruno이다. 로마 교황청은 1992년 갈릴레오의 명예를 회복시키면서 350년 만에 공식적으로 사과했지만, 브르노의 명예는 400년 동안 회복되지 않고 있다.
미치오 카쿠는 이 책에서 동료 이론물리학자인 스티븐 와인버그의 우주관에 동조하는 태도를 보인다.

> 우주에 대한 이해가 더 깊어질수록 우주는 더욱 무의미한 존재가 되어 가는 것 같다. 그러나 우주를 이해하려고 노력하는 것은 삶의 수준을 높일 수 있는 몇 안 되는 노력들 중의 하나이다. 이러한 일련의 노력은 우리에게 비극적인 우아함을 안겨 준다. 종교가 있건 없건 간에 좋은 사람은 선을 행하고 나쁜 사람은 악행을 저지른다.

> 그러나 좋은 사람이 악행을 저지르는 경우 그 대부분의 동기는 종교가 부여하고 있다. — 스티븐 와인버그

미치오 카쿠는 물리학적 진리의 궁극적인 법칙을 1인치 남짓의 방정식으로 규정할 수 있는 날이 온다고 믿고 있다. 그는 이 일을 이루는 데 양자역학과 초끈이론을 보강한 M-이론을 가장 유력한 후보로 부각시키고 있다.

삶의 진정한 의미는 무엇인가

미치오 카쿠는 삶의 진정한 의미는 스스로 찾아야 한다고 말한다. 삶의 진정한 의미는 우리 스스로 찾아야 한다. 미래를 개척하는 것은 어떤 전능한 존재로부터 하달된 명령이 아니라 우리에게 주어진 운명이다. 삶의 목적이라는 것도 스스로 만들어 가는 것이지 우주의 창조 의도로부터 유추되는 것은 아니다.

지그문트 프로이드Sigmund Freud는 우리의 마음에 안정과 의미를 부여하는 것은 '일과 사랑'이라고 규정했다. 일은 추상적인 꿈을 더욱 선명하게 만들어 준다. 사랑은 개인과 사회를 연결시켜 주는 근본적인 요소이다.

미치오 카쿠는 프로이드가 말한 두 가지, '일과 사랑' 이외에 삶에 의미를 부여하는 요인으로 두 가지를 더 추가한다. 하나는 '자신의 재능을 극대화하는 것'이고 다른 하나는 '세상을 개선하기 위한 노력'이라는 것이다. 일과 사랑과 재능과 노력, 우리가 잊고 지내던 이

런 아름다운 것들을 불러와 사색하게 만드는 책이《평행우주》이다.

문학비평문과 비평 방법론

문학 연구에는 세 분야가 있다. 문학이론과 문학비평 그리고 문학사다. 문학이론은 사실을 추구하고 문학비평은 가치를 추구한다. 그리고 문학사는 문학이론과 문학비평을 포괄하는 역사다. 이 세 분야 중 문학이론과 문학사는 본격적으로 문학을 전공하는 사람의 영역이지만 문학비평은 보통 사람과도 관련된다. 우리는 문학작품을 읽고 나서 감상문을 쓰게 되는 일이 있다. 그런데 이 감상문이 일종의 문학비평이다.

비평은 이론과 다르다. 예컨대 'A는 B로부터 왔다'라고 하면 사실판단으로서 이론적인 것이고, 'A는 B보다 낫다'라고 하면 가치판단으로서 비평적인 것이다. 따라서 비평에는 평가가 수반된다. 철학에서는 이론적인 것을 '지식knowledge'이라고 하고, 비평적인 것을 '의견opinion'이라고 한다. 그러므로 문학비평을 한다는 것은 문학에 대해 자기 의견을 개진하는 것과 같다.

우리는 책이나 영화뿐 아니라 시나 소설, 즉 문학작품에 대해 의견을 개진하는 글을 쓸 때가 있다. 이를 위해서는 문학비평의 원리를 개괄적이나마 알아 둘 필요가 있다.

문학비평은 형식주의 비평과 역사주의 비평으로 대별된다. 형식주의 비평은 하나의 문학작품을 자립적인 구조로 파악하여, 문학에 대한 논의를 작품 내부에 한정한다. 흔히 말하는 순수문학이라는 것은 형식주의와 통한다. 형식주의 비평에는 신비평과 구조주의 등이 있다.

반면에 역사주의 비평은 하나의 문학작품을 자립적 구조로 파악하지 않고 작품 외의 것과 밀접히 관련되는 것으로 보는데, 흔히 말하는 참여문학이라는 것은 역사주의와 통한다.

여기서 문학작품 외의 것이란 작가, 독자, 사회 등이다. 이 중 작가를 중시하는 비평을 전기비평이라고 하는데, 전기비평 중에는 작가의 본능을 중시하는 원형비평과 집단의 본능을 중시하는 신화비평이 있다. 그러니까 원형비평에서 '원형'은 개인의 본능, 신화비평에서 '신화'는 집단적 본능을 뜻하는 용어로 이해하면 큰 무리는 없다. 한편 독자를 중시하는 비평은 수용미학, 사회를 중시하는 비평은 문학사회학과 깊은 관련이 있다.

물론 문학작품을 논의하는 방법론은 개인의 취향에 따라 달리 선택될 수 있지만, 모든 문학작품에 일률적으로 적용할 수 있는 독보적인 방법론이 있는 것은 아니다. 이것은 문학작품의 성격에 따라 달리 적용되어야 한다. 예컨대 우리가 이육사의 시를 논의할 때는 식민지시대라는 당대 사회와 결부시키지 않을 수가 없다. 그러나 정지용의 시를 논의할 때는 당대 사회에 대한 언급을 거의 하지 않아도 된다.

문학비평의 성격을 띠는 짧은 글 한 편을 제시한다. 전기비평과 문학사회학적인 관점이 적용된 글로 이해하여 읽을 수 있는 글이다.

영국 작가 데니얼 디포Daniel Defoe가 쓴《로빈슨 크루소》는 서구사회의 근대화와 더불어 수많은 영국인들로부터 찬사를 받은 작품이다. 이 소설은 영국에서《바이블》다음으로 많이 팔렸으며 지금도 영국 중학교 교과서에 수록되어 있다고 한다.

《로빈슨 크루소》의 성공은 이 작품의 정치성과 관련이 있다. 표류 끝에 무인도에 가서 미개 소년을 시종으로 거느리면서 그곳에 근대 영국을 건설하려 했던 로빈슨 크루소는 근대 서구 문화의 유산을 한 몸에 육화하는 인물로 부각되었기 때문이다. 요컨대《로빈슨 크루소》는 근대 제국주의자들의 기호에 딱 맞아 떨어지는 소설이었다.

하지만 20세기 들어 서구 근대문명과 제국주의 경쟁이 인류에게 참담한 결과를 초래하고 말았다는 것을 자각하게 되자 로빈슨 크루소의 신화는 균열하기 시작한다. 프랑스 소르본 대학에서 철학을 전공하던 한 대학생은《로빈슨 크루소》를 읽고 충격을 받는다. 그 인구에 회자되던 소설이 고작 서구 근대문명의 오만함을 드러내는 문학임을 알았기 때문이었다.

소설에서 미개인 소년 프라이데이는 말 그대로 있으나마나 한 존재이고, 모든 진리는 오로지 로빈슨 크루소의 입에서만 나오고 있었다. 그는 미개인 소년을 부려먹으며 오염되지 않은 자연에다 감히 또 하나의 서구문명을 구축하려 하고 있지 않은가?

소르본의 청년은 40세가 넘어서야 마음에 두고 있었던 그 충격을 극복해내는 일을 하게 된다. 그는 로빈슨 크루소의 의도가 얼마나 터무니없는 것인지를 로빈슨 크루소 스스로 깨닫게 하는 소설을 쓰기로 했다. 그러기 위해서 그는 영국인 로빈슨 크루소보다 미개인 프라이데이를 더 부각시키는 이야기를 만들기로 했다.

그래서 아무렇게나 영국식으로 지어진 소년의 이름 프라이데이를 프랑스 말 방드르디로 바꾼다. 그리고는 시간이 흐를수록 로빈슨 크루소가 방드르디에게 감화되어 가는 과정을 그려 보인다. 작가 나름으로는 문명이 원시성을 극복하는 것이 아니라 원시성이 문명을 극복한다는 것을 말하고자 했다.

18세기 영국 작가가 쓴 소설《로빈슨 크루소》에서는 신의 섭리가 모든 것을 지배하는 보편적 원리로 되어 있지만 20세기 프랑스의 작가는 점괘가 로빈슨 크루소의 운명을 예고하도록 만들어 놓는다. 마침내 로빈슨 크루소는 문명의 구각을 벗어버리고 새로운 성性과 아름다운 음악을 발견한다. 과학과 경제에 함몰되어 있던 로빈슨 크루소가 자연과 예술의 창의적 인간으로 거듭나는 것이다. 이 과정에서 방드르디는 로빈슨 크루소의 스승으로 격상된다.

이렇게 영국의 대작《로빈슨 크루소》를 한 방에 엎어 버린 프랑스의 작가는 미셸 투르니에Michel Tournier 이고, 그의 소설 제목은《방드르디 혹은 태평양의 끝》이다. 이 소설은 서구문명에 대한 격조 높은 비판(또는 영국 문명에 비한 프랑스 문화의 우월성)에 성공한 작품으로 꼽힌다.

이렇게 함으로써 미셸 투르니에는 이웃 경쟁국의 국민 작가를 '아티스틱'하게 작살내 버리는 데 성공을 거둔다. 프랑스로서는 말 그대로 '이보다 더 좋을 수는 없는 소설'이었다. 프랑스 문단은 작가에게 프랑스 권위의 프랑세즈 문학상을 주었고, 후속 작《마왕》에는 콩쿠르 상을 안겨 주었다.

나는 이 소설을 대학 시절에 읽었다. 그런데 고백하건대, 어린 시절 읽은《로빈슨 크루소》보다는 재미없었다. 나는 제국주의 영국의 문학을 까발리는 데 성공한 미셸 투르니에의 공적을 인정한다. 하지만 나는 프랑스가 영국보다 선량한 국가라는 생각은 해본 적이 없다.

두 국가는 공히 최악의 제국주의 국가였다는 점에서 우열을 가리기 어렵다. 아울러《방드르디 혹은 태평양의 끝》에는 같은 제국주의 국가이면서도 남의 것을 가져다가 논쟁거리로 만들기 좋아하는 프랑스 인의 기질이 일정 부분 반영되어 있기도 하다.

며칠 전 2016년 1월 18일, 미셸 투르니에가 91세 일기로 타계했다고 한다. 그의 명복을 빌며 내 나름 적당한 비문을 하나 만들어 보았다.

제국주의여, 단명하라!

13장

저지르기 쉬운 논리적 오류들

양비론에 대하여

양비론이란 무엇인가? A도 잘못, B도 잘못이라는 주장이다. 양비론은 양자를 함께 질책하는 모양새를 취함으로써 자기의 도덕적 우위를 나타내려는 위선에 불과한 경우가 많다. 다음으로 양비론을 '착취의 논리'로 보는 견해도 있다. 양자에게서 공히 도덕적 정당성을 탈취해 오기 때문이다.

양비론은 기회주의적 보신책이라는 견해도 있다. 말 그대로 '양비'함으로써 일방적 공격이 주는 위험성을 약화시킨다는 것이다. 아무튼 양비론은 사람에 따라 또는 의제에 따라 다르겠지만, 분명한 점은 이것은 논리가 아니라 논리의 포기라는 것이다.

대다수 한국 지식인의 주특기가 바로 이 양비론이다. 이것은 한국 지식인이 어떤 인격체인지를 알려 준다. 유학에 따르면 그들은 '지智'를 축적하지 못한 사람이 된다. '지'란 시비지심是非之心의 단초이기 때문이다. 물론 쌍방과실이라는 것도 있다. 하지만 쌍방과실을 매길 때도 각각의 퍼센티지는 있는 법이다. 한국 지식인처럼 5 : 5의 균형을 맞추는 양비는 현실적으로 성립 가능성이 희박한 것이다.

다음은 〈한겨레신문〉에 실린 인제대 통일학부 교수 김연철의 글 '장성택 사형'의 일부이다.

ⓐ 북한 정치의 불가측성을 환영하는 사람들이 있다. 묻고 싶다. 그래서? 우리에게 어떤 의미가 있는지를 생각해야 한다. 한반도 정세의 불안정은 우리의 이익이 아니다. 예측 가능한 상황을 만드는 것이 대북정책의 목표가 되어야 한다. 북한 정치의 변화가 있을 때마다 붕괴론이 부활한다. 근거 없는 희망이다. 김정은 체제에서 제도가 작동하고 있다. 군에 대한 당의 통제 수준을 보면 군부 쿠데타의 가능성은 없다. 국가의 폭력기구들은 과잉 발전되어 있고 불만은 통제되어 있다.

ⓑ 그렇다고 영원히 안정적인 권력이 가능할까? 유일적 영도체계는 확립되어도 권력구조의 균열은 계속될 것이다. 김정일이 왜 2007년 당 행정부를 부활시켰을까? 권력은 언제나 견제와 균형을 추구한다. 그래서 사냥개를 삶을 솥의 불은 꺼지지 않을 것이다. 마키아벨리가 말했다. 군주는 잔인하다는 평판을 두려워하지 말아야 한다고. 권력을 유지하기 위해 처벌의 공포를 활용하라고. 북한의 젊은 군주는 권

력의 속성을 이해했다. 그러나 아는가? 마키아벨리가 덧붙인 말을. 폭력의 강도와 빈도가 높아지면 권력을 유지할 수 없다고.

글을 읽으면 누구나 알 수 있듯이 김연철은 ⓐ에서는 남측 수구 보수들의 태도를 비판하더니 ⓑ에서는 북측 통치자를 비판했다. 지면상 글 전부를 제시하지는 않았지만 거의 5 : 5로 균형을 맞추어 놓았다. 결국 그는 전형적인 양비론을 취하고 있는 것이다. 이것은 자기가 '수구꼴통'도 아니지만 '종북'도 아니라는 것을 내비치려는 의도가 반영된 글로 보인다.

다음은 성공회대 교수 김동춘의 페이스북 글이다.

장성택 전격 처형을 보고서 충격을 받았다. 배경은 잘 모르고 해석은 전문가들에게 맡겨야 하지만… 90년대 초인가, 북한에 공개처형이 있다는 이야기를 듣고서 충격을 느낀 적이 있고 글로도 표현한 적이 있다. 50년대 조봉암 처형, 70년대 인혁당 관련자 전격 처형도 연상된다.

내가 80년대 초 북한체제에 호기심과 우호감(?)을 보이던 당시의 주변 친구들과 입장을 달리한 것은 50년대 박헌형의 '8월 종파사건' 처형 사실, 연안파 숙청 사실들을 알고부터였다. 그들이 어떤 반역, 스파이 행동을 했는지 알 수 없으나 그 엄혹한 식민지하에서 함께 투쟁을 해온 동지들을 이렇게 처형하는 집단은 도저히 인정할 수 없다고 생각했기 때문이다.

뜻있는 지식인을 모두 숙청했던 조선이 외세의 한방에 무너졌듯이 애국자와 지사를 처형한 국가는 결코 지탱될 수 없다고 생각했기 때문이다. 사실 남한은 인혁당 처형 방식은 없지만, 철도노동자들에 대한 무자비한 직위해제 등에서 볼 수 있듯이 국가주도 자본의 노동자 해고는 다른 방식의 처형이고 그 방식도 잔혹하고 대상도 수십 수백 만이다. 북한이 야만이라면, 남한은 과연 문명국가인가?

이 글은 원래 오타가 많고 띄어쓰기가 잘못된 곳이 더러 있는 것으로 보아 정성 없이 쓴 글처럼 보인다. (내가 고쳐 놓았다.) 하지만 이 글에 담긴 역사적 사실 인식의 오류는 논외로 하더라도, 이 글 역시 전형적인 양비론을 구사하고 있다. 김동춘은 이 글에서 먼저 북측을 비판했다. 그리고는 나중에 남측을 비판했다. 앞의 김연철과는 순서가 다르다.

김연철은 남측을 먼저 비판하자니 종북이 될 것 같으니까 북측도 비판한 것이고, 김동춘은 먼저 북측을 비판하자니 수구꼴통이 될 것 같으니까 남측을 비판하는 심리가 작동한 것으로 보인다.

아무튼 두 글 모두 지독한 양비론이자 좋은 글의 기본적 요건인 주제의 명료성이 결여된 글이다. 사실 김동춘은 대단히 건전하고 역량 있는 학자다. 나는 그의 저서들을 대부분 정독했다. 다만 최근 들어 그의 글이 세속화되는 것을 보는 일이 안타깝다.

최악의 양비론은 〈경향신문〉에 기사화된 소설가 이외수의 것이다. 그는 "지구상에 현존하는 나라들 중에서 예술의 소재를 제한할 수 있는 나라는 북한밖에 없다."라며 "그런데 대한민국이 왜 북한을 따라하느냐."고 반문했다. 그는 또 "정치성이 짙다는 이유로 현대문학 연재를 중단시킨 분들께 묻는다. 당신들 빨갱이인가?"라며 "문단 근처에 얼씬거리지 말라."고도 덧붙였다.

이외수는 작가 이제하의 글을 거부한 문예지 〈현대문학〉을 비판하는 글을 쓰면서 난데없이 북부터 먼저 끌어들이고 있다. 그의 질문 "당신들은 빨갱이인가?"는 이 주제와는 아무 관련도 없다. 논점일탈의 극치를 보여주는 글이다. 연평도 포격 때 "늙었지만 방아쇠를 당길 힘은 남아 있다."고 한 그의 호전성을 상기하게 할 뿐이다.

김상수 작가는 최근 〈미디어오늘〉에 게재한 내 졸작 소설《압록강을 넘어서》 시리즈 서평에서 다음과 같이 언명했다. 계면쩍지만 마침 이 글의 주제와 부합되기에 제시해 보기로 한다.

> 김갑수의 소설은 생생한 팩트(사실)로 한국사회 '현상'에 대한 '원인'을 뚜렷하게 적시하고 있다. 그리고 그 '원인'에는 바로 지식인의 통찰력 결핍과 지적 허위와 퇴폐, 사이비 지식인의 사회적 교란으로 인한 국가공동체사회의 붕괴를 유발한 것이 결과적으로는 반민족행위로 귀착된 현실을 고발하고 있다. 이는 "100여 년 전 주변 열강의 틈바구니에서 나라의 주권을 빼앗겼을 때와 별반 다르지 않은" 오늘 현실의 원인을 선명하게 드러내고 있다.

조선일보 김대중 논설고문의 칼럼 첨삭지도

이번에는 저널리즘의 칼럼 한 편을 골라 첨삭지도를 해보려 한다. 대상으로 선정된 글은 조선일보 김대중 논설고문의 칼럼이다. 이 칼럼은 김영삼 정부 중반기인 1994년에 조선일보에 게재되었으니까 아주 오래 전의 것이다.

그럼에도 내가 이 글을 선택한 것은 당시 각종 조사에서 김대중 조선일보 논설고문은 언론계 영향력 1위 자리를 부동으로 지키고 있었기 때문이다. 요컨대 그는 한국에서 가장 큰 영향력을 가진 언론인이었다.

이 글의 이해를 돕기 위해 당시 정세를 말하면, 김영삼 대통령의 민자당 정권 시기에 3당합당으로 김종필이 여당인 민자당에 실권 없는 대표로 몸담고 있었고, 대선에서 지고 영국에 갔던 김대중이 돌아와 야당인 민주당에 막후 지도를 하고 있었다. 당시 노무현은 민주당의 최고위원이었다.

——— 구태청산 기대깨져 ———

···› 칼럼 제목이다. 사소한 것 같지만 제목에서부터 띄어쓰기를 전면(?) 무시했다. 신문이 띄어쓰기를 무시하는 것은 지면을 아끼기 위해서다. 그러니까 띄어 써야 할 것을 붙여 쓰는 경우가 많다. 만약 붙여 써야 할 것을 띄어 쓴다면 띄어쓰기를 잘 모르기 때문일 것이다.

위 제목은 구태(명사), 청산(명사), 기대(명사), 깨져(동사)로 각각 다 띄어 써야 한다. 신문이 띄어쓰기를 무시했다고 해서 잘못이라고 할 수는 없다. 그러나 짧은 제목을 쓰는 데 이 정도로까지 붙이는 것이 지면 절약을 위한 것으로는 보이지 않는다.

우리 정계는 여야 할 것 없이 심한 정체에 빠져 있다. 물 오염 문제가 심각한데도 우리 정치권은 속수무책이고 오불관언이고 열중쉬어다. 지금 우리 정치권은 국민의 생활에 지대한 영향을 미치는 사안에서도, 한국의 미래를 설정하는 사안에서도, 그 역할에서도 열외에 처져 있다.

···› 첫 문장부터 여야 양비론으로 시작한다. '물 오염 문제가 심각한데도'는 논점일탈이다. '속수무책이고 오불관언이고 열중쉬어다'는 불필요한 어휘의 중복이다. 속수무책은 손이 묶여 방책이 없다는 뜻, 오불관언은 내가 관여할 바가 아니라는 뜻이다. 여기에 갑자기 '열중쉬어'는 또 뭐란 말인가? '부당한 접속의 비문'이다. 접속을 할 때는 동격의 것을 나열해야 한다. '귤과 사과와 과일'이라는 식으로 해서는 안 된다.

과거 정권하에서는 그래도 민주화투쟁도 있었고 집권투쟁도 있었고 당권투쟁도 치열했다. 때로는 심심치 않게 항명파동도 있었고 발언 파동도 적지 않았다. 종적 구도로 봐도 원로가 있고 수뇌가 있고 중진이 있고 중견이 있어 그것들이 굴러가면서 위를 밀어내고 바통을 이어가는 역할교체가 있었다. 그 정치는 동적인 정치였다.

···› '심심치 않게'라는 수식 표현이 다소 가볍다. '중진이 있고 중견이 있고'에서 두 어휘의 뜻 차이가 무엇인지? 역시 동어중복의 비문이다. '굴러가면서 위를 밀어내고'에서, 어떻게 굴러가는 것이 위를 밀어 낸다는 건지? 보통 굴러간다고 하면 평지 아니면 내리막이다. '바통'은 낡은 비유어로 보인다. 아무튼 필자는 각종 싸움이 많았던 과거 독재 시기의 정치를 '동적인 정치'라고 했는데, 이것은 동적인 정치를 '자의적으로 재

정의한 오류'이다.

그런데 막상 문민정부하에서 어쩐 일인지 우리의 정치는 정적인 정치, 복지부동의 정치, 배후 영향력의 정치, 장군만 몇 명 있고 나머지는 모두 이등병인 정치로 변신하고 말았다. 30여 년 간의 군인통치시대를 청산한 만큼, 이제는 더욱 활기차고 맹렬하며 때로는 신선한 토론의 정치, 정반합의 정치, 백가쟁명의 정치, 세대교체의 정치가 펼쳐질 것으로 기대했던 많은 사람들의 상식은 여지없이 어긋나고 만 것이다.

··· '정적인 정치', '복지부동의 정치' 역시 불필요한 어휘 나열이다. '장군과 이등병'은 낡은 비유어이고, '정치는(주어) ~ 정치로(부사어) 변신하고 말았다.(서술어)'는 주어와 서술어의 호응이 불일치되는 비문이다. 변신(유정물의 변화)이라는 서술어는 정치라는 주어와 맞지 않는다. '변질되고 말았다'로 고쳐야 한다. '정반합의 정치'는 또 뭐란 말인가? 현학적 표현의 비문이다. '상식은(주어) ~ 어긋나고 만 것이다.(서술어)'는 주어 서술어 불일치의 비문이다. '상식'을 '기대' 또는 '예상'으로 바꿔야 한다.

왜 이렇게 됐을까? 한 마디로 우리나라는 아직도 김영삼, 김대중, 김종필 세 사람을 일컫는 이른바 3김정치에 눌려 있기 때문이다. 3김이라는 말이 본격적으로 씌여지던 '80년의 봄'이 있은 지 14년째, 김영삼, 김대중, 이철승씨를 같이 묶은 '40대기수론'이 풍미한 지 23년째인 지금의 이 시점에서 한국은 아직도 3김을 못 벗어나고 그들의 가부장적 권위에 눌려 정치는 짜부라져 있는 것이다.

⋯▸ '씌여지던'은 틀린 맞춤법이다. '쓰이던'이 맞다. '지금의 이 시점'은 동어중복이다. '지금'과 '이 시점'이 뭐가 다른가? '정치는 짜부라져 있다'는 비속한 표현인데 생동감은커녕 정확하지도 않은 표현이다. 이 부분부터 필자의 집필 의도가 드러난다. 그는 '3김청산론'을 주장하고 싶었던 것이다. 세대교체가 나쁜 것은 아니지만, 3김 중 김영삼은 이미 대통령 직을 차지한 상황에서 3김청산을 말하는 것은 사실은 김대중과 김종필 2김 청산을 목적으로 하는 것이라고 봐야 하지 않을까?

엊그제 민주당의 노무현 최고위원은 용감한 발언을 했다. "민주당이 지역당 내지 김대중씨의 영향력을 받고 있다는 부정적인 이미지를 씻지 않고는 정권교체를 이룰 수 없다." 민주당에는 새로운 시대 흐름을 창출하는 새로운 인물들이 필요하며, 그것은 이념의 깃발만 든다고 될 일이 아니라 기수가 바뀌는 새로운 리더십의 창출을 통해 이루어질 수 있다. 민정계도 민주계도 아닌 한 민자당 의원은 민자당을 죽은 정당이라고 비판했다. 그는 또한 민자당이 모두가 대통령의 눈치만 보는 복지부동하고 있는 정당이라고 극언을 서슴지 않았다.
⋯▸ 이 부분부터 이 글의 편파성이 더욱 교묘하게 나타난다. 여와 야를 비판한 것 같지만 기실 이 글은 양비론보다 더 저열한 편파성을 비친다. 먼저 야당인 민주당과 김대중을 비판하는 데에는 노무현이라는 비교적 인기 있는 국회의원의 말을 기명으로 인용했다. 이를 근거로 야당인 민주당은 기수가 바뀌어야 한다고 함으로써 김대중의 등장을 차단하려는 의도를 보였다.

반면 여당인 민자당을 비판하는 데에는 익명 정치인의 말을 인용했다. 사람들은 기명인과 익명인의 말 중 어느 것을 더 신뢰할까? 결국 야당 비판의 말에는 신뢰가 가도록 하고 여당 비판의 말에는 의문이 들도록 만드는 교묘한 어법을 쓴 것이다. 또한 야당을 비판한 것은 '용감한 발언'이라고 했고 여당을 비판한 것은 '극언'이라고 했는데, 사람들이 '용감한 발언'과 '극언' 중 어느 것을 더 신뢰하는지는 두 말할 필요도 없을 것이다.

큰칼 높이 차고 적토마에 올라타 홀로 적진에 뛰어들 것 같은 김 대통령, 본인은 아무 관련이 없다고 주장하지만 오늘날 민주당에 그의 눈짓 없이는 움직이는 것이 없을 정도로 막강한 영향력을 가지고 있는 정치 대부 김대중 전 대표, 그리고 무슨 기막힌 처세술과 정치운을 타고 났는지 군사 쿠데타를 일으킨 장본인의 하나이면서 33년이 지난 지금 여전히 집권여당 대표로 남아 있는 김종필 씨 - 지금 우리의 정치는 바로 이 3김에 의해 요리되고 있는 것이다.

⋯→ 3김씨를 다 비판하는 것 같지만 사용된 어휘들이 차별화되었다. '큰칼 높이 차고 적토마에 올라탄 김영삼'은 비판인지 칭찬인지 애매하다. 반면에 김대중에게는 '정치 대부'라고 했으며, 김종필에게는 '기막힌 처세술', '쿠데타의 장본인' 등의 표현을 썼다. 참고로 얼마 후 김종필은 민자당 실세들에게 밀려 당에서 나왔다. 마지막 '요리되고'는 낡은 비유이다.

그래서 지금의 정치가 나쁘다고 굳이 말할 생각은 없다. 정치란 국민에게 좋은 결과를 가져다주면 되는 것이지 누가 가져다주는 것은 중요치 않기 때문이다. 그러나 세 사람의 정치하는 스타일, 사고의 틀이 권위주의적, 전통적 정치의식에 안주하고 있다는 것, 그것이 정치의 자연스러운 인적 흐름을 인위적으로 차단하고 있다는 사실만은 지적하지 않을 수가 없다.

⋯▸ 자가당착의 오류가 구사되었다. 여태 지금의 정치가 나쁘다고 실컷 말해 놓고서 갑자기 '지금의 정치가 나쁘다고 말할 생각이 없다'고 하니 읽는 사람이 다 어리둥절해진다. 그리고 '정치란 좋은 결과만 가져다주면 그만'이라는 필자의 말은 성과주의적 사고방식으로 비민주적이다. 또한 '누가 가져다주는지는 중요하지 않다'고 했는데, 인물을 바꾸자고 여러 차례 강조한 앞의 발언과 정면으로 상충된다.

대통령은 국민이 선택한 것이니까 왈가왈부할 수가 없다. 그러나 바라건대 김 대통령은 정치가 살아날 수 있도록 당에 대한 통제를 걷우고 후계그룹이 선의의 경쟁을 할 수 있도록 내버려둘 수는 없는 것일까? 자신의 치적만 생각하지 말고 자신의 40대 때의 대통령 도전을 생각해서 다음 주자들이 부각할 수 있도록 너무 오래 된 걸림돌들을 제거해주고 신나는 정치 마당을 만들어 줄 수는 없는 것일까? (중략)

⋯▸ 대통령은 국민이 선택했으니까 왈가왈부할 수 없다? 국민이 선택했으니까 더 왈가왈부할 수 있는 것 아닌가? '걷우고'는 틀린 맞춤법이다. '거두고'가 맞다. 또한 앞에서는 김 대통령에게 '내버려두라'고 해 놓고 뒤에 가서는 '신나는 정치 마당을 만들어 주라'고 했는데 이것 역시 선후 모순되는 자가당착의 오류이다.

전망이 전혀 불투명한 정치, 예측이 불가능한 정치, 다음 세대가 고개를 내밀 수 없는 정치, 1인 독재에 이끌려가는 정치, 권위주의를 비판하면서 권위주의를 배운 정치, 그리고 무엇보다 움직이지 않은 정치가 오늘의 정치의 모습이다. 21세기가 내일 모레인데 말이다.

⋯→ 역시 중언부언이 심하다. '전망이 전혀 불투명한 정치'와 '예측이 불가능한 정치'는 거의 똑같은 말이다. '고개를 내밀 수 없는 정치', '움직이지 않는 정치' 등은 비유로서 진부하고 불명확한 표현이다. 게다가 마지막 '21세기가 내일 모레인데 말이다'는 조금 뜬금없다.

나는 보통 말하는 '좋은 글의 요건들'보다 더 중요한 것으로 순수성과 진지성과 참신성을 들었다. 그런데 이 모든 것을 아우를 수 있는 상위 개념은 '진실성'이다. 일단 이 칼럼은 진실해 보이지 않는다. 게다가 중언부언, 진부한 비유, 정치적 편파성, 객관화에 실패한 주관적 주장 등으로 점철되어 있다. 이런 칼럼을 쓰는 분이 한국 제1의 언론인으로 평가되었다는 점이 더 놀랍다.

글을 쓰는데 신문, 잡지로부터 배울 것은 별로 없다. 한때는 글을 잘 쓰려면 신문 사설을 읽어야 한다는 말이 돌기도 했다. 나는 '유언비어'라고 생각한다. 좋은 글을 쓰고 싶으면 인류가 스승으로 삼는 고전들을 먼저 읽고 저널리즘보다는 진지한 문학작품과 학구적인 책과 논문을 읽어야 한다.

논리적인 글의 언어에 대하여

글에는 논리적인 글과 예술적인 글이 있다. 논리적인 글은 논증의 형식은 물론 논증의 언어를 갖춰야 한다. 사람들은 내용의 중요성을 중시하는 나머지 형식의 중요성, 그 중에서도 특히 언어의 중요성을 간과하는 경향이 있다. 그러나 모든 글의 재료는 언어이다. 글에서 언어의 중요성은 모든 것들을 압도한다.

예술문의 언어가 간접적, 함축적, 주관적, 개인적이라면, 논증문의 언어는 직접적, 지시적, 객관적, 비개인적이다. 그러나 사실은 어떠한 논증문도 논리적인 언어만으로는 다 채울 수 없다. 이것은 어떤 예술문도 예술적인 언어만으로 채울 수 없는 이치와 같다. 정확히 말하면 논증문은 논리적 언어가 주가 되어야 하고 예술문은 예술적 언어가 주가 되어야 한다.

우리가 앞에서 읽은 신문 칼럼은 본격적인 논증문은 아니라고 해도 논증문의 범주에 속하는 글이다. 하지만 지나치다 할 정도로 논리적인 언어가 쓰이지 않았다. 그렇다고 해서 예술적인 언어가 사용된 것도 아니다. 이 칼럼은 겸허하지 못한 어조, 진지하지 않은 자세, 순수하지 않은 감정 등이 곳곳에 나타나 있다.

다음에 소개하는 글 〈약속〉은 콩트로서 비논증적인 예술문이다. 그럼에도 이 콩트는 앞의 칼럼보다 논리적인 언어를 더 많이 사용했다. 나는 앞에서 논리적인 글이건 예술적인 글이건 변별적 특성을 갖추기 이전에 먼저 '글'이 되어야 한다는 점을 강조한 바 있다.

다음 글을 통해 좋은 글이 갖추어야 할 언어가 무엇이지를 생각해 보자. 칼럼이건 콩트건 '정확한 언어'는 무엇에도 양보할 수 없는 글의 기본적 요소이다. 특히 논리적인 글에서 정확한 언어의 사용은 글의 성패를 결정짓는다. 칼럼과 콩트 두 편의 글을 비교하면서 당신의 언어가 어떤 방향을 지향해야 할지를 생각해 보라.

—— 약 속 ——

나는 어제 아침 갑작스럽게 체포되었다. 마을 유지인 송 사장의 자전거를 훔쳤다는 것이다. 나는 파출소에 붙들려가 조사를 받은 후 마을과 가까운 K시市의 경찰서로 이송되었다. 나는 두려움 때문에 다리가 후들거릴 정도였다. 영화에서나 보았던 유치장의 쇠창살 속에 정작 내가 갇히게 되는 일이 생길 줄은 상상조차 하지 못했던 것이다.

우유 보급소 주인인 김 씨 아저씨는 경찰서까지 따라와 내 결백을 호소해 주었지만, 그의 말은 증거를 제시하지 못하는 심정적인 것이어서 담당 경찰관의 마음을 움직일 수가 없었다. 나를 파출소로 연행하고 조사한 박 순경도 내 범행이 믿기지 않는다는 듯한 표정을 지었지만, 일은 어찌해볼 수 없을 정도로 잘못 풀렸다. 나는 우유 배달원이고 파출소에서도 우유를 배달 받고 있어서 박 순경과는 평소 안면이 있는 사이였다.

박 순경은 "너처럼 착하고 영리한 녀석이 남의 자전거를 훔치는 짓 따위는 할 리가 없을 텐데."라고 말했지만, 고발자의 증거 제시가 명확한 데다 내가 혐의 사실에 대한 변명을 하지 못하자 별 수 없이

나를 경찰서로 이송한 것이다. 박 순경은 송 사장의 비서인 최 서사가 사용하는 자전거가 우유 보급소 헛간에서 발견되었다고 말했다. 또한 최 서사는 그 자전거를 탐내는 듯한 내 눈빛을 몇 차례 보았노라고 진술했다고 했다.

결국 고발인은 최 서사임이 밝혀졌다. 나는 최 서사에게 유달리 잘못한 일은 없었지만 왠지 그를 대하기가 어려웠었다. 그러고 보니 나는 최 서사를 조금 무서워한 것 같다. 왜냐하면 지난 봄 진달래가 온통 산을 물들이며 피어 있던 날, 나는 옥현이와 손을 잡고 뒷산 오솔길을 걷다가 최 서사에게 들켜 버린 일이 있기 때문이었다. 옥현이는 최 서사의 상전인 송 사장의 막내딸이다. 그래서 나는 그 뒤 며칠 동안 마음을 죄지 않을 수가 없었다. 최 서사가 옥현이의 아버지에게 일러바치지나 않을까 싶어서였다. 하지만 그 뒤 아무 일도 없어서 나는 마음을 놓아가고 있던 중이었다.

박 순경의 설명을 다 들은 나는 처음에는 어리둥절했지만 이내 사건의 경위를 알아차릴 수가 있었다. 박 순경은 나에게 금요일 밤에 무슨 이유로 송 사장의 집에 갔는지를 해명해야 혐의가 풀릴 수 있다고 조언해 주었다. 그러나 나는 한사코 대답하지 않음으로써 스스로 나의 절도 혐의를 결정적인 것으로 만들고 말았다.

금요일 밤은 내가 일주일에 한 번씩 옥현이와 밀회하는 시간이었다. 낮에 마을 뒷산에서 만났던 우리는 얼마 전부터 약속 시간과 장소를 금요일 밤과 옥현이네 집 외양간 옆으로 바꾸어야 했다. 송 사장이 막내딸의 외출을 일일이 간섭하기 시작했기 때문이었다.

밤 11시는 옥현이네 집 식구가 모두 잠자리에 들고 나서도 30분이 지난 시각이었다. 그래서 나는 아무도 모르게 옥현이를 만나고 올 수가 있었다. 아무튼 금요일 밤은 나에게 의미 깊은 시간이었다. 나는 한 주 한 주를 금요일 밤을 위해 살았다. 그리고 금요일 밤과 우유 배달 이외의 시간은 두세 달 앞으로 다가온 대학입시를 위해 모두 썼다.

그젯밤은 달빛조차 없었다. 나는 10시 40분쯤 옥현이를 만나러 가기 위해 보급소 마당에 있는 자전거를 집어탔다. 울타리가 따로 없는 옥현이네 집 안채는 모두 불이 꺼져 있었다. 옥현이는 미리 나와서 나를 기다리고 있었다. 나는 자전거를 외양간 옆 나무 밑에 세워 놓았다.

우리는 외양간 벽에 기대고 나란히 서 있었다. 나는 옥현이의 어깨에 손을 얹고 있었다. 부끄러운 고백이지만 나는 그젯밤 처음으로 그녀의 입술을 맛보았다. 내가 재촉한 것도 아닌데 달빛이 없어 주위가 깜깜했기 때문인지 그녀의 태도가 전에 없이 대담해져 있었다.

그녀는 고개를 숙인 채 불쑥 내 손을 잡아 자기 옆구리께로 끌어가기도 했다. 나는 그녀의 옆 가슴을 취한 듯이 쓰다듬고 있다가 나도 모르게 그녀의 입술 위로 내 입술을 옮겨갔다. 파르르 떨리는 그녀의 잇몸을 느끼자 내 가슴은 거의 폭발할 지경에 이르렀다.

그때 외양간 반대쪽에서 난 자전거 소리가 우리 사이를 떼어 놓았다. 우리는 서로 팔을 엉겨 잡은 채 가슴을 두근거리며 귀를 곤두세웠다. 옥현이가 채 식지 않은 입김을 내 귀에 뿜으며 속삭였다.

"K시市로 심부름 보낸 최 서사가 돌아온 거예요. 어서 가보세요. 나도 들어가야겠어요."

우리는 잰걸음으로 외양간 벽을 끼고 돌았다. 옥현이는 뒤도 돌아보지 않고 안채 쪽으로 사라져갔다. 나는 어둠 속에서 손을 더듬어 겨우 자전거를 집어타고 보급소 숙소로 되돌아왔다.

일은 그때 잘못된 것이다. 너무도 벅찬 흥분과 놀람을 함께 겪은 나는 자전거의 감이 평소와 조금 다르다는 것을 알지 못했다. 나는 그만 최 서사의 자전거를 타고 돌아왔던 것이다.

숙소에 돌아와 마음의 동요를 어느 정도 가라앉힌 나는 별빛도 없는 밤하늘을 치어다보고는 비가 올 것 같아서 자전거를 헛간으로 들여놓았다. 일이 공교롭게 되다 보니 내가 옥현이네 집 나무 밑에 두고 온 자전거는 아침 출근길의 김 씨 아저씨가 발견하고는 보급소로 몰고 왔다는 것이다. 그리고 내가 잠이 깨면 자전거를 아무 곳에나 버리고 다니는 나를 혼내주려고 했다는 것이다.

나는 누명을 벗기 위해서 어떻게 해야 하는지를 잘 알고 있다. 그것은 내가 금요일 밤에 송 사장의 집에 간 이유를 밝히는 일이다. 그러나 나는 굳이 그러고 싶지가 않다. 우유 배달원과 밀회한 옥현이의 처지가 곤란해질 것이기 때문이다.

옥현이와 나 사이에는 두 가지 약속이 맺어져 있다. 그 중 하나는 내가 대학생이 될 때까지 두 사람의 사이를 비밀로 한다는 것이다. 물론 내가 입을 열면 이 약속은 깨지게 된다.

두 번째 약속은 우리는 서로 상대방에게 곤란한 일을 하지 않기로 한 것이다. 그런데 이 약속은 상대방이 곤란한 일을 겪을 때 나서서 도와야 한다는 의미도 담고 있다고 나는 믿는다. 그래서 나는 아무

해명도 하지 않은 채 유치장까지 따라온 나의 주인 김 씨 아저씨에게 내가 처한 정황을 옥현이에게 전하라는 부탁만을 했던 것이다. 그러니 이젠 기다려 보는 수밖에 없지 않은가?

14장

논리적 오류 익히기

글 쓸 때 범하기 쉬운 '논리적 오류 36'

내가 시저를 쓰러뜨린 것은 시저를 덜 사랑해서가 아니라 로마를 더 사랑했기 때문이오. 여러분은 시저 혼자 살고 만인은 다 노예로 살기를 원하는가, 아니면 시저가 죽고 만인이 자유인으로 살기를 원하는가? 시저의 사랑에는 눈물이, 행운에는 기쁨이, 용기에는 존경이, 그러나 야심에는 죽음이 있을 뿐이오. 이 중에 누구 노예 되기를 원하는 비열한 사람이 있소? 있다면 나서시오. 나는 그 사람에게 죄를 범했소. 자, 로마시민이 되기를 싫어할 만큼 어리석은 사람이 있소? 있다면 나서시오. 나는 그 사람에게 죄를 범했소. 조국을 사랑하지 않는 나약한 자가 있소? 있다면 나서시오. 나는 그 사람에게 죄를 범했소. 자, 여러분의 대답을 기다리겠소.

이 글은 셰익스피어 작 〈줄리어스 시저〉에서 브루투스가 시저를 암살하고 난 후 로마시민들에게 행한 연설문이다. 이 연설을 들은 로마시민들은 브루투스가 시저를 죽인 것은 죄가 아니라고 외친다. 그런데 잠시 후 안토니우스가 나타나 또 하나의 연설을 한다.

> 여러분에게 눈물이 있다면 지금이 바로 쏟아야 할 때요. 여러분은 모두 이 외투를 아실 겁니다. 나는 기억하오. 시저가 처음 이 외투를 입었던 날을. 여름날 저녁 그의 막사에서였소. 너어비 족에 승리했던 그 날. 보시오! 여기를 케시어스의 단검이 찔렀소. 보시오! 이 틈은 가증할 캐스카가 낸 칼자국이오… 로마시민 여러분! 이제 나나 여러분이나 모두 다 쓰러진 것이오.

조금 전 브루투스는 무죄라고 했던 시민들은 안토니우스의 연설을 듣고 흥분하여 "시저를 죽인 반역도를 한 놈도 살려주지 마라." 라고 복수를 외치게 된다.

시저를 암살한 브루투스는 무죄든지 유죄든지 양자 중 하나라야 한다. 무죄이면서 동시에 유죄일 수는 없다. 그런데 로마시민들은 브루투스의 연설을 듣고는 무죄라고 했고, 안토니우스의 연설을 듣고는 유죄라고 했다. 무엇이 잘못된 것일까?

우리는 브루투스가 제시하는 이유를 다 받아들인다고 해도 그가 무죄라는 결론을 반드시 받아들일 필요는 없다. 마찬가지로 안토니우스가 제시하는 이유를 다 받아들인다고 해도 브루투스가 유죄라는 결론을 받아들일 필요도 없다.

로마시민들의 추론은 부당한 것이었다. 논리학에서는 이런 부류의 추론을 '군중심리에 호소하는 오류'라고 한다. 인생은 짧고 오류는 길다. 로마의 숱한 영웅과 협객과 시민은 지금은 다 가고 없지만 이렇게 오류는 남아 있는 것이다.[1]

논리적 오류는 부당한 추론을 말한다. 그런데 부당한 추론이라고 해서 다 오류는 아니다. 한없이 많은 부당한 추론 중 우리 일상생활에서 흔히 접할 수 있는 것들을 유형 별로 일반화하여 따로 논리적 오류라고 규정한 것이다. 논리적 오류는 부당하면서도 그 부당성을 교묘히 위장하는 추론이다. 그러므로 얼핏 보아 그럴듯해서 만만치 않은 호소력을 발휘하기도 한다.

당신은 언제라도 스스로 오류를 범하거나 타인의 오류에 넘어갈 수가 있다. 그러면 어떻게 해야 오류를 방지할 수 있을까? 근본적인 해결책은 없다. 그러나 논리학에서 오류로 파악하여 명칭을 붙여 놓은 유형들을 익혀 놓으면 거의 해결된다. 지금까지 규정된 오류는 거의 50개에 이른다. 이것을 명칭과 함께 해당 예문을 숙지하면 해결된다. 단 이 책은 논리학 책은 아니다. 그러므로 전체 오류 중 실제 글쓰기에 필요한 것 36개를 추려서 소개한다.

한 가지 유의할 점은 논리적 오류는 지식이나 지혜 그리고 윤리나 도덕 등과는 무관하다는 것이다. 다시 말해서 논리적 오류를 범했다고 해서 무식하거나 비윤리적인 사람은 아니다.

브루투스가 자신이 무죄라고 주장하면서 댄 논거들은 오류였

1 김광수, 《논리와 비판적 사고》(철학과현실사, 2007)을 참조하여 재인용했다.

다. 오류이므로 무죄를 입증하기에 충분한 논거가 아니었다. 브루투스는 자기가 무죄임을 논리적으로 증명할 수 없다는 것을 의식하고 있었다. 그래서 군중심리를 교묘하게 자극하는 방식을 선택했는데, 여기에 로마시민들이 넘어간 것이다. 그렇다면 브루투스는 오류를 적극적으로 이용한 셈이다. 이럴 경우 브루투스가 오류를 범했다고 할 수는 없다. 정작 오류를 범한 것은 브루투스가 아니라 로마시민들이다. 이것은 브루투스 다음에 연설한 안토니우스의 경우도 마찬가지다. 정치가들은 시민들이 군중심리에 호소하는 방식에 곧잘 설득 당한다는 점을 알고 있다. 결국 로마시민들은 두 정치가에게 차례로 기만당한 것이다.

오류를 범하는 경우는 두 가지다. 오류임을 알고 하는 경우와 오류임을 모르고 하는 경우이다. 오류임을 알고 하는 경우는 자기 목적을 달성하기 위해 다른 사람을 기만하는 것이다. 오류임을 모르고 하는 경우는 오류에 무지하기 때문에 생기는 것이다. 아무튼 오류를 범하는 것은 기만 아니면 무지, 둘 중 하나에 속한다.

당신은 왜 오류를 익혀야 하는가? 먼저 스스로 오류를 범하지 않기 위해서이다. 다음으로 타인의 오류에 넘어가지 않기 위해서이다. 장담하건대 당신은 무지한 사람이나 기만하는 사람이 되고 싶지 않을 것이다. 논리적 오류를 익혀 놓으면 글쓰기뿐 아니라 대화나 토론 등에도 매우 유효적절하게 이용할 수 있다. 논리적 오류에는 여러 분류법이 있지만 이 책에서는 분류법은 따로 논의하지 않는다. 다만 글쓰기에 적용되는 데 요긴한 논리적 오류의 종류와 원리 그리고 예문을 무순위로 소개한다.

1. 순환논점의 오류

2. 자가당착의 오류

3. 전건부정의 오류

4. 후건긍정의 오류

5. 선지긍정의 오류

6. 피장파장의 오류

7. 원천봉쇄의 오류

8. 부적합한 권위에의 호소

9. 연민에의 호소

10. 공포에의 호소

11. 증오에의 호소

12. 성적 쾌락 또는 로맨스에의 호소

13. 유머에의 호소

14. 군중심리에의 호소

15. 다수에의 호소

16. 인신공격의 오류

17. 사적관계에의 호소

18. 아첨에의 호소

19 성급한 일반화

20. 합성/분할의 오류

21. 근시안적 귀납

22. 잘못된 유비추리

23. 도박사의 오류

24. 역반증의 오류

25. 우연의 오류

26. 원칙혼동의 오류

27. 의도확대의 오류

28. 원인오판의 오류

29. 발생학적 오류

30. 흑백논리의 오류

31. 허수아비 공격의 오류

32. 수레를 말 앞에 놓기

33. 목욕물 버리며 아기까지 버리기

34. 자의적인 재정의의 오류

35. 정의에 의한 존재 강요의 오류

36. 가설과 사실을 혼동하는 오류

1. 순환논점의 오류_ 추론에는 근거와 결론이 다 있어야 한다. 그런데 근거는 없이 교묘하게 표현을 바꾸어 결론만 반복하기 때문에 논점이 순환한다고 하여 이런 명칭이 붙은 것이다.

질문 : 당신은 왜 선거에서 패했나요?
답변 : (내가 선거에서 패한 것은) 그야, 충분히 표를 얻지 못했기 때문이지요.

위 대화에서 답변자의 논리는 '충분히 표를 얻지 못했다. 그러므로 나는 선거에서 패한 것이다.'가 된다. 하나는 근거, 하나는 결론이 되어야 하는데, 사실 이 두 명제의 뜻은 같다. 표현을 바꾸어 반복한 것이기 때문이다. 다시 말해서 근거가 없는 추론이다. 이 오류는 듣는 사람을 짜증나게 만든다. "나는 멋진 사람이다. 왜? 나는 매력적이니까." 이런 말을 자주 듣는다고 생각해 보라.

임금 피크제는 철폐되어야 한다.
임금 피크제는 나쁜 제도이기 때문이다.

조금 달라 보이지만 이 논증 역시 순환논증의 오류이다. 임금 피크제가 나쁘다는 결론을 근거 없이 내렸기 때문이다. 이처럼 근거를 대지 않은 추론은 모두 순환논점의 오류에 포함된다.

2. 자가당착의 오류_ 자가당착自家撞着이란 앞뒤가 모순된다는

뜻이다. 앞에서 기분이 나쁘다고 해 놓고, 뒤에 가서 유쾌하다고 한다면 모순이다. 이런 뻔한 잘못을 누가 범할까 싶지만 이 오류는 의외로 많이 나타난다. 특히 기자나 지식인이 쓰는 신문 칼럼 등에서 많이 볼 수 있다. 앞에서는 어떤 대상을 실컷 비난해 놓고 마지막쯤 가서는, "그렇다고 해서 비난하자는 것은 아니다."라고 한다면 모순 아닌가? 당신이 대화 중에 "너를 나쁘다고 하는 게 아니라 너는 이러이러한 사람이다."라고 했을 때, '이러이러한'이 나쁜 뜻을 담고 있다면 이것 역시 자가당착의 오류가 된다.

3. 전건부정의 오류_ 앞에서 우리는 잠시 가언삼단논법을 보았다.

비가 오면(전건) 땅이 젖는다.(후건)

그런데 비가 왔다.

그러므로 땅이 젖었다.

이것은 정당한 추론임을 우리는 확인한 바 있다. 그런데 만약 다음처럼 전건을 부정하면 어떻게 될까?

비가 오면 땅이 젖는다.

그런데 비가 오지 않았다.

그러므로 땅이 젖지 않았다.

전건을 부정하고 이에 따라 후건도 부정했는데 이것은 부당한 추론으로서 전건부정의 오류이다.

4. 후건긍정의 오류_ 가언삼단논법은 전건을 먼저 긍정해야지 후건을 먼저 긍정하면 오류가 발생한다.

비가 오면 땅이 젖는다.
그런데 땅이 젖었다.
그러므로 비가 온 것이다.

이것 역시 부당한 추론이다. 땅이 젖었다고 해서 다 비가 온 것은 아니기 때문이다. 땅은 다른 이유로도 젖을 수가 있다. 이처럼 전제가 결론을 100% 충족시키지 못하는 추론은 모두 오류로 간주된다.

5. 선지긍정의 오류_ 앞에서 우리는 선언삼단논법도 본 적이 있다.

성명서를 발표한 사람은 원내대표이거나 사무총장이다.
그런데 성명서는 원내대표가 발표했다.
그러므로 성명서를 발표한 사람은 사무총장이 아니다.

이것은 정당한 추론이다. 그런데 만약 다음 추론이라면 어떻게 될까?

그는 사회주의자거나(P) 기독교 신자다.(Q)

그는 사회주의자다.(P)

그러므로 기독교 신자(Q)가 아니다.

이것은 부당한 추론이다. 사회주의자라고 해서 기독교 신자가 아니라고 할 수는 없기 때문이다. 사회주의자이면서도 동시에 기독교 신자일 수가 있는 것이다. 이 추론은 앞의 추론과 무엇이 달라서 부당한 추론이 되는 것일까?

우리말 '~거나' 또는 영어 or에는 두 가지 뜻이 있다. 하나는 'P가 아니면 Q'가 되는 배타적 의미이고, 다른 하나는 'P일 수도 있는 동시에 Q'가 될 수도 있는 포괄적 의미이다. 그런데 선언 삼단논법은 배타적 의미일 때만 성립된다. 포괄적 의미일 때는 선지긍정의 오류가 발생한다.

그녀를 유혹한 사내는 미남이든지 두뇌가 우수할 것이다.

그녀를 유혹한 사내는 미남이다.

그러므로 그녀를 유혹한 사내는 두뇌가 우수하지 않다.

이 추론 역시 앞의 것과 똑같은 이유로 선지긍정의 오류가 된다.

6. 피장파장의 오류_ 자기 잘못을 지적하는 말에 대하여 너도 잘못이 있으니 너의 말은 부당하다고 역공격하는 오류로서 요즘 많이 쓰는 말로 '물타기'와 비슷한 개념이다.

7. 원천봉쇄의 오류_ 자기의 주장에 대해 제기될 수 있는 반론을 애초부터 차단하는 오류이다. '우물에 독 뿌리기'라고도 한다.

내가 인간은 모두 타락했다고 할 때 나에게 동의하지 않는다면 그는 이미 타락한 인간이다.

8. 부적합한 권위에의 호소 _ 전문가나 권위자의 말을 근거로 자기주장을 펼치면 일정한 효과를 낼 수 있다. 하지만 전문가나 권위자가 아닌 다른 사람, 이를 테면 유명인이나 권력자 등의 말에 기대어 자기주장을 한다면 이 오류가 발생한다. 아래 예문에서 철학자는 천동설을 증명하는 데는 부적합한 권위자이다.

프롤레마이오스의 이론을 따라야 할지 코페르니쿠스의 이론을 따라야 할지 사람들은 확신을 갖지 못하고 있다. 두 이론이 다 같이 관찰되는 현상에 맞아떨어지기 때문이다. 그러나 코페르니쿠스의 이론들은 어리석은 주장들을 포함하고 있다. 예를 들어 그는 지구가 삼중의 운동을 한다고 가정하였는데, 철학자들에 의하면 지구와 같은 단순한 대상은 단일한 운동만을 할 수 있기 때문이다. 그러므로 코페르니쿠스의 지동설보다 프롤레마이오스의 천동설을 받아들여야 한다.

어떤 논지를 논리적으로 주장하지 않고 심리적으로 주장하면 오류가 발생한다. 여기서 심리적 요소는 연민, 공포, 증오, 즐거움 등을 망라하는데, 이런 심리적인 요인은 합리적 판단을 방해한다.

9. 연민에의 호소_ 사람의 어떤 행위에 대하여 논증하지 않고 연민이나 동정심을 불러일으켜 그 사람이 불쌍하니까 잘못이 아니라는 식으로 말하는 오류이다. 이뿐 아니라 심리에 호소하는 것은 모두 논점일탈의 오류에 속한다.

재판관님, 피고에게 징역형은 부당합니다. 피고는 비정규직 노동자로서 늙은 부모를 모시고 있는 데다 건강마저 좋지가 않습니다. 징역형은 의지할 데 없는 가족들까지 죽이는 것입니다. 그러니 피고를 훈방하는 것이 마땅합니다.

10. 공포에의 호소_ 논증 대신 공포, 위협, 협박, 근심, 불안심리 등에 호소하는 논점일탈의 오류이다. 어린아이에게 "울면 망태할아버지가 잡아간다."라고 겁을 주거나 강도가 "돈을 내놓지 않으면 방아쇠를 당기겠다."라고 위협하는 따위의 오류이다. "이 제안을 수락하지 않으면 엄청난 불행이 닥칠 것이다. 그리고 닥쳐올 사태에 대한 책임은 전적으로 당신들이 져야 한다."라고 하면 공포에 호소하는 오류이다. 그러나 엄마가 아이에게 "칼 가지고 장난하면 다친다."라고 하는 것은 오류가 아니다. 실제 칼을 가지고 장난하면 다칠 수가 있기 때문이다.

11. 증오에의 호소_ 증오나 분노는 합리적 사고를 마비시킨다. 논증하려 하지 않고 이런 감정에 호소하면 오류가 발생한다.

지배계급으로 하여금 공산주의 혁명 앞에서 벌벌 떨게 하라. 프롤레타리아 혁명에서 잃을 것은 쇠사슬뿐이요, 얻을 것은 세계 전체이다. 전 세계의 프롤레타리아여. 단결하라! — 〈공산당 선언〉 중에서

노동자가 혁명에서 잃을 것이라고는 쇠사슬뿐이라는 말은, 그동안 모든 것을 착취당한 채 노예 상태에 있었다는 뜻과 같다. 이것은 노동자들에게 증오심을 유발한다.

12. 성적 쾌락 또는 로맨스에의 호소_ "미인들은 모두 이 차를 선망합니다. 당신의 아름다운 여인을 당신 옆에 태워 보십시오." 이 문장은 자동차에 대해 논증하는 대신 이 자동차를 몰면 미인을 태우기가 쉽다고 말한다. 이것은 성적 쾌락 또는 로맨스적인 상상을 자극한다.

13. 유머에의 호소_ 사람은 자기를 즐겁게 해 주는 사람에게 호감을 갖는다. 하지만 자기를 즐겁게 해 주는 말이라고 해서 모두 정당한 것은 아니다. 영국에서 진화론을 놓고 격렬한 토론이 벌어진 일이 있다. 헉슬리는 찰스 다윈의 친구로서 진화론자였고, 윌버포스는 성직자답게 창조론자였다. 윌버포스가 진화론자 헉슬리에게 "당신의 조상이 원숭이라는 말은 할아버지한테 들었나요, 아니면 할머니한테 들었나요?"라고 말하자 청중들은 웃음을 터뜨렸다. 동서양 가릴 것 없이 어른들은 자녀들에게 우리 조상이 훌륭했다고 말하는 법이다. 그런데 할아버지 또는 할머니

가 우리 조상이 원숭이라고 했다니? 그래서 청중들은 웃음을 터뜨린 것이다. 농담이 위트와 기지를 담을 때 즐거움을 선사하고 웃음을 유발한다. 하지만 논리적으로는 오류에 속한다.

이 밖에 논점을 벗어나 무언가에 호소하는 오류로는 **14. 군중심리에의 호소**가 있다. 이것은 타당한 근거를 대지 않고 군중의 감정이나 열광적 심리를 이용하여 자기주장의 정당성을 옹호하는 오류이다. 이와 비슷한 오류로 **15. 다수에의 호소**가 있다. '베스트셀러가 베스트 북'이라는 판단 같은 것이다. '다수결은 항상 옳다'고 여기는 것도 이 오류에 속한다.
16. 인신공격의 오류는 어떤 주장에 대하여 근거를 살피지 않고 그 사람의 인품, 성격, 직업 등을 트집 잡아 비판하는 오류이다. 이와 비슷한 오류로 '정황에의 호소'가 있다. 이것은 직업, 직위, 처지, 과거 행적 등을 근거로 어떤 사람의 행위를 비판하는 오류이다. "사형 당한 사람의 말은 정당할 수가 없다."라고 하면 인신공격의 오류가 되고 "그는 야당 의원 아닌가? 야당 의원의 말은 믿을 수가 없다."라고 하면 정황에의 호소가 된다. **17. 사적관계에의 호소**, **18. 아첨에의 호소** 등도 논점일탈의 오류에 속한다.
앞에서 논증 대신 무언가에 호소하는 것은 모두 논점일탈의 오류라고 했다. 술에 취한 상태에서 강간을 저지른 피고를 변호하는 변호사가 있다고 치자.

만취 상태는 정신 이상의 상태와 같습니다. 그러니까 피고가 무리한 행위를 했던 것입니다. 정작 이보다 더 큰 문제는 알코올 중독에 있습니다. 알코올 중독은 이제 하루바삐 해결하지 않으면 안 되는 위험한 사회적 문제가 되었습니다.

이 글에서는 강간 범죄를 저지른 피고를 변호하다 말고 갑자기 알코올 중독으로 논점을 옮겨가 버렸다. 이럴 때에는 오류의 명칭을 부여하기가 어렵다. 일반화될 수가 없기 때문이다. '알코올에의 호소'라고 할 수는 없는 일 아닌가? 즉 논점일탈의 오류는 논점일탈 상황을 일반화하여 지칭할 수 있을 때 따로 명칭이 부여된 것일 뿐, 실제로는 명칭 없는 논점일탈이 훨씬 더 많다. 이런 점도 중요하지만 만약 논점일탈이 발생하면 글의 중요한 요건인 '주제의 명료성'을 해치게 된다는 점에 더욱 심각한 문제가 있다.

지금까지 심리적 오류들을 살펴보았다. 심리적 오류는 심리에 의한 그릇된 판단으로 빚어지는 오류인 데 비해, 자료에 대한 그릇된 판단으로 빚어지는 자료적 오류도 있다. 자료적 오류는 지적知的인 장애에 의한 오류이다.

19. 성급한 일반화_ 이 오류는 가장 흔히 나타난다. 일반화는 구체적인 사례들로부터 보편적인 명제를 도출해야 하는데, 이때 구체적인 사례는 대표성을 가져야 한다. 그런데 대표성이 결여된 사례로 성급하게 일반화하는 경우가 왕왕 있다. 어떤 학생이

학교에 한두 번 지각했다고 해서 그를 지각쟁이라고 한다든지, ○○ 지역 사람 몇이 흉악범죄를 저질렀다고 해서 ○○ 지역 사람은 모두 잔인하다고 하면 성급한 일반화의 오류가 된다,

20. 합성/분할의 오류_ 성급한 일반화와 혼동하기 쉬운 것으로 합성의 오류가 있다. 이것은 어떤 사물의 부분들이 가지는 속성을 그 사물 자체도 가지고 있는 것으로 보는 오류이다. 자동차는 수만 개의 부품으로 되어 있는데, 이 부품들은 거의 다 가볍다. 그러나 부품이 가볍다고 해서 자동차가 가벼울 리는 없다. 이처럼 합성되었을 때의 변화를 무시하면 이 오류가 발생한다. 이와 반대로 자동차가 무겁다고 해서 부품들이 모두 무겁다고 판단한다면 분할의 오류가 발생한다.

펄벅의 소설《대지》에는 가공할 메뚜기 떼 이야기가 나온다. 메뚜기 떼가 한 번 훑고 지나가면 가축들은 뼈도 못 추릴 정도로 피해를 입는다. 그러나 메뚜기 한 마리는 전혀 무섭지 않다. 메뚜기 한 마리가 무섭지 않다고 해서 메뚜기 떼도 별 거 아니라고 지레 판단을 내린다면 합성의 오류가 되고, 반대로 메뚜기 떼가 무섭다고 해서 메뚜기 몇 마리가 나타났을 때 공포에 질린다면 분할의 오류가 된다.

21. 근시안적 귀납_ 귀납은 실험, 관찰, 조사 등에 의해 결론짓는 추론 방법이다. 그런데 실험, 관찰, 조사 등이 부실하거나 치밀하지 못하면 잘못된 결론을 내리게 된다. 예컨대 계절마다 줄

자로 다리의 길이를 재었는데, 여름이나 겨울이나 다리의 길이가 다르지 않았다. 결과 다리 같은 물체는 온도 변화에 따라 수축·팽창하는 것은 아니라고 결론짓는다면 오류가 발생한다. 왜냐하면 다리를 측정한 줄자도 온도에 따라 변했기 때문에 측정치가 같았던 것이다.

22. 잘못된 유비추리_ 두 사물을 비교하여 공통점을 일반화하려면 비교되는 두 사물의 속성이 본질적으로 중요하게 유관한 것이라야 한다. 이런 비교를 유비추리라고 한다. 그런데 별로 중요하지도 않은 공통적 속성으로 비교한다면 잘못된 유비추리의 오류가 발생한다. 예를 들어 천재 아인슈타인은 건망증이 심했는데 자기도 건망증이 심하다고 해서 자기를 천재로 간주한다면 이 오류가 발생한다.

23. 도박사의 오류_ 도박사들이 포커를 할 때 이 오류를 이용한다고 해서 이런 명칭이 붙었다. 도박사들은 이미 패가 많이 오픈된 무늬의 카드는 더 나올 확률이 적다고 보고 자기 카드 패를 수정한다. 이것은 카드가 무늬 별로 총 숫자가 확정되어 있기 때문에 합리적인 선택이다. 그러나 동전 던지기나 출산처럼 총수가 확정되지 않은 채 매번 독립적인 사건일 경우 뒤의 사건은 앞의 사건에 영향 받지 않는다. 동전 던지기에서 5번 연속 앞면이 나왔다고 해서 6번째는 뒷면이 나올 거라고 예상한다든지, 아들을 연속 셋 출산했다고 해서 네 번째 아기는 딸일 거라고 판단한

다면 이 오류가 발생한다.

24. 역반증의 오류_ 어떤 주장의 반대가 되는 주장을 증명하지 못한다고 해서 처음의 주장을 강압적으로 참이라고 하는 오류이다. 원래 '무엇이 있는 것'이나 '무엇이 그렇다'는 것은 증명할 수 있지만 '무엇이 없는 것' 또는 '무엇이 아니라는 것'은 증명할 수가 없는 것이다.
"너, 종북이지? 종북이 아니라는 증거를 대 봐."라고 한다든지, "아무도 신이 존재하지 않는다는 것을 증명한 일이 없다 그러므로 신은 존재한다."라고 추론하면 역반증의 오류가 된다. 사실 이 오류는 황당한 억지 논리에 불과하다. 무고한 사람에게 "너, 내 돈 훔쳐갔지? 안 훔쳐갔다는 증거를 대라."라고 한다면 얼마나 황당할 것인가? 이런 억지 논리를 한국의 정치나 언론에서는 즐겨 이용한다.
조선 성종 때 관리 최부가 중국에 표류하여 갔을 때, 명나라 관헌의 신문을 받게 되는데 명나라 관리가 최부를 왜구로 의심하여 최부가 보여 준 조선 관리 증명서가 가짜가 아니냐고 다그친다. 이에 최부는 명나라 관리에게 당신의 명나라 관리 신분증은 가짜가 아님을 증명할 수 있느냐고 되묻는다. 유학자 최부는 이런 논리적 이치를 꿰뚫고 있었던 것이다.

25. 우연의 오류_ 물은 섭씨 100도에 끓는다. 그러나 고지대에서는 기압 때문에 100도 전에 끓기도 한다. 높은 산에서 100도

이전에 물이 끓었다고 해서 물은 100도에서 끓는 것이 아니라고 판단하는 오류이다. 이것은 우연한 경우를 일반적인 경우로 인식하기 때문에 생기는 오류이다.

26. 원칙혼동의 오류_ 원칙에는 큰 원칙과 작은 원칙이 있다. 두 원칙이 충돌할 때는 큰 원칙부터 지키는 것이 합리적이다. 어떤 친구가 나에게 회칼을 맡겼는데, 어느 날 밤 피를 흘리며 나타나 회칼을 달라고 한다. 줘야 하는지 안 줘야 하는지? 맡은 물건을 돌려줘야 하는 것은 작은 원칙이고, 위험한 물건을 위험한 사람에게 주지 않아야 하는 것은 큰 원칙이다. 그러므로 돌려주지 않는 것이 합리적인데, 이런 판단을 내리지 못하면 원칙을 혼동하는 것이 된다.

27. 의도확대의 오류_ 타인의 의도를 확대 해석하여 판단하는 오류이다. "너 또 담배 피는 것 보니 죽고 싶은 게로구나."라고 한다든지, 공부 안 하고 놀다 온 아이에게 "너 대학 가고 싶지 않은 거구나."라고 말한다면 의도를 부당하게 확대한 것이다. 죽고 싶어서 담배 피는 사람 없고 대학에 떨어지고 싶어서 노는 아이 없다.

28. 원인오판의 오류_ 모든 사건에는 원인과 결과가 있다. 그런데 어떤 결과의 원인이 되려면 반드시 시간상 먼저 있어야 한다. 하지만 모든 선후관계가 인과관계인 것은 아니다. "학교에 가는

데 버스가 한꺼번에 두 대가 와서 이상하다고 생각했는데 그게 바로 시험을 망칠 징조였다."라고 한다면, 이것은 단순한 선후관계를 인과관계로 파악한 원인오판의 오류이다.

29. 발생학적 오류_ 가야를 병합한 신라 진흥왕이 가야 음악을 높이 평가하면서 음악가 우륵을 영입했다. 이에 신하들이 "망한 나라의 음악이 좋을 리가 없습니다."라고 말했는데, 이것이 바로 발생학적 오류에 해당된다.

30. 흑백논리의 오류_ 여러 경우가 있을 수 있는 것을 극단적인 두 경우만 있는 것으로 파악하는 이원론이 흑백논리의 오류를 발생시킨다. 사랑하지 않으면 곧 미워하는 것이라고 단정한다든지, 물이 뜨겁지 않으면 곧 차갑다고 생각하는 것 등이다. 흑백논리의 오류는 중간 단계가 있는 반대관계를 상호 배타성을 가지는 모순관계로 잘못 파악하는 것이다.

31. 허수아비 공격의 오류_ 허술하지 않은 상대의 주장을 허술한 것으로 만들어 놓고 공격하는 오류이다. 이것은 반박을 할 때 상대 주장을 객관적으로 검토하지 않기 때문에 발생한다. 진화론을 논박할 때 "원숭이가 인간으로 변화한 것이 진화론이라는데, 이 변화는 오랜 시간에 걸쳐 이루어졌을 것이므로 원숭이와 인간의 중간적 동물이 있어야 할 것이 아닌가?('원간'이나 '인숭이'?) 그러나 이런 중간적 동물은 없었다. 따라서 진화론은 허

구이다."라고 말한다면 허수아비 공격의 오류가 된다. 진화론은 '원숭이가 인간 됐다' 식의 허술한 논리가 결코 아니다. 진화론을 담은 책《종의 기원》은 대단히 탄탄한 논리에 기반하고 있다.

32. 수레를 말 앞에 놓기_ 어떤 일의 원인이 되려면 결과보다 먼저 있어야 한다. 그러므로 나중의 일이 먼저 일의 원인이 될 수는 없다. "조광조는 사형 당한 유학자다. 그러니까 그의 학문은 도덕적일 수가 없다."라고 한다면, 일단 여기에는 인신공격의 오류가 들어 있다. 동시에 이런 주장은 선후관계를 오판하는 '수레를 말 앞에 놓기' 오류이기도 하다. 조광조의 학문은 생시에 이룩된 것이고 사형 당한 것은 나중의 일이다. 나중의 것인 사형을 원인 삼아 먼저 있었던 그의 학문을 재단하는 것은 이치에 맞지 않는다.

33. 목욕물 버리며 아기까지 버리기_ 재미나는 명칭이다. 여기에서 목욕물은 작은 가치이고 아기는 큰 가치이다. 어떤 논증에 작은 잘못이 있다는 것을 근거로 논증 전체의 정당성까지 함부로 부인할 때 이런 오류가 발생한다.

산소호흡기를 제거하는 자유를 주는 것은 옳지 않습니다. 사람은 누구나 살고 싶어 합니다. 당신의 경우를 생각해 보십시오. 조금이라도 더 살고 싶어 하는 불쌍한 사람에게서 생명을 앗아가는 일은 부도덕합니다.

이 논증에는 '연민에의 호소'라는 오류가 들어 있다. 그런데 부분적으로 작은 오류가 있다고 해서 이 논증 전체를 무가치하다고 판단하면 더 큰 오류가 발생한다. 살아 있는 인간에게서 산소 호흡기를 제거하게 해서는 안 된다는 이 주장에는 함부로 무시할 수 없는 가치가 담겨 있기 때문이다.

34. 자의적인 재정의의 오류_ 언어의 사회적 의미를 무시하고 특정 언어를 자의적으로 규정하여 무리하게 주장을 펼치는 오류이다. "미친 사람은 정신병원에 가야 돼. 제 밥그릇도 못 챙기는 주제에 남을 돕다니. 요즘 그런 미친놈이 어디 있어?"라고 한다면 '어려움을 무릅쓰고 남을 도운 사람은 미친 사람'이라고 자의적인 정의를 내린 것이다. 물론 이런 정의는 터무니없이 부당하다.

35. 정의에 의한 존재 강요의 오류_ "강한 자가 살아남는 것이 아니라 살아남는 자가 강한 자다."라는 말이 있다. 이것은 살아남는 것의 정당성을 강변하기 위해 새로운 정의로 존재를 강요한 오류이다. 흔히 멋지고 개성적인 표현에 집착하다 보면 이런 오류가 발생하기 쉽다.

36. 가설과 사실을 혼동하는 오류_ 로맹 가리Romain Gary, 1914~1980라는 소설가가 있다. 리투아니아에서 사생아로 태어난 유태계 프랑스인이다. 그는 한 작가에게 단 한 번만 주는 콩쿠르 상을

두 번 받은 것으로 유명하다. 젊어서 프랑스 문단의 총아로 떠오른 그는 42세에 콩쿠르 상을 수상했다.

그러나 로맹가리는 늙어가면서 비평가들이 자기 소설을 외면하자 '에밀 아자르'라는 가명으로 소설《자기 앞의 생》을 발표하여 60이 넘은 나이에 또다시 콩쿠르 상 수상자가 된다. 그의 인상 깊은 단편소설집《새들은 페루에 가서 죽다》가 있다.

여기에서 말하고자 하는 것은 이 소설이 아니라 단편집 속에 수록된 다른 작품 〈벽〉이다. 한 여인을 극도로 선망하는 젊은이가 있었다. 젊은이는 여인이 가는 곳이면 어디든지 따라다녔다. 여행을 떠난 여인이 모텔에 들자 젊은이는 여인의 옆방을 잡아 투숙한다. 벽을 사이에 두고 아름다운 여인의 숨결이라도 느끼고 싶었던 것이다.

밤이 들어 여인의 방에서 신음소리가 들리기 시작했다. 차츰 격렬해지는 신음소리, 젊은이는 모텔 방에서 내는 여인의 신음이 무엇인지쯤은 알 만한 나이였다. 동시에 그것은 젊은이를 극한으로 절망시켰다. 그것은 '순결한 나의 여인'이 내서는 절대 안 되는 소리였다. 그래서 젊은이는 분연히 자살해 버렸다.

얼마 후 옆방의 여인도 죽어 있었다. 알고 보니 여인은 극심한 고독과 권태를 이기지 못해 여행 중에 비소를 마시고 자살한 것이었다. 물론 간밤의 신음소리는 독약이 만들어 준 처절한 고통의 소리였다.

여인의 신음소리가 무조건 쾌락의 소리라는 판단은 사실과 얼마든지 다를 수 있는 가설이다. 젊은이는 가설을 사실로 받아들이

는, 즉 '가설과 사실을 혼동하는 오류'를 범한 것이다.[1]

살아 있는 텍스트로 논리적 오류 익히기

얼마 전 나는 페이스북에서 어느 변호사와 댓글 논쟁을 벌인 적이 있다. 이 논쟁은 매우 치열했다. 여기에는 철학자 이병창 교수의 글도 개입되었다. 마침 논리적 오류를 실전적으로 익힐 수 있는 생동하는 텍스트라고 생각되어 제시하기로 한다.

나는 페이스북에 '교과서 국정화 반대한다면서 이북을 끌어들여 조롱, 풍자하는 것은 옳지 않다'는 글을 올렸다.

—— 반대 안 해도 좋으니 동족 희롱하지 마라 ——

연세대학에 이어 고려대학 등에서 역사교과서 국정화에 반대한다면서 이북식 어휘 · 어조를 패러디한 글들을 잇달아 내놓고 있다. 여기에 생각 없이 환호하는 사람도 적지 않아 보인다. 〈한겨레〉, 〈오마이뉴스〉 등의 매체는 이것을 뭐 기발한 착상인 양 보도했다.

나는 교과서 국정화에 반대한답시고 벌이는 이런 일들이 당혹스럽게 느껴진다. 이런 방식의 원조는 이른바 '종북몰이'를 곧잘 하

---

1 지금까지 거론한 논리적 오류는 논리학자 김광수 교수의 역저 《논리와 비판적 사고》(철학과현실사, 2002)의 오류분석 장(p379~465)을 대폭 참조했음을 밝힌다. 오류는 물론 논리에 대해 더 공부하고 싶은 사람에게 일독을 권하고 싶은 책이다.

는 진중권 교수로 알고 있다. 정부나 정권을 비판하는 것은 좋지만 아무 관련도 없는 이북을 끌어다가 도매금으로 희롱하는 것이 과연 온당한 일일는지? 이것은 사려 깊지 못한 일이다. 아무 이유 없이 동족에게 상처를 줄 수도 있다는 점을 헤아리지 못한 짓이기 때문이다.

우리는 참으로 척박한 문화 환경에 노출되어 있다는 생각이 든다. 대학이나 언론이 텔레비전 개그와 별로 다를 바가 없어 보인다. 강조하건대 교과서 국정화 반대운동은 국정화에 반대하는 본래의 역사적 취지를 일탈해서는 안 된다.

내가 이런 글을 올렸더니 100개에 이르는 다양한 반응이 댓글로 올라왔다. 그 중 20% 정도가 내 글을 비난하는 것이었다. 개중에는 논리는 없이 비아냥대는 글도 있었다. 그래서 내가 응대 댓글을 달았다.

김갑수 : 북을 남의 기준으로 재단하는 것은 공정치 못해요. 그것은 마치 제국주의 국가들이 동양 왕정을 오해했던 것과 흡사합니다. 남측의 정보지식이라는 것은 반밖에는 보지 못하는 수가 대부분이지요. 북에 대해 더 넓은 독서와 사색을 권합니다.

여기에 정 아무개 씨가 반박을 해왔다.

정 아무개 : 북을 남의 기준으로 재단하자는 것이 아니라 인권과 자

유라는 문명사회의 보편적 기준으로 바라보자는 것입니다. 북한에 대해 얼마나 많이 알고 계신지는 모르겠지만, 너무 깊이 많이 알기 때문에 본질을 보지 못하게 되는 경우도 적지 않습니다. 그리고 지식인들끼리 대화를 나누면서 상대방에게 함부로 더 넓은 독서와 사색을 권한다고 말하는 것은 큰 결례입니다. 제가 김 선생님에게 문명사회의 보편적 인권과 자유에 대해 더 많이 공부해보시라고 말한다면 흔쾌히 받아들이시겠습니까? ㅎㅎ

김갑수 : 네, 저는 흔쾌히 받아들입니다. 독서와 사색을 권하는 것만큼 좋은 충고가 어디 있을까요? 무엇보다도 비판과 토론에는 논점이란 것이 있습니다. 국정교과서로 정부 비판하면서 북을 끌어들이는 것 자체가 비논리적일 뿐더러 국정화 반대의 본래 취지에도 어긋나지요. 그리고 누가 북 비판하지 말라고 했나요? 그런 적이 없잖아요. 국정화 반대할 때 북 끼워 넣지 말라고 한 건데…. 귀하와 같은 논리를 '허수아비 공격의 오류'라고 하지요. 상대 논리를 허수아비로 만들어 놓고 공격하기는 쉬워요. 논점 내에서 토론이 아니면 응대하기가 어렵군요.

정 아무개 : 고등학생 수준의 논쟁을 즐기시는군요. 유감입니다.

김갑수 : 마지막으로 정 아무개님께 아래 글을 한 번 읽고 참고해 보시라고 권합니다. 이병창 교수의 글입니다.

제 발등에 도끼 찍는 짓을 그만 두자

— 이병창 교수 글

오늘 페친들에게 얻어맞을 각오를 하고 한마디 하겠다. 나폴레옹을 아는가? 그는 황제가 되었다. 그 때문에 베토벤은 〈영웅교향곡〉을 찢어버렸다고 한다. 그러나 헤겔은 1806년 예나에 입성하는 나폴레옹을 보면서 “마상의 시대정신”이라고 말했다. 헤겔이 이렇게 말한 이유가 무엇인가?

나폴레옹은 황제가 되었고 독재를 시행했지만 그것은 농민을 위한 것이었다. 나폴레옹은 프랑스혁명의 숙원이었던 토지혁명을 완성했다. 농민에게 토지를 분배했던 것은 나폴레옹이었다. 나폴레옹은 유럽 봉건정권들의 연합인 신성동맹을 예나 전투에서 격파했다. 그 덕분에 프랑스혁명이 보존될 수 있었다. 그래서 헤겔은 나폴레옹을 ‘시대정신’이라 칭했던 것이다.

북한을 보자. 북한은 사회주의 국가이다. 북한은 사회주의를 지키기 위해 자기 나름대로 실험을 해 왔다. 그런 가운데 독재도 나타나고 세습도 나타났다. 북한의 세습 독재는 다른 사회주의 정권의 독재와 다를 바가 없다. 있다면 정도의 차이다. 정치적인 측면에서 북한은 중국, 베트남, 쿠바와 별 차이가 없다.

우리로서는 지금까지와 다른 자유로운 사회주의가 가능하지 않겠는가 하고 생각한다. 나 자신이야, 현실적으로 가능하든 말든 자유로운 사회주의 공동체를 지향하는 사람이다.

하지만 현실적으로 사회주의 북한은 독재를 취하고 세습을 택했다.

우리가 볼 때 바람직한 선택은 아닐 것이다. 하지만 현실적인 이유가 있으리라 짐작된다. 우리의 입장에서, 안타깝지만 북한의 진로는 북한 인민의 자주적인 결정에 맡겨야 한다. 우리는 이웃 나라의 주민으로서 북한 주민의 선택을 항상 지지할 뿐이다. 남한 해방이 우리의 몫이듯이 북한 해방 역시 그들의 몫이다.

북한에 안타까운 심정을 갖더라도 남한의 독재를 북한의 독재와 비교할 수는 없다. 남한의 독재는 반인민의 독재이다. 재벌과 친일파의 독재이다. 반면 북한의 독재는 인민의 독재이다. 그게 어떻게 같은가? 이걸 같은 것으로 보는 사람은 나폴레옹의 독재와 봉건왕조의 독재를 같은 것으로 보는 사람이다.

헤겔은 심지어 로마의 황제와 동양의 황제도 다르다고 말한다. 로마의 황제가 전적으로 자의적인 황제였다면(제일 시민으로서 황제) 동양의 황제는 민족의 관습을 지키는 황제(민족의 대표자로서 황제)였다는 것이다. 서구 이론가는 나치의 전제와 사회주의 독재를 같은 것으로 본다. 나치는 독점 자본의 최후 지배 형식이다. 사회주의의 독재와 같을 수 없다. 헤겔이라면 당연 반대했을 것이다.

북한에 대한 최근 여러 가지 패러디를 보면서 잠이 오지 않는다. 박근혜 정부가 전가의 보도처럼 써먹는 종북몰이의 근본적인 토대가 이런 반북주의이다. 지금도 맹목적 반북감정을 야기해서 국정교과서를 밀고 나가려는 것이 아니냐? 이것을 아는 사람이라면 결코 그런 비유를 사용하지는 않을 것이다. 그것은 제 발등에 도끼를 찍는 짓과 같다.

여기에 정 아무개 씨가 또 반박을 펼쳤다. 그래서 나는 정 아무개의 타임라인에 들어가 보았다. 현직 변호사였다. 경력 난에 '서울대 사법학과 졸업'이라고 되어 있었다. (이 분의 글에서 일부 정서법의 오류는 고쳐서 제시한다.)

정 변호사 : 잘 읽었습니다. 이병창 교수는 철학을 전공하신 분이군요. 그래서인지 북한 정권에 대해 대단히 관념적이고 몰역사적인 인식을 갖고 계신 듯합니다. 북한의 수령절대주의는 이 지구상의 그 어떤 사회주의 국가의 독재와도 전혀 상이한 것입니다. 정도의 차이가 있는 것이 아니라 질적으로 전혀 다른 것입니다.
그것을 단순히 북한 인민의 선택이고 인민을 위한 독재라고 단정하는 것은 김일성 절대주의가 북한에서 확립되게 된 역사적 과정을 전혀 도외시한 공론입니다. 만약 김일성 수령독재가 북한 인민의 선택이라면 박근혜 정권 역시 남한 국민의 선택이라고 보지 못할 이유가 없습니다.
북한 정권에 대한 평가는 어디까지나 건전하고 보편적인 상식에 기반을 둔 것이어야 합니다. 이병창 교수의 주장은 지나치게 자신의 감성과 주관에 치우친 생각인 것 같습니다.

나는 도저히 논리적으로 반박할 수 없는 수준의 글이라고 판단 들었다. 그래서 내가 아래 댓글을 달았다.

김갑수 : 정 아무개님이 이병창 교수 글을 비판한 글은 제가 보기에

토론의 대상이 아니라 첨삭지도의 대상입니다. 엉뚱한 댓글을 하도 집요하게 달아서 타임라인에 들어가 보니 변호사 일 하시는 분이군요. 조금이라도 도움이 되었으면 하는 마음에서 첨삭지도 글을 올립니다.

1. 잘 읽었습니다. 이병창 교수는 철학을 전공하신 분이군요. 그래서인지 북한 정권에 대해 대단히 관념적이고 몰역사적인 인식을 갖고 계신 듯합니다.
첨삭지도 1 : 철학을 전공했기 때문에 관념적이고 몰역사적이다? '원인 결과 오판의 오류'입니다. 이런 주장은 마치 '변호사 일을 하기 때문에 저속하고 얍삽하다'는 주장의 수준과 다르지 않습니다. 원인(근거)과 결과(주장)가 전혀 합리적으로 연결되지 않기 때문이지요.

2. 북한의 수령절대주의는 이 지구상의 그 어떤 사회주의국가의 독재와도 전혀 상이한 것입니다. 정도의 차이가 있는 것이 아니라 질적으로 전혀 다른 것입니다.
첨삭지도 2 : 주장만 있고 근거가 없는 문장 두 개입니다. 북의 수령절대주의를 비판하려면 왜 그것이 다른 사회주의의 것과 다른지 최소한의 이유라도 댔어야 합니다. 이처럼 근거나 전제가 없이 주장만 반복하는 것을 '순환논증의 오류' 라고 합니다.

3. 그것을 단순히 북한 인민의 선택이고 인민을 위한 독재라고 단정하는 것은 김일성 절대주의가 북한에서 확립되게 된 역사적 과정을

전혀 도외시한 공론입니다. 만약 김일성 수령독재가 북한 인민의 선택이라면 박근혜 정권 역시 남한국민의 선택이라고 보지 못할 이유가 없습니다.

첨삭지도 3 : 이병창 교수는 북과 남은 다르다고 말했는데, 귀하는 북의 김일성과 남의 박근혜를 같은 것으로 말합니다. 이병창 교수는 다르다고 했잖아요? 그럼 근거를 대면서 다르지 않다고 말한 후에 다음 주장을 했어야지요. 그럼에도 '북이 인민의 선택이라면 남도 인민의 선택'이라는 식으로 강변하고 있습니다. 귀하의 문장에는 '잘못된 유비추리의 오류'가 실현되어 있습니다.

4. 북한 정권에 대한 평가는 어디까지나 건전하고 보편적인 상식에 기반을 둔 것이어야 합니다. 이병창 교수의 주장은 지나치게 자신의 감성과 주관에 치우친 생각인 것 같습니다.

첨삭지도 4 : 두 문장인데 첫 문장은 하나마나한 말입니다. 이런 것을 모르는 사람이 누가 있단 말입니까? 문제는 두 번째 문장이 귀하 스스로 앞에서 말한 '건전하고 보편적인 상식에 기반'하고 있지 않다는 데에 있습니다. 따라서 첫 문장과 둘째 문장이 상충됩니다. 역시 여기에도 '자가당착의 오류'가 실현되어 있습니다. 부언하자면 논리적 오류를 알고서 행하는 것은 '기만', 모르고서 행하는 것은 '무지' 때문입니다. 귀하는 후자 같아 보입니다.

정 변호사 : 대충 요점만 말하면 말귀를 알아들을 줄 알았는데 이런 말장난을 할 줄은 몰랐습니다. 나이를 어디로 드신 분인지 모르겠군

요. 그리고 먼저 말을 꺼내셨으니 나도 한마디만 하겠습니다. 알량한 독서가의 잡지식을 학문이라고 착각하지 마세요. 학문의 깊이는 인품과 지식을 대하는 태도를 보면 알 수 있습니다. 천박한 인품과 지성으로 너무 요란하게 떠들면 사람들로부터 비웃음을 사고 스스로 망신만 자초하게 됩니다. 평소 통일문제에 관심이 많기 때문에 귀하의 주장이 다소 투박하지만 경청할 바가 있을 것 같아서 일부러 시간을 할애해 봤습니다. 늙은 개에게는 새 재주를 가르칠 수 없다는 진부한 격언을 상기하느라 너무 시간낭비가 심했습니다.

이 대목에서 보다 못한 제3자가 개입했다.

제3자 : 정 아무개 씨, 첨삭지도에 대한 반박을 하나하나 하세요. 개까지 끌어 들이는 개짓을 하지 말구요.

정 변호사 : 이 쥐새끼 같은 것이 얼굴을 가렸다고 함부로… 너희 같은 쓰레기들은 아무리 봐도 역겨움이 적응이 안 되더구나.

김갑수 : 말문이 막히면 나이를 들고 나오는 것은 '정황에의 호소'라는 논점일탈 오류입니다. 하나라도 더 배우시란 뜻에서 마지막으로 봉사했습니다. 병으로 치면 피부병이 아니라 심장병이라서 완전 치유는 어렵겠지만 귀하는 나와 달리 젊으니까 각고의 노력을 더 하면 호전될 수 있을 겁니다. 귀하의 의뢰인들이 걱정되네요.

논쟁은 이것으로 일단락됐다. 그는 더 이상 말하지 않았다. 나는 법학을 전공한 현역 변호사가 이토록 비논리적일 수 있다는 사실에 조금 놀랐다. 나중에 알아보니 그는 법조계에서 꽤 이름을 얻은 변호사라고 했다. 하지만 그의 논증들은 오류로 점철되어 있었다. 그리고 그의 오류는 알고서 하는 '기만 형'이 아니었다. 그는 오류인 줄도 모르고서 오류를 남발하는 '무지 형'이었다.

오류는 논리적으로 부당할 뿐이지 윤리와는 무관한 것이다. 이것은 오류뿐 아니라 논리라는 것 자체에도 해당되는 말이다. 논리는 윤리와 무관하다. 또한 논리가 우리 삶에서 차지하는 비중은 의외로 약하다. 우리는 만원 지하철을 타거나 사랑하는 사람과 포옹을 할 때 논리적으로 하지 않는다. 우리 삶에서 힘이나 열정은 논리보다 여전히 중요하다. 다만 내가 논리에 대해 길게 논의한 것은 글쓰기에 논리는 절대적으로 필요하기 때문이다.

나는 논리적 오류를 의도적으로 행하는 것은 기만이라고 했지만 다 그런 것은 아니다. 사실은 오류를 선의로 이용하는 글도 적지 않으며, 명문 중에도 논리적 오류는 자주 등장한다. 이때 주로 등장하는 것은 감정에 호소하는 오류이다.

감정적 오류를 담은 설득의 글

한 편의 글을 '설득하는 글쓰기'의 텍스트로 제공한다. 지난 2009년 아이돌 그룹 2PM의 리더 박재범이 당시로부터 4년 전에 미국의 한 인터넷 사이트에 올린 한국 비하 글이 알려져 일방적으로 여론의 뭇매를 맞은 일이 있다. 나는 이런 여론에 대항하여 박재범을 옹호하는 글을 한 언론에 게재했는데, 이 글은 70만에 달하는 클릭 수를 기록했다. 우연인지는 모르겠지만, 이 글이 나온 후 여론이 반전되어 사회 분위기가 박재범을 동정하는 쪽으로 바뀌게 되었다. 이후 나는 박재범 팬클럽으로부터 '맛있는 떡' 상자 하나를 선물로 받았다. 이 글이 바로 감정에 호소하는 오류를 의도적으로 이용한 글이다.

——— 우리 안의 파시즘이 22세 청년을 쫓아냈다 ———

아이돌 그룹 2PM의 리더 재범(박재범)이 급기야 한국을 떠나고 말았다. 2005년 미국 인터넷 사이트 마이스페이스에 올린 한국 비하 글이 누리꾼들 사이에 알려지고, 이를 언론이 보도하기 시작한 지 불과 4일 만에 그는 고국을 등지게 된 것이다.

파문이 확산되자 그는 사과문을 올리고, 출연 중인 텔레비전 프로그램에 나가지 않는 등 자숙의 모습을 보였지만 대다수의 팬들은 이를 용납하지 않았다. 심지어 다음 〈아고라〉에는 '재범을 퇴출하자'는 청원 서명이 마치 활극活劇처럼 벌어지기도 했다.

누리꾼들은 '재범은 한국에 돈 벌러 온 미국인일 뿐이다', '양키 고홈', '제2의 유승준이 될 것이다', '결코 그를 용서할 수 없다' 등의 사나운 글을 분주히 올렸다. 견디지 못한 그는 결국 그룹 탈퇴를 선언하면서 다시 용서를 빌고는 가족이 있는 미국 시애틀로 쓸쓸히 돌아간 것이다.

각고의 노력 끝에 이제 한창 인기가 치솟고 있는 그룹을 탈퇴하는 것은 연예인으로서 사형선고나 진배없는 일이다. 대관절 그가 무슨 험한 말을 했기에 한국인들은 그리도 분개했는지. 그가 영어로 올린 글에서 문제가 된 대목은 "한국은 넌덜머리가 난다.", "한국인은 이상하다.", "내가 하는 저질 랩을 잘한다고 칭찬한다.", "정말 둔감하다." 등이었다.

많은 한국인은 유명인이라면 곧 공인이라고 여긴다. (사실 나는 이번에 처음 그를 알았다.) 그래서 연예인이나 스포츠 선수들에게 유달리 높은 도덕성을 요구한다. 이런 분위기 때문인지 음주운전으로 나가떨어지는 연예인도 있고 술집 소란으로 선수 생명이 끊어지기도 한다.

그들에게는 도덕성뿐 아니라 뜨거운 애국심까지 있어야 한다. 그러다 보니 이런 요구에 잘 부응하는 연예인이나 스포츠 선수는 인기를 누린다. 이런 점에서 박지성은 단연 기민한 선수이다. 그래서 유럽에서 벌어지는 유럽인들의 스포츠 잔치에 그가 몇 분 출전하고 안 하고의 사실까지가 다 뉴스거리가 되는 나라가 한국인 것이다.

재범의 발언은 적잖이 황당한 것이었다. 또한 한국인을 근거 없이 비하하는 말을 듣고 기분 좋을 사람은 없을 터이다. 그렇더라도 우리는 황당해하거나 잠시 기분 나쁜 걸로 끝냈어야 했다. "별 바보 같은 넘도 다 있네." 하든지, 아니면 좀 더 심하게 그의 부모를 탓하며 가정교육을 문제 삼을 수도 있었을 것이다. 하지만 그 수준에서 더 나아가지는 말았어야 할 일이었다.

문제의 글은 연습생 시절이던 4년 전에 친구와 대화 형식으로 올린 것이었다. 또한 그가 교포 2세라는 특수한 정황도 마땅히 참작되었어야 했다. 고등학생으로 한국에 와서 외롭게 지내며 고국의 낯선 풍토에 제대로 적응하지 못한 18세 소년의 넋두리 정도로 봐 준다면 얼마든지 봐 줄 수도 있는 일이었다. 그는 처음 한국 사회가 매우 거칠고 배타적이라고 느꼈을 수도 있다.

> 가족들도 다 미국에 있었고 한국 와서 주위 사람들은 다 저한테 냉정하게 대하는 것 같았습니다. 언제 데뷔할지도 모르고 너무 막막한 상황이었습니다. 정말 여러 가지 상황들 때문에 너무 힘들고 외로워서 집이 많이 그리웠고 포기하고 싶다는 생각도 많이 들어서 가족이 있는 미국으로 돌아가고 싶었습니다. 제가 한국에 대해 표현했던 건 제가 당시 제 개인적인 상황이 싫어서 감정적으로 표현을 했던 것 같습니다. 제가 너무 어려서 정말 잘못 표현했습니다. 그때는 철도 없었고 어리고 너무 힘들어서 모든 잘못을 주위상황으로 돌리는 실수를 했습니다. 그 글들은 4년 전이었고 지금은 완전히 달라졌습니다. 앞으로 이런 실수가 다시는 없도록 하겠습니다.
>
> — 재범의 사과문 중에서

이렇게 절절한 사과를 한 22세 청년에게 무려 1만 개나 되는 댓글을 붙이고 별의별 저주의 언사를 퍼붓더니 그것을 신문지상에 보도함으로써 파문을 확대 재생산하여 결국 가수 생명을 단절케 하는 것은 도대체 무슨 심사란 말인가. 이런 것을 애국심이라고 할 수 있을까? 백번 양보하여 애국심이라고 해도 애국심 또한 인간을 위한 수단에 불과한 것임을 알아야 하겠다. 따라서 이것은 심한 말로 해서 '광기'가 아니고서는 달리 설명될 수 없는 행태라고 본다. 어깨가 축 처진 채 풀 죽은 표정으로 인천공항 출국장으로 들어서는 그의 모습을 보면서 이 땅의 기성세대로서 가슴이 아프고 낯이 뜨거워 더 이상 할 말을 잃는다. 그래서 무거운 마음을 그에게 보내는 편지로 대신한다.

먼저 '재범'이라고 이름을 부르는 것을 이해해 주기 바라네. 재범은 이미 팬들 사이에서 애칭이 되어 있는 것 같아 나 역시 친근감의 표시로 이렇게 부르기로 했다네. 일단 부끄럽고 미안하다는 뜻을 전하고 싶네. 재범 군의 고국 한국은 알고 보면 참 좋은 게 많은 나라지만 아직 재범 군이 모르고 있거나 실감하지 못하는 특이한 점도 있는 나라라네.

파시즘의 나라 이탈리아의 소설가 겸 기호학자인 움베르토 에코는 10세 소년이던 1942년, 청소년 글짓기 대회에서 최우수상을 받았다네. 글짓기의 주제는 '무솔리니의 영광과 이탈리아의 불멸적 운명을 위해서라면 목숨을 바쳐야 하는가'였네. 에코 자신의 표현을 빌리면 소년 에코는 이 질문에 '아주 거만한 수사'로 그렇다고 답해서 최우수상을 받았다고 하네.

에코처럼 '거만한 수사'는 못되지만 우리 한국인들 중에서 어르신들은 어린 시절 '이승만 대통령 할아버지께 올리는 편지'를 쓰며 자랐다네. 이 글을 쓰는 나만 해도 초등 시절에는 매주 월요일 아침

운동장에서 애국조회라는 것을 하면서 어린이회장 친구가 낭독하는 '반공을 국시의 제1로 한다'는 '혁명공약'이란 것을 들었다네. 조금 더 커서 중학 시절에는 국민교육헌장이란 게 생겨서 '우리는 민족중흥의 역사적 사명을 띠고 이 땅에 태어났다'고 알았고, 국기 앞에서는 '조국과 민족의 무궁한 영광을 위하여 몸과 마음을 바쳐 충성을 다할 것'을 다짐하곤 했지.

학교 규율을 통해 이 초라한 수사修辭를 어린 학생들에게 외우도록 강제했던 인격화된 정치권력은 이제 가고 없지만, 그들의 의도는 한국인의 일상생활과 의식 속에 깊이 뿌리를 내리고 있지.[1]

재범 군을 위로하려고 쓴 글인데 너무 심각한 담론으로 나간 것 같군. 다른 이야기를 하겠네. 자네처럼 어린 나이에 미국에 가서 살았던 분 중에 강동석이라는 음악가가 있다네. 그는 나와 비슷한 연배지. 서울에서 중학교에 다니던 그는 일찍부터 바이올린에 천재성을 보였다네. 가난한데도 줄리어드에 갈 수 있었던 것은 미국의 대가 갈라미언이 그의 연주 테이프를 듣고 반했기 때문이라네.

피와 땀의 노력 끝에 한국 소년은 인정을 받기 시작했어. 여기저기 콩쿠르 참가와 연주 일정이 잡혀갔다네. 누구나 조금만 더 하면 대성할 수 있다고 믿어 의심치 않았지. 그러는 사이 20대 초반의 나이가 지나갔고 그러자 그의 조국은 곧장 병역기피자로 낙인을 찍었다네. 그래서 그는 아버지가 돌아가셨을 때도 고국에 오지를 못했어. 이후 그는 세계 굴지의 콩쿠르인 엘리자베스 대회 입상 등 괄목할

---

1 임지현, 《우리 안의 파시즘》(삼인, 2000) 참조하여 재인용했다.

만한 성과를 이루면서 세계적인 연주자로 입신했다네. 외국인들은 그를 윤이상, 정경화와 함께 한국의 3대 음악가로 꼽을 정도였지. 하지만 그는 15년 동안 고국 땅을 밟지 못하고 타국을 유랑하면서 연주 생활을 해야 했다네.

1983년 대한민국 음악제가 열렸는데 그의 조국은 세계적 연주가가 된 그를 정식 초빙하기에 이른다네. 그는 예술의 전당에서 '브르흐Bruch'를 연주했지. 그것은 실로 한국 연주사에 기록될 만한 탁월하고도 비장한 연주였어. 그는 아버지가 죽었는데도 오지 못하게 한 조국의 무대에 나이 30이 되어서야 서게 된 격정을 토로했던 것이지. 수천 명의 청중은 그에게 열렬한 기립박수를 보냈다네. 재범 군, 자네의 조국 대한민국이라는 나라는 이런 곡절을 숱하게 가지고 있는 나라라네. 유승준 군만 하더라도 이와 크게 다르지는 않다고 보네.

이번에는 내 이야기를 조금 할게. 고등학교를 마친 나는 육군에 가서 아침마다 멸공구호라는 것을 복창하며 35개월이나 병역을 치렀다네. 이것은 내 형님 두 사람도 마찬가지였어. 그러니까 내 어머니는 10년 동안 아들을 군대에 보낸 셈이었지. 그리고 이런 삶은 대부분의 한국인이 공유해야만 했던 것이라네.

불행히도 이런 삶은 한국인들의 집단적 기억을 조작하여 현재를 이해하는 틀을 은연 중 만들었다네. 이것을 '은폐된 파시즘'이라고 하는 학자도 있어. 이 은폐된 파시즘은 학교와 가정과 직장에서 국가주의의 세례를 거친 대중들의 정서와 결합되어 다시 큰 파장으로 증폭되어 기성세대건 신세대건 별반 다르지 않게 되었다네.

자네를 몰아낸 것은 누리꾼들이 아니라 바로 이 괴물이었다고 생각해 주었으면 하네. 그러니 이 불우한 조국을 경멸만 하지 말고 조금이라도 이해해 주기 바란다네. 아니 재범 군이 그런 큰 틀의 사람이 되었으면 한다네.

불현듯 〈시애틀의 잠 못 이루는 밤〉이라는 영화가 생각나는군. 그 아름다운 영화의 제목을 이런 우울한 일에 패러디하게 될 줄은 몰랐다네. 재범 군, 지금은 정말 잠 못 이루며 좌절하고 있을 테지. 이 상처가 빨리 치유되지는 않을 걸세. 하지만 가급적이면 하루속히 조국에 다시 와서 더 큰일을 이룰 수 있기를 바란다네. 내가 강동석 아저씨 이야기를 들려준 것은 바로 이런 간절함 때문이라네.

3부. 서사적인 글쓰기

• • •

당신은 평소 가족 이야기, 친구 이야기, 나쁜 사람 이야기, 착한 사람 이야기, 훌륭한 사람 이야기 등에 관심이 많을 것이다. 이보다 더 큰 관심은 '나의 이야기'일지도 모른다.

아무튼 '사람 이야기'는 서사적인 글의 주종을 차지한다. 이 중 가족, 친구 등 타인의 이야기는 담화수필로, 훌륭한 사람의 이야기는 평전 또는 전기로, 나의 이야기는 자서전으로 체계화될 수 있다.

하지만 서사적인 글에는 사람 이야기만 있는 것이 아니다. 이를테면 기행문은 서사적인 글이며 추도문도 약간의 서사성을 띤다. 사실 우리의 삶에 가장 많은 영향을 지속적으로 미치는 것은 서사물이다. 소설은 물론 연극, 영화, 드라마 등은 모두 서사물이다.

15장

알아두어야 할 것들

서사敍事, narrative는 사건을 서술한다는 뜻이다. 그러므로 서사시나 소설 등의 본격적인 문학은 물론 문학 외적인 영역에도 다양한 형태의 서사가 존재한다. 신문의 사건 기사와 역사적 기록물들은 모두 서사에 속한다. 일기나 일지 등도 서사에 포함된다. 결국 서사란 인간의 모든 활동과 관련되는 글이다. 서사에는 사실적 서사와 허구적 서사가 있다. 사실적 서사를 대표하는 것은 전기이고 허구적 서사를 대표하는 것은 소설이다.

이야기는 언제나 시간과 공간을 필요로 한다. 배경, 즉 시간과 공간은 이야기에 구체성을 부여한다. 시간과 공간의 결합이 없이는 서사 자체의 성립이 불가능하다. 사실적 서사는 경험적인 내용이나 역사적 사실에 근거한 서사로서 이미 일어난 것에 기초하여 그 사실의 실재성을 재현하고 전달한다.

반면에 소설과 같은 허구적 서사는 다르다. 허구적 서사는 실제 일어난 일은 아니지만 일어날 가능성이 있는 것을 마치 일어났던 것처럼 꾸며낸 이야기이다. 허구적 서사에서는 가공의 시간과 공간을 만들어낸다. 이처럼 없었던 일을 마치 실제의 일처럼 꾸며내는 것을 '서사적 형상화'라고 한다. 이 서사적 형상화로 인해서 소설은 문학적 양식의 글이 된다.

16장

삶을 담은 글쓰기

담화수필 쓰기

그러면 이제부터 서사적인 글들을 제제 별로 하나씩 논의해 보기로 한다. 먼저 이야기를 담은 수필, 즉 담화수필story essay이 있다. 이 수필은 글 속의 이야기가 일단 흥미로워야 한다. 이야기 자체가 덜 흥미롭더라도 이야기를 써 나갈 때 가급적이면 극적으로 풀어야 한다. 물론 유머, 위트, 세타이어(풍자) 등과 함께 촌철살인을 담으면 더욱 좋다.

그러나 글이 이야기로만 머물러서는 안 된다. 그 이야기가 보편적인 의미로 확대될 수 있도록 연결해야 한다. 수필은 다른 장르의 글보다 개성과 교훈을 많이 담는 장르지만, 교훈을 너무 노골적으로 주면 역효과가 날 수 있다. 하지만 수필이라면 개성은 반드시 담겨야 한다.

개성적인 담화수필 한 편을 소개한다. 가훈과 관련된 에피소드를 담은 이야기이다. 이 글의 필자는 세상의 모든 세리모니를 거부한다. 그러다 보니 기념일은 물론 표어와 가훈까지도 싫어한다. 문제는 필자의 딸이 학교에서 가훈을 가져오라는 숙제를 받아오면서 불거진다. 여기서부터 필자와 아이 사이의 갈등이 빚어진다. 그러다가 필자는 어쩔 수 없이 아주 유별난 가훈 하나를 정했다.

다음 이야기는 직접 읽어 보기 바란다. 이 가훈이 어떤 데에 쓰이게 되었는지를 확인하기 바란다. 이 글은 가훈 이야기로만 머물지 않았다. 그리고 이 글에는 담화수필의 미덕이라고 할 수 있는 유머와 위트와 풍자, 서스펜스와 서프라이스, 그리고 사회적 교훈성 등이 모두 담겨 있다.

—— 우리 집 가훈을 바친다 ——

오늘은 다분히 사적인 이야기를 좀 하려고 한다. 나는 성격이 유별난 편이다. 아니 유별나다는 말도 아깝다. 그냥 '지랄 같다'고 하면 더 적합할 것 같다. 성격이 지랄 같다 보니 다른 사람을 불편하게 만드는 경우가 많다는 것도 안다. 게다가 나는 나로 인해 타인이 불편해 하는 꼴도 보지 못한다. 그래서 나는 불편한 사람과의 만남을 예방, 회피하면서 살아간다.

나의 '지랄 맞음'은 사회적 명분들, 이를 테면 관습, 통념 등과의 마찰을 부단히 일으켜 왔다. 젊은 시절 나는 '내가 사고무친의 고아라면 좋겠다'는 생각을 해 본 적도 있으며, '이대로 살다가는 어느 날 이 사회에서 추방될지 모른다'는 위기감을 느꼈던 적도 있다.

나의 지랄 맞음은 하도 여러 방면으로 발휘되기 때문에, 이 자리에서 시시콜콜히 나의 치부를 다 밝힐 수가 없다. 그 중 두 가지만 말하면, 첫째 나는 제사를 빼고는 모든 의식ceremony을 싫어한다. 예컨대 생일, 기념일 같은 것들이다. 물론 나는 내 생일잔치라는 것을 한 번도 해 본 적이 없다. 결혼기념일? 이혼했다면 몰라도 지금 결혼해 살고 있는데 무슨 결혼기념일이란 말인가?

다음으로 내가 경멸하다시피 하는 사회적 관습으로 표어標語라는 것이 있다. 어려서부터 나는 길거리에서 너무나 많은 표어들과 마주치며 자랐다. 크게 보아 가훈家訓이라는 것도 표어의 일종이라는 것이 내 생각이다. 그런데 가훈은 길거리의 것이 아니라 집 안의 것이기에 더 문제가 있다. 나는 그것을 결코 내 집 안으로 들이고 싶지가 않았다. 다시 말해 가훈 따위는 절대 정하지 않는다는 것이 내 신조였다.

그러던 어느 날 뜻하지 않은 문제가 발생했다.

"아빠, 학교에서 가훈 적어 오래요."

"가~ 훈?"

"숙제예요."

순간 나는 화가 치밀면서도 속이 상했다. '아, 나로 인해 불편해 하는 사람이 또 생기는구나.' 하지만 나는 아이의 요구에 응하지 않았다. 그런데 아이의 담임선생은 의외로 집요했다. 너 하나만 가훈을 제출하지 않았다고 아이를 윽박질렀던 모양이다. 나는 타협하기로 했다.

"가훈은 꼭 실천할 수 있는 것으로 정해야겠지?"

아이의 눈이 유난히 똘망거렸다.

"좋다. 그럼 우리 집 가훈은 '살인하지 말자'다."

아이가 그 가훈을 학교에 제출했는지는 아직껏 확인되지 않았다. 아무튼 이렇게 하여 우리 집 가훈은 '살인하지 말자'가 되고 말았다. 나는 언젠가 기필코 가훈을 버려야 한다고 생각했지만, 그것이 내다 버릴 수 있는 물건도 아니어서 실행에 옮기지 못했다. 그리고 세월과 함께 그 가훈은 잊혀갔다.

박근혜 후보의 당선이 확정되었다. 나는 박근혜 정권에 아무것도 기대하지 않는다. 불현듯 묘안이 떠올랐다. 나는 우리 집 가훈을 박근혜 정권에 헌납하기로 결심했다. 이것 하나만 지켜줘도 만족이다. '살인하지 말자!'

가족 이야기 쓰기

가족이나 친구 이야기를 쓸 때는 이력서를 만드는 것이 아닌 만큼 특정 사건을 제재로 해서 일화 식으로 하는 것이 좋다. 물론 특정 사건은 참신한 것이라야 하며, 보편성 있는 주제로 확장될 수 있어야 한다. 개성 표현이 중요하기는 하지만 가족이나 친구보다 필자가 더 강하게 나타나는 것은 바람직하지 않다. 가족이나 친구를 최대한 부각시켜도 된다.

[가족 에세이 사례 1]

——— 그리운 나의 아버지 ———

며칠 전 아버지 제사를 지냈다. 형 집에 가서 술 한 잔 따르고 영정에 절하고 젯밥에 숟가락 얹은 후, 모여 앉아 음식과 술을 나눠 먹고 돌아왔다. 눈 내리는 귀갓길이 왠지 허전했다. 이후 며칠 동안 아버지의 얼굴이 떠오르고 아버지의 음성이 귓가에 머무른다.

생전의 아버지는 당신의 조부, 즉 나의 증조부 이야기를 가끔 들려주셨다. 내 증조부는 1894년 동학항쟁 당시 전라도 고창에 살았다. 증조부는 당시 '상놈들의 난'이라고 일컬었던 동학농민전쟁에 가담했다. '광산김씨'로서 동학군의 접장이 된 건 이례적인 일이었다는 아버지의 말을 나는 뒤늦게 역사를 공부하면서 이해하게 되었다.

증조부는 일본군에 체포되어 목포 인근의 형무소에 수감되었다. 그분의 아들, 즉 내 조부는 당시 20대 초반 청년이었다. 이 청년은 아버지 면회를 갔다가 불손하게 대하는 일본 군인의 어깨를 장죽으로 내리쳤다. 곧장 끌려 들어간 청년은 일주일 후 반신불수가 되어 나왔다. 그 반신불수의 아들이 바로 내 아버지였다. 그때 아버지는 불과 서너 살, 동리 사람들은 "김씨 집 아들 젖도 안 뗀 것이 모를 낸다."고 혀를 찼다고 한다.

"배고픈 서러움보다 못 배운 서러움이 더 크다."

학교에 다닌 적이 없는 아버지는 이런 말을 하셨다. 아버지는 농사를 지으면서 함석 기술을 따로 익혔다. 그리고는 자식 일곱을 차례로 서울로 올려 보냈다. 나는 여섯째, 일곱 자식에 배우자를 합쳐 14명 중에서 8명이 초 · 중 · 대학의 선생님이 되었다.

어머니에게 들은 이야기가 하나 있다. 한국전쟁 인공 치하의 일이다. 아버지는 동네 사람들과 함께 비행장에 사역을 나갔다고 한다. 저녁이 되어 다른 집 남편들은 다 돌아왔는데 자기 남편만 돌아오지 않았다. 불안해진 어머니는 아기를 둘러업고 비행장으로 달려가 보았다. 폭격 맞은 건물에 불길이 남아 있었다. 그때 내 어머니는 혼자서 물동이를 들고 불길 사이를 오가며 불을 끄고 있는 한 남자를 발견한다. 어머니는 부아가 치밀어 올랐다.

"아니 다 집에 갔는데 당신 혼자서 뭐 하고 있는 거요?"

아버지는 태연하게 말씀하셨다고 한다.

"누가 끄더라도 꺼야 할 불 아닌가?"

운 좋게도 나는 아버지의 평생소원 하나를 들어 드렸다. 그것은 조상들의 산소를 새로 단장하는 일이었다. 아버지는 나에게 고마움을 표해 주었다.

"돈만 있어도 안 되고, 마음만 있어도 안 되는 일인데…."

위암 판정을 받은 아버지는 수술을 받지 않겠다고 했다. 그로부터 7년 후 어느 날 아버지는 여행을 가겠다고 했다. 아버지는 내가 주는 여비를 받지 않았다. 통장에 넉넉히 있다는 것이었다.

아버지가 돌아오신 것은 일주일 후였다.

"평생 은혜 받은 사람들을 다 만나고 왔다."

아버지가 그들에게 한두 근씩 선물로 돌린 소고기는 합해서 70근이 넘었다.

다음 날 아침 아버지는 텔레비전을 보다가,

"나 죽을 것 같으니 누워야겠다."

얼마 되지 않아 아버지는 영면하셨다. 고승들은 좌탈을 명예롭게 여겨 죽을 때 억지로라도 일으켜 세운다는 말을 들은 적이 있다. 하지만 내 아버지는 사람이 죽을 때는 눕는 것이 자연스럽다고 여긴 것 같다. 누운 아버지의 얼굴은 평안하기 그지없었다. 그리운 나의 아버지…

[가족 에세이 사례 2]

—— 정치적인 나의 어머니 ——

추석을 앞두고 산소에 가서 성묘하고 왔다. 형과 함께 고조, 증조, 조부 순서로 술을 따르고 절을 했다. 마지막에는 우리 부모, 아버지와 어머니 묘 중간에 자리를 펴고 음식을 차렸다.

아버지 묘에는 담뱃불을 붙여 꽂아 놓은 후, 술을 따라 드리고 절을 했다. 그러나 어머니 앞에서는 아무것도 할 수 없었다. 어머니는 평생 절을 받아본 적이 없다. 살아생전 절 받기를 끔찍이 싫어하신 우리 어머니.

어머니가 가신 것은 불과 5년 전, 나는 여태 내 어머니가 이 세상에 없는 분이라는 것을 실감해 본 적이 없다. 다만 여전히 살아 있는 나의 어머니는 선량하기만 했던 아버지보다 단연 더 복합적인 인격체였다.

나는 어머니 앞에서 우두커니 서 있기만 했다. 어젯밤 들른 화원의 꽃이 맘에 들지 않아 빈손으로 온 것이 후회스러웠다. 고개를 숙이고 눈을 감았다. 왠지 그렇게라도 해야 할 것 같았다. 나는 어머니를 간단하게 추억해 볼 수 있는 문장 하나를 떠올려 보고 싶었다.

우리 어머니는 이 땅의 '장한 어머니'들이 그랬듯이 경제력이 약한 남편을 대신하여 7남매를 키웠다. 그것도 어려운 시대에 서울로 옮겨다 놓고 키웠으니 그가 겪어야 했던 신산辛酸이야 두말할 필요도 없을 것이다. 그러나 우리 어머니는 새끼들 앞에서 단 한 번도 좌절하는 모습을 보인 적이 없다. 좌절은커녕 그는 언제나 작은 것보다는 큰 것을 생각하는 여인이었다.

"아들 셋, 박 서방네 머슴살이 10년 시켰으면 됐지."

어머니는 아들 셋 군대에 보낸 것을 이렇게 표현하곤 했다. 그는 언제나 박정희를 우습게 알았다.

내가 제대를 하고 할 일 없이 지내던 어느 날이었다. 그날도 나는 늦잠을 자고 있었다. 별안간 마루가 부서지는 것처럼 쿵쾅거리는 소리에 소스라치게 놀랐다. 왈칵 열린 방문 너머에 어머니가 서 있었다. 하지만 어머니의 얼굴은 그리 나쁘지 않아 보였다.

"갑수야, 박정희가 죽었단다!"

그로부터 20년이 지난 어느 날, 나는 밤새도록 텔레비전에서 눈을 떼지 못하고 있었다. 날이 밝아 왔다. 김대중의 당선이 확실히 굳어지고 있었다. 그때 전화벨이 요란하게 울렸다. 어머니였다.

"이제 자도 되나?"

고교시절 나는 유신에 저항하는 데모를 주동한 적이 있다. 물론 사전에 어머니에게 알리지는 않았다. 일이 끝나고 형사들에게 감금되어 있다가 산을 넘어 도망친 후 나는 곧장 집으로 달려갔다. 그날부로 학교는 휴교에 들어갔고 나는 몇 달 간 피신해 있었다. 나는 어머니에게 플래카드 두 개를 던져 놓고 집을 나왔다. 역시 그때도 어머니의 얼굴은 그리 나쁘지 않아 보였다.
세월이 흐른 후 어느 날 나는 불현듯이 그 플래카드가 생각났다. 다락을 다 뒤져 보았지만 플래카드는 나오지 않았다. 나는 어머니가 그것을 없앴을 거라고 생각했지만 그래도 미련이 있어 어머니에게 물어 보기로 했다. 내 말을 들은 어머니는 놀랍게도 장롱 서랍에서 곱게 다림질 해 놓은 플래카드를 받쳐 올렸다.
"뭐 하고 있어?"
형의 말소리에 나는 문득 고개를 들었다. 어머니의 묘에 햇볕이 내리쪼이고 있었다.
"내년에는 화분을 가져 와야지."
비로소 나는 처음으로 어머니의 부재를 실감했다. 그러자 난데없이 절망감 비슷한 것이 엄습하는 것을 느꼈다. 그때 나는 신기하게도 어머니를 추억할 수 있는 한 문장을 떠올렸다.
'단 한 번도 아들을 불신해 본 적이 없는 나의 어머니'

[가족 에세이 사례 3]

―― 환갑 축하의 난관을 뚫은 둘째 ――

나는 딸이 셋 있는데, 그들은 내가 자기들을 얼마나 무시하는지 잘 알고 있다. 나 역시 그들이 나를 얼마나 '골 때리는 아빠'로 생각하는지를 알고 있다. 어쨌든 내가 아빠로서 가장 관심을 기울인 것은 세 아이가 비슷한 수준으로 성장해 주는 일이었다. 그러다 보니 앞서는 놈에게는 무관심을, 뒤처지는 놈에게는 관심을 쏟을 수밖에 없었다. 내가 보기에 세 아이의 의식 수준은 대체로 비슷했는데, 단 학교 성적에 있어서는 둘째 아이가 유독 모자랐다.

나는 유달리 성적이 안 좋은 둘째가 걱정되지 않은 바는 아니었으나, 한 번도 내색하지는 않았다. 둘째가 고 2가 되었을 때 우리 부부는 아이가 지방대학에 가도 어쩔 수 없다고 마음을 굳혔다. 그럴 바에야 등록금을 면제 받을 수 있는 엄마가 교수로 있는 학교로 가는 게 나을 것 같았다. 그러나 서울 강남에서 학교를 다닌 자식이 지방대학에 간다는 것은 결코 유쾌한 일은 아니었다.

둘째가 고 3이 된 날 나는 내심 크게 놀랐다. 그는 자기가 고 3이 되었으니 이제부터 공부 좀 해보겠다고 하면서, 몇 달 열심히 하면 S대학에 가는 것으로 알고 있었다. 그렇긴 하지만 정말 그는 말대로 열심히 공부했다. 물론 S대학은 못 갔지만 숙대와 경희대와 세종대 세 곳에 모두 합격하여 나를 두 번째로 놀라게 했다. 그가 세종대를 선택한 것은 호텔경영과를 좋아했기 때문이다. 나는 조금 둘째에게 안도하기 시작했다.

우리 아이들은 대학 입학과 동시에 집을 나간다. 이른바 '독립'이라는 것을 한다. 하지만 첫째나 셋째보다 세속적으로 낮게 평가되는 대학을 다닌 둘째에 대한 내 관심은 여전히 남아 있었다. 그는 대학 4학년 때 재벌기업이라고 하는 S사 청담동 사옥에서 인턴근무를 했고, 대학을 졸업하자 정식 직원이 되었다. 하지만 그는 S사를 몇 달 만에 그만 두었다. 둘째답게 그만 둔 이유도 아주 단순했다.

"아빠, 우리 회사 아이들 되게 웃겨요. 점심과 커피 값으로 보통 2만 원을 써요. 지들이 얼마나 받는다고…."

둘째는 L호텔에 취업했다가 1년 만에 그만 두었다. 연봉 인상 약속을 회사가 지키지 않았다고 했다. 걱정이 되었지만 두고 볼 수밖에 없었는데, 반 년 후 그는 자기가 가장 원하던 회사에 공채 합격으로 취업했다. 그리고 벌써 3년이 지나는 동안 회사에 나름 잘 적응하고 있는 것 같다.

어제가 내 생일이었다. 60번째 생일이니 환갑이라는 것이 된다. 하지만 내가 생일을 쇠지 않는다는 것을 내 주변 사람들은 잘 안다. 우리 아이들도 일절 내 생일을 입에 올리지 않았다. 나로서는 참 고마운 일이다. 나는 나를 위해 주는 사람보다 나를 잘 알아주는 사람이 더 좋다.

그런데 어제 아침 둘째 아이가 왔다. 둘째는 값비싼 무쇠냄비를 4개나 사왔는데, 그 중 가장 큰 것에 미역국이 가득 들어 있었다. 나는 웬 미역국? 하며 의아해 했다. 그리고는 오늘이 내 생일이라는 것을 자각했다. 나는 아무런 말도 하지 않았다. 둘째는 몇 시간 머무르다가 돌아갔다.

"애가 만들어서 가져온 건데 먹어 줘야지."

집에 사는 여자가 점심 식탁에 미역국을 놓았다. 나는 큰 사발로 한 그릇을 때렸다. 막걸리도 한 병 반주로 곁들였다. 식사 후 나는 내 방 소파에 앉으며 둘째에게 문자를 보냈다.

"○○아, 미역국 겁나게 맛있다. 이제 죽어도 여한이 없다."

둘째는 내 환갑을 축하해 주는 데 성공한 유일한 인간이 되었다.

17장

인물에 관한 글쓰기

인물에 관한 글을 총칭해서 전기문이라고 한다. 전기문은 실제 인물을 대상으로 한다는 점에서 소설과 결정적으로 다르다. 전기문에는 소박한 수준의 일반 전기를 비롯하여, 필자가 자기의 이야기를 하는 자서전과 회고록, 필자가 타인의 이야기를 하는 평전과 열전이 포함된다.

일반 전기는 특정 인물의 전 생애를 다루는 것이 보통이지만 경우에 따라 특정 기간만을 다룰 수도 있다. 자서전은 자기의 전 생애를 기술하고 회고록은 자기의 생애 중에서 특별히 중요한 사회 활동이나 의미 있는 특정 사건을 기술한다. 평전은 비평적인 전기로서 필자가 선정한 자료를 정리, 해석하면서 필자 자신의 견해나 평가를 덧붙이는 글이다.

열전은 원래 역사학의 용어이다. 역사 서술 방식에는 연대기 식

기술 방식인 편년체와 본기, 열전으로 구성되는 기전체가 있다. 기전체에서 '기'는 본기, '전'은 열전을 가리키며, 열전은 인물전이라는 뜻이다. 하지만 요즘에는 본격 역사서가 아니더라도 열전이라는 이름으로 전기문을 따로 출간하기도 한다.

전기문은 서사적인 글인데 사실성, 교훈성, 문학성을 동시에 추구한다. 인물과 사건과 배경이 있다는 점에서 소설과 같지만 필자의 주관적 견해가 피력된다는 점에서 소설과 차이가 있다.

추도문 쓰기

추도문도 크게 보아 전기문의 일종이다. 추도문에는 애통한 심정을 담아야 한다. 추도문 중에서 가장 슬픈 것은 가족 추도문이고, 그 중에서도 특히 부모가 자식을 추도하는 글은 더욱 슬프다.

다산 정약용은 애절한 자식 추도문을 남겼다. 다산은 천연두로 죽은 세 살 난 딸 효순의 추도문에서, 아이의 짧은 삶을 회고하며 "천성이 효성스러워 부모가 다투면 옆에서 웃음 지며 화를 풀어 주고 식사 때를 놓치면 애교어린 말로 식사를 권했던 아이"라고 썼다. 그는 또한 유배지 강진에서 네 살 아들의 죽음 소식을 듣고 아래 글을 남겼다.

> 아아, 나는 사는 것보다 죽는 것이 나은데 살아 있고, 너는 죽는 것보다 사는 것이 나은데 죽었구나. 이는 내가 할 수 없는 능력 밖의

일인가?

가족이 아닌 사람의 추도문을 쓸 때도 고인의 죽음에 대하여 애통해 하는 심정을 담아야 한다. 그리고 고인의 세속적 성공을 말하는 것보다 그의 인정을 기리는 것이 바람직하다. 인정이 있다는 것은 산 자는 물론 죽은 자에게 바칠 수 있는 최대의 찬사이기 때문이다.

아배요 아배요.
내 눈이 티눈인 걸
아배도 알지러요.
등잔불도 없는 제삿상에
축문이 당한기요.
눌러 눌러
소금에 밥이 많이 묵고 가이소.

윤사월 보릿고개
아배도 알지러요.
간고등어 한 손이믄
아배 소원 풀어들이련만
저승길 배고플라요.
소금에 밥이나 많이 묵고 가이소.

여보게 만술아비

니 정성이 엄첩다.

이승 저승 다 다녀도

인정보다 귀한 것 있을락꼬.

망령도 감응하여 되돌아가는 저승길에

니 정성 느껴느껴 세상에는 굵은 밤이슬이 온다.

— 박목월 〈만술아비의 축문〉

얼마나 감동적인 추도시인가? '인정보다 귀한 것 있을락꼬?' 그렇다, 이 시처럼 인정보다 귀한 것은 없다. 추도문은 고인의 따뜻한 인정을 부각시키면서 고인과 함께 직접 체험한 이야기 위주로 쓰는 것이 가장 좋다. 다음 추도문을 읽어 보자.

——— 끝내 혼자서 떠나가신 여행 ———

— 김○○ 인형仁兄 영전에 부침

언제부턴가 당신께서 혼자 떠나리라는 예감이 문득문득 들었습니다만, 오늘 아침 날아든 부음은 잠시 저를 혼절케 했습니다. 한동안 앞이 보이지 않았습니다. 지금은 눈물자국이 다 마르지 않은 손등으로 이 글자들을 겨우겨우 찍고 있습니다.

김○○ 인형!

'어질 인仁'이 당신처럼 어울리는 사람을 저는 보지 못했습니다. 저는 당신을 어느 토론회에서 만난 이래, 1년 이상 방송을 함께 했습니다. 인형은 이성적이고 냉철했지만 바탕에는 예외 없이 따뜻한 인仁이 있었습니다.

누가 무슨 험한 말을 하더라도 당신은 씨익 미소 짓는 것으로 답했습니다. 그러고는 상냥한 어조로 저간의 사정을 설명했습니다. 그것은 주로 당신이 소속된 당을 변호하는 말이었습니다. 그런데 인형, 바로 그 미소를 만들기 위해 당신 속이 얼마나 탔겠는지를 오늘의 이 부음이 말해 주는 듯합니다.

생각납니다. 그날 비가 내리던 늦은 저녁, 우리는 방송을 마치고 설렁탕 하나씩에 소주잔을 기울이며 허기진 배를 채우고 있었습니다. 그런데 당신이 갑자기 '가야 한다'고 하면서 벌떡 일어났습니다. 당신은 끝내 그릇을 다 비우지도 않고 나갔습니다. 당신이 가려 했던 곳은 청와대 앞 농성장이었습니다. 하지만 가는 도중 농성이 풀렸다는 소식을 들었습니다.

왜 그렇게도 황망히 살았습니까? 당신은 저와의 여행 약속을 모두 어겼습니다. 그것도 출발 직전에 취소해 왔습니다. 당이 어려운데 도저히 갈 수가 없다는 이유였습니다. 작년 봄 우리는 10여 일 동안의 뜻 깊은 여행 약속을 잡았건만 당신은 역시 막판에 포기했습니다. 또 당을 걱정했기 때문입니다. 그때 저는 당신의 팔을 억지로 끌고서라도 데려가지 않은 것이 후회스럽습니다.

김○○ 인형,

분노합니다. 당신이 그토록 아꼈던 당은 해산되었습니다. 당신은 수배 중에 어렵사리 합격한 시험으로 얻은 변호사 직도 끝내 회복하지 못한 채 떠났습니다. 당신에게는 어린 자녀와 젊은 부인이 있습니다. 당신처럼 선량하고 온화한 사람을 탄압하는 이 세상에 저는 분노합니다. 무도한 권력은 당신이 중환자가 되어 있었는데도 압수수색을 감행했습니다.

김○○ 인형,

번번이 약속을 어겼던 당신은 끝내 또 한 차례 약속을 어겼습니다. 당신은 저를 두고 혼자서 먼 여행을 떠나가셨습니다. 아니 여행이라고 할 수 없습니다. 영영 작별입니다. 그러나 약속을 어긴 것은 당신인데 정작 부끄러워해야 할 것은 저와 우리입니다.

김○○ 인형,

미안합니다. 돌아오지 못할 곳으로 떠난 분에게 사랑한다는 말이 얼마나 부질없는 것인지를 저는 압니다. 그래도 김○○ 인형, 저와 우리는 당신과 작별하며, 당신을 사랑한다고 단 한 번이라도 말하렵니다.

평전 쓰기

평전을 쓸 때는 추도문과는 달리 대상과 거리를 두고 객관적으로 써야 한다. 짧은 평전이더라도 대상의 일생을 통시적으로 고찰해야 한다. 하지만 너무 나열식으로 하지 말고 일정한 주제를 가지고 일관되게 써 나가는 것이 좋다.

나아가 대상의 삶에서 의미 있는 주제를 발출하여 논의할 수 있어야 한다. 대상에 대한 훼예포폄毁譽褒貶은 필자의 선택 사항이지만, 어쨌든 철저히 사실에 근거하여 왜곡이나 과장이 없도록 하는 것이 무엇보다 중요하다. 제시되는 체 게바라 평전은 사회주의 혁명가로서의 이념보다는 끝없이 이상을 추구하고 실천한 인간으로서의 체 게바라에 주안점을 두어 기술한 것이다.

—— 영원한 로맨티스트 혁명가, 체 게바라 ——

> 우리 시대가 당면한 문제는 기층민중을 헐벗게 만드는 자본주의와 먹고사는 문제는 해결할지 몰라도 자유를 억압하는 공산주의 중에서 하나를 선택해야 한다는 점이다. 자본주의는 인간을 제물로 삼는다. 한편 공산주의는 자율을 위한 전체적인 개념 때문에 인간의 권리를 희생시킨다. 우리가 둘 중에서 그 어느 것도 일방적으로 받아들일 수 없는 이유가 바로 여기에 있다.

이것은 영원한 로맨티스트 혁명가 체 게바라Che Guevara, 1928~1967가 남긴 말이다. 그는 아르헨티나의 인텔리 가정에서 태어났다. 알레르기 전공 전문의가 된 그는 그림에 소질이 있고 시에 심취한 젊은이였다. 스스로 자신을 '시인이 되지 못한 혁명가'라고 했을 정도로 그는 시를 원망願望했다. 의학 공부를 마친 23세의 청년 체 게바라는 모터사이클에 몸을 싣고 중남미 여행에 나서는데, 바로 이 여행길이 그의 인생을 확 바꾸어 버린다.

체 게바라는 남미 대륙의 더러운 도시와 궁벽한 오지를 다니며 민중의 비참한 삶을 목격하고 충격을 받는다. 이것은 마치 소년 싯다르타가 아버지를 따라 사문유관四門遊觀에 나섰다가 받은 충격과 비슷하다. 하지만 체 게바라는 싯다르타처럼 형이상학적 결단을 내린 것이 아니라 즉각 물리적인 행동에 들어갔다는 점이 다르다.

1954년 자주적으로 개혁을 단행 중이던 과테말라 아르베스 정권이 미국의 지원을 받은 용병대의 쿠데타로 무너지는 것을 본 체 게바라는 제국주의의 범죄적 횡포에 분격한다. 그는 곧장 몰락한 아르베스 정권 편에 가담하여 전투에 뛰어 들었다. 이후 그는 아르헨티나 대사관으로 피신했다가 멕시코로 탈출하게 되는데, 바로 이때 피델 카스트로Fidel Castro, 1926~를 만났다. 두 젊은이는 이내 의기투합했으며, 서로를 존경하는 가운데 우정을 쌓아간다. 체 게바라는 카스트로의 주선으로 정규 유격훈련을 받는다.

얼마 후 쿠바의 젊은이 82명을 태운 그랜마 호가 독재정권 바티스타를 무너뜨리려는 목적으로 쿠바 동부의 으슥한 해안에 상륙한다. 이 배에는 턱수염을 기르고 무장한 아르헨티나 청년 체 게바라도 합류해 있었다. 이 82명 가운데 겨우 12명만 생존하여 시에라 마에스트라Sierra Maestra로 도망가 빨치산이 된다. 그런데 바로 이 12명의 청년이 2년 후 성공한 쿠바 혁명의 원동력이 되었으니 이것은 가히 신화에 가까운 일대 사건이었다.

카스트로 밑에서 쿠바의 산업부장관 겸 중앙은행 총재가 된 체 게바라는 쿠바의 의료 수준을 세계 1급으로 올려놓았다. 요즈음도 쿠바의 의료 서비스는 세계적으로 우수하면서도 저렴하다. 체 게바라는 쿠바 정부 특사 자격으로 세계를 순방하면서 스탈린, 마오쩌둥, 김일성, 나세르 등을 만났다. 그는 유엔총회 연설에서 제국주의와 자본주의를 신랄하게 공격했다. 그의 공격 대상에는 공산주의 국가 소련도 포함되어 있었다.

이미 쿠바의 기득권층이 된 카스트로는 체 게바라의 관심 밖으로 밀려났다. 체 게바라는 어느 날 홀연히 장관직을 내던지고 마음에 맞는 청년 몇을 데리고 대서양을 건너 아프리카 콩고로 가서 또다시 혁명전선에 뛰어들었지만 실패한다.

"흑인 사이에서 흑인을 이끌고 보호하는 지도자가 된다는 것, 그것은 즉 제2의 타잔이 되는 것인데 과연 현실에서 가능한 일인지 생각해 보세요."

이것은 군인이자 정치가로서 이집트의 두 번째 대통령을 지낸 나세르가 체 게바라에게 준 충고였다.

혁명 실패의 원인을 문화적 차이 때문이라고 생각한 체 게바라는 다시 중남미로 옮겨 가서 혁명과업을 수행하고자 볼리비아 정글로 투신했다. 그러나 이미 소련과 가까워진 볼리비아 반군은 그를 달갑게 여기지 않았다. 그는 볼리비아에서도 실패했다. 이후 그는 미국 CIA 용병에게 포로로 잡힌 직후 죽었는데, 그의 시신은 수습되지 않은 채 죽음의 실상은 아직도 명확히 밝혀지지 않고 있다.

체 게바라는 순수했고 도덕적이었다는 것이 증언자들의 한결같은 진술이다. 게다가 그는 출중한 외모를 가지고 태어나 그것을 잘 간수했다. 그는 육체의 병을 고치는 의사가 되려 했다가 사회의 질환을 고치는 혁명가로 변신한 사람이다. 그는 생전 자전적 여행기와 시집 한 권을 남겼다.

사르트르는 체 게바라를 가리켜 '금세기 가장 완벽한 인간'이라고 평가했다. 지능이 높은 사람들은 자신들을 위해 희생한 인간을 추모하는 데에 전혀 인색하지 않다. 후대인에게 더할 나위 없이 풍족한 은의를 세례하고 마흔도 안 된 나이에 죽은 체 게바라, 과연 그는 스스로 자족하고 행복했을까?

남미의 한 농부가 체 게바라에게 "무엇 때문에 인텔리 의사가 이 산속에서 고생하고 있느냐."라고 물었다고 한다. 그는 "나의 이상을 위해서"라고 답했다. 사실 이것은 어느 면에서 상투적인 문답이다. 그러면서도 우리를 끊임없이 사색하게 만드는 문답이기도 하다.

18장

여행 글쓰기

기행문은 특이한 성격을 띠는 글이다. 정서적인 수필이면서도 사실과 어긋나서는 안 되는 보고서적인 성격도 있어야 한다. 기행문에는 서정과 서사가 함께 들어간다. 서정은 정서적 동화同化를 추구하지만 서사는 감정적 이화異化를 추구하기 때문에 갈등이 수반된다. 이런 특성으로 인해 좋은 기행문을 쓰기란 참으로 어렵다.

기행문에는 반드시 담아야 할 요건들이 있다. 먼저 여정, 즉 일정과 노정이 제시돼야 한다. 또한 견문見聞, 보고 들은 것과 감상感想, 느끼고 생각한 것도 반드시 담아야 한다. 여행 동기를 밝히고 출발의 정경을 묘사하면 글이 생동감을 얻는다. 객수客愁, 나그네로서의 근심를 나타내면 서정적 효과를 내고 갈등을 담으면 서사적 효과를 낸다.

또한 기행문은 특별한 사정이 없는 한 현재시제로 쓴다. 그리고 시간적 순서로 기술하는 순행적 구성이 상례인데, 만약 역순행적으로 기술하려면 뚜렷한 목적과 구성적 장치가 있어야 한다.

이런 요건들을 두루 갖추면서도 문학적 형상화까지 이룬다면 최상의 기행문이라고 할 수 있다. 나는 이런 기행문으로 16세기에 지어진 송강 정철의 〈관동별곡〉을 든다.

〈관동별곡〉은 전라도 창평에 은거하고 있다가 강원도 관찰사를 제수 받아, 경복궁을 출발하여 임지인 회양에 이르기까지의 동선을 제시하면서 시작된다. 이어서 필자는 본격적인 기행에 나서면서 일정(3월)과 노정(풍악, 즉 금강산)을 출발 정경과 함께 담는다. 그리고 산을 내려와 바다로 갈 때 역시 노정(관동8경)을 분명히 제시한다.

이 글은 노정이 산(금강산)과 바다(관동팔경), 이원적으로 구성되었는데, 산에서는 수려한 자연 풍경과 사대부로서의 현실적 욕망을 절묘하게 연결시켜 서술한다. 필자는 금강산에서 동해로 내려가면서부터는 유학적인 사대부보다는 도교의 신선을 주로 지향한다.

필자는 진주관 죽서루에서 나그네로서의 객수를 말한 후, 신선을 지향하는 낭만적 욕망을 드러내는데, 이것은 현실적인 욕망에 이상적인 욕망이 중첩되어 내적 갈등을 빚는 대목이다. 필자는 월송정에서 달을 보면서, 다시 한 번 좋은 정치가가 되고 싶은 욕망과 신선이 되고 싶은 욕망을 동시에 표출한다. 이것은 갈등이 고조된 상태임을 뜻한다.

필자는 정자에서 잠깐 잠이 든 사이에 꿈을 꾼다. 그는 꿈에 나타난 신선으로부터, "그대가 바로 천상의 신선이었는데 인간세계로 귀양 온 것이다."라는 말을 듣는다. 정치가와 신선은 상극적인 것이다. 이 둘 사이의 갈등은 현실에서 해소가 불가능하다. 그래서 필자는 이 갈등의 해소를 꿈에 의탁하여 이룬 것이다.

관동별곡은 운문 형식으로 만들어진 기행문이다. 1580년(선조 13) 정월, 필자가 45세 때 강원도 관찰사로 부임하여 내외 해금강과 관동팔경의 절승을 두루 유람하면서, 도정道程, 자연, 풍경, 고사故事, 풍속 및 소감 등을 빠짐없이 담은 글이다.

이 글은 활달하고 호방한 정서가 화려체의 문장과 조화를 이룬다. 특히 대구對句의 묘미를 살리면서 감탄을 첩용疊用하고, 때에 따라 생략을 과감히 구사하는 등 유려한 문장의 경지를 한껏 보여주는 글이다. 인터넷 등에서 쉽게 찾아 볼 수 있으니 일독을 권한다.

나는 기행문 중에서 최상의 것으로 조선 성종대의 유학자 최부가 쓴 〈표해록〉을 든다. 〈표해록〉은 해난 사고를 당해 중국으로 표류해 간 이야기이므로 필자 자신이 선택한 여행이 아니라는 점에서 특수한 성격을 띠지만, 세간의 어떤 기행문보다 본격적인 기행문의 요건들을 충실히 갖추고 있다.

〈표해록〉에는 바다를 표류하고 중국 대륙을 여행한 최부의 여정이 담겨 있다. 학계에서는 〈표해록〉을 마르코 폴로의 〈동방견문록〉과 일본의 법승 엔닌의 〈입당구법순례기〉와 함께 '세계 3대 중국 기행문'으로 꼽기도 한다.

문학적, 사료적 가치를 동시에 가진 〈표해록〉에 대하여 북경대학 갈진가 교수는 〈동방경문록〉이나 〈입당구법순례기〉보다 〈표해록〉이 훨씬 우월하다고 평가했다. 〈표해록〉은 당시 명나라의 자연과 지리, 사회, 정치, 군사, 경제, 문화, 교통, 수로, 풍습, 인물 등을 정밀하게 기록했다.

제시되는 글은 소주와 항주를 비롯한 중국 강남(양자강 이남)의 자연과 교통을 기술하는 부분이다.

소주蘇州는 옛날 오회라 불렸는데 바다와 연결되어 있으며, 세 강을 끌어당기고 다섯 호수에 둘러싸여 있었다. 기름진 땅은 천리나 되고 사대부가 많이 배출되었다. 바다와 육지에서 나는 보물, 즉 사라와 능단 등의 비단, 금, 은, 주옥 그리고 장인과 예술인, 거상들이 모두 이곳에 모여든다. 예로부터 천하에서 강남을 가장 아름다운 곳이라 했는데, 강남 중에서도 소주와 항주가 제일이며 소주가 더 뛰어나다.

낙교는 성 안에 있는데, 오현과 장주현 사이의 경계에 있었다. 거기에는 상점이 별처럼 밀집되어 있으며, 여러 강과 호수가 있어 그 사이로 배들이 드나들었다. 사람들과 물자는 사치를 자랑하고 누대는 서로 연결되어 있다. 또 부두나 나루터에는 호남성과 복건성 상인들이 자리를 잡고 운집해 있었다. 호수와 산의 맑고 아름다운 경치는 형형색색의 자태를 뽐내고 있었다.

그러나 우리는 밤중에 배를 타고 고소역에 도착했고, 다음날 역시 밤중에 배를 타고 성 옆을 지났기 때문에 차분히 바라볼 기회를 얻지 못했다. 지금은 대부분 옛것을 없애고 새롭게 꾸민 것, 뛰어난 경치와 기이한 유적들을 모두 상세히 기록할 수가 없다.

— 최부 〈표해록〉 중에서

19장

소설 쓰기

소설에 대하여

앞에서 말했듯이 최상 수준의 서사문은 소설이다. 서사란 사건의 서술이고, 사건에서 제1의적인 것은 '시간의 진행'이라는 말도 앞에서 했다. 현대의 소설은 문학에서 압도적인 비중을 점유한다. 예컨대 100권짜리 세계문학전집에서 소설은 최소 95권 이상을 차지한다. 게다가 소설은 현대의 영상물인 영화나 드라마 등과도 직접적으로 관련이 있다.

하지만 현대소설에 대한 세속의 이해는 과거에 머물러 있다. 우리는 중 · 고등학교 시절 국어 시간에 소설에 대해 배운 기억이 있다. 소설의 3요소는 주제, 구성, 문체이며, 소설을 구성하는 3요소는 인물, 사건, 배경이라고 배웠을 것이다. 소설의 인물에는 평면적

인물과 입체적 인물이 있다고 했다. 소설에는 5단계, 즉 **발단－전개－위기－절정－결말**이 있다고 했다. 여러분은 이런 것들이 모두 한 영국인(E.M 포스터)이 저술한《소설의 양상》이라는 제목의 단행본에서 검증 없이 가져다 쓴 정보들이라는 것을 알면 조금 실망할 것이다. 이제 이런 정보들은 더 이상 유용하지 않게 되었다. 소설은, 특히 현대소설은 너무도 다양하고 불규칙적이어서 도무지 이론이라는 것을 정립하기가 어렵다.

'로망roman'이라는 말을 들은 적이 있을 것이다. 로망은 유럽의 고대소설을 칭하는 용어다. 다음으로 노블novel이라는 말도 있다. 이것은 근대소설을 칭하는 용어다. 그럼 현대소설은 어떻게 칭하는가? 픽션fiction이다. 이 세 용어가 모두 소설을 의미하지만 개념상으로는 크게 다르다.

고대소설은 우연성에 의존하던 시대의 산물이다. 고대소설의 권선징악과 해피엔딩은 이 우연성 때문에 나타난 것이다. 중국이나 한국의 고전소설에 비해 유럽의 고대소설, 즉 로망은 단연 더 유형적이고 상투적이다. 중세 로망의 주인공은 언제나 용감한 기사(knight)이며, 그는 언제나 거악과 대적한다. 그는 언제나 천신만고 끝에 승리하며, 언제나 착하고 예쁜 여인을 만난다.

하지만 그렇다고 해서 고대소설의 우연성이 근대나 현대에서 사라진 것은 아니다. 여전히 대중적인 소설들에서는 우연성이 위력을 발휘한다.《바람과 함께 사라지다》나《닥터 지바고》등에서 중요한 사건은 거의 우연적으로 발발한다.

근대소설은 고전물리학의 결정론적 인과율처럼 필연적으로 구성된다. 암시나 복선 없이 돌발적으로 이루어지는 사건은 없다. 여러분이 옛날 학교에서 배운 소설 이론들은 모두 이 근대소설에 관한, 이제는 이론이라고 할 수도 없는 제한적인 정보에 불과한 것들이다.

현대는 양자역학의 시대다. 세상을 움직이는 법칙은 우연도 필연도 아니다. 여기에는 개연성의 확률만이 적용된다. 현대소설에 비현실적인 이야기가 등장하기 시작한 것은 바로 이런 이유 때문이다. 즉 현대소설은 개연적이다.

현대소설, 어떻게 읽을 것인가

"나는 쓴다. 독자는 읽는 법을 배워야 한다."고 말한 작가가 있다. 이 말에는 자신의 소설을 읽어 내지 못하는 독자들에 대한 작가의 질타가 담겨져 있다. 그러나 독자 입장에서도 작가에 대한 불만을 얼마든지 토로할 수가 있다고 본다. 그래서 '나는 읽는다. 작가는 내가 읽도록 쓰는 방법을 배워야 한다'고 독자는 말할 수 있는 것이다.

그렇다면 소설이란 작가를 위해 쓰는 것인가, 아니면 독자를 위해 쓰이는 것인가? 요컨대 소설은 누구의 것인가, 작가의 것인가, 아니면 독자의 것인가의 물음이 제기된다.

성급히 말한다면, 소설이란 작가만의 것도 아니고 독자만의 것도 아니다. 소설은 작가와 독자 사이의 중간쯤의 어느 한 지점에 존재한다. 따라서 그 거리만큼의 책임과 권한이 작가와 독자, 양자 모두에게 주어져 있다고 볼 수 있다. 이 공정한 거리가 어느 한 편으로 치우쳐질 때, 바람직하지 못한 소설 현상들이 나타날 수밖에 없다.

이를테면 생기 없는 소설, 진지하지만 둔감한 소설, 무모한 정력만 시종일관 발휘된 소설 등이 작가 쪽에 치우쳐진 결과의 소설이라면, 유치하고 천박한 소설, 현학과 지적 허영으로 포장된 소설, 유행하는 이념과 정치 분위기에 교묘히 편승하는 소설 등은 필경 독자 쪽으로 너무 가까워진 탓에 출현된 소설이다.

이러한 소설 현상들은 작가가 독자에게, 혹은 독자가 작가에게 월권행위를 일삼기 때문에 빚어지는 것이다. 월권행위란 다름 아니라 '소설이란 이래야 한다'는 당위적 요구로 구체화된다. 그리고 이러한 요구에는 문학 텍스트에 대한 소유 개념의 오류가 대부분 개재되어 있다.

'소설은 이래야 한다'는 명제는 매우 신념에 차 있고 단호한 것이지만, 사실은 무지와 편견에서 기인된 것일 수도 있음을 우리는 알아야 한다.

독일의 철학자 아도르노Theodor Wiesengrund Adorno, 1903~1969는 "현대에 들어 예술에 관한 한 자명한 것은 하나도 없게 되었다는 사실만이 자명해졌다."라고 했다. 소설 역시 예외가 아니다. 소설이란 어떠한 비평적 용어로도 그 총체를 파악해서 말하기가 어렵다. 우리에게는 '소설이란 이래야 한다'는 요구 대신 '소설이란 이럴 수도 있다'는 다원론적 사고가 요구된다.

독자는 무언가를 부당하게 요구하는 작가를 외면해 버리면 된다. 그러나 작가는 무언가를 부당하게 요구하는 독자에게 속임수를 쓸 수도 있다. 그리고 속이는 자는 언제나 영합과 아부의 교언영색으로 다가간다.

현대인에게 '책 읽기'란 생존과 본능에 의거하는 문제 다음으로 긴요하다. '책 읽기'는 이미 현대인의 취미의 영역을 넘어 생활 및 생존의 문제로 연결되어 있다. '책 읽기'에서 독자를 속이는 작가가 있다면 그가 저버린 것은 소설이 아닌 도덕이며, 작가에게 속임을 당하는 독자가 있다면 그가 내버린 것은 책값이 아니라 지혜인 것이다.

소설에서의 시간과 속도

현대소설이 아무리 복잡하고 다양하다고 하더라도 소설에서 변하지 않은 것이 있다면 그것은 사건, 즉 이야기라는 점이다. 사건을 만드는 제1의적인 것은 시간이다. 그리고 시간은 속도를 만들어 낸다. 서사물에서 시간과 속도의 문제는 이제 이야기의 성패를 가름하는 것으로 인식된다. E. M. 포스터가 말한 소설의 5단계론은 새로이 부각된 시간 · 속도 이론으로 인해 완전히 폐기될 지경에 이르렀다.

소설의 시간에는 작품 밖의 시간과 작품 안의 시간이 있다. 이를테면 일정한 양의 소설 지문에서 다루어진 실제 시간이 어느 정도인가에 따라 속도가 정해진다. 작품 안의 시간이 유달리 길면 특별한 미덕이 없는 한, 그 소설은 지루하게 읽힐 수밖에 없다. 제임스 조이스나 마르셀 프루스트 또는 윌리엄 포크너 등의 '의식의 흐름' 소설이 지겨운 것은 바로 이런 이유 때문이다. 《잃어버린 시간을 찾아서》에서는 주인공이 포크로 감자 한 쪽을 찍어 입으로 가져가는 데 40여 페이지가 소요된다.

이 속도감의 문제는 오늘날 소설의 쇠퇴 혹은 몰락 등의 문제와 맞닿아 있다. 이미 영상매체를 통해 속도감에 익숙해져 있는 독자들에게 과거의 속도를 가지고 접근한다면 누가 그 소설을 읽으려 하겠는가? 독해력이나 정보 습득 능력이 평균보다 뒤진 독자들이나 그런 소설을 읽으려 할 것이다.

예컨대 공지영의 소설을 읽으며 긴장하는 사람이 있다면 그는 정상적인 독해 능력이나 평균 이상의 감각을 가졌다고 볼 수는 없다. 양귀자의 소설도 비슷하다. 나는 그의 소설을 읽다가, 이삿짐을 나르면서 안방에서 장롱을 내는 장면이 너무나 길어서 읽기를 그만 둔 적이 있다. 사실 나는 내 장롱에도 관심이 없는데 하물며 모르는 사람, 그것도 매혹적이지도 않은 어떤 아줌마의 살림살이에 불과한 장롱에 무슨 흥미를 느끼겠는가? 속도가 느려 터져서 독자를 지루하게 만드는 소설에는 대책이 없다.

누구에게 말을 시키는지가 중요하다

누가 말하느냐가 중요하다는 외국 속담이 있다. 서사에서 시간과 속도만큼 중요한 것은 화자, 즉 말하는 사람이다. 모차르트의 이야기를 담은 영화 〈아마데우스〉가 있다. 이 이야기에서 말하고자 하는 핵심은 '모차르트의 천재성'이다. 그런데 이 이야기를 전해주는 사람은 모차르트가 아니라 그의 천재성을 질투한 당대의 궁정 음악가 안토니오 살리에리Antonio Salieri, 1750~1825였다.

모차르트의 천재성을 질투한 나머지 그를 죽게 만든 살리에리는 양심의 가책으로 미쳐 버린다. 결국 정신병원으로 들어간 그는 마지막 고해성사에서 신부에게 그동안의 일을 털어 놓는다. 이처럼 이 이야기는 살리에리가 모차르트와 관련된 과거의 행적을 고백하는 방식으로 전개된다.

살리에리는 절규한다. "왜 신은 나에게 위대한 예술가를 알아 볼 수 있는 안목만 허락하고, 위대한 예술가가 될 수 있는 재능은 허락하지 않았는가?" 이런 절규 장면을 보는 관객은 모차르트가 무조건 천재임을 믿지 않을 수 없게 된다. 그런데 만약 모차르트가 천재라는 것을 그의 엄마나 부인이 말한다면 어떨지 생각해 보라.

에밀리 브론테Emily Jane Bronte, 1818~1848의 《폭풍의 언덕》은 캐서린과 히스클리프의 치명적인 사랑을 말하는 소설이다. 이 소설은 사랑의 열정을 광기의 수준으로까지 치닫게 하는 방식으로 극화한 이야기다. 이 기괴한 사랑 이야기의 화자가 누구였는지 기억하는가? 당연히 광기적 캐릭터인 캐서린과 히스클리프는 화자로서 부적합하다. 독자는 미친 사람의 말을 신뢰하지 않기 때문이다.

이 이야기는 하녀 넬리가 방랑자 록 우드에게 지난날의 사건들을 들려주는 방식을 취한다. 유럽에서 하녀는 대체로 상식적인 인격체이며, 집안에서 벌어진 일을 소상히 아는 사람이다. 한편 방랑자는 세상을 떠돌아다니며 이상한 것들을 많이 체험하는 캐릭터다. 이상한 이야기를 숱하게 들어서 웬만한 이야기에는 시큰둥하기 마련인 방랑자가 지극히 상식적인 사람이 들려주는 이야기에 부쩍 호기심을 나타내면서 놀라기까지 한다면, 이 장면을 읽는 독자 역시 저절로 그렇게 되지 않을까?

이야기를 담은 서사문은, 어쨌든 독자가 그 이야기를 사실성과 가치성 양면에서 그럴듯하게 받아들인다면 무조건 성공하게 되어 있다. 이를 위해서는 누구에게 말을 시키는지가 중요하다. 이를테면 당신이 글을 쓸 때, 당신이 가치 있는 사람임을 알리고 싶다면, 당신이 직접 말하는 일은 피하라는 것이다. 그것은 남에게 맡겨야 하는데, 살리에리처럼 당신을 싫어하는 사람이라면 가장 좋다는 것이다. 요컨대 긍정적인 이야기는 부정적 인물에게 말하게 하고 부정적 이야기는 긍정적 인물에게 말하도록 하는 것이 효과적이라는 뜻이다.

이야기는 '보여주는' 것인가 '말하는' 것인가

이야기의 서술 방식에는 제시showing와 설명telling, 즉 '보여주기'

와 '말하기'가 있다. 영화나 드라마 같은 영상물은 당연히 보여주기 방식이 압도적으로 많이 쓰이지만 소설이나 전기 같은 인쇄물은 어떤 방식을 선택하는 것이 좋을까?

서양에서 귀스타브 플로베르 이래 많은 작가와 비평가들은 설명하지 말고 보여주어야 한다고 강조하는 경향이 생겼다. 이런 경향은 한국의 문학 창작 교실에서도 권위 있게 재현되는 것으로 안다. 하지만 이야기는 정말 '보여주어야만' 효과가 있는 것일지에 대해서는 재고가 필요하다.

> 우스 땅에 욥이라고 이름 하는 사람이 있었는데, 그 사람은 마음이 순전純全하고 정직하며 하느님을 경외하고 악에서 떠난 자더라.

여기에서 이름이 알려지지 않은 구약 바이블 〈욥기〉의 필자는, 욥과 아무리 가까운 사람일지라도 도저히 알아낼 수 없는 정보를 우리에게 단숨에 '말하고' 있다. 이것은 다음에 이어지는 내용을 파악하기 위해서 우리가 무조건 받아들여야만 하는 정보다.

그러나 실제 삶에서 우리는 이런 정보를 잘 받아들이지 않는다. 자기 친구가 '순전하고 정직하다'고 말하는 사람이 있다면, 우리는 그 말을 하는 사람이 순진해서 속아 넘어가기 잘하는 기질을 가졌다고 생각하기 십상이다. 즉 우리는 이야기를 읽을 때 아무리 신빙성이 있는 목격자라고 해도 그 사람이 '말하는 것'을 잘 믿지 않는다. 이런 점에서 이야기는 '말하기'보다 '보여주기' 방식으로 하는 것이 좋다는 주장이 설득력을 갖는다.

특히 소설에서 '보여주기'가 아닌 '말하기'는 비예술적이라는 지적을 받기도 한다. 작가들은 말한다. "나는 말하지 않고 보여줄 것이다. 나는 독자들에게 내가 창조한 인물들을 가능한 수단을 다 동원해서라도 보여주기만 할 것이다."라고.

이탈리아 조반니 복카치오Giovanni Boccaccio, 1313~1375가 쓴《데카메론》은 '이야기의 보물창고' 같은 책이다. 이 책의 제5일 아홉 번째 이야기는 일면 인습적이고 천박한 사건을 담고 있다. 옛날에 페데리고라는 이름의 한 젊은이가 있었는데 그는 이웃의 정숙한 유부녀 조바나에게 구애를 하다가 가산을 탕진했다. 여인에게 배척을 받은 페데리고는 마지막 남은 유일한 재산인 매 한 마리와 함께 가난뱅이 생활을 한다.

그런데 조바나의 남편이 죽는다. 아마 페데리고를 동정하는 독자라면 이 불행한 사건을 그다지 심각하게 받아들이지 않을지 모른다. 왜냐하면 조바나의 남편이 없어진다는 것은 페데리고와의 결합 가능성을 높이는 계기가 되는 사건이기 때문이다.

조바나의 어린 아들은 페데리고의 매를 유난히 좋아했다. 그런데 그 아들이 중병이 든다. 아들은 페데리고의 매를 가지고 놀고 싶다고 말한다. 조바나는 아픈 아들의 간청이지만 마음이 내키지 않았다. 하지만 그녀는 끝내 매를 구하러 페데리고에게 간다.

물론 페데리고는 그녀의 방문을 받고 좋아서 어쩔 줄을 모른다. 그는 비록 가난하지만 남부럽지 않은 손님접대를 하고 싶었다. 하지만 그의 집 찬장은 텅 비어 있었다. 잠시 생각에 잠겼던 페데리고는 손님 접대를 위해 매를 잡았다.

두 사람이 서로의 오해를 깨닫는 데는 그리 오랜 시간이 걸리지 않았다. 조바나는 빈손으로 아들에게 돌아간다. 그리고 얼마 안 가 아들은 죽는다. 자식마저 잃은 이 과부는 유일한 재산인 매를 잡아서 자기에게 대접하려 했던 페데리고의 희생적이고도 활달한 태도에 감명을 받아 그를 자신의 두 번째 남편으로 받아들인다.

사실 이 이야기는 줄거리 요약만으로 볼 때는 웬만한 장편소설 못지않은 플롯을 가진 것으로 파악된다. 또한 이 이야기는 필자의 의도와는 전혀 다른 효과를 초래할 수 있는 다양한 시추에이션을 가지고 있다. 페데리고의 어리석은 열정과 낭비, 사랑하는 사람에게 식사를 대접하는 데 있어서의 기행적 방식, 어처구니없는 결말 surprise ending 등을 고려할 때 이것은 하나의 코미디 같은 성격을 가진 이야기가 될 수도 있다. 또한 오만한 거부에서 복종으로 바뀐 조바나의 태도 변화에 주안점을 둔다면, 아이러니한 운명의 전환을 주제로 하는 이야기가 될 수도 있다.

그렇지만 이 이야기는 이런 무익한 상상들을 불러일으키지 않는다. 단순한 로맨틱 코미디, 즉 갈망하다가 사랑을 성취하는 이야기로 읽힌다는 것이다. 이것은 이 이야기의 제목 '몇 가지 비참하거나 위험스러운 모험 끝에 연인들에게 내려지는 행운'에 부합한다.

이 이야기가 성공을 거두기 위해서는 여주인공 조바나가 그토록 '과도한 사랑'을 받을 만큼 가치 있는 인물로 느껴져야 한다. 하나의 문제를 지적하자면 죽어가는 아들이 이웃집 아저씨의 매를 가지고 놀고 싶다고 했을 때, 조바나가 매를 얻으려고 페데리고의 집에 간다는 설정이다.

이것은 대단히 이기적인 자기 본위의 행위가 아닐 수 없다. 아무리 죽어가는 아들의 간청이라고 해도 매는 아들에게 하나의 심심풀이용에 불과하다. 그녀가 어떤 반응을 보였는지 살펴보자.

> 그러다 그녀는 잠시 입을 다물고 자신이 취해야 할 행동을 생각해 보았다. 그녀는 페데리고가 벌써 오래 전부터 자신을 사랑해 왔지만 그 보답으로 자신에게 친절한 눈길 한 번 받지 못했다는 것을 알고 있었다. 그래서 그녀는 마음속으로 생각했다. 듣자 하니 그의 매는 날짐승 중에서도 최고의 것이라고 하고 또 그의 유일한 위안물이라고 하는데, 내가 어떻게 그걸 달라고 사람을 보내거나 직접 가서 부탁을 할 수 있단 말인가? 그리고 내가 어찌 무정하게도 한 사람의 신사에게 남아 있는 그의 유일한 위안물을 빼앗을 수 있단 말인가? 그래서 그녀는 부탁만 하면 페데리고가 매를 줄 것을 알고는 있었지만 난처한 지경에 빠졌고, 할 말을 알지 못했으며, 따라서 아들에게 아무 대답도 해 주지 못했다. 그러나 결국 그녀의 삶의 보람은 오직 아들에 대한 사랑뿐이었으므로 자신이 몸소 매를 얻으러 가기로 결심을 하기에 이르렀다. — 데카메론

이 이야기의 필자는 이토록 조바나로 하여금 많은 고민을 하도록 설정해 놓았다. 그녀가 만약 아들이 원한다는 이유로 당장 행동에 옮겼더라면 그녀는 몰염치한 여자로 비칠 수가 있다. 이런 때는 당연히 고민하는 여인이 매력적이다. 하지만 그녀는 끝내 행동에 옮겼다. 이때 그 몰염치를 문제 삼지 않아도 될 만큼의 가치 있는

우월한 근거가 제시되어야 했다. 그것은 바로 모성애였다.

다시 처음의 논의로 돌아가 보자. 이야기를 쓸 때는 '보여주기'가 좋은지 '말하기'가 좋은지의 문제이다. 이 이야기는 의외로 짧은 분량이다. 이것은 무엇을 의미하는가? 이 이야기는 '보여주기' 방식은 거의 쓰이지 않았고 전적으로 '말하기' 방식에 의존한 글이라는 것이다. 이에 견주어 보아 우리는 이야기를 글로 쓸 때 반드시 '보여주기' 서술을 해야 한다는 고정관념을 버릴 필요가 있다. 이처럼 이야기에서는 누가 말하는지 못지않게 어떻게 말하는지도 중요하다.[1]

서스펜스와 서프라이스

우리는 영화를 보거나 소설을 읽고 나면 '재미있다' 아니면 '재미없다'라는 반응을 보인다. 재미있는 것은 좋은 것이고 재미없는 것은 나쁜 것이라고 말해도 과언이 아닐 정도이다. 이처럼 '재미'라는 것은 이야기를 성공시키는 가장 중대한 요건이라고 할 수 있다.

그렇다면 이야기를 재미있게 만들어 주는 요소는 무엇일까? 여러 의견이 있을 수 있지만 현대에 들어 '이야기'를 전공하는 학자들은 거의 공통적으로 두 가지 요소를 드는데, 하나는 서스펜스이고 다른 하나는 서프라이스이다.

1 웨인 C. 부스, 《소설의 수사학》(예림기획, 1999)을 참조하여 재인용했다.

서스펜스는 이야기의 전개와 발전 과정에서 불안과 긴장을 유발시키는 플롯의 전략적인 요소이다. 추리소설, 모험소설, 범죄소설의 유형에 속하는 서사물은 대부분 서스펜스의 효과를 적절히 사용하지만, 이른바 본격소설들에서도 이 기법은 빈번하게 사용된다. 불안과 흥미, 고통과 쾌감, 공포와 전율을 동시에 수반하면서 독자에게 긴박감과 의구심을 제공하는 이 서스펜스의 기법은 소설에서 '재미'의 요소를 담보해내는 가장 중요한 요소이다.

한편, '경이', '놀라움' 등으로 번역되는 서프라이스는 서스펜스와 함께 동일 서사물 안에서 복합적으로 작용하면서 상호 보완적 기능을 가진다. 널리 알려진 오 헨리O. Henry, 1862~1910의 단편소설 〈마지막 잎새〉, 〈경찰관과 찬송가〉, 〈크리스마스 선물〉 등은 서프라이스 기법이 사용된 대표적인 사례이다.

그런데 가장 탁월한 이야기는 서프라이스보다 서스펜스에 더 많이 의존한다. 서프라이스에 의해서 작품을 다시 읽게 되는 경우란 드물다. 서프라이스가 사라지면 흥미도 사라지기 때문이다. 그러나 서스펜스는 보통 복선과 암시에 의해 점진적으로 심화되므로 다시 읽어도 새로운 재미를 느낄 수 있다. 서스펜스는 비극적 아이러니와도 관계된다. 대체로 본격소설에서 비극적 인물은 시간의 진행과 함께 어두운 운명으로 더 가깝게 접근해 가는 모습을 보인다.[2]

2 한용환, 《소설학 사전》(1999, 문예출판사)을 참조하여 재인용했다.

그러면 이제부터 서스펜스와 서프라이스가 혼용된 이야기 두 편을 직접 감상해 보자. 하나는 콩트 〈졸업〉이고 또 하나는 단편소설 〈반지〉이다. 이 두 소설은 내가 대학 재학 시절에 만든 이야기들이다. 1970년대 말의 시점이므로 요즘은 볼 수 없는 지게꾼이라든지 버스 안 흡연 등의 장면이 제시된다는 점을 참작하고 읽기 바란다.

〈졸업〉은 아들의 대학 졸업식에 간 아버지의 낭패와 부자간 불화 그리고 화해를 그린 소설이다. 〈반지〉는 극심한 내면적 불화를 겪는 사내와 지극히 평범한 여인의 겨울 강변 나들이를 소재로 한 소설이다.

먼저 〈졸업〉은 서프라이스가 먼저 나오고 서스펜스가 나중에 나오는 이야기이고, 〈반지〉는 서스펜스가 처음부터 길게 이어지다가 서프라이스가 연속적으로 제시된다. 특히 〈반지〉의 남주인공은 앞서 말한 '비극적 아이러니의 인물로서 시간의 진행과 함께 더욱 어두운 운명으로 가깝게 다가가는 모습'을 보인다.

그다지 어려운 내용이 아니니 여러분이 직접 읽으면서 두 이야기에 제시되는 서스펜스와 서프라이스의 요소를 찾아보기 바란다.

[콩트 예제]

――졸 업――

그 날은 김광석 씨의 외아들 현우의 대학 졸업석이 있던 날이었다.

김광석 씨가 눈을 뜬 것은 새벽 2시 15분이었다.

2월 25일 수요일. 자리에서 일어난 김광석 씨는 달력을 보며 날짜와 요일을 다시 확인했다. 달력의 날짜에는 커다란 동그라미가 매겨져 있었다. 이미 보름 전쯤에 그는 달력에 아들의 졸업식 날짜를 표시해 두었던 것이다. 그것은 김광석 씨가 아들의 졸업식을 매우 기대하고 있었음을 일러 주는 표시 같았다.

그렇다고 해서 그 날 김광석 씨가 2시 15분이라는 이른 새벽에 자리에서 일어난 것까지도 아들의 졸업식에 대한 설렘 때문은 아니었다. 그는 2시 15분에 일어나야만 되는 직업을 가진 사람이었다. 그리고 그의 생업은 아들의 대학 졸업식이 있다고 해서 늦게 나가거나 안 나가거나 할 수 있는 성질의 것이 아니었다. 그래서 김광석 씨는 그 날도 어김없이 2시 15분이라는 새벽도 아니고 밤중도 아닌 시간에 일어났던 것이다.

그렇지만 벌써 10년째나 홀아비로 살아 온 김광석 씨에게는, 단 하나뿐인 가족인 아들 현우의 대학 졸업이 갖는 의미는 각별한 것이 아닐 수 없었다.

그런데 김광석 씨는 과묵한 축에 드는 사람이었다. 그는 아들과 딱 한 차례 졸업에 대한 얘기를 주고받았을 뿐이었다.

보름 전쯤 어느 날 김광석 씨는 아들에게 물은 적이 있었다.

"너 졸업식이 언제냐?"

아버지를 닮은 아들 현우 역시 과묵한 편에 속하는 청년이었다.

현우는 고개를 들어 천정에 달린 형광등을 잠자코 응시하더니,

"2월 25일이랍니다."

라고 대답했을 뿐이었다.

그러자 벌써부터 달력으로 눈을 옮겨 놓고 있던 김광석 씨는,

"수요일이구나."

라고 응대하고는

"새 양복이 한 벌 필요할 텐데…."

라고 혼잣말처럼 웅얼거렸다. 그리고 아들은 아버지의 경제적 어려움을 감안했음인지 그 뒤 아무런 말도 하지 않았다.

뜨거운 보리차 한 잔으로 새벽의 빈 배를 적신 김광석 씨는 2시 35분에 집을 나왔다. 그는 자신의 봉고차가 주차되어 있는 골목 어귀로 향했다.

말할 필요도 없는 것이지만, 겨울의 새벽 냉기는 그 날이라고 해서 고통스럽지 않은 것은 아니었다. 그는 잠바 주머니에 손을 넣어 주머니 속의 두 손을 앞으로 모았다. 그러자 배와 가슴에 와 닿는 한기를 어느 정도 막을 수가 있었다. 그러나 그는 잠바 자크를 채우지는 않았다. 왜냐하면 그는 잠바 속에 양복을 입고 넥타이를 매고 있었기 때문이었다. 일을 끝내고 곧장 아들의 졸업식장에 갈 예정이었기에 미리 양복을 속에 입고 나온 것이었다.

김광석 씨에게는 이렇다 할 겨울 양복이 없었다. 아들이 양복 맞추는 일을 수락했다면 무리를 해서라도 자신도 따라 한 벌 맞출 수도 있지 않겠느냐는 생각을 내심 가졌는데, 축하 받을 당사자가 사양하는 데야 자기 혼자만 새 양복을 해 입을 수는 없었다. 그래서 그는 단 한 벌뿐인 춘추복을 입을 수밖에 없었다. 때문에 그 날의 새벽 공기는 더 차가웠다. 물론 장성한 아들의 대학 졸업이야 기쁘고 훈훈한 일이지만 그 날의 새벽 공기는 혹독한 현실이었던 것이다.

이윽고 김광석 씨가 운전하는 봉고가 성남극장 방향으로 움직이기 시작했다. 넓은 도로에는 인적이라곤 없었다. 차 안은 여전히 냉방이었다. 히터가 신통치 못했던 것이다. 그는 냉기에 떨며 다시 한 번 손목시계를 들여다보았다. 2시 47분이었다. 그는 악셀을 힘껏 밟았다. 시간이 약간 늦었기 때문이었다.

성남극장 앞에는 그의 차를 기다리고 있는 여덟 명의 사람이 있었다. 그들은 서울 평화 시장에서 일하는 지게꾼들이었다.

그들은 차가 5분 정도 늦게 온 것에 대하여 불평하지는 않았지만, 그럴수록 김광석 씨는 추위에 떨고 있었을 그들에게 미안한 마음이 들었다. 그는 넥타이를 매느라고 5분 정도를 지체했던 것이다.

얼마 후 김광석 씨의 봉고는 무서운 속도로 말죽거리 사거리를 건너고 있었다. 뒤늦게 기능을 찾은 히터 때문인지 차 안에서 술 냄새가 물씬거리기 시작했다. 보리차를 마시는 김광석 씨와는 달리 지게꾼들은 예외 없이 한두 잔 씩의 소주를 집에서 마시고 나왔기 때문이었다.

차가 한남대교를 넘어 강북으로 진입할 때쯤이었다.

"웬일로 넥타이까지 매고 나왔수?"

지게꾼 중의 누군가가 큰 소리로 김광석 씨에게 물었다. 김광석 씨는 거울을 통해 말소리의 주인공을 찾았다. 그는 작년 가을부터 탑승을 시작한 사람이었다. 그 사람은 김광석 씩보다 최소 열 살 이상은 더 들어 보이는 노인이었다. 그는 김광식 씨가 평소와는 다르게 넥타이를 맨 것에 관심을 둔 유일한 사람 같았다.

"아, 예!"

김광석 씨는 웃음을 지으며 대답을 얼버무렸다. 물론 서울의 유수

한 대학을 졸업하는 아들을 둔 것은 그로서는 자랑스럽기 그지없는 일이었다. 하지만 그렇게 고단하고 침울한 모습으로 하루의 일과를 시작하는 노동자들에게 그것을 발설하기가 왠지 미안했다.
차가 약수동 고개를 넘어 서자, 차내가 술렁대기 시작했다. 지게꾼들이 자기들의 차비를 걷고 있었다. 한 사람 당 1000원씩이었다.
지게꾼들을 평화시장에 내려 준 김광석 씨의 봉고는 이번에는 잠실대교를 건너 가락동 농산물 도매시장을 향했다. 그곳에 가서 채소 장수 부녀자들을 실어 모란시장까지 태워주면 대충 새벽일과가 끝나게 된다. 평소 같으면 아침을 먹자마자 떡방앗간으로 출근해야 했다. 김광석 씨의 주된 직업은 떡방앗간에 전속된 배달 운전사였다.
하지만 그 날은 방앗간만큼은 출근하지 않아도 되게끔 미리 얘기를 해두었다. 물론 아들 현우의 졸업식 참석을 위해서였다.
다시 생각해 보아도 아까 지게꾼들의 차비를 사양한 것은 잘한 일이었다. 그들에게는 자기가 시간에 늦어서 차비를 사양한다고 말했지만, 사실은 다른 의도가 있었기 때문이었다. 김광석 씨는 아들의 대학 졸업식 날 뭔가 작더라도 뜻깊은 기억 하나라도 만들고 싶었던 것이다. 채소 장수 여자들의 분위기는 지게꾼들의 그것과는 판이했다.
그녀들은 아직 젊기 때문인지 아니면 여자이기 때문인지 훨씬 더 생기가 있었다. 따라서 김광석 씨의 마음도 한층 밝아져 있었다. 게다가 그는 여자를 은연중 좋아하는 사람이었다.
차가 신호에 걸려 대기하게 되었을 때, 무슨 일 때문인지 차 안에서는 까르르 하는 웃음소리가 폭발하듯이 울렸다. 아마 그녀들은 김광석 씨가 넥타이를 매고 나온 것에 대하여 입방아를 찧고 있는 건지도 몰랐다. 김광석 씨는 고개를 돌려 그녀들을 쳐다보았다. 그녀들의 반 이상은 과부였다. 이웃집 여자인 소영이 어머니도 마찬가지였다.

맨 뒷좌석에 앉아 있는 소영 어머니는 김광석 씨와 눈길이 맞닿자 미소를 띠며 고개를 수그렸다. 모란시장에서 작은 가게를 운영하고 있는 그녀는 이따금씩 김광석 씨의 아들 현우의 근황을 묻곤 했었다.

소영 어머니는 차에서 내리며 뜻밖에도 작은 카네이션 꽃묶음과 봉투 한 장을 운전석 옆자리로 밀어 놓았다.

"오늘 현우 학생 졸업식 맞죠?"

김광석 씨는 웃음을 지으며 고개를 끄덕였다. 봉투에는 구두표가 들어 있었다.

더 이상 김광석 씨의 그 날 일과에 대하여 말하기란 여간 곤혹스러운 일이 아니다. 왜냐하면 그토록 부풀어 있었던 김광석 씨는 불과 몇 시간 후 아들이 다니는 대학의 교정을 낭패한 표정으로 헤매고 있었기 때문이었다. 약속한 시계탑 밑에서 두 시간 이상이나 기다렸건만 아들 현우는 끝내 나타나지 않았던 것이다.

뿐만 아니라 그를 결정적으로 상심시킨 것은 그 날 자로 발간된 대학신문에 난 과별 학위 수여자 명단에 아들 김현우의 이름이 없다는 사실이었다.

이미 졸업식 인파는 줄어가고 있었다. 김광석 씨는 대학본부 교무

처에 가서 아들의 졸업과 학적 여부를 확인하고 싶은 욕구를 자제하고 있었다. 그는 민감한 사람이었다. 아들의 최근 태도와 오늘의 정황을 보아 심상치 않은 사고가 있는 것임을 직감적으로 확신했다. 그래도 그의 손에는 카네이션 꽃묶음만은 한사코 쥐어져 있었다.

김광석 씨가 마지막으로 한 번 더 시계탑으로 가보았을 때, 이미 한산해져 버린 시계탑 근처의 벤치에는 초췌한 표정의 아들이 앉아 있었다.

부자父子는 조용히 귀가하고 있었다. 핸들을 잡고 있는 아버지는 차가 서울 시계市界를 빠져 나오기까지 한 마디 말도 아들에게 건네지 않고 있었다. 아들 또한 마찬가지였다. 낡은 봉고의 엔진음만이 그들의 침묵 사이를 끊임없이 구르고 있었다.

그러다가 마침내 아버지가 먼저 입을 열었다.

"어디 가서 점심이나 먹고 가자꾸나."

물론 아들은 아무런 대답도 하지 못했다.

"점심이나 먹고 가자고 말했다."

"…죄송합니다. 아버지."

"제적은 언제 당한 거냐?"

"작년 봄입니다."

김광석 씨는 다시 입을 굳게 다물었다. 얼핏 보면 그는 아들에 대하여 도저히 삭이기 어려울 정도의 노기를 품고 있는 것 같았다. 그는 그 순간만은 아들을 증오하고 있는 것같이도 보였다. 그러나 꼭 그런 것만은 아니었다는 것은 곧 밝혀지게 되었다.

잠시 후 대로변 갈빗집의 입간판이 보이게 되자 김광석 씨는 차의 속도를 늦추며 아들에게 말했던 것이다.
"죽을죄를 지은 거 아니니 고개를 들어라."
김광석 씨는 아들의 얼굴을 살피며 낮은 목소리로 말을 이었다.
"그래도 몸이라도 성한 네놈은 다행이다. 불타 죽고, 맞아 죽고, 심지어는 없어져 버린 놈도 있다고 하는데 그래도 넌 낫단 말이다. 군댓말로 양호하다, 양호해. A급은 못 되도 B급은 된다."
과묵한 김광석 씨는 쉴 새 없이 지껄이며 아들을 위로하고 있었다.

[단편소설 예제]

── 반 지 ──

사내와 여인은 가랑리 행伽郎里行 시외버스에 오른다. 정오가 조금 지난 시간이다. 두 사람이 모처럼의 교외 나들이를 가랑리로 잡은 데에는 뚜렷한 이유 같은 게 없다. 거기다가 가랑리는 두 사람 사이에 사전 합의된 장소도 아니다. 그들의 가랑리 행은 사내만의 일방적인 결정에 의해서 이루어졌다고 할 수 있다. 그런데 따지고 보면 그것은 사내만의 일방적인 결정도 아닌 듯싶다. 여인이 매표구 앞에서 고개를 돌려 사내 쪽을 쳐다봤을 때, 사내는 무슨 까닭인지는 몰라도 가랑리라고 황급히 외치지 않을 수 없었던 것이다.
차표를 사기 위해 줄 속에 있던 여인은 한 번도 사내 쪽을 쳐다보지 않았다. 사내는 사내대로, 여인이 급작스레 마음을 돌려 교외 나들이를 포기하게 되는 요행을 바라는 심정으로 서 있었다.

여인의 차례가 가까워진다. 하지만 여인의 시선은 한사코 앞사람의 뒷머리에 붙박여 있다. 마침내 여인의 차례가 된다. 순간 빨강과 진초록이 얼크러져 있는 여인의 스카프가 천천히 돌아간다. 여인이 사내 쪽으로 돌아본 것이다.

여인은 소리 없이 웃고만 있을 뿐이다. 언제나 그렇듯이 여인의 웃음에는 아무런 의미가 담겨 있지 않다. 가지 않아도 좋아요. 간다면 아무 곳이라도 상관없어요…. 의미 없는 여자의 웃음, 그것은 강요하지 않은 웃음이라고 사내는 생각한 적이 있다. 하지만 그것은 결코 화사하지 않은 웃음도 된다. 그것은 결국 여자의 웃음으로서는 무의미한 것이 된다고 사내는 여긴 적이 있다. 그러나 사내가 여인의 웃음을 매번 심상하게만 받아들이는 것은 아니다. 매표구 앞에서 갑자기 돌아보며 지은 여인의 웃음을 대한 사내는 이제까지의 상념들을 순간적으로 지워 버렸던 것이다.

사내는 얼른 고개를 치켜들고 버스 시간표를 훑는다. 와사리, 강촌, 대성리, 가랑리, 양사천… 수많은 지명이 한꺼번에 사내의 눈 속에 들어온다. 사내는 그것들 중에 하나를 골라잡아 큰 소리로 외쳤다.

"가랑리로!"

버스가 시가지를 벗어나고 있다. 불현듯 사내의 마음은 오늘 교외 나들이가 성사된 것에 대하여 의미를 주고 싶은 쪽으로 기울어진다. 하지만 이따위 너털거리는 버스를 타고 황량하게 얼어붙은 겨울 들판을 달리는 일에 무슨 의미가 있겠는가라고 이의를 제기하는 또 다른 사내가 있다. 사내는 옆 자리에 앉은 여인의 존재를 거의 의식하지 못하고 있다. 그는 쉽게 붙었다가 어렵지 않게 떨어지곤 했던 지난날의 사랑들을 떠올려 본다. 마치 파스처럼, 그러다가 그는 옆으로 고개를 돌린다. 여인은 스카프를 목 언저리로 내린 채 창밖을 내다보고 있다.

사내는 여인의 머리에서 흰 머리칼 한 오라기를 찾아낸다. 유리창에는 여인이 뿜어낸 입김이 서려 있다. 그녀의 손가락이 빚어낸 상형문자 같은 그림 낙서가 아래로 질질 흐르고 있다. 시멘트 전신주 몇 개가 차창을 스치고 지나간다. 하늘에는 잿빛 구름이 낮게 드리워져 있다. 때문인지 교외 풍경은 대체로 음산하다. 그나마 살풍경한 들판을 감추고 있는 것은 눈雪이다. 시내에서는 벌써 녹아 자취도 없이 돼버린 눈이 아직껏 쌓여 있는 것이다.

여인이 고개를 돌려 사내와 마주 본다. 여인은 웃을 듯하다가 웃지 않는다. 오히려 사내가 미소를 띤다. 그러자 여인의 눈이 빛난다. 사내는 자신의 미소에 대한 응답으로 간주한다. 하지만 그는 여인의 눈에서 슬며시 시선을 거둔다.

잠시 후 사내는 다시 여인에게로 눈길을 옮긴다. 여인은 꼿꼿한 자세로 정면을 응시하고 있다. 여인의 귀 옆으로 빠진 다갈색 머리카락이 하얀 귓살과 상큼한 대비를 이루고 있다. 하지만 사내는 여인의 눈가에 끼어 있는 기미를 찾아낸다.

버스가 갑자기 속력을 줄인다. 여인이 창문을 열지 않고 밖을 살핀다. 버스의 속도가 더 줄어든다. 승객들의 머리가 물결친다. 그제야 사내는 버스가 공사 중인 다리를 통과하고 있다는 것을 안다. 버스가 아예 멈춰 버린다. 차 안이 조용해져 있다. 여러 음질의 클랙슨 소리가 앞뒤에서 들려온다. 도로는 생각보다 훨씬 많은 차량들로

메워져 있다. 금세 차안이 술렁거린다. 막 잠에서 깨났는지 앞좌석 승객이 기지개를 켠다. 그대로 5, 6분이 지나간다. 칼칼거리던 엔진 소리도 끊어져 있다. 차 안에 정적이 흐른다. 클랙슨 소리만 간헐적으로 들린다. 앞좌석 승객의 머리가 조금씩 가라앉고 있다. 다시 잠 속으로 빠져드는 모양이다. 다른 승객들도 체념한 듯 머리를 뒤로 젖히고 잠을 청하고 있다. 사내는 지루함을 느낀다.

그는 맥없이 팔짱을 껴 올린다. 서너 좌석 앞 부근에서 파란 담배 연기가 피어오르고 있다. 사내는 코트 안주머니에 손을 넣는다. 담뱃갑이 손에 잡힌다. 버스 앞 유리창 위에 쓰인 빨간색 '금연'이 사내의 눈에 유달리 선명하게 느껴진다.

'안내양과 연애를 금한다는 뜻'

얼핏 이 재미없는 유머가 사내의 머릿속에 떠오른다. 사내는 지체 없이 담배를 꺼내 물고 성냥을 켜 달린다.

유달리 큰 유황덩이가 붙은 불량 성냥개비에서 불이 화르륵 확 소리를 내며 두 차례 살아 오른다. 황 냄새가 담배 연기와 함께 사내의 입안으로 스며든다. 여인이 사내의 옆얼굴을 살피며 창문을 반 뼘 정도 연다. 차가운 겨울 공기가 명주실처럼 응집되어 피어오르는 사내의 담배 연기를 흩트린다. 사내는 뒷목이 시려옴을 느낀다.

"닫아요."

사내가 담배를 버리고 발로 비비며 지극히 짧고 낮은 어조로 말한다. 여인의 손이 차창의 손잡이께로 올라간다. 여인의 얼굴에 핏기가 오른다. 문이 잘 닫히지 않는 것이다. 이때 버스가 움직이기 시작한다. 찬바람이 세게 몰아닥친다.

"닫으란 말이오."

사내가 단호한 음성으로 여인을 다그친다. 여인이 벌떡 몸을 일으킨다. 순간 사내는 여인에게서 화장품 냄새 같은 것을 맡는다. 향수인지도 모른다. 여인은 두 손을 합쳐 힘을 더한다. 가녀린 그녀의 어깨는 잔뜩 휘어져 있다. 얼굴은 온통 찡그려져 있다. 이때 버스가 요동을 친다. 사납게 문이 닫히며 여인의 손이 창문 손잡이에서 빗겨 나간다.

"으윽!"

여인이 신음 같은 비명을 토한다. 아름다운 음향이다. 순간적으로 사내는 그렇게 느끼는 것이다. 여인은 꽉 쥔 두 손을 무릎 사이에 찌른 채 미간을 찡그리고 있다. 사내는 등받이에 머리를 기대고는 눈을 감아 버린다.

버스는 무서운 속도로 달리고 있다. 다리에서 지체된 시간을 보충하기 위해서일 것이라고 사내는 생각한다. 사내가 눈을 뜬다. 여인의 가운데 손가락에 하얀 휴지가 말아져 있다. 그 위로 빨간 핏물이 꽃잎처럼 번져 있다. 문을 닫을 때 입은 상처다. 여인의 손등이 미세하게 경련하고 있다. 사내가 입을 연다.

"심한가?"

"아니예요."

"아픈가?"

"그렇지 않아요."

여인이 오른손의 상처를 왼손으로 가리며 대답한다. 사내는 여인의 손가락에 끼워져 있는 반지를 본다. 사내가 여인에게 준 것이다. 하지만 그는 지금 여인이 끼고 있는 반지가 못마땅하다. 그는 여인에게 반지를 주었던 몇 개월 전의 기억을 회상한다.

반지는 술집 마담의 손에서 빼낸 것이다. 술김의 행동이었다. 돌려주기 위해 주머니에 넣고 다녔다. 그런데 그 일이 차일피일 미루어지게 된다. 그러던 차에 여인을 만나 무심코 내줘 버린 반지다.

사내는 자신의 행동을 다시 한 번 후회한다. 무엇보다도 술집 여자의 반지를 훔친 일이 마음에 걸린다. 손을 만지작거리며 술을 마시다 보면 그럴 수도 있지 않겠느냐는 변명을 스스로에게 해 본다. 하지만 이상한 노릇이다. 이제껏 사내는 그런 유치하고 비열하달 수도 있는 장난을 해 본 적이 없는 것이다. 오히려 사내는 그런 일을 경멸하는 성격이다.

창밖으로 강이 펼쳐지고 있다. 한동안 강물을 바라보고 있던 여인이 사내에게로 고개를 돌려 말한다.

"겨울 강도 마찬가지로 푸르군요."

사내는 고개를 끄덕인다.

"강물이 따뜻해 보여요."

사내는 대답하지 않는다.

"생각보다 눈이 많이 쌓여 있어요."

여인이 화제를 눈으로 돌린다.

"정말 그렇소."

사내가 대답한다.

"따뜻해 보여요."

"뭐라구요?"

"눈이 따뜻하게 느껴진다구요."

"하하. 강물이 따뜻하게 보인다는 말은 일리가 있소. 하지만 눈은 전혀 따뜻해 보이지가 않아요. 더욱이 방금 내린 눈도 아니지 않소?"

"그렇게 생각하니 그런 것도 같군요."

여인이 계면쩍은 표정을 지으며 사내의 말에 동의를 표한다.

"가랑리에 가 보신 적이 있나요?"

여인이 다시 화제를 바꾼다.

"없어요."

대답하는 사내의 표정이 굳어진다.

"그럼 왜 가랑리를 택하셨지요?"

"택하다니?"

"아주 자신 있게 말씀하셨잖아요."

"……"

사내는 대답을 피한다. 그것은 사내 자신도 모르는 일이다. 왜 하필 가랑리를 골라잡아 외쳐 댔는지? 손가락으로 가리키면서까지 그 낯선 지명을 지적했던 이유가 무언지? 가급적이면 교외로 나가는 일을 피해 볼 궁리만을 했던 자기가 아닌가? 여인이 시계를 보기 위해 손가락으로 소매 깃을 젖힌다. 다시 반지가 사내의 눈을 거슬린다.

'왜 술집 마담의 반지를 빼냈던가?'

사내는 계속 이 생각에 잠겨 있다. 그는 명료하지 못했던 자신의 행동 때문에 짜증이 난다.

"아무튼 이름처럼 아름다운 곳일 거예요."

여인의 말이 사내의 깊은 생각 속으로 끼어든다.

“가랑비가 많이 내리는 곳인가 보죠? 홋홋.”

여인이 웃으며 말한다.

사내는 속으로 실소한다. 그는 가랑리라는 말에서 ‘가랑비’ 대신 ‘가랑이’를 연상했었기 때문이다. 그래서 이름치고는 험상궂다고 여기고 있었던 것이다.

여전히 강의 푸른 물줄기는 시야에서 없어지지 않고 있다. 갈수록 눈도 많이 쌓여 있다. 사내는 시계를 본다. 내릴 때가 거의 된 것 같다. 한 시간 반 정도 걸린다고 하던 차장의 말이 생각난다.

갑자기 여인이 몸을 일으켜 버스 뒤창 너머를 바라보더니 들뜬 목소리로 말했다.

“연극 공연이 있나 봐요.”

사내도 몸을 일으킨다. 가로수에 묶여 있는 플래카드가 시야에서 멀어지고 있다.

“가랑리 연극 캠프라고 쓰여 있었어요.”

“마침 잘 됐군.”

사내는 안도감을 느낀다. 겨울 들판에서 연극 한 편을 감상하는 것도 괜찮은 일인 듯싶다. 무엇보다도 추운 들판에서 서성거려야 하는 괴로움이 덜어질 수 있다는 것이 좋은 일이다. 사내는 여인을 위해서 어느 정도의 시간을 추위 속에서 보내야 한다는 생각으로 부담을 느끼고 있었던 것이다.

두 사람은 다시 자리에 앉는다.

‘왜 그따위 유치한 짓을 했을까?’

다시 이 생각이 사내의 머릿속을 지배하기 시작한다. 그것은 버스에서 내릴 때까지 계속된다. 그러나 술집 마담의 손에서 반지를 빼낸 그의 행동은 여전히 알 수 없는 채로 남아 있다.

차에서 내린 두 사람을 맨 처음 맞이하는 것은 차가운 겨울바람이다. 그들은 '연극 캠프'라고 쓰여 있는 팻말의 화살표가 가리키는 방향으로 걷는다. 여인이 발을 멈추고 스카프를 올린다. 두세 걸음 앞서 나갔던 사내는 말없이 서서 여인을 기다려 준다. 이윽고 여인이 사내에게로 다가오더니 팔짱을 두른다. 사내는 여인의 몸에서 향수 냄새 같은 것을 맡는다. 바람이 세차게 몰아친다. 여인이 사내에게 몸을 밀착시킨다. 사내의 팔에 여인의 가슴이 감촉된다.

얼마 후 두 사람의 눈앞에 강이 나타난다.

짧은 탄성이 여인의 입에서 새어 나온다. 사내는 꼿꼿한 자세를 흐트러뜨리지 않고 걷기만 한다. 그의 표정 역시 아무런 변화가 없다. 여인이 발을 멈추고 사내의 팔에서 손을 뺀다. 그녀는 두 손을 무릎 사이에 넣고 문지른다. 여인의 콧등이 빨개져 있다. 하지만 여인의 얼굴빛은 더할 수 없이 밝다. 사내는 여인의 얼굴을 물끄러미 들여다보다가 코트 깃을 세우고는 다시 걸음을 옮긴다. 여인도 따라 움직인다. 땅은 울퉁불퉁 얼어붙어 있다. 언 땅을 내디디는 두 사람의 발소리가 제법 소란하다. 요철이 심한 언 땅의 촉감이 사내에게는 매우 생경하다. 둘은 계속해서 걸어 나간다.

넓은 강변은 하얀 눈으로 온통 덮여 있다. 사내는 아까부터 여인의 팔이 강 쪽을 향해 당겨지고 있음을 느끼고 있다.

"바람이 차요."

끝내 사내는 강바람만큼이나 차가운 말씨로 여인의 소망을 좌절시킨다. 사내는 몹시 기분이 상해 있는 것이다. 기대했던 연극은 이미 파장난 지가 오래라는 거였다. 급강하한 날씨 탓으로 찾아오는 관객이 적어 공연 기간 도중에 철수해 버렸다는 것이다. 버스에서 내려 마을 어귀에 들어설 때, 사내는 마을 게시판에 붙어 있는 연극 포스터를 보았었다.

가랑리 연극 캠프.
차가운 계절, 거친 겨울 강변에서의 만남.
레슬러와 마네킹
극단 광대

주최 극단의 이름이 눈에 설지 않다. 전위극을 주로 하는 극단임을 사내는 여인에게 알려 준다. '레슬러와 마네킹'이라는 제목에서부터 그런 느낌을 들게 한다고 여인이 응답한다. 그러나 강변에는 개미 새끼 한 마리가 없다. 군데군데 무대장치의 흔적만이 눈 속에 남아 있다.
"연극은 돌아가서도 얼마든지 볼 수 있잖아요."
여인이 사내에게 말한다. 사내는 까닭 없는 허탈감 속에 빠져 있는 자신을 발견한다. 자신이 무작정 택한 장소에서 연극이 상연되고 있다는 것을 알았을 때, 사실 사내는 조금 흥분했었다. 마치 자기들의 교외 나들이를 위하여 연극 공연이라는 카드가 배려되어 있었던 것처럼 여겨졌기 때문이다. 그것은 추위를 잘 타는 사내에게는 반갑기 그지없는 일이다. 자그만 규모의 공연장이 마련되어 있을 것이고, 공연장의 천막은 차가운 강바람을 막아 줄 것이다. 단란한 객석과 빨갛게 타는 난로가 있을 것이다. 거기서 두 사람은 모처럼 안온한 마음으로 연극을 감상할 것이다.

그러나 현장에 당도하고 보니 그들을 위한 배려는 이미 무너진 지 오래다. 있다면 눈 덮인 강변과 얼음이 둥둥 떠다니는 강물뿐이다. 그리고 무엇보다도 바람이다. 어리석게도 사내는 배신감을 느낀다. 약속을 한 것도 아니다. 연극을 보기 위해 택한 행선지도 아니다. 배신감을 느낄 만한 이유라곤 없다. 그런데도 사내는 무참한 배신 뒤끝의 허탈감에 빠져 있다.

강바람이 옷 속으로 파고든다. 언 귀에서는 통증이 일기 시작한다. 세찬 바람이 두 사람의 가슴팍으로 휘몰아친다. 여인도 추위 때문에 괴로워하기 시작한다. 여인이 사방을 두리번거리며 말한다.

"어디 바람막이라도 좀 있으면 좋겠어요."

사내는 여인의 말소리가 좀 이상하다고 느낀다. 여인의 입은 이미 제대로 벌리지 못할 정도로 얼어 있는 것이다.

"어서 돌아가는 수밖에 없단 말이오."

사내가 신경질적으로 말한다.

그러던 차에 그들은 갈대밭을 지나 언덕배기 너머에 세워져 있는 천막 하나를 발견한다. 멀리서 보는 그것은 해수욕장의 탈의실과 흡사했다. 마대로 만들어진 직육면체 꼴의 가설 천막이다. 여인이 사내에게 "뭘까요?"라고 묻자 사내는 아무런 대답도 하지 않는다. 변소일지도 모른다는 생각이 얼른 스쳤기 때문이다. 그런데도 여인은 사내에게 동의를 구하는 손짓을 보낸다. 한 번 가보자는 것이다. 그들은 천막을 향해 걸음을 옮긴다. 연극이 공연되었던 터를 지난다. 합판과 가마니들이 눈 밑에 깔려 있다. 사내의 발밑에 딱딱한 것이 밟힌다. 사내는 구두코로 눈을 헤쳐 본다. 밧줄이다. 사내는 밧줄을 집어 든다. 밧줄은 앞을 향해 천막 쪽으로 길게 뻗어 있다. 사내가 밧줄을 힘껏 내동댕이치자 눈앞의 갈대 몇 개가 부러져 나간다. 밧줄은 갈대밭 속을 통과하고 있는 것이다. 그들은 밧줄을 따라 걸어간다. 메말라 있는 겨울 갈대들은 발에 차이는 족족 동강난다. 밧줄은 천막까지 이어져 있다. 사내는 밧줄이 무대장치의 한 소도구일 것이라고 추측한다. 전위극이라면 그럴 수도 있지 않겠느냐는 생각이 들었다. 그렇다면 천막은 소도구를 보관해 놓은 창고일지도 모른다.

사내는 가까워지는 천막과의 거리에 따라 차츰 커져가는 여인의 눈망울이 귀엽게 느껴진다.

"혹시 석유난로 같은 게 있을는지도 몰라요."

여인이, 당신을 이곳까지 데려 온 것이 미안하다는 투로 말한다. 사내는 여인의 엉뚱한 기대가 밉지 않다. 사내는 여인의 기대가 들어맞을 수도 있는 법이라고 생각한다. 정말 이 여자의 말대로 금세 불을 지필 수 있는 난로라도 들어 있다면 얼마나 좋을까 싶다.

"꼭 우릴 위해서 좋은 것이 마련되어 있을 것 같아요."

사내는 차츰 감성적으로 되어가고 있는 여인이 싫지 않다. 예전 같지 않게 '우리'라는 말도 거슬리지 않는다.

마침내 그들은 천막 앞에서 발을 멈춘다. 사내가 걸어온 길을 돌아

본다. 여인도 사내를 따라 고개를 돌린다. 두 사람이 걸어온 발자국이 나란히 나 있다. 여인의 입에 미소가 머금어진다. 그녀가 다시 천막으로 고개를 돌리며 말한다.

"뭐가 있을까요?"

"모르겠는걸."

"광물성입니다."

여인이 스무고개 식으로 말한다.

"나안로."

"틀림없어요."

여인이 검지를 입술 위에 열십자로 붙인다. 둘은 함께 천막의 포장을 헤치기로 한다.

"아악!"

순간 여인의 비명이 강변의 냉기를 찢는다. 그녀는 두 손으로 사내의 겨드랑이를 파고들며 머리를 그의 가슴에 박는다. 사내는 눈을 감으며 손을 내젓는다. 잘려진 여자의 상반신이 거기 있다. 절단된 허리에는 선혈이 얼어붙어 있다. 두 유방에도 시커먼 핏물이 튀겨져 있다. 질질 끌려 다닌 듯, 여자의 목에는 밧줄이 동여매져 있다. 여자는 커다랗게 치켜뜬 눈으로 사내를 노려보고 있다. 30초 정도의 시간이 흘러간다. 사내는 여인의 팔을 천천히 풀어낸다. 그리고는 그녀의 가슴을 밀어내며 말한다.

"마네킹이야. 진정해요."

여인이 고개를 끄덕인다.

금세라도 눈이 쏟아질 듯한 하늘이다. 사내는 다시 한 번 여인에게

어서 돌아가자고 재촉한다. 하지만 여인은 아쉬운 것이 남아 있는 모양이다. 사내는 이런 여인의 마음을 헤아릴 수 있다. 오랜 시간 강변의 추위에 떨기만 했다. 기대했던 연극 감상도 무산되었다. 그러다가 만난 것이 잘려진 여자의 나신상이다. 침울하고 기분 나쁜 것만을 추억거리로 가져가기가 싫었다. 그러나 사내는 사내대로 허탈감을 자제하지 못하고 있다.

갑작스럽게, 너무도 갑작스럽게 사내는 여인의 몸을 거칠게 끌어안는다. 여인의 이마가 사내의 코에 부딪힌다. 사내는 어찔한 통증을 느낀다. 여인의 몸은 본능적으로 굳어져 있다. 그러나 사내는 침착하게 여인의 입술을 찾아 자신의 입술로 덮는다. 얼어붙은 양, 여인의 입술은 좀체 열리지 않는다. 겨우 틈새가 생겨났을 때 사내는 미끄러운 것의 끝을 사납게 들이민다.

어쭙잖은 성애性愛는 여인에게 희미한 미련을 남긴 채 중단되고 만다. 여인이 뒤로 넘어간 스카프를 여미며 사내의 눈을 쳐다봤지만, 사내는 여인의 눈길을 이내 피해 버린다. 여인이 턱 밑으로 스카프를 묶다가 가늘고 떨리는 소리로 말한다.

"반지가, 반지를 떨어뜨렸어요."

그녀는 자신의 손과 발밑과 사내의 얼굴을 번갈아 보며 더 이상 말을 잇지 못한다. 사내는 얼른 발밑을 살핀다. 반지는 보이지 않는다. 순간 눈 속에 빠진 반지를 찾기는 불가능하다는 생각이 사내의 머리를 스친다.

그들은 허리를 굽히고 함께 반지를 찾기 시작한다. 그러나 없다.

사내가 담뱃불을 당기며 여인에게 말한다.

"포기합시다. 날도 너무 춥고… "

여인이 허리를 편다. 그녀는 사내의 얼굴을 다사로운 눈길로 훑는다.

"조금만 더 찾아 봐요. 틀림없이 나올 거예요."

그들은 주위의 눈을 온통 헤집으며 반지를 찾는다. 사내의 손끝에서는 통증이 일기 시작한다. 버스에서 상처를 입은 여인의 손은 더할 것이다. 이윽고 사내는 몇 발짝을 옮겨 나와서 다시 담배를 꺼내 물고는 말한다.

"됐어요, 이젠 해 볼 만큼은 해 봤어요. 반지를 찾기 위한 노력을 할 만큼은 했단 말이오."

여인은 사내의 말을 못들은 체하고 있다. 고개를 숙인 채 꾸준히 손놀림을 계속한다.

"안 들려요?"

사내가 고함을 지른다.

여인이 고개를 든다. 사내는 말소리를 낮춘다.

"반지는 반지일 따름이오. 공연히 의미를 부여해서 생각할 필요는 없는 것이란 말이오."

순간 여인이 몸을 벌떡 일으켜 세운다. 눈가루가 그녀의 손에서 쏟아진다. 사내는 갑작스런 여인의 행동을 보고 흠칫 놀란다. 하지만 여인의 얼굴에는 웃음이 담겨 있다.

도무지 속마음을 어림할 수 없는 그 의미 없는 웃음이다. 여인은 스카프를 내리고 헝클어진 머리를 가다듬는다. 그녀는 저만치 놓여 있는 핸드백을 물끄러미 쳐다본다. 사내는 여인의 앞으로 다가선다. 그는 입술을 쫑긋 내밀며 눈썹을 살짝 치켜 올린다. 바람이 분다. 두 사람 앞에서 회오리바람의 소용돌이가 생긴다. 눈가루가 용수철 같은 형태로 휘돌아 친다. 이때 사내는 다시 한 차례 여인의 알 수 없는 웃음과 맞닥뜨린다. 의미 없는 웃음. 이제 그만 가야 한다는 웃음도 아니다. 이제 당신이 좀 찾아보라는 강요가 담긴 웃음은 더구나 아니다.

강바람이 사내의 머리칼을 흩날리게 한다. 순간 사내는 무의식 속에 가라앉아 있던 기억 하나를 불현듯이 건져 올리게 된다. 그것은 빙산처럼 다가오는 조용하고도 뚜렷한 모습을 가진 기억이다. 그것은 사내를 조금은 괴롭혔던, 반지를 훔친 행위에 대한 해명을 가능케 하는 순간적인 환영幻影이다. 그것은 술집 마담의 손에서 반지를 빼내기 직전에 보았던 환영, 즉 지금 바로 눈앞에 서 있는 여인의 웃음이다. 여인의 웃음 진 얼굴이 반짝 떠오른 일이 그로 하여금 반지를 빼내도록 만들었던 것이다. 사내는 다시 허리를 굽히고 반지를 찾기 시작한다.

눈발이 희끗거린다. 바람이 거칠어지고 있다. 눈발과 바람은 차츰 세차져 간다. 그리고 그것이 눈보라로 변한 것은 순식간이다. 갈수록 눈이 쌓여가고 있고, 어둠이 찾아들 시간이 이내 닥칠 것 같았으며, 하여 반지는 여간해서 찾아질 성싶지 않아 보였다.

4부

진보적 글쓰기를 위한 핵심 쓰기자료

―제자백가와 춘추전국―

짧은 글을 쓸 때도 일정한 정도의 지식은 있어야 한다. 긴 글을 쓸 때는 지식이 없으면 아예 안 된다. 우리의 지식은 경험에 의해 얻어지는데, 아무래도 직접 경험보다는 간접 경험, 즉 독서에 의한 방법이 더 능률적이다.

그런데 독서를 많이 하려면 독해력이 있어야 한다. 결국 지식과 독해력은 상호보완적인 관계를 갖는다. 지식이 많으면 독해력이 좋아지고 독해력이 좋으면 독서를 잘하게 된다.

앞에서 말했듯이 우리는 부단히 독서를 하며 살아가야 한다. 그래서 어떤 책을 먼저 읽을 것인지의 문제는 아주 중요하다. 추천도서 목록이라는 것이 있다. 나는 이런 독서 권장 방식에 동의하지 않는다. 책은 주체적으로 선택해서 읽어야 한다.

수많은 고전 중에서도 중국 춘추전국시대의 제자백가는 일단 인물에 관한 이야기이자 사상 교양서이다. 한국인이 글을 쓰는 데 제자백가처럼 유용한 자료는 없다. 그런데 양이 너무 방대하다. 그래서 내가 읽은 제자백가 관련 서적 50권 정도를 요약한 자료를 여러분에게 제공한다. 원문에 비하면 심하게 축약된 글이니 여러 차례 읽어서 여러분이 글을 쓸 때 요긴한 배경 지식으로 삼기 바란다.

제자백가諸子百家란 '여러 스승과 수많은 학파'란 뜻으로 바로 춘추전국시대에 흥성한 학문의 경향을 일컫는 말이고, 이를 비유적으로 백화제방백가쟁명百花齊放百家爭鳴, 즉 '온갖 꽃이 피고 수많은 학파가 다투며 소리를 낸다.'라고 표현하기도 한다.

제자백가 사상은 중국어와 한자라는 문명을 기반으로 해서 이루어졌다. '서양철학은 모두 플라톤의 각주'라는 말이 있듯이, '중국철학은 모두 제자백가의 각주'라는 말도 있는데, 나는 전자는 다소 편향적인 말인데 반해 후자는 상당히 정확한 말이라고 생각한다.

제자백가와 춘추전국이란 무엇인가

중국은 언제나 인류 역사의 중심에 있었다. 그것은 비단 세계 5분의 1 이상을 차지하는 인구 때문만은 아니라 중국인이 이룬 엄청난 역사적, 문화적 성취 때문이다. 인류 문명의 발상지는 여러 곳이지만, 4000년 이상을 같은 지역과 같은 언어체제에서 살며, 같은 문자를 사용해 온 문명은 중국문명뿐이다.

이런 중국문명 중에서도 가장 괄목할 만한 것이 사상 방면에서의 성취다. 중국은 춘추전국春秋戰國시대라는 정치사회적 격동기를 거치면서 숱한 학자들이 출현하여 세계 사상사에서 가장 정치精緻하고도 광범위한 사상의 바다를 이룩해 놓았다.

어느 날 갑자기 이루어지는 문명은 없다. 뛰어난 사상의 출현은 '천재의 꽃'이 아니라 선학들이 해 놓은 '지혜의 열매'다. 요컨대 위대한 사상은 창조가 아니라 '집대성의 결과'라는 것이다. 제자백가도 기나긴 세월 동안 중국인들이 일궈낸 지적 성취에다 정교하게 발달한 문자와 언어, 하夏 · 상商 · 주周 삼대의 정치 문화적 유산 등이 복합적으로 작용하여 이루어진 것이다.

하夏는 아무래도 신화적 성격이 강한 공동체였다. 그래서 역사시대라고 단정하기에는 무리가 있다. 상商은 제정일치 사회로 종교적 제사 의식이 발달한 문명국가였다. 상보다 더 서쪽에서 융戎족과 섞여 살던 주周 종족은 변방 방어를 책임진 상의 신하 국가에 불과했다. 그런데 문왕文王 때 세력을 크게 확장한 주는 아들 무왕武王 때에 이르러 쿠데타에 성공한다. 그들은 상에 대한 정벌을 정당화하기 위한 논리를 개발했는데 이것이 바로 '역성혁명론'이다.

무왕의 동생 주공(周公)은 삶의 지혜를 정치세계에 이식했다. 그것이 《서》(훗날의 《尙書》)와 《시》(훗날의 《毛詩》)의 초기 작품들을 구성한 것으로 추정된다. '충효'와 '애민' 등 오늘날 중국사상 하면 으레 떠오르는 도덕적 관념들이 이 책들의 주요 내용이다. 이때가 서양 달력으로 기원전 12세기 말 무렵이었다.

인구가 증가하고 사회가 복잡해짐에 따라 종교적 질서를 벗어나게 되자 주 왕실은 인간질서, 즉 효와 덕 그리고 형벌과 조상숭배 등을 강조하기 시작했다. 주 왕실은 혈연상의 중앙 종실 권위를 앞세운 정밀한 통치체제인 봉건封建과 종법宗法제도로 전국을 통제해갔다.

하지만 권력의 분산에 따라 혈연적 결합이 약해지면서 강자가 우위에 서는 구도로 변화하게 되었다. 이렇게 되다 보니 심지어 오랑캐들에게 왕이 끌려가는 수모를 당하는 사건도 발생했다. 당연히 중앙의 실질적인 권위는 무너지고 형식적인 권위만 유지되는 정도로 변화하게 된다.

신의 권위가 무너진 곳에 인간끼리의 각축이 벌어지듯, 천자의 권위가 무너지니 제후끼리의 각축이 벌어지고, 제후의 권위가 무너진 곳에 대부끼리의 각축이 벌어졌다. 인간끼리의 각축은 결국 힘의 다툼이 아닌가? 그런데 힘은 숫자에서 나온다. 따라서 보다 많은 백성의 지지가 곧 힘으로 연결되었다. 어떻게 해야 보다 많은 백성을 모으고 지지를 끌어낼 것인가? 이것이 춘추전국시대의 과제였고, 그 방법에 대한 모색이 바로 제자백가 사상의 핵심을 이룬다.

춘추시대에는 그래도 민족 융합을 지향하여 중원으로 난입하는 북방 민족으로부터 중국을 수호하고자 제후들이 단결하는 모습을 보였다. 그들은 주 왕실을 받든다는 명목으로 회맹會盟하면서 나름 제후들끼리 신용도 지켰고 예의도 차렸으며 제사도 함께 받들고 종성씨족을 논하기도 하였다.

그러나 전국시대로 들어 일곱 나라로 재편되어 허구 한 날 전쟁을 치르게 되자 제후들끼리 연회를 베푸는 일도 없어졌을 뿐만 아니라 국가 간 우호관계도 일정하지 않게 되었다. 이러한 분쟁과 전쟁의 시대야말로 역설적으로 사상의 발전에 더없이 좋은 토양이 되어 주었다.

춘추시대는 주 왕조가 견융족에 밀려 호경에서 낙양으로 천도한 시기BC 770부터 새로이 중원의 패자로 등장한 진晋나라가 한韓, 위魏, 조趙 셋으로 분할되어 제후국으로 독립한 시기(기원 전 403년)까지 약 370년 동안을 뜻하고 전국시대는 이로부터 진시황이 천하를 통일하는 시기BC 221까지 약 180년 동안을 뜻한다.

재미난 것은 '춘추'와 '전국'이라는 시대 명칭이다. 춘추는 공자가 편집한 노나라 역사서 《춘추》에서, 전국은 유향劉向이 저술한 《전국책》에서 유래된 명칭인데, 가장 폭력적이었던 시대의 명칭이 책 이름에서 비롯되었으니 이것 역시 중국인다운 발상이라고 할 수 있다.

제자백가와 시대 등급

중국의 춘추전국시대란 진나라 통일 이전 550년의 기간을 지칭한다. 이 시기는 동서고금을 통틀어 최악의 난세에 해당한다. 그러나 역설적으로도 이 기간에 인간이 만들어 낼 수 있는 온갖 종류의 치국평천하 방략이 등장했다. 이들 가운데 후대까지 가장 큰 영향을 미치고 있는 유가, 법가, 도가, 묵가를 묶어 '선진(진나라 이전) 4가'로 규정한다.

신동준의 《춘추전국의 제자백가》는 2014년 8월에 출간되었으니, 제자백가의 사상을 담은 가장 최근의 저작물이 아닐까 한다. 게다가

이 책은 1600쪽에 달하는 방대한 분량임에도 불구하고 시종 명료한 문장과 자신감 넘치는 진술로 일관한다. 이것은 이 책의 저자가 방대한 제자백가의 콘텐츠를 장악하고 있다는 방증이 된다.

앞에서 말한 선진 4가 중 엄밀히 말할 때 묵가는 유가에서 파생된 것이다. 그래서 저자는 묵가를 맹자와 함께 '유가儒家의 좌파', 순자를 공자와 함께 '유가의 우파'로 분류해 놓고 있는 점이 흥미를 끈다. 이렇게 할 경우 선진 4가의 비워진 한 자리에 상가商家를 넣어야 한다는 것이 저자의 독창적인 주장이다.

상가는 오늘날 중국 학계에서 크게 각광을 받고 있는데, 제자백가 중에서 유일하게 상업의 중요성을 강조한 학파이다. 일종의 정치경제 학파라고나 할까? 상가의 학자는 관중과 사마천으로 대표된다. 나도 사마천의《사기열전》을 읽으면서 마지막에 나오는 '화식열전'을 보고 의외로 사마천이 물질적 가치의 중요성을 크게 인식했다고 생각한 적이 있다.

이 책은 관자와 화식열전, 공자와 순자, 묵자와 맹자, 노자와 장자, 상앙과 한비자, 손자와 오자, 귀곡자와 소진 등의 순서로 기술되어 있다. 요컨대 이 책에서 다루어지는 제자백가의 목록은 상가, 유가, 도가, 법가, 병가, 세가 등이 된다.

제자백가의 백가쟁명은 치국평천하의 목적인 치도治道와 그 방법론인 치술治術을 둘러싼 논쟁이다. 이런 분석 틀을 적용할 경우 춘추전국시대는 크게 보아 왕도와 패도가 대립한 시기라고 볼 수 있다.

왕도王道는 주나라가 찬역을 혁명으로 미화시킬 때 만들어 낸 천명론에서 나온 것이다. 왕도는 백성에게 덕을 베풀어 민심을 얻는 덕치를 통해서만 천하를 하나로 만들 수 있다는 논리인데, 덕치라는 말을 처음 사용한 것은 맹자였다.

동시에 맹자는 '폭군방벌론'을 주장하기도 했다. 폭군은 군주가 아니라 한 사내에 불과할 따름이니 그를 죽이는 것은 '시해弑害'가 아니라 '방벌放伐'일 뿐이라고 주장하는 맹자를 당시의 군왕들은 모두 난감하게 생각했다.

반면 패도의 '패覇' 자에는 비에 젖은 갑옷과 안장 그리고 야간행군의 뜻이 담겨 있다. 결국 패자란 무력에 의해 으뜸이 되는 자로서, '강자'보다 몇 수 위 강자이다. 패도를 뒷받침하는 논리는 법가와 병가이다.

여기서 한 가지 재미난 것은 법가의 대표 한비韓非는 원래 '한자'로 호칭되어야 하는데 당나라 한유韓愈를 우대하여 '한자韓子'로 불러 높이기 위해 대신 한비자로 불리게 되었다고 한다. 저자는 진정한 한자는 기실 한비여야 한다고 말한다. 한비자는 강력한 법치를 기반으로 한 패도를 통해서만 난세를 평정할 수 있다고 주장했다. 실제로 진시황은 한비자의 이런 주장을 받아들여 천하통일에 성공했다.

대체로 왕도는 치세에 맞는 논리이고 패도는 난세에 필요한 논리가 아닐까 한다. 하지만 여기서 우리가 절대 놓쳐서는 안 되는 것은 왕도건 패도건 방법론이 다를 뿐이지 목표는 같다는 점이다. 왕도건 패도건 목표는 사람과 백성을 위하는 '애인애민愛人愛民'에 있음을 간과해서는 안 된다.

이 책에서 말하는 시대에는 5단계가 있다. 최상의 시대는 성세聖世로서 노장자의 논리, 다음으로는 성세盛世로서 유묵가의 논리, 3위는 평세平世로서 상가의 논리, 4위는 위세危世로서 법가의 논리, 최악은 난세亂世로서 병가의 논리가 적용된다는 이 책의 시대 구분은 참으로 섬세하고도 명징해 보인다.

관중(官中), 상가의 효시

관중을 통해본 국가 리더십의 문제

보통 우리는 제자백가라고 하면 공자를 비롯하여 맹자와 순자, 노자와 장자 그리고 한비자 등을 거론한다. 하지만 이들에 앞서 관중管仲 즉, 관자를 먼저 논의하지 않으면 안 된다. 그는 중국의 전 역사를 통틀어 최고 수준의 사상가이자 정치가인 동시에 뛰어난 기인이었기 때문이다. 하지만 우리에게 알려진 관중은 기껏해야 고사성어 관포지교管鮑之交의 주인공이라는 것 정도다.

오늘날 G2의 자리로 우뚝 올라선 중국에서는 관중의 저서인《관자》를 난세 리더십의 바이블로 간주하기 시작했으며, 이에 따라《논어》로 대표되는 공학孔學보다《관자》를 텍스트로 삼는 관학管學을 연구하는 것이 일약 유행을 타고 있다. 특히 중난하이의 엘리트 수뇌부들과 기업 CEO 중에서 이런 추세가 더 강하다고 한다.

일단 관자는 오늘날로 보아 정치경제학을 가장 중시한다. 그래서 관자에게 '상가商家'라는 새로운 칭호가 부여된 것이다. 더욱이 관자는 도가의 일부를 취하면서도 유가, 법가, 병가 등에 지대한 영향을 미쳤다. 상가의 효시라고 할 수 있는 관중은 공자보다 100년 앞선 시대의 인물이다.

사마천의《사기열전》에서 두 번째로 소개되는 관중은 제나라 환공을 보필하여 제나라를 최초의 패국覇國으로 만듦으로써 난세를 평정한 인물로 평가 받는다. 공자나 순자는 그의 공로를 대단히 높이 평가했다. 하지만 이들보다 순수성이 높은 맹자는 관중에 대하여 혹평을 가했다.

관자 사상의 독창적 이념을 한 마디로 말하라고 하면 '필선부민必先富民'으로 표현된 '부민'에 있다. 이는 부민이 먼저 이루어져야 부국이 가능하고 부국이 가능해야 강병이 실현된다는 지극히 간명한 이치다.

관중은 1차산업인 농축수산업을 '본本'이라 하고, 사치소비재 생산 유통과 고리대 이식에 관련되는 금융서비스업 등을 '말末'로 규정하면서, 본을 장려하고 말을 억압하는, 즉 '중본억말中本抑末'을 정책으로 구체화시켰다. 본보다 말이 우세한 국가는 충격이 가해지면 건잡을 수 없이 무너진다. 이것은 오늘날 제조업이 빈약한 미국의 쇠퇴를 통해 입증되고 있다.

오늘의 첨단 경제학에 비견해도 전혀 손색이 없는 상가의 철학과 사상에 대해서는 차후에 더 논의하기로 하고 일단 나는 이 글에서는 국가 리더십에 관한 질문을 던져 보려 한다.

수어지교水魚之交라는 말이 있다. 물고기가 물을 만났다는 뜻이다. 유비는 제갈량과의 만남을 수어지교에 비유했는데 이로부터 이 말은 명군과 현신의 만남을 뜻하게 되었다. 그런데 제환공과 관중의 만남이야말로 수어지교의 대표적 사례가 된다.

제환공과 관중이 구현한 리더십은 이른바 군도君道와 신도臣道의 표상에 해당한다. 현대 리더십 이론에서는 군도를 1인자 리더십, 신도를 2인자 리더십으로 해석하는데, 인류 역사상 1인자는 2인자의 보필이 없이는 대업을 이룰 수가 없고, 2인자는 1인자의 신뢰 없이는 제 기량을 발휘하기가 어렵다.

관포지교, 우정이란 무엇인가

예로부터 동양에서는 좋은 우정을 뜻하는 말이 많이 있었다. 물론 이것은 우정을 그만큼 중시했기 때문일 것이다. 우정을 뜻하는 대표적인 단어 중에 관포지교管鮑之交와 문경지교刎頸之交가 있다. 관포지교는 말 그대로 '관중과 포숙의 우정'이란 뜻이고 문경지교는 벨 문, 목 경, 즉 '목숨을 바치는 우정'이라는 뜻이다. 문경지교의 원래 주인공은 조나라의 명신 인상여藺相如와 장군 염파廉頗였다.

관포지교와 문경지교는 모두 사마천의 《사기열전》에 있는 말인데, 문경지교보다는 관포지교가 더 널리 알려졌다. 당나라 시성 두보의 시 중에 빈교행貧交行, 가난할 때의 사귐이 있다.

飜手作雲覆手雨(번수작운복수우)
紛紛輕薄何須數(분분경박하수수)
君不見管鮑貧時交(견불견관포빈시교)
此道今人棄如土(차도금인기여토)
손을 뒤집으면 구름이요 손을 엎으면 비가 되나니
세상에는 가볍고 변덕스러운 사람이 얼마나 많은가
그대는 관중과 포숙의 가난할 때의 사귐을 보지 못하였는가
요즘 사람들은 이 도를 흙같이 버린다.

이처럼 우정은 '가난한 때의 우정'이 진짜 우정이다. 영어 속담에도 "A friend in need is a friend indeed"가 있지 않은가? 다음으로 우정에는 변함이 없어야 한다.

문경지교보다 관포지교가 더 유명해진 것은 두보의 시 때문일 수도

있겠다. 하지만 나는 다른 이유도 있다고 본다. 관포지교나 문경지교는 둘 다 좋은 우정을 뜻하는 말이지만 단어의 뉘앙스에 큰 차이가 있다. 관포지교는 관중과 포숙이라는 사람 이름이 쓰였을 뿐 아무런 꾸밈이 없는 수수한 말이다. 반면에 문경지교에는 '목숨을 바친다 또는 바쳐야 한다.'는 결기와 억압이 들어 있다. 역사에는 거창한 말보다 수수한 말이 더욱 진실인 경우가 많다.

관중, 지조란 무엇인가

> 나는 공자 규 대신 종묘사직을 지킬 생각이오. 내가 목숨을 바칠 수 있는 경우로는 종묘가 불타고 사직이 파괴되고 제사가 끊어지는 세 가지 경우뿐이오. 이 경우라면 기꺼이 죽을 수 있소. 그러나 나는 이 세 가지 경우가 아니라면 기필코 살아남을 것이오. 내가 살아남아야만 제나라에 유리하오. 내가 죽으면 제나라에 불리하게 될 것이오.

이것은 관중의 말이다. 관중과 소홀은 둘 다 공자 규를 주군으로 모셨다. 그런데 규가 실패하게 되자 소홀은 주군을 따라 죽음으로써 지조를 지켜 유가로부터 칭송을 받았다. 그러나 관중은 죽음을 선택하지 않았다. 관중은 굴욕을 감수하고 달아나 삶을 도모했다. 훗날 그는 자기 말대로 제나라의 재상이 되어 일했고 결과 제나라는 부국강병을 이루어 중원을 평정하는 패국이 될 수 있었다.

관중이 인물됨이나 업적에 비해 크게 평가 받지 못하는 이유는 지조를 저버리고 삶을 도모했기 때문이다. 관중보다 100년 뒤의 공자는 관중의 업적을 높이 평가하면서도 그가 지조를 버린 점을 애석히 여겼다. 한편 순자는 관중을 열렬히 칭송한 반면, 맹자는 관중의 변절을 혹독히 비판했다.

삶을 도모하여 나라를 구한 관중과 주군을 따라 지조를 지킨 소홀은 우리에게 많은 것을 생각하게 한다. 관중처럼 살아야 하는가 아니면 소홀처럼 죽어야 하는가? 이것은 참으로 어려운 선택이 아닐 수가 없다.

변절하는 사람치고 자기가 변절한다는 말을 절대 하지 않는다. 반란집단과 3당합당을 한 김영삼은 "호랑이를 잡기 위해 호랑이굴로 들어간다."고 자기를 합리화했다. 그러나 김영삼의 변절은 실패한 것으로 평가된다. 이것은 무엇보다 결과가 좋지 않았기 때문이다. 아니 그는 애초부터 좋은 결과를 낼만 한 그릇이 안 되는 인물이었다고 말하는 것이 더 정확하겠다.

그러나 관중이라면 우리의 평가는 보다 신중할 필요가 있다. 이 글의 앞에 있듯이 관중은 평소 나라를 위해 죽을 수는 있지만 주군을 위해 죽지는 않겠다는 신념을 가지고 있었다. 그는 나라를 위해 죽는 것은 '대의'이지만 주군을 위해 죽는 것은 '소의'라고 보았던 것이다. 그는 굴욕을 감수하면서 삶을 선택함으로써 결국 위대한 과업을 성취해 낼 수 있었다.

역사에서는 이런 경우까지 변절이라고 하지는 않는다. 이런 경우에 적합한 말은 '혁절革節'이다. 나는 혁절은 지조를 뛰어넘는 개념이라고 생각한다. 혁절자에게는 충신불사이군忠臣不事二君은 작은 절의, 즉 소절에 불과할 것이다. 그러나 혁절이라는 것은 관중 같은 불세출의 천재나 기인에게 쓰기 위해 아껴 두어야만 하는 말이다.

지조를 지킨 소홀은 죽어가면서 관중을 원망하지 않았다. 오히려 그는 관중이야말로 혁절의 자격이 있는 인물임을 인정하면서 그를 두둔하는 말을 남겼다. 그렇다면 우리 역사에 소홀과 관중에 빗댈 수 있는 인물로는 누가 있을까? 아마도 정몽주와 정도전이 아닐까 한다. 정몽주는 지조를 지키다가 죽었지만 정도전은 살아서 대업을 이루었기 때문이다.

관중, 지도자에게 필요한 네 가지 인연

우리는 관중과 포숙의 우정을 알고 있다. 두 사람의 우정은 재才와 덕德의 만남이라는 점에서 이상적인 우정이라고 할 수 있다. 그들은 각각의 특성인 재와 덕을 상보적으로 융합시켰기 때문에 죽을 때까지 변함없는 우정을 나눌 수가 있었다.

관중은 재능이 출중했지만 덕성 면에서 포숙에게 미치지 못했다. 관중이 앞서 계책을 꾸미다가 낭패한 상황에 처하더라도 포숙은 매번 관중을 감싸 주었다.

두 사람은 젊은 시절 함께 시장에서 장사를 한 적이 있다. 그런데 영업이 끝나면 관중은 언제나 포숙보다 많은 돈을 챙겨갔다. 주변 사람들이 포숙에게 이런 사실을 지적하더라도 포숙은 "관중은 집안이 가난하고 식구가 많다. 내가 그에게 더 가지고 가도록 사양한 것이다." 라고 관중을 감싸주었다.

전쟁이 났을 때 관중은 세 번이나 전장에서 이탈했다. 사람들이 비겁하다고 비웃었을 때도 포숙은 "관중에게는 늙은 어머니가 있다. 자기 몸을 아껴 효도를 다하려는 것이다."라고 감싸주었다.

두 사람이 합작해서 사업을 도모할 때 언제나 먼저 아이디어를 낸 것은 관중이었다. 하지만 일은 관중의 계책대로 되지 않을 때가 많았다. 사람들이 관중을 어리석다고 비난하더라도 포숙은 "모든 사업에는 유리할 때와 불리할 때가 있다. 공교롭게도 관중이 사업을 했을 때는 상황이 불리한 때였다."라고 감싸주었다.

인생에는 네 가지 중대한 인연이 있다고 한다. 첫째는 나를 낳아준 부모, 즉 '생아자生我者'이다. 둘째는 나를 친구로 여기는 '붕아자朋我者', 셋째는 나를 가르쳐 주는 스승, 즉 '교아자教我者', 넷째는 나와 가족을 먹고 살게 해주는 후원자 즉 '사아자食我者'이다.

누구에게나 부모, 즉 생아자는 있다. 이와 더불어 세 가지의 인연이 더 주어진다면 대단한 행운이다. 학창시절과 사회생활을 통틀어 진정한 친구와 진정한 스승과 진정한 후원자를 만나는 것은 인생의 엄청난 행운이라고 할 수 있다.

이런 사람은 대업을 이룰 수 있다. 물론 이런 행운을 누리기 위해서는 자기 자신의 노력도 있어야 한다. 그러나 아무리 노력한다고 해도 인연이라는 것은 '닿아야' 이루어지는 것이다. 사실 친구와 스승과 후원자 세 가지 인연 중에 하나만 얻을 수 있어도 적지 않은 행운이라고 할 수 있다.

그러나 이 세 가지 인연을 뛰어넘는 최고의 인연은 나를 알아주는 사람, 즉 '지아자知我者'이다. 그런데 지아자는 위 세 가지 인연 중에서 나온다. 관중은 훗날 "나를 낳아준 이는 부모지만 나를 알아준 이는 포숙이었다."라고 회고했다.

공자(孔子), 인을 추구하다

《논어》, 공자에 관한 가장 생동감 있는 기록

> 나는 최근 원고지 1만 장에 이르는 3권짜리 집대성의 《논어한글역주》를 출간하였다. 왜 하필 논어인가? 21세기 벽두 오바마가 미 대통령으로서 희망의 사륜史輪을 굴리기 시작한 이 시점에 과연 《논어》라는 책이 인류문명의 패러다임과 어떤 관련을 지니고 있는 것일까? 나는 그(인류문명의 패러다임) 전환의 가능성을 논어 일서에서 발견하고 있다. 미국과 중국! 미국의 사상적 핵은 퓨리터니즘으로부터 내려오는 것이며 성서를 도외시할 수가 없다. 미국과 중국의 21세기적 대결은 결국 성서와 논어의 대결이 될 수밖에 없다. 인류의 21세기는 과연 성서 중심 세계를 펼칠 것인가? 아니면 논어 중심 세계를 펼칠 것인가?"
>
> — 〈중앙일보〉 2009. 1. 21. '도올고함'에서

공자의 삶을 전달하는 가장 권위 있는 저작물로는 사마천의 《사기》가 꼽힌다. 공자에 관한 엄청난 양의 저작물들이 모두 《사기》 속에 있는 〈공자세가〉를 원형으로 출발한다. 여기에서 세가란 제후를 의미한다.

초나라 패왕 항우를 '사면초가四面楚歌'로 해하성에서 격파하고 천하를 통일한 한나라 고조 유방은 기원전 2세기경의 인물이다. 그는 제왕으로서 파격적으로 공자의 묘에 참배를 했다. 그로부터 1세기 후의 사람인 사마천이 공자를 제후 편에 넣은 것은 이런 역사적 배경과도 관련이 있다.

보통 픽션이라고 하면 '거짓으로 꾸며진 이야기'를 의미한다. 그러

므로 현대소설을 픽션이라 하는 것이다. 픽션과 대조되는 말로 논픽션이 있다. 논픽션이라고 하면 수기나 전기 또는 역사를 가리킨다. 사람들은 논픽션이라고 하면 당연히 실화인 줄 안다. 그러나 논픽션이야말로 픽션보다도 어느 면에서 허구성이 클 수도 있다. 사람들은 픽션을 읽을 때 애초부터 픽션인 줄 알고 대한다. 예컨대 사람들은 홍길동이나 히스클리프를 실제 인물이라고 생각하지 않는다.

그러나 공자나 예수는 실존 인물로 믿는다. 그러므로 그들을 기록해 놓은《사기》나 복음서의 내용을 사실인 줄 알고 읽는다. 그런데 만약 사실인 줄 알고 읽는 책에 허구가 끼어 있다면 어떻게 되는 것일까?

《사기》를 저술한 사마천은 공자보다 무려 400년 뒤의 사람이다. 그가 아무리 치밀하고 정직하다고 한들 어찌 공자의 삶을 있는 그대로 파악하고 기술할 수 있었겠는가? 그것은 불가능한 일이다. 사마천은 해석되었던 사료를 재해석한 것에 불과하다. 그러므로 김용옥은《사기》나 복음서 같은 위대한 역사서들의 후대 조작설을 제기한다.

공자는 예수처럼 처녀 잉태로 태어나지도 않았고 한 번 죽은 후 다시 살아나지도 않았다. 〈공자세가〉에는 초자연적인 이야기도 나오지 않는다. 옛날이야기에서 흔히 있을 법한 괴력난신怪力亂神도 전혀 없다. 쉽게 말해 사마천이 말하는 공자의 삶은 예수에 비해 현저히 상식적이다. 그러나 그렇다고 해서 사마천의 〈공자세가〉가 공자에 관한 사실만을 전하고 있다고 보는 것은 순진한 발상이다. 위대한 사람에 관한 기술에는 어김없이 신화적 요소가 개입되어 있기 때문이다.

공자는 천한 신분으로 태어났다. 그의 아버지는 노인이었고 그의 어머니는 10대 소녀였다. 공자는 그의 아버지가 아들을 얻기 위하여 여자를 구해 '야합'한 결과의 소생이다. 공자의 이름은 구丘, 우리말로 '언덕'이라는 뜻이다. 그의 부모가 이구산에서 빌어 낳았다고 해서 이름을 '구'라 했다는 의견도 있고 이마가 돌산처럼 생겨서 붙인 이름이라는 주장도 있다. 그리고 공자와 그의 아들, 손자 3대가 이혼했다는 점은 매우 흥미로운 대목이다.

이를 통해 우리는 세칭 위대하다고 하는 인물이라고 해서 우리와 크게 다르지 않음을 알 수 있다. 유감스럽게도 사마천의 〈공자세가〉를 비롯한 공자에 관한 저작물들에는 실감나는 인간 공자의 모습은 보이지 않는다. 이런 저작물의 필자들은 현실 감각보다는 공자가 인류에게 미치는 영향력을 우선시했기 때문일 터이다.

그런데《논어》는 다르다.《논어》에는 공자의 삶이 생동감 있게 나타난다. 다른 어떤 책보다도 논어에는 과장은 물론 윤색도 거의 없다. 요컨대《논어》는 공자의 삶을 전달하는 가장 정직한 텍스트라고 할 수 있다. 여기에《논어》의 유별난 의의가 있다.

《논어》 속의 공자는 다분히 인간적이다.《논어》에 담겨 있는 공자의 어록들에는 인간 공자의 희로애락이 생동한다. 이런 점에서 김용옥은《논어》야말로 공자를 전달하는 가장 생동감 있는 기록이라고 말한다. 그는 "논어는 인류문명사의 축복"이라고 선언해 놓았다.

난세에 다시 읽은《논어》

누구나 알듯이《논어》는 유달리 배움을 강조하는 유학 경전이다. 그렇다면 우리는 왜 배워야 하는가? 이것을《논어》 첫머리에서 생각해 보기로 한다.

> 子曰 學而時習之 不亦說乎 有朋自遠方來 不亦樂乎
>
> (자왈 학이시습지 불역열호 유붕자원방래 불역낙호)

배우고 때에 맞춰 익히니 역시 기쁘지 아니한가? 친구가 먼 곳으로부터 찾아오니 또한 즐겁지 아니한가?

여기서 먼저 나오는 기쁨說은 개인적 행복이고 뒤에 나오는 즐거움樂은 사회적 행복을 뜻한다고 보아 무방하다. 사람은 누구나 개인이면서 동시에 사회의 일원이다. 우리는 배움을 통하여 자기 자신은 물론 타인, 즉 사회 공동체의 행복을 추구한다.

배움의 목표는 1차적으로 예禮를 얻는 데 있다. 예란 '사회 속에서 바람직한 나'를 정립하는 방법론으로 우리 삶의 문제를 해결하는 방식이기도 하다. 예는 오륜으로 구체화된다. 오륜은 부자유친父子有親 · 군신유의君臣有義 · 부부유별夫婦有別 · 장유유서長幼有序 · 붕우유신朋友有信인데, 나는 이것을 '사회적 삶을 유지하는 질서'로 정의하고자 한다.

오륜에서 핵심 자를 추려내면 친親, 의義, 별別, 서序, 신信이다. 부모 자식 간의 '친'이란 무엇인가? 이는 곧 일체감을 의미한다. 즉 부모 자식 사이는 서로를 타인으로 인식하지 않는다는 뜻이다.

두 번째 '의'란 나라와 나의 공적인 관계에서 요구되는 덕목이다. 나는 '의'를 공정함을 실천하는 공적인 기준이라고 해석한다.

세 번째 부부유별에서 '별'이란 무엇인가? 나는 이것이야말로 남녀 관계에서 가장 세련된 가치관이라고 여긴다. 부부유별이란 일차적으로 '남녀가 다르다'는 뜻이지만 사실 이 말은 남녀평등을 이룰 수 있는 가장 효율적인 방식이라고 본다. 평등은 서로 달라야 이루어진다. 같으면 평등할 수가 없으며 서열이 매겨질 수밖에 없다.

네 번째 장유유서에서 '서'는 차례를 뜻한다. 여기서 차례는 서열이나 위계가 결코 아니다. 예를 들어 목이 마를 때 한꺼번에 다 함께 물을 마실 수 있으면 그렇게 해도 된다. 하지만 세상일은 순서대로 해야 할 경우가 대부분이다. 이럴 때의 기준을 특별한 사정이 없는 한 '연장자 먼저'로 한다는 것뿐이다. 이것은 결코 연장자가 혼자 가지거나 많이 가진다는 논리가 아니다. 결국 장유유서는 '공존을 위한 질서의 논리'인 것이다.

마지막으로 붕우유신에서 '신'이란 무엇일까? 친구끼리는 믿음으로 사귀어야 한다는 뜻인데, 이렇게만 말하기에는 다소 추상적이다. 친구는 사회적 만남으로 생긴다. 그런데 거의 대부분의 사회적 만남은 이해관계로 이루어진다. 하지만 진정한 친구가 되기 위해서는 이해관계를 목적으로 해서는 안 된다. 여기에서 '신'이란 이해득실이 목적이 아닌, 사람 자체를 목적으로 하는 사귐이다.

많은 이들이 고리타분하게 여기는 삼강오륜이라는 것도 해석하기에 따라 날카로운 현대적 논리로 되살려낼 수가 있다. 아니 고전이란 이렇게 무궁무진한 재해석을 허용하기 때문에 고전이 되는 것이다.

공자가 살았던 산동지방은 기후가 온화하고 토지가 비옥하여 사람들이 정착생활을 하며 풍요롭게 살 수 있었고 또 고대로부터 진리의 내용이 전해오고 있었으므로 배우기만 하면 누구나 진리를 얻을 수가 있었다. 공자가 배움을 강조한 것은 이 때문이다.[1]

공자, 자상하게 구는 놈이 싫다

내가 공자를 좋아하는 가장 큰 이유는 그의 품성이 자연스럽기 때문이다.

1 이기동, 《논어강설》(성균관대학출판부, 2013, p56~57)을 참조하여 재인용했다.

子曰 巧言令色 鮮矣仁(자왈 교언영색 선의인)
교언영색하는 사람치고 인한 이가 드물다.

季文子三思而後行 子聞之曰 再斯可矣
(계문자삼사이후행 자문지왈 재사가의)
계문자는 세 번 생각한 뒤에 행동으로 옮겼다. 공자가 이 말을 듣고 '두 번이면 족하다'라고 말했다.

너무 많은 생각을 하는 것은 순수하지 않기 때문이다. 무언가 얻으려 하고 경쟁에서 이기려 하기 때문에 생각이 복잡해지는 것이다. 나는 생각을 복잡하게 만드는 일이 있으면 아예 포기해 버린다. 순수한 사람은 생각을 복잡하게 하지 않는다. "두 번이면 족하다." 참으로 명언이다.

子曰 唯女子與小人 爲難養也 近之則不孫 遠之則怨
(자왈 유여자여소인 위난양야 근지즉불손 원지즉원)
여자와 소인은 부양하기가(거두기가) 어려우니, 가까이 하면 불손하고 멀리 하면 원망한다.

이것은 자연스럽지 못한 사귐의 대표적인 사례이다. 참고로 이 장은 해석이 분분한 대목이다. 여기서 여자는 '비첩'이라는 설(신동준), '공자에게 접근했던 여인들'이라는 설(이기동) 등 해석이 구구하다. 분명한 것은 여자 일반을 가리키는 말은 아니라는 점이다. 당시의 여자는 지금의 여자와 뜻이 달랐다.

공자 말대로 가까이 하면 불손해지고 멀리 하면 원망하는 사람들이 분명히 있다. 사실 사람을 만날 때 나는 이런 사람이 가장 난감하다. 그래서 나는 만남의 초기 단계에서 지나치게 밀착하는 사람이 곤혹스럽다. 하지만 확신도 없이 밀어낼 수는 없는 법이니 최대한 예의를 지키는 방식으로 멀리한다. 자연스러운 삶과 만남, 이것은 내가 변함없이 추구하는 이상이다.

공자, 좋은 놈은 좋고 싫은 놈은 싫다

학자들은 《논어》의 핵심 가치인 인仁을 '어짊'으로 번역한다. 나는 이런 번역에 반대한다. '인'이란 어짊이 아니기 때문이다. 우리는 서양 철학의 이데아Idea를 번역하지 않는다. 상응하는 적절한 우리말이 없기 때문이다. 이데아는 그냥 이데아라고 하면서 왜 굳이 인은 인이라 하지 않고 어짊 같은 어설픈 번역을 시도하는지? 인은 그냥 인인 채로 우리말로 삼으면 된다.

그렇다면 인이란 무엇인가? 인은 어짊보다는 차라리 '감수성 있는 사랑'에 가까운 개념이다. 그리고 이런 사랑은 아무에게나 무작위로 하는 것은 아닐 것이다.

> 子曰 能仁者 能好人 能惡人(자왈 능인자 능호인 능오인)
> 공자가 말하기를, 오직 인한 사람만이 남을 좋아할 수도 있고 미워할 수도 있다.
> — 논어 〈이인〉 편

인하지 않은 사람은 누구를 좋아해도 허상을 좋아하는 것이기 때문에 제대로 좋아하는 것이 아니다. 물론 싫어해도 허상을 싫어하는 것이므로 제대로 싫어하는 것이 아니다. 오직 깨끗한 마음을 가진 사람만이 좋은 짓을 하는 사람을 좋아하고 싫은 짓을 하는 사람을 미워한다. 물론 이런 호불호의 감정은 의식 속에 오래 저장하지 않는다.

— 이기동, 《논어강설》

나는 이런 해석에 동의한다. 욕심이 있는 사람은 자기의 욕심을 채울 수 있는 사람을 좋아하며 자기에게 손해가 되는 사람은 싫어한다. 반면 욕심이 없는 사람은 그저 좋은 사람을 좋아하고 미운 사람은 미워할 따름이다.

好仁者 無以尙之 惡不仁者 其爲仁矣
(호인자 무이상지 오불인자 기위인의)
인을 좋아하는 사람은 더없이 좋다. 그러나 불인을 미워하는 사람도 장차 인하게 될 것이다.

— 논어 〈이인〉 편

인을 좋아하는 사람이 최상이지만 차상이라도 되려면 불인을 미워할 줄 알아야 한다. 불인한 것을 방치하면 그 불인이 자기를 오염시킬 수가 있다. 그래서 불인을 미워하는 것이다.

모든 사람에게 호평을 받는 사람이 있다. 이렇게 될 수 있는 비결은 의외로 간단하다. 그는 어떤 사람에게도 악평을 하지 않기 때문이다. 한편 모든 사람에게 악평을 받는 사람도 있다. 그는 어떤 사람에게도 호평을 하지 않는다. 하지만 나는 이 두 부류의 사람을 같은 종, 즉 오십보백보로 친다. 역시 《논어》의 논리로 말하면 지나침이나 모자람이나 같기過猶不及, 과유불급 때문이다.

그런데 모든 사람에게 호평을 받는다는 것이 과연 가능하기나 한 것일까? 기실 그것은 모든 사람에게 악평을 받지 않는 것일 뿐 진정한 호평은 아닐 터이다. 따라서 모든 사람에게 좋은 사람이라는 평가를 받는 사람치고 실속이 없다. 그는 누구한테도 진정한 사랑을 받지 못하는 것이기 때문이다. 이보다 더 끔찍한 사람은 모든 사람을 예외 없이 좋게만 말하는 사람이다.

우리는 삶에서 타인들로부터 어떤 평가를 받고, 타인에게는 어떻게 평가를 내려야 하나? 나는 이 질문의 정답을 역시《논어》에서 찾는다.

子貢問曰 鄕人皆好之何如(자공문왈 향인개호지하여)
子曰未可也(자왈미가야)
鄕人皆惡之何如(향인개오지하여)
子曰未可也(자왈미가야)
不如鄕人之善者好之(불여향인지선자호지)
其不善者惡之(기불선자오지)

자공이 물었다.
"고을 사람들 모두에게 사랑을 받으면 어떻습니까?"
공자가 말했다.
"좋지 않다."
"고을 사람들 모두에게 미움을 받으면 어떻습니까?"
"좋지 않다. 고을 사람 중에서 착한 사람에게는 사랑을 받고 착하지 않는 자에게는 미움을 받는 것만 못하다."

— 논어 〈자로〉 편

논어, 혼군과 비선책사는 유유상종

정치에는 4등급이 있다고 한다. 1급은 백성이 '군주가 있다는 것만을 아는 정치'이고, 2급은 백성이 '군주를 좋아하는 정치'이며, 3급은 백성이 '군주를 두려워하는 정치'이고, 최저 4급은 백성이 '군주를 업신여기는 정치'이다. 이런 정치의 군주는 백성과 이익을 다툰다.

> 君子和而不同 小人同而不和(군자화이부동 소인동이불화)
> 군자는 조화를 이루되 똑같아지지 않고 소인은 똑같아지기를 좋아하되 조화를 이루지 못한다. — 논어 〈자로〉 편

> 君子 矜而不爭 而不黨(군자 긍이부쟁 군이부당)
> 군자는 자긍심이 강하지만 분쟁하지 않으며 무리를 지어 어울리지만 당파를 만들지 않는다. — 논어 〈위령공〉 편

좋은 정치는 족식足食과 족병足兵과 민신民信을 만든다. 어느 날 제자가 공자에게 부득이한 상황에서 셋 중 하나를 없애야 한다면 무엇이냐고 묻자, 공자는 먼저 족병을 없애야 한다고 대답한다. 그럼 나머지 둘 중에서는 무엇을 먼저 없애야 하느냐고 묻자, 공자는 족식이라고 대답한다.(〈안연〉 편)

결국 이는 정치에서 최후까지 포기해서 안 되는 것은 민신, 즉 백성의 신뢰라는 것이다. 어두운 임금 즉 혼군昏君은 나라를 망치고 비선책사는 군주를 망치며 사심 있는 친인척은 백성을 망친다.

> 臣不臣 父不父 子不子 雖有粟 吳得而食諸

(군불군 신불신 부부부 자불자 수유속 오득이식제)

진실로 만일 임금이 임금답지 못하고 신하가 신하답지 못하며 아버지가 아버지답지 못하며 아들이 아들답지 못하면, 비록 곡식이 있더라도 내가 그것을 어떻게 먹을 수가 있겠습니까?

—〈안연〉 편, 경공의 답변)

맹자(孟子), 고매한 왕도주의자

맹자의 폭군 방벌론

맹가孟軻는 추騶 땅 사람이다. 학업을 자사子思의 문하에서 받았다. 도를 통한 다음 유리하여 제선왕을 섬겼다. 제선왕은 그를 쓰지 못했으므로 양梁나라로 갔다. 양의 혜왕도 맹자의 주장을 실행하지 않았는데, 그의 주장은 우원하여 당시의 실정과는 거리가 있다고 생각했다. 천하는 합종연횡에 힘쓰고 공벌하는 것을 현명한 일로 알았다. 그런 정세 속에서 맹가는 덕을 강조했으니 어디를 가도 용납되지 않았다. 은퇴해서는 제자들과 함께 《시경》과 《서경》을 차례에 따라 서술해 중니(仲尼)의 뜻을 계술繼述하고 《맹자》 7편을 지었다.

—《사기》, 〈맹자순경열전〉

사마천의 《사기》 중에 있는 〈맹자순경열전〉은 맹자에 관한 최초의 기록이다. 그러나 이 기록은 매우 간략하다. 이것은 맹자 사후 300년이 지난 사마천의 시대까지만 하더라도 맹자가 그리 주목 받지 못했음을 알려 준다.

맹자는 공자 사후 대략 100년 시점에 노나라 근처의 추읍에서 태어났다. 그의 부친이 누구인지조차 기록되지 않은 것으로 보아 그는 한미한 가정에서 태어난 것으로 짐작된다.

우리가 잘 아는 맹모삼천孟母三遷, 세 번 이사함 고사는 전한제국 말기 유향이 지은《열녀전》에 실려 있다. 이 밖에도 열녀전에는 학업 도중 돌아온 아들에게 경각심을 주기 위해 애써 짜던 천을 끊어 버리는 맹모단기孟母斷機 이야기가 들어 있다. 아무튼 남편을 일찍 떠나보낸 맹자의 어머니는 아들 교육에 지독히 열성적이었던 것만은 틀림없다.

맹자의 본격적인 정치활동은《맹자》첫 장에 나오는 〈양혜왕〉 편에 있듯이 천하유세로 시작되었다. 이전 50세 때쯤까지 맹자는 고향에서 주로 제자들을 가르치며 그의 독특한 이론인 인의설과 왕도설을 가다듬었던 것으로 보인다.

맹자는 권력자를 대할 때 유별나게 고오高傲한 자세를 취했다. 당시 권력자들은 체면상 그를 상대해 주었을 뿐 내심으로 반겨 주지는 않았다. 맹자의 이런 자세는 그의 사상과 맥을 같이 한다. 맹자는 당대로서는 대단히 비현실적인 이상주의자였다. 그의 성에 차는 인물은 공자뿐이었다. 그는 시종일관 왕도정치만을 인정했고 패도정치를 조금도 인정치 않았다. 그는 치국평천하에 앞서 수신제가를 유달리 강조했다.

맹자는 중국에서는 과소평가되고 일본에서는 외면되었다.《맹자》가 '4서'에 들어간 것은 먼 훗날 주자에 의해서였다. 특히 일본에서는 메이지 유신 전까지《맹자》는 금서 목록에 들어 있었다. 이것은 그의 정치사상이 당대로서는 매우 불온했기 때문이었다.

그러나 맹자는 성리학을 전숭尊崇한 조선에서 열렬히 수용되었다. 어느 면에서 맹자가 조선에 미친 영향은 공자보다 크다고 할 수 있다. 그는 군주를 가볍게 보고 백성을 귀하게 여기는 귀민경군貴民輕君의 신념을 지니고 있었다. 이른바 민본주의로 해석될 수 있는 그의 정치사상은 오늘날의 데모크라시democracy와 비슷하다.

> 民爲貴 社稷次之 君爲輕(민위귀 사직차지 군위경)
> 백성이 귀하고 사직은 다음이고 군주는 가볍다.
>
> —《맹자》, 〈진심장〉 편

맹자는 이런 주장을 제선왕 앞에서 거리낌 없이 펼쳤다. 그는 탕, 무의 혁명을 시군(弑君, 군주를 해침)으로 해석하고자 하는 제선왕에게 면박에 가까운 반론을 폈다.

> 인仁을 해치는 자를 적賊, 의義를 해치는 자를 잔殘, 잔적殘賊의 인간을 일개 범부라고 합니다. 나는 범부를 주벌했다는 얘기는 들었어도 시군했다는 얘기는 듣지 못했습니다. —《맹자》, 〈양혜왕〉 편

맹자에게서 취하고 싶은 것

맹자의 사상을 몇 개 단어로 나열한다면 왕도정치, 민본주의, 폭군방벌론, 성선설, 인의론, 4단론 등이 있다. 그러나 맹자가 제시한 사상들은 선명하긴 하지만 비현실적, 비논리적이라는 한계를 안고 있다. 맹자는 제자백가 중 가장 이상주의적 성향이 뚜렷한 사상가였다.

왕도정치란 덕치와 비슷한 뜻을 가진다. 맹자는 사람을 실력으로 복종시키면 진정한 마음으로 복종하는 것이 아니라, 실력이 모자라기 때문에 어쩔 수 없이 복종하는 것이므로, 덕으로 복종시켜야 사람들이 기뻐서 진정으로 복종한다고 말했다.

또한 맹자는 "백성이 귀중하고 사직社稷은 그 다음이며 임금은 대단치 않다."고 말함으로써 민본주의의 입장을 뚜렷이 했으며, "불인하고 불의한 군주는 민심을 잃게 되는데, 민심이야말로 천명에 의한 것이기에 민심을 잃어 천명이 떠나간 군주는 더 이상 군주가 아니라 일개 범부에 불과하므로 그런 군주는 몰아내야 한다."는 이른바 폭군 방벌론을 정당화했다.

다음으로 맹자는 "모든 인간에게는 차마 하지 못하는 마음이 있다, 예컨대 우물에 빠지는 아이를 보면 누구나 아이를 구하려 하며 거기에는 어떤 이기적 계산도 없다."고 함으로써 이른바 성선설을 내세웠다. 그는 공자가 강조한 핵심 가치인 인仁에다 의義를 거의 대등하게 부각시켰다.

사실 맹자의 사상은 견고한 학문적 논리에 기반을 둔 것이 아니라 신념체계에 가까운 것이다. 그의 성선설은 증명될 수 없는 것으로 숱한 반론을 허용할 수밖에 없다. 그의 폭군 방벌론은 유가의 전통적인 충(忠)의 가치와 상충될 수 있으며, 그의 '인의론'은 공자의 '인'에다 '의' 하나를 자의적으로 추가한 왜곡이라는 비판도 제기된다.

그러나 모든 사상이 반드시 귀납적인 증명을 필수요건으로 하는 것은 아니다. 특히 시대를 앞서는 선구적인 사상은 논리나 이성과는 무관하게 튀어나온다. 맹자의 '백성 상위론'은 현대 데모크라시의 민주 개념과 거의 같으며 그의 폭군 방벌론은 근대 이후의 민중혁명론과 유사하다.

나는 맹자의 4단론을 좋아한다. 4단四端이란 인仁, 의義, 예禮, 지智의 단서端緖가 되는 네 가지 마음이다. '인'에서 우러나는 측은지심惻隱之心은 남을 연민하는 마음, '의'에서 우러나는 수오지심羞惡之心은 부끄러움을 아는 마음, '예'에서 우러나는 사양지심辭讓之心은 양보하는 마음, '지'에서 우러나는 시비지심是非之心은 옳고 그름을 가리는 마음을 뜻한다.

하지만 나는 맹자처럼 사단지심을 성선설에 기반을 둔 인간의 본성이라고 여기지는 않는다. 또한 나는 4단론을 이理나 기氣와 연결하여 심층적으로 숙고, 논쟁한 조선 성리학자들 중 어느 특정인의 견해에 일방적으로 승복하지도 않는다. 이 문제는 영원한 논쟁거리의 속성을 띠고 있기 때문이다.

나는 공맹자가 지향했던 성인이나 군자가 되고 싶은 마음은 추호도 없다. 대부가 되거나 선비로 불리는 것도 나는 원하지 않는다. 이것은 '오르지 못할 나무는 쳐다보지도 마라'는 취지와는 또 다른 것이다. 나에게는 다만 '소인'이 되는 것만은 면해보고 싶은 마음이 있을 따름이다.

이를 위해 나는 4단을 현대적으로 적용하면 된다고 본다. 생각해 보라. '남을 연민하고, 부끄러움을 알고, 양보할 줄 알고, 옳고 그름을 가리는 사람'이 있다고 하자. 그는 누구인가? 그야말로 가장 세련되고도 민주적인 현대인이 아니겠는가? 나는 맹자가 제기한 4단의 가치를 내가 실천하고 싶은 고매한 이상적 가치로 추구한다.

순자(荀子), 패도의 필요성을 인정하다

순자의 단호한 편지

순자는 공자의 유학사상을 가장 온전히 계승한 제자백가이다. 순자에 관한 기록은 《사기》의 〈맹자순경열전〉에 있는데 그가 조趙나라 출신이라는 것 말고는 가계나 생장 등에 관한 기록이 소략하기 그지없다. 그의 생년은 기원 전 313년(추정)이므로 기원 전 551년생인 공자보다 200년 이상 후대의 인물이다.

흔히 우리는 순자를 성악설을 주장한 인물로 알고 있으며, 이것을 맹자의 성선설과 대비시킨다. 여기서 악은 서양의 evil과는 크게 다르다. 엄밀히 말해서 동양에는 악惡의 개념이 없었다. 악이 아니라 '불선不善'이라고 하는 것이 정확하다.

맹자가 배타적인 왕도주의자였던 반면에 순자는 선왕후패론先王後霸論자였다. 즉 그는 왕도정치의 우월성을 인정하면서도 패도霸道의 필요성을 부인하지 않았다. 진시황의 뛰어난 참모 이사나 법가의 시조격인 한비자가 순자의 문하생이었다는 것은 우연한 일이 아니다. 그들이 뛰어난 패도주의자가 될 수 있었던 것도 왕도의 가치를 높이 친 스승 순자의 가르침을 잘 간직했기 때문이 아닐까 한다.

순자가 최초로 지방관이 되어 초나라의 난릉 현령으로 부임한 것은 그의 나이 59세 때였다. 하지만 그는 벼슬자리에 조금도 연연하지 않았다. 당시 초나라의 춘신군은 귀가 얇은 군주였다. 그는 순자를 무고하는 한 문객의 말에 현혹되었다.

"지금 순자는 천하의 현인으로 장차 큰일을 도모할 만한 인물입니다. 그에게 1백 리의 땅을 내려 밑천으로 삼게 되면 장차 그대에게 오히려 불리할 것으로 보는데 그대의 생각은 어떠신지요?"

춘신군은 이 말을 곧이듣고 두려움을 느껴 곧 사람을 보내 순자와의 절교를 통보했다. 군주의 '작은 그릇'에 실망한 순자는 주저 없이 관인官印을 내놓고 조국 조나라로 돌아왔다.

얼마 후 또 다른 문객이 춘신군에게 조언하기를,

"무릇 현자가 머무는 곳에서 군주가 존귀해지지 않거나 나라가 번영하지 않은 적이 거의 없었습니다. 순자는 천하의 현인인데 귀군은 어찌하여 그를 사절한 것입니까?"

춘신군은 고개를 끄덕였다.

"옳은 말이오."

춘신군은 즉시 조나라로 사람을 보내 순자의 조속한 귀환을 청했다. 순자는 즉각 춘신군의 제의를 거절하는 서신을 써 보냈다.《전국책》에 실려 있는 순자의 서신 내용은 너무도 신랄하여 통렬하기도 할 뿐더러 서늘한 느낌까지 들 정도다.

'여인련왕'은 공손치 못한 말이기는 하나 그 뜻을 자세히 살피지 않을 수가 없습니다. 이는 신하의 협박을 받다가 시해 당하는 군주를 두고 한 말입니다. 무릇 군왕이 어리석으면서도 자기 재주만 믿어 간신을 가려낼 법술을 알지 못하면, 대신들이 독단적으로 사리를 꾀하며 모든 권력을 자기들에게 집중시키기 마련입니다. 신하에 의해 시해 당하는 군주는 심적 고뇌와 육체적 고통이 필시 문둥병자보다 더 심했을 것입니다. 이로써 보면 문둥병자가 군왕을 동정했다고 하더라도 이는 전혀 근거 없는 말이 아님을 알 수 있습니다.

순자는 어리석은 군주를 '여인련왕癘人憐王', 즉 문둥병자에게도 동정을 받는 존재에 빗대 놓고 있다. 나는 순자의 이 편지를 오늘의 한국 정치인들에게 먼저 들려주고 싶다.

노자(老子), 불교 전파에 공헌한 무신론자

노자의 《도덕경》, 과학과 기술은 어떻게 다른가

도덕道德이란 '도'와 '덕'의 합성어이다. 여기에서 도란 일반적 의미의 모럴리티molality, 덕이란 '얻을 득得'과 비슷한 개념의 어원을 갖는다. 그러나 노자의 《도덕경》에서 도덕은 어원이 갖는 의미와 긴밀한 관련은 없다. 왜냐하면 노자의 《도덕경》은 어느 면에서 도덕을 거부하는 경전의 의미를 띠기 때문이다.

중요한 것은 《도덕경》이 21세기 인류에게 가장 유용한 고전이라고 할 수 있다는 점이다. 고전이란 '문명을 움직이는 힘이 되는 책'이라는 견지에서 《도덕경》은 기실 유용한 고전이 된다.

21세기 인류는 이전 세기 문명이 안겨 준 심각한 시련을 극복해야만 한다. 김용옥에 의하면 20세기의 인류는, 첫째 자연과 인간을 괴리시켰으며, 둘째 종교와 종교의 대립을 조장했고, 셋째 지식과 삶을 유리시켰다.

이 세 가지가 개선되어야만 인류는 생존할 수 있고 아울러 행복을 도모할 수 있다. 다시 말해 자연과 인간, 종교와 종교, 그리고 지식과 삶들은 화해를 이루어야만 한다. 이것은 인류의 생존과 행복을 위해 가장 절박한 문제라고 할 수 있다. 그런데《도덕경》에는 이런 문제들에 통째로 맞설 수 있는 요긴한 지혜들이 가득 차 있다. 김용옥의 도덕경 해석을 요약 소개한다.

《도덕경》의 의의와 판본

아주 옛날 종이가 없던 시대의 책은 비단이나 대나무로 만들었다. 비단에 쓰는 책을 백서라 하는데 이것의 단위는 권卷이다. 그리고 대나무에 쓰는 책을 죽간이라고 하는데 이것의 단위는 편篇이다. 노자 연구는 백서본이 1973년 마왕패에서 출토되고 죽간본이 1993년 곽점에서 발견됨으로써 일약 활성화되었다. 이전에는 왕필의 주석본이 가장 큰 권위를 누려왔다. 왕필은 약관 21세 이전의 나이에《중용》과《도덕경》을 가장 정교하고 독창적으로 해석한 천재 소년이었다.

20세기는 과학기술문명이 비약적으로 신장된 시기였다. 우리는 흔히 과학과 기술을 한데 묶어 말하고는 하는데, 엄밀히 말해 과학과 기술은 전혀 다른 것이다. 과학이란 기술과 무관한 것으로서 인간이 연역적으로 세계를 보는 인식의 문제이다. 반면 기술은 인간의 삶을 문명화하는 모든 인위적 아트art를 말한다. 예컨대 까마득히 높은 나무에 지어진 까치집은 모진 풍우에도 끄떡하지 않는다. 까치집에는 놀라운 공법이 실현되어 있기 때문이다. 하지만 이것은 자연을 이용한 것이지 조작한 기술이 아니다. 굳이 기술이라고 한다면 까치의 기술이지 인간의 '아트'는 아니다.

근대에 들어 동양이 서양에 뒤진 것은 과학이지 기술은 아니다. 아니

오히려 기술력은 동양이 서양을 크게 앞섰었다. 하나의 예로, 한국의 도자기 기술은 세계 제1 수준이었다. 한국은 도자기를 굽는 데 1300도의 가마 열을 내는 기술을 가지고 있었는데, 당대에 이런 고온을 낼 수 있는 기술력은 다른 나라에는 없었다고 한다. 중국에서는 고대부터 화약과 나침반 그리고 기중기 등이 사용되었다. 그러나 이런 동양의 기술에는 과학의 전제가 없었다. 그렇기 때문에 근대에 들면서 동양은 과학은 물론 기술력까지도 서양에 뒤처지게 된 것이었다. 하지만 서양의 과학기술 발달은 인간을 자연으로부터 괴리시키는 심각한 부작용을 낳고 말았다. 원래 희랍 이래의 서양인들은 인간을 자연과 다른 것으로 간주해 왔다. 자연을 중시했다는 루소는 '자연으로 돌아가라'는 말을 외쳤는데, 사실 이 말 자체에도 인간을 자연과 별개로 간주하는 세계관이 전제되어 있다. 노자는 당연히 인간을 자연의 일부로 파악한다. 그렇기에 노자의 《도덕경》은 자연과 인간이 극심한 불화를 겪고 있는 현대에 매우 요긴한 지침서가 될 수 있는 것이다.

노자, 종교적 맹신에 경종 울리다

니체의 말, "신은 죽었다."는 모르는 사람이 없을 정도로 유명하다. 니체가 죽은 때는 1900년이니 그는 19세기를 꽉 채우며 살다 간 사람이다. 니체는 헤겔 다음으로 서구 근대화의 힘을 맹신했던 근대화 지상주의자였다. 그는 20세기에 들면 과학이 더 발달하고 이에 따라 사람들의 이성력이 강화되어 신 따위를 믿지 않게 될 것이라고 생각한 듯하다. 그래서 그는 단호하고 확신에 찬 어조로 신은 죽었노라고 선언할 수 있었던 것이다.

하지만 인류는 과학이 발달하고 근대화가 진행될수록 종교에 빠지는 기현상이 나타났다. 특히 날이 갈수록 우리 기독교에는 광신도들의 숫자가 많아지고 있다. 한국은 가장 극렬한 종교 보수주의자들의 시장이 되어 있다. 맹목적 신앙을 강요하는 것은 비단 기독교만의 일은 아니다. 목사는 물론 스님들도 자기의 신도들에게 "믿으시오.", "그저 믿으시오."라고 엄숙히 말하며 무조건적인 신앙을 강요한다. 요컨대 따지지 말라는 것이다.

그들은 믿음이라는 것은 종교의 특수성 또는 변별성이라고 주장한다. 종교의 본질은 믿음에 있다는 것이다. 그러나 따지고 보면 믿음 아닌 것이 어디 있는가? 우리가 세상에 대해 알고 있는 것은 모두 믿음일 뿐이다. 심지어는 상식조차도 믿음이다. 우리의 확신도 기실은 모두 확률에 의한 것일 따름이다.

뉴턴과 아인슈타인의 결정론을 무너뜨린 양자역학은 세상의 모든 것이 확률일 뿐임을 증명해 놓고 있다. 그러므로 종교만이 믿음이라는 주장은 오류에 불과하다. 따라서 종교는 더 이상 믿음을 강요해서는 안 된다. 종교가 종교다워지려면 믿음이 아니라 깨달음을 지향해야 한다.

배타적인 종교일수록 전도주의evangelism 경향이 강하다. 그들은 자신의 종교만이 진리라는 확신을 가지고 있기 때문이다. 그러나 그것은 편견에 불과하다. 인류의 평화와 행복을 위해 종교는 보편주의를 지향해야 한다.

이미 우리는 지식의 권위가 무너져 내리는 시대에 살고 있다, 이러한 추세는 갈수록 더 심화될 것으로 예상된다. 대중들은 지식의 추상성과 지식인들의 권위의식에 식상해 있다. 지식은 더 이상 흥미롭지도 않으며 유용하지도 않게 되었다.

이미 공자는 말하기를, "나는 색色, 물질 감각적 가치을 좋아하지 않는 자를 보지 못했다."라고 했다. 하물며 현대는 인간을 유혹하고 매혹시키는 것들이 얼마나 많아졌는가? 지식이 삶과 유리된 점은 지식의 원죄이자 엄연한 현실이기도 하다. 그런데 지식과 삶이 화해를 이루는 길을 노자는 제시한다.

불상도(不常道)의 철학, 노자

노자철학은 유가철학과 크게 다르다. 맹자는 세상에는 두 개의 도가 있는데 하나는 권도權道이고 다른 하나는 상도常道라고 했다. 여기서 권도는 임기응변의 지혜를 뜻한다. 그러기에 권도는 가변적인 것이다. 반면에 상도는 고정불변의 도를 일컫는다. 이것은 플라톤이 말한 이데아의 개념과 비슷하다고 할 수 있다.

그러나 노자는 상도를 부정한다. 쉽게 말해 고정불변의 도는 없다는 것이다.

> 道可道 不常道(도가도 불상도)
> 도를 도라고 하면 그것은 이미 도가 아니다.

이는《도덕경》의 첫 구절이다.《도덕경》은 영어로 'The way'로 번역된다. 그저 단순히 길이라는 말이고 방법이라는 뜻이다. 길이란 예측 가능성을 띤다. 그런데 길을 알려 준다는《도덕경》의 첫머리가 '길은 존재하지 않는다'로 시작되는 것이다. '불상도'에서 상도란 불변 일관하는constant 도를 말하는데, 바로 이 상도란 존재하지 않는다는 것이다. 이는 불교의 제법무아諸法無我, 완전한 실체로서의 진리는 없다라는 말과 통한다. 이런 점에서 노자와 불교는 무신론의 철학이 된다.

이것은 이미 엄청난 문화를 축적하고 있었던 중국에 인도의 불교가 급속히 뿌리를 내릴 수 있었던 배경이 되기도 했다. 인도의 불교는 한무제 때 비단길이 열리면서 중국으로 전파되었다. 당시 비단길은 두 코스가 있었는데 이 두 코스가 만나는 중국의 도시가 돈황敦煌이었다. 역사학자 오스왈드 스팽글러Oswald Spengler는 당대 인도와 중국의 만남을 '인류문명사 최고의 만남'이라고 말했다. 이런 만남을 가능하게 했던 중국의 정신적 토양이 바로 노자였던 것이다. 다시 말해 고대 중국인들에게는 노자가 있었기 때문에 불교를 반감 없이 수용할 수 있었다.

노자, 나는 누구의 아들인지 알지 못한다

노자는 윤리적 이원성을 거부한다. 그렇기에 노자는 무욕과 유욕은 알고 보면 같은 것이라는 가치관을 보인다. 그는 무욕과 유욕은 "다른 이름을 가지고 나왔을 따름이다出而異名, 출이이명."라고 말한다.

그러므로 선善의 반대도 존재하지 않는다. 우리는 흔히 선의 반대는 악惡이라고 알고 있지만 기실 악은 선의 반대가 아니라 미美의 반대말이다. 노자에게 선의 반대는 그냥 불선不善이 될 뿐이다.

노자는 "음과 성은 서로 조화한다.音聲相和, 음성상화"고 말한다. 여기서 '음'이란 선율과 멜로디를 가진 소리note이고 '성'이란 그렇지 못한 소리(noise)인데, 이 두 가지가 서로 조화된다는 노자의 관점은 오늘날 아놀드 쇤베르크Arnold Schönberg 등의 '무조음악'과 통하는 것으로 볼 수 있다.

노자철학에 감명 받은 버트런드 러셀Bertrand Arthur William Russell은

북경대학의 교수로 있을 때《중국의 문제》라는 저서를 남겼다. 이 책에다 그는 1920년대의 시점에서 100년 후의 서양을 걱정하는 발언을 남겨 놓고 있다.

서양인들은 오로지 세 종류의 사람들만이 동양을 찾는다고 그는 말한다. 그들은 군인과 상인과 선교사라는 것이다. 즉 그들은 전쟁을 위해 또는 돈을 벌려고 아니면 기독교를 전도하려고 동양에 간다는 것이다. 그러나 동양인들의 거의 전부는 오직 서양을 배우기 위해 서양에 간다. 이런 추세로 100년이 흘렀을 때 과연 서양과 동양이 어떤 모습으로 역전되어 있을 것인지를 러셀은 걱정해 놓은 바가 있다.

희랍의 비너스는 완벽히 아름다운 육체 조각상이다. 희랍인이 만들려 한 것은 인간이 아니라 신이었다. 노자에 의하면 이런 완벽한 실재(이데아)는 존재하지 않는다. 그에 의하면 미에는 실재가 없으며 현상appearance, phenomena이 있을 뿐이다. 그는 존재Being가 아니라 생성Becoming만을 신뢰한다. 이런 노자도 '미란 무엇인가'를 정의해 놓고 있는데 노자가 말하는 미란 '기의 상태에 배타가 없는 것'이다.

노자는 '쓰임'이 '존재'를 결정한다고 말한다. 이는 기능을 중시하는 오늘날의 실용주의practicalism와 통하는 관점이다. '쓰임'에서 노자가 중시한 것은 '빔' 즉 허虛인데, 노자는 독창적이게도 '허'를 잠재적 가능성potentionality으로 파악한다. 그러므로 빔, 즉 허가 없으면 기능도 없어진다는 것이 노자의 관점이다. 이것은 발뒤꿈치를 들고 서 있으면 더 이상 서 있을 수가 없게 된다는 이치와 같은 것이다.企者不立, 기자불립

우리는 흔히 노장철학을 무위無爲의 철학이라고 하며, 무위란 아무 일도 하지 않는 것이라고 단순히 파악하고 있다. 그러나 노자에게 무위란 그렇게 단순하지만은 않다. 무위란 위선이 제거된 적극적인 상

태로 위爲의 목적이기도 하다. 노자는 '무엇이 있다고는 말하기 쉬워도 없다고는 말하기 어렵다'고 주장한다.

불교를 대승불교와 소승불교로 나누어 말하는 것은 옳지 않다. 진정한 불교는 대승일 뿐이기 때문이다. 소승이란 '아라한' 위주의 불교인데 여기서 아라한이란 응공應供, 응당 대접을 받아야 하는 사람으로서 붓다(깨달은 사람)에게서 직접 배운 엘리트들을 일컫는다. 마치 기독교의 바리새인과 같은 부류이다. 따라서 소승불교란 불교의 선민選民주의 또는 엘리트주의와 같은 성격이다. 이에 반해 대승불교는 보살이라는 용어를 쓴다. 깨달음을 추구하는 사람은 모두가 보살이라는 것이다.

노자는 "나는 누구의 아들인지 알지 못한다."고 말했다. 이 말은 직선사관을 거부하는 발언이자 자기 자신을 자연의 한 파편으로 간주하는 만물 평등적 가치관의 피력이다. 이렇게 절대적 권위나 실재적 가치를 인정하지 않는 노자철학은 대승불교와 함께 동양문명의 양대 보편주의 철학이라고 할 수 있다.

노자는 "지극히 큰 것은 밖이 없다至大無外, 지대무외."고 주장했다. 여기에서 지극히 큰 것이란 우주를 가리킨다고 할 수 있다. 빅뱅론과 우주팽창론에 근거하는 현대의 이론물리학에서는 우주의 밖은 존재할 수 없다고 말한다.

또한 노자는 "천지는 어질지 않다天地不仁, 천지불인."라고 말한다. 이것은 모든 것이 신의 조화라는 기독교 논리나 뉴턴 이래 근대 과학의 결정론적인과율과 상충된다. 그런데 정작 현대이론물리학의 논리는 노자의 '천지불인'과 일치한다.

캘리포니아대학의 이론물리학자 산드라 페이버Sandra Faber는 다음과 같이 말한다.

나는 지구가 인간을 위해 만들어졌다고 생각하지 않는다. 지구는 자연적인 과정에서 물리학의 법칙에 따라 탄생한 행성이며, 이 과정이 지속되면서 생명체가 나타난 것뿐이다. 여기에는 인간이나 생명체에 대한 어떠한 배려도 개입되어 있지 않다. 이와 마찬가지로 우주 역시 자연적인 과정에서 탄생했고, 그 속에 우리가 속하게 된 것은 전적으로 물리법칙에 따른 자연스러운 결과이다. 개중에는 생명체의 탄생에 창조주의 의도가 개입되었다고 믿는 사람들도 있지만 나는 결코 그렇게 생각하지 않는다.

장자(莊子), 속물 지식인들의 킬러

인간들은 그 넓은 대지에 금을 그어 놓고 자기 땅이라고 하는데, 정작 그들은 이 대지의 맑은 대기와 청량한 이슬에 제대로 눈길 한 번 준 적이 없다.

언젠가 읽은 어느 외국 소설의 한 구절이다. 이것은 짐승인 말馬이 소설의 화자가 되어 인간들의 땅 소유욕을 비판한 말이다. 이 말馬의 말마따나 '그 넓은 대지'를 진정으로 소유한 자는 인간일까 말일까?

장자는 정말 이 소설의 말처럼 살다 간 인간이다. 그는 1000호의 영지를 가진 사람이 소유한 나무 밭에서 말단 관리인으로 일하며 살았다고 한다. 《장자》에 따르면 그는 입에 풀칠하는 수준의 가난한 삶을 살았다. 그러나 그는 진정으로 생을 즐길 줄 아는 안빈낙도安貧樂道의 주관자였다.

사실 장자를 학문적으로 접근하면 다소의 실망과 혼선이 생긴다. 철저히 자연과 동화되기를 주장하는 그의 가르침이 어떤 의미가 있는 것일까? 장자에 비해 현저히 현실적인 노자를 수용하기에도 벅찬 나로서는 장자를 받아들이기가 여간 난감한 일이 아니다.

장자의 사상에 대한 고찰은 차후로 미루기로 하고, 이 글에서는 장자의 삶을 거론해 보려 한다. 장자는 학문적인 것과는 별도로 실제의 삶으로만 볼 때, 제자백가 중 가장 언행이 일치된 실천적 삶을 산 인물이다. 그의 탈속적이고 기이한 삶은 참으로 매력적이다. 그는 단 한 번도 재물에 관심을 두지 않았다.

송나라 사람 중에 조상이라는 친구가 있었는데, 그는 진나라에 사신으로 갔다. 그런데 갈 때는 수레가 겨우 몇 대 뿐이었는데, 진왕에게 유세하고 돌아올 때는 100대의 수레를 몰고 왔다. 그는 장자를 만나 이것을 자랑했다.

"무릇 자네처럼 궁벽한 마을의 좁고 지저분한 골목에서, 곤궁하게 짚신이나 짜면서 겨우 입에 풀칠하는 식으로, 비쩍 마른 목덜미에 누렇게 뜬 얼굴을 하고 사는 것은 내가 잘할 수 없는 일이다. 그러나 단 한 번에 만승대국의 군주를 깨우쳐 주고, 따르는 수레가 100대나 되게 하는 것은 내가 잘할 수 있는 일이다."

이에 장자가 초연히 질책하기를,

"진왕이 병이 나 의원을 부르면 통상 종기를 터뜨리고 부스럼을 없애는 자는 수레 1대, 치질을 핥는 자는 수레 5대를 얻는다. 치료 부위가 아래로 내려갈수록 더 많은 수레를 얻는다. 그대 또한 진왕의 치질을 핥아준 것인가? 그게 아니라면 무슨 수로 하사 받은 수레가 그토록 많다는 말인가? 당장 이곳을 떠나도록 하라."

당시 수레 1만 대면 왕, 1천 대면 제후의 신분에 해당되었다. 수레 1백 대면 장관급의 성공을 한 셈이었다. 장자는 짚신을 짜서 생계를 유지했지만 비굴하게 부귀영화를 누릴 생각은 추호도 하지 않았다.

장자는 자존심이 하늘을 찌를 정도였으며, 자기 앞에서 허튼 수작을 하는 사이비들을 내버려 두지 않았다. 그는 고매하면서도 신랄하게 엿 먹이는 레토릭을 구사할 줄 알았다.

한번은 장자가 친구 혜시를 만나러 양나라에 간 적이 있다. 당시 혜시는 양나라의 재상으로 있었다. 그런데 혜시 주변에서 말하기를, "장자가 오면 필시 그대의 재상 자리를 빼앗을 것이오."라고 말했다. 그러자 이에 현혹된 혜시는 군사를 풀어 장자를 체포해 오라고 령을 내렸다.

이 소식을 들은 장자는 스스로 혜시를 찾아가 말했다.

"남쪽에 원추라는 이름의 새가 있는데 그대는 아는가? 원추는 남해에서 날아올라 북해로 날아가는데, 오동나무가 아니면 머물지 않고, 대나무 열매가 아니면 먹지 않고, 예천醴泉, 단물이 솟는 샘이 아니면 마시지 않는다. 마침 솔개가 썩은 쥐 한 마리를 얻게 되었다. 솔개는 원추가 자기 옆을 지나가게 되자 썩은 쥐를 빼앗길까 두려워 위를 올려다보며 '꽥' 하고 소리를 질러댔다. 그대도 재상 자리가 걱정돼 나에게 '꽥' 하고 소리를 지른 것인가?"

대한민국에도 장자 같은 기인이 출현하여 속물 지식인들을 혼내주었으면 좋겠다. 장자가 남을 혼내 준 이야기는 10여 개가 더 있다. 그렇다면 장자는 왜 이토록 신랄하게 그것도 예외를 허용치 않고 즉석에서 혼내 준 것일까? 다음 글에서 논의해야 하겠다.

장자, '탈(脫) 인간'을 원망(願望)한 인간

남쪽 바다에 숙儵이라고 하는 왕과 북쪽 바다에 홀忽이라고 하는 왕, 가운데 땅에 혼돈混沌이라고 하는 왕이 있었다. 숙과 홀은 때때로 혼돈의 땅에서 만났다. 혼돈은 그들을 잘 대접했다. 이에 숙과 홀은 혼돈의 은덕에 보답하고자 의논했다.
"사람들은 모두 일곱 개의 구멍이 있다. 그것으로 보고 듣고 먹고 숨을 쉬는데, 이 분에게만 없으니 구멍을 뚫어 주자."
그들은 하루에 구멍 하나씩을 내 주었다. 그러자 7일째 되는 날 혼돈은 죽어 버렸다. —《장자》, 〈응제왕〉 편

이 이야기가 무엇을 의미하는지 논의하자면 별의별 해석이 다 나올 것이다. 이럴 경우에는 아주 간단히 말하는 것이 하나의 유용한 방법이 될 수가 있다. 이 이야기는 외물과, 외물을 인식하는 인간의 감각조차도 모두 '인위'이며, 인간은 이 인위로 인해 망해 버렸다는 뜻을 담고 있다. 이렇게 볼 때 이 이야기에는 장자 특유의 '무위 철학'이 압축되어 있는 것이다.

《장자》의 다른 이야기를 하나 더 읽어 보자.

저 먼 북쪽 깊고 어두운 바다에 곤鯤이라는 커다란 물고기가 사는데, 이 물고기가 새로 변하여 하늘로 솟구쳐 날아오르면 대붕大鵬이라는 새가 된다고 한다. 이 물고기와 새는 너무나 커서 그 크기가 수천 리고, 대붕이 되어 날아오르는 높이만 해도 구만 리나 된다고 한다.

—《장자》, 〈소요유〉 편

이 이야기는 '연작(제비와 참새)이 어찌 대붕의 뜻을 알리요'라는 말의 출전이다. 여기서 대붕의 비상飛上은 인간의 극한적인 정신적 자유를 표상하는 것으로 보인다. 그리고 대붕에는 인간 장자의 캐릭터가 투사되어 있기도 하다. 이처럼 그는 '탈 인간'을 원망願望한 인간이었다. 그렇다면 장자의 눈에 비친 세상 사람들은 모두 연작에 지나지 않았을 터이다.

《장자》〈추수〉 편에 있는 다른 이야기 하나를 더 읽어 보자. 하루는 장자가 호젓한 강가에서 낚시를 하고 있었다. 이때 두 사람이 풀숲을 헤치며 다가왔다. 그들은 초나라 왕이 보낸 대부들이었다.

"왕께서 선생님의 학식과 인품을 높이 치하시면서 중책을 내려 정치를 맡기고 싶어 하십니다."

장자는 손에 쥐었던 낚싯대를 놓으며 말했다.

"초는 신구神龜라는 3천년 묶은 거북이 등딱지를 묘당 안에 모시고 있다고 들었소. 듣건대 왕은 그것을 비단 천으로 싸서 호화로운 상자 안에 소중히 받들어 모신다 하더군. 그런데 그 거북이가 죽어서 그와 같이 소중하게 여기는 등뼈가 되기를 바라겠소, 아니면 살아서 진흙 속에 꼬리를 끌고 다니기를 바라겠소?"

두 대부는 "차라리 살아서 꼬리를 진흙 속에 끄는 것을 바라겠지요."라고 대답했다. 장자가 그 말을 받아 말했다.

"그럼 돌아가시오. 나도 진흙 속에서 꼬리를 끌며 살겠소."

공자는 도가 없는 시대에 부귀해지는 것은 수치스러운 일이라고 말한 바가 있다. 장자는 시대를 간파하고 있었다. 그는 자기 자신이 시대와는 맞지 않는다는 것을 잘 알고 있었다. 설령 벼슬을 해서 뜻을 펼치려고 해도 기만적인 정치현실과 정치모리배들의 협잡으로 뜻을 이룰 수 없다는 것을 통찰하고 있었던 것이다.

장자, 죽음을 초극한 사나이

흔히 '노장철학'이라고 하여 장자는 노자와 함께 묶어 논의되어 왔다. 노자와 장자는 공히 '무위'를 내세웠기 때문이다. 하지만 최근 들어서 이것은 피상적인 분류라고 보는 것이 지배적이다. 기원 전 1세기 사마천이 《사기》를 저술하면서 〈노자한비열전〉을 두어 노자를 법가인 한비자와 함께 묶어 놓은 이유는 무엇일까?

이것은 사마천이 노자의 '무위'가 장자의 '무위'와 본질적으로 다르다는 것을 간파했기 때문이었다. 노자의 무위는 치국을 위한 방법론으로써 '무위지치無爲之治'의 성격을 갖는다. 반면 장자의 무위는 치국과는 무관한 개인적 우주관일 따름이다.

장자는 치국의 도를 언급한 적이 없다. 그는 치국에 관심을 기울이는 정치가들과 학자들을 단지 비난했을 뿐이다. 이런 점에서 장자를 제자백가에 포함시키는 것 자체에도 무리가 있다. 제자백가의 개념 속에는 '치국의 도를 추구한 사상가'라는 뜻이 들어 있기 때문이다.

물론 장자가 치국에 관심이 없었다는 증거도 없다. 그 역시 제자를 이끌고 이곳저곳을 돌아다녔고, 나름 제후를 만나 유세도 했다고 보아야 한다. 하지만 그의 천하주유는 다른 제자백가처럼 현실정치에 참여하기 위한 것이 아니었다. 그는 세속의 가치에 얽매여 자신의 타고난 삶을 해치는 어리석은 인간들을 깨우쳐 주려 한 것으로 보인다.

장자는 세인들의 어리석은 모습을 목격할 때마다 특유의 비꼬는 말투로 사정없이 조롱, 조소하며 비난을 퍼부었다. 그의 비난 대상은 주로 당대 주류를 차지하던 유가와 묵가들이었다. 물론 조롱과 조소 자체가 목적은 아니었을 터이다. 장자의 조롱과 조소에는 도저히 구제할 수 없는 인간 세상을 안타깝게 여기는 연민이 짙게 배어 있었다.

장자는 죽음의 문제에 대해서조차 특유의 조롱과 조소를 포기하지 않았다. 그는 자기 부인이 죽었을 때도 문상 온 사람들 앞에서 철퍼덕 두 다리를 펴고 앉아 동이를 두드리며 노래를 불렀다. 물론 이것은 죽음을 슬퍼하는, 또는 슬픈 체하는 사람들을 조롱하기 위한 위악적 행동이었을 것이다. 하지만 장자의 눈에는 자기도 곧 죽을 거면서 타인의 죽음을 슬퍼하는 사람들이 우스워 보였던 것이다.

장자에게 인간의 죽음이란 사계절의 순환과 조금도 다르지 않은 것이었다. 놀라운 것은 장자가 자기 부인의 죽음뿐 아니라 자기 자신의 죽음에까지도 철저히 자기 우주관을 적용하며 달관할 수 있었다는 점이다.

장자는 임종하면서 제자들에게 자기 시신을 산에다 아무렇게나 던져 놓으라고 일렀다.

"나는 천지를 관곽으로 삼고, 해와 달을 한 쌍의 구슬로 삼고, 밤하늘의 별을 옥으로 삼고, 만물을 저승길의 선물로 삼을 것이다. 이 정도면 내 장례에 필요한 도구가 다 갖춰진 것이 아니냐? 이에 무엇을 더하려 하는가?"

이에 제자들이 걱정하며 말하기를,

"저희는 까마귀나 솔개가 선생님의 시신을 뜯어먹을까 두렵습니다."

"풍장을 하면 위에서 까마귀와 솔개의 먹이가 되고, 매장을 하면 밑에서 땅강아지나 개미의 먹이가 된다. 저쪽 것을 빼앗아 이쪽에 주고자 하면 이는 아무래도 불공평한 게 아니냐? 사람들은 죄다 눈으로 확인하는 것만 진실이라고 믿는 인위의 어리석음에 빠져 있다. 모두 외물에서 그 공을 찾고 있으니 이 또한 슬픈 일이 아니겠는가?"

장자는 이런 말을 남기고 죽었다. 그의 장례가 어떻게 치러졌는지를 알려 주는 기록은 남아 있지 않다. 이로부터 2300년이 지나 한국의 한 시인은 아래와 같은 시를 세상에 발표한다.

내 세상 뜨면 풍장 시켜 다오
섭섭하지 않게
옷은 입은 채로 전자시계는 가는 채로
손목에 달아 놓고
(중략)
구두와 양말도 벗기우고
손목시계 부서질 때
남몰래 시간을 떨어뜨리고
바람 속에 익은 붉은 열매에서 툭툭 튕기는 씨들을
무연히 안 보이듯 바라보며
살을 말리게 해다오
어금니에 박혀 녹스는 백금白金조차도
바람 속에 빛나게 해다오
바람을 이불처럼 덮고
화장化粧도 해탈解脫도 없이
이불 여미듯 바람을 여미고
마지막으로 몸의 피가 다 마를 때까지
바람과 놀게 해다오.

— 〈풍장風葬〉, 황동규

장자, 진정한 소통과 연대를 이루려면

우리는 흔히 광장에서 만난 사람들에게 동질감을 느끼고 쉽게 친해진다. 같은 당원, 같은 노조원의 경우라면 더욱 더 가까운 사이인 줄로 안다. 하지만 '촛불'에도 분열이 있고 당과 조합에서도 갈등과 알력이 발생한다. 이것은 다른 사회적 만남이나 진배없다. 왜 그런 것일까? 이에 관해 장자에게 한 수 지도를 받아보자.

월나라 왕자 수搜는 왕위 계승의 후보자였지만 대궐을 버리고 산에 들어가 굴속에 숨어 살았다. 당시 월나라는 왕을 죽이는 쿠데타가 세 번이나 연속 벌어진 상황이었다. 이런 상황에서 왕자 수는 자기가 왕이 된다면 또 하나의 희생자가 될까 봐 염려했던 것으로 보인다.

월나라 사람들은 왕자 수를 찾아가 왕이 되어 줄 것을 요구했다. 하지만 수는 응답하지 않았다. 그러자 월나라 사람들은 쑥을 태워 연기를 들여보냈고, 결국 수는 연기 때문에 굴에서 나왔다. 그는 왕위에 오르려고 월나라 대궐로 가면서 하늘을 우러러보며 탄식했다.

君乎君乎 獨不可以舍我乎(군호군호 독불가이사아호)
임금이 뭔지, 임금이 뭔지, 어찌하여 나를 내버려 두지 않는가?

—《장자》, 〈왕양〉 편

서주西周시대만 해도 140개의 소국이 옹기종기 살아갔지만 동주의 춘추시대를 거쳐 전국시대에 이르면서 7개 강대국으로 정리되었다. 각 나라는 망하느냐 살아남느냐의 갈림길에서 부국강병을 추구하지 않을 수가 없었다. 이에 따라 국가는 이전의 부족사회 단계와 비교할 수 없는 강한 권력을 행사하면서 백성에게 새로운 의무를 부과했다.

물이 부족한 웅덩이에서 물고기는 서로 부딪히며 팔딱거리지만 넓은 바다 속에서는 타자를 상관하지 않고 헤엄칠 수 있다.

웅덩이의 물이 마르면 물고기는 살기 위해서 팔딱팔딱 거리며 땅위에 달라붙어서 서로 촉촉한 물기를 끼얹어 주고 물거품으로 적셔 준다. 이것은 물고기가 넓은 강과 호수에서 서로 부딪히지 않으면서 지내는 것보다 못하다. 역사적으로 요를 성군이라 예찬하고 걸을 폭군이라 비방했다. 이것은 서로를 잊어버리고 변화의 도와 더불어 바뀌어 가는 것보다 못하다."

—《장자》, 〈대종사〉 편

장자는 가뭄이 심한 여름날 바깥나들이를 했다. 그는 길을 걷다가 웅덩이의 물이 말라 물고기들이 서로 몸을 비비며 숨을 헐떡거리는 장면을 보았다. 그는 물고기가 살려고 아등바등 하는 모습에서 강한 나라를 만드느라 경쟁하면서 고통으로 신음하는 인간들의 모습을 읽어냈다.

넓은 강이나 호수 그리고 바다에서는 물고기들이 이럴 필요가 없다. 그 속에서는 오히려 적당한 거리를 두고 살아가야지 서로 가까이 다가간다면 불편해진다. 넓은 물의 물고기는 타자에 의지하지 않고 각자 생태환경에 적응하면서 살아갈 수 있다. 즉 남이 어디로 가는지 무엇을 하고자 하는지 내가 알 바가 전혀 아닌 것이다.

우리는 소통에는 의존이 있어야 하고 연대에는 간섭이 불가피하다고 생각한다. 그러나 장자는 어떤 목적을 위해 서로 강하게 의존하거나 서로 간섭하는 상황을 부정적으로 보았다. 그렇다면 장자는 연대와 소통의 광장을 거부하고 단절과 고독의 움막으로 들어가려 했던 것일까?

장자의 숨은 뜻은 월나라 왕자 수의 일화에서 찾을 수 있다. 장자가 생각하기에 왕자 수는 임금이 되는 것을 싫어한 것이 아니라 임금이 되고 나서 생기는 문제를 싫어한 것이다.

왕자 수가 정말 사회와의 모든 관계를 끊어 버리려고 했다면 자기

자취를 완전히 감출 뿐만 아니라 설령 발각되었다고 해도 군주의 자리로 나아가는 것을 거부했을 터이다. 사회적 관계에서 명시적 위험의 문제가 없다면 사람은 타자와의 관계를 끊을 필요는 없다. 이렇게 본다면 장자는 '위험이 없다면'이라는 전제가 충족된다면 사회적 관계를 억압과 부자유로만 보지는 않은 것 같다.

우리가 진정한 연대와 소통을 이루려면 어떻게 해야 할까? 장자의 말 중에서 '망忘'과 '화도化道'에 유의할 필요가 있다. 물고기건 사람이건 타자와 관계를 맺으면 그 사이에 교류와 기억이 생기게 된다. 이를 통해서 서로의 관계는 첫 만남처럼 되지 않고 관계의 지속이라는 관성을 띠게 된다. 이런 관성이 진정한 소통과 연대를 오히려 해치는 것이다.

장자는 관계를 갖더라도 관계에서 생기는 것을 모두 잊으라忘고 했다. 예컨대 내가 어제 한 사람을 길에서 보고 오늘 또 봤다고 하자. 보통은 "어제 보고 오늘 또 보네요. 우린 서로 인연인가 봅니다."라는 말이 어색하지 않게 나온다. 만남의 반복이 '인연'으로 묶이게 되는 것이다.

장자는 타자와 인연으로 묶는 것을 반대한다. 장자에 의하면 '나'는 어제 한 사람을 보고 오늘 한 사람을 본 것이다. 어제의 그 사람과 오늘의 이 사람은 같은 사람이 아니어야 한다. 즉 나는 같은 사람을 두 번 본 것이 아니다.

이로써 사람은 서로에 대해 인연으로 묶이는 것이 아니라 늘 처음처럼 낯선 사람으로 남아 있는 것이 바람직하다. 사람의 사이는 손님의 관계로 있을 뿐이다. 우리는 손님에게 뭘 요구하지 않고 환대한다. 손님에게 나와 같은 생각을 요구하지 않는다. 이렇게 우리가 손님으로 남아 있을 때 부담도 없고 간섭도 없이 진정한 소통과 연대를 이룰 수 있는 것이다.

이것이 바로 장자가 말하는 '화도化道'다. 일찍이 공자는 가까이 하면 불손해지고 멀리 하면 원망하는 사람들을 경계하라고 일렀다. 또한 공자는 "군자는 화합하지만 같아지지는 않는다和而不同, 화이부동."라고도 했다. 사람은 각자 제 갈 길을 그때그때 다르게 가는 것일 뿐이다. 그러므로 서로에게 동화同化나 합일을 요구하지 않는다. 장자가 추구하는 나라는 타인과 서로 손님으로 만나는 세상이다.

묵자(墨子), '애'를 강조한 반전평화주의자

전쟁광 미국은 묵자에게서 배워야

'묵수墨守'라는 말을 들어 보았을 것이다. 이는 묵적지수墨翟之守의 줄임말인데, 글자대로 하면 '묵적이 (성을) 지켰다'는 뜻이다. 이 말은 자기 의견이나 주장을 견고하게 지켜 나간다는 좋은 뜻임에도 불구하고 융통성이 없어 답답하다는 투의 부정적 어감을 풍긴다.

묵적BC480~?은 제자백가 중 묵가의 시조로서 묵자라고 경칭되는 인물이다. 묵가는 중국 전국시대 공자의 공부가 다음으로 위세를 가진 학단이었다. 공자가 인仁, 순자가 예禮, 맹자가 의義를 강조했다면, 묵자는 애愛를 강조했는데, 그의 애는 정확히 말해서 이타적인 애, 즉 겸애兼愛의 성격을 띠는 것이다.

다시 묵적지수로 논의를 옮기자면, 이 말에는 대단히 견고한 반전주의 논리가 들어 있다는 점이 간과되는 것 같다. 묵자는 사상 최초의 반전평화주의자로 꼽힌다. 묵자는 겸애를 그르치는 최악의 행위를 전쟁이라고 규정했다. 전쟁은 다수인 민중의 삶을 파탄내기 때문이다.

《중국철학사》를 저술한 평유란은 "유가는 사대부, 법가는 신흥지주, 도가는 몰락 귀족, 묵가는 하층 평민층을 대표하는 사상이다."라고 말했는데, 결과론적으로만 본다면 매우 그럴 듯한 분석인 것 같다. 묵자는 어떤 명분의 전쟁에도 반대하는 가운데, 다만 방어를 위한 전투의 필요성만을 인정했는데, 그것을 단적으로 표현한 것이 바로 묵적지수라는 말이었다.

묵자는 남의 과수원에 들어가 자두나 복숭아를 훔치는 일보다 더 나쁜 것은 남의 개, 닭, 돼지를 훔치는 일인데 그것은 남을 해롭게 한 것이 더 크기 때문이라고 했다. 즉 그는 타인을 해롭게 하는 것이 클수록 불인不仁의 정도가 더 심해진다고 보았다. 이렇게 따질 때 전쟁이야말로 최대의 불인이 되는 것이다.

> 사람을 한 명 죽이면 불의하고 10명 죽이면 10배로 불의하고 100명 죽이면 100배로 불의하다. 이 경우 천하의 군자들 모두 불의하다고 말한다. 그런데 남의 나라를 공격할 경우 불의하다는 말을 하지 않는다.
>
> 작은 불의를 저지르면 이를 비난하다가 전쟁을 일으키는 큰 불의를 보고는 비난은커녕 오히려 칭송하면서 '의'라고 말하는 자들, 즉 작은 불의와 큰 불의를 구분할 줄도 모르는 자들이 어찌 군자란 말인가?
>
> — 묵자

근현대 제국주의 국가 영국과 미국은 걸핏하면 남의 나라를 침공하면서 명예를 위하여, 정의를 위하여, 자유를 위하여, 민주주의를 위하여 등을 주워 섬겼다. 이는 한 마디로 말해서 예외 없이 '귀신 씨나락 까먹는 소리' 같은 것이다. 우리는 특히 지식인이라면 묵적지수의 방어전쟁 이외 그 어떤 전쟁에도 묵자처럼 반대의 목소리를 내야 하지 않을까?

법가(法家), 상앙&한비자&여불위&마오쩌둥

법가, 중국 역사상 최고의 변법개혁가 상앙

치국의 도는 크게 보아 왕도와 패도로 대별된다. 왕도가 도덕정치라면 패도는 사법정치라고 할 수 있다. 하지만 왕도가 아무리 도덕정치라고 하더라도 법 없이는 나라를 다스릴 수가 없다. 그래서 왕도와 패도에 법의 개념을 적용하자면 왕도는 자연법, 패도는 실정법을 중시하는 정치라고 할 수 있다.

지금까지 게재한 제자백가 관련 글에서 언급한 인물은 관중, 공자, 노자, 맹자, 순자, 장자, 묵자 등이다. 이는 대체로 시대 순으로 살펴 본 것이다. 이 중에서 공자, 맹자, 순자는 유가의 대표적인 인물이다. 묵자는 묵가, 장자는 도가에 속하지만 노자를 단순히 도가에 넣기는 어렵다는 말을 했다.

아직 법가를 논의하지 않았는데, 사실은 맨 처음에 '상가商家'라는 낯선 이름으로 거론한 관중은 속성상 법가에 해당되는 인물이다. 대부분의 학자들은 관중을 법가의 최상위에 배치한다. 법가의 대표적인 인물로는 관중을 필두로 자산, 오기, 상앙, 신불해, 한비 등이 있는데 내 글에서는 주로 상앙과 한비가 논의될 것이다.

상앙은 중국 춘추전국시대를 통틀어 가장 시대적 역할이 컸던 인물이다. 게다가 그의 삶은 파란만장하기 그지없다. 상앙은 기원 전 4세기 전국시대 후기 진나라의 재상이었다. 전국시대 후기는 전쟁의 시대였다. 봉국들이 잇따라 독립왕국을 선포하고 나섰고 이에 따라 각 봉국의 국군들은 너나할 것 없이 국왕으로 칭호를 바꾸었다.

진秦나라의 천하통일은 중국 역사상 최초의 기적 같은 일이었다. 산동성 태항산맥 서쪽 변방의 소국이 최초의 천하통일을 달성하리라고는 그 누구도 예상치 못한 일이었다. 그런데 진시황의 천하통일은 상앙의 변법개혁이 없었더라면 불가능한 일이었다.

상앙의 변법개혁은 소국 진나라를 일약 전국시대의 최강국으로 부상시켰다. 각국의 군주들은 놀라고 당황한 나머지 상앙의 변법을 받아들여 진나라처럼 부국강병을 꾀했다. 하지만 대부분은 내부개혁보다는 외교정책에 치중했다. 일부 국가들은 연합하여 진나라에 대항하기도 했다. 개중에는 진나라와 화해하여 위기를 피해 가려는 나라도 있었다.

전국시대 후기를 변법의 시대로 몰아넣은 상앙, 그는 중국 5000년 역사상 개혁의 최고 대명사가 된 인물로서 중국사 전체에 지대한 영향을 미쳤다. 상앙이 실천한 변법의 의미는 단순한 법령의 개정이나 상층부의 개혁이 아닌, 국가와 백성 모두의 철저한 개변이자 사회구조 및 풍속의 개혁이었고, 심지어는 도덕적 가치관과 가정과 가족의 인생에 대한 일대 변혁이었다.

20년에 걸친 상앙의 변법개혁이 성공한 데에는 당시 진나라 군주 효공의 지속적인 신임이 있었기 때문이다. 전국시대 진효공과 상앙의 만남은 이전 춘추시대 제환공과 관중의 만남보다 더 극적이었고 위력적이었다.

진나라는 상앙의 계략으로 동편에 인접한 위나라를 축출하면서 전국시대 최강국으로 올라서는 결정적인 계기를 마련했다. 참고로 진나라보다 강국이었던 위나라의 혜왕은 산동성 동쪽 양梁으로 쫓겨나 양혜왕이 된다. 《맹자》 첫 장에 등장하는 양혜왕이 바로 이 사람이다.

이로 보아 상앙은 맹자와 동시대의 인물임을 알 수 있다. 왕도정치의 거두 맹자와 패도정치의 거두 상앙이 같은 시대를 산 인물이라는 점이 퍽 흥미롭다. 당대의 승자는 상앙이지만 후대의 승자는 맹자가 된 점 역시 흥미롭다. 흥미로운 것은 이뿐이 아니다. 상앙은 원래 진나라 사람이 아니라 진나라의 숙적 위나라 사람이라는 점도 흥미롭지 않은가.

상앙은 중국 역사상 가장 혁혁한 변법개혁의 성취자였다. 동시에 그는 왕도정치에 반하는 일종의 정치 책략가였다. 그의 입신과 영달 그리고 배신과 몰락과 죽음의 과정이 어느 하나 흥미롭지 않은 것이 없다.

상앙, 어리석은 자의 가장 큰 우환

한때 전국시대 강자였던 위나라는 날로 국세가 위축되고 있었다. 재상 공숙좌는 옛날의 예기를 잃은 데다 병이 나 자리에 누워 있었다. 위혜왕이 문병을 가서 눈물을 흘리며 물었다.

"그대가 혹시 일어나지 못한다면 장차 누구에게 국사를 맡겨야 하겠는지요?"

"저의 중서자 공손앙이 있는데 나이는 어리지만 천하의 기재입니다. 원컨대 군왕은 공손앙에게 국사를 맡기십시오."

중서자는 대부의 집사, 공손앙은 상앙의 원래 이름이다. ('상앙'이라는 이름은 훗날 대공을 이루어 상어 땅을 하사 받은 데서 붙인 것이다.) 위혜왕은 조금 이상하게 여겼다. 상앙이 그토록 천하의 인재라면 여태 자기에게 알려주지 않은 점이 미심쩍었다. 그래서 바로 대답을 하지 않자 공숙좌가 간하기를,

"만약 상앙을 기용하지 않으시려면 반드시 그를 죽여 다른 나라로 가지 못하도록 해야 합니다."

돌아오는 길에 위혜왕은 고개를 갸웃거리며 생각하기를,

"공숙좌의 병이 심하다. 자기 집 집사에게 국사를 맡기라고 하고는 다시 그를 죽이라고 한다. 아무래도 늙고 병들어 맛이 갔나 보다. 슬픈 일이다."

한편 공숙좌는 위혜왕이 상앙을 기용하지 않자 상앙을 불러 말하기를,

"내가 너보다 나라를 먼저 생각하여 왕에게 너를 기용하라고 했다."

"그런데요?"

"아, 그리고 기용하지 않을 바에야 너를 죽이라고 했는데, 아직까지 아무 소식이 없으니 아마 너를 죽이러 올지 모른다. 그러니 너는 속히 이 나라를 떠나라."

이번에는 상앙이 고개를 갸웃거리며,

'왕에게 나를 죽이라고 해 놓고 나에게는 도망치라고 하는 건 뭐지? 아무래도 이 늙은이가 병이 들어 맛이 갔나 보다.'라고 생각했다.

"하하. 저는 떠나지 않을 겁니다."

"뭐라고? 죽겠다는 거냐?"

"대부님, 왕이 나를 기용하지 않았다는 것은 대부가 천거하는 말을 전혀 믿지 않았다는 것인데, 나를 죽일 리가 있겠습니까? 아마 왕은 나를 벌써 잊었을 겁니다."

기가 막힌 형세 판단이 아닌가? 이처럼 상앙은 권력자의 심중을 꿰뚫어 보는 데 비상한 안목이 있었다.

이후 상앙은 하는 일 없이 지내다가 공숙좌가 죽고, 때마침 이웃 진나라 혜공이 '구현령'을 내려 인재를 널리 구한다는 말을 듣고 지원을 했다.

진나라 천하통일의 역사는 이렇게 시작되고 있었다. 사마광의《자치통감》은 상앙과 진효공의 만남을 다음과 같이 기록해 놓았다.

"진나라는 진효공이 상앙을 맞이한 이후 날로 강해지는 반면 위나라는 날로 영토가 줄어들게 되었다. 이는 공숙좌가 어리석었다기보다는 위혜왕이 어리석었던 것이다. 어리석은 자의 가장 큰 우환은 정녕 어리석지 않은 사람을 어리석은 사람으로 여기는 데에 있다."

한비자와 여불위, 공사분변의 도

나는 대학 시절 교지 편집장을 맡은 적이 있다. 일을 하다 보니 예산 집행이 공식적으로 되지 않고 음성적으로 이루어진다는 것을 알게 되었다. 나는 학생처에 가서 담당 직원인 학생과장을 만났다. 그는 초면부터 나에게 반말 비슷하게 말했다. 그때 나는 대학 2학년생이었다. 하지만 나는 태연히 나의 권리를 요구했다.

"나는 교지 편집 책임자로서 예산 집행을 효율적으로 그리고 공개적으로 하고 싶단 말입니다."

학생과장은 위아래로 나를 훑어보더니, 뭐 이런 놈이 다 있어 하는 표정을 지으며,

"자네, 주머니에서 손 빼고 말하게."

라고 하는 것이었다. 물론 나는 손을 빼지 않았다.

학생과장은 조금 당황하는 기색을 보이더니 주위를 둘러보면서 말했다.

"여기는 모두 너의 선배들이야."

이제 학생과장은 노골적으로 '너'라고 반말을 구사했다. 나는 주눅 들지 않고 응수했다.

"선배 앞에서 주머니에 손 넣으면 안 되는 건가요?"

그러자 그는 이번에는 나에게 삿대질을 하며 화를 터뜨렸다.

"야, 내 나이가 지금 너의 아버지뻘이야. 어디서 감히…."

"아버지뻘인 것은 맞지만 아버지는 아니잖아요!"

이후 나는 학생처에 직접 가지 않고 공문을 통해 예산의 투명한 집행을 요구했다. 물론 공문의 수신자는 학생과장(직원)이 아닌 학생처장(교수)으로 했다.

며칠 후 나는 교정에서 내가 보낸 공문 수신자인 학생처장과 맞닥뜨렸다.

그는 영문과 교수로서 수필가로 꽤 이름이 알려진 분이었다.

"자네, 나한테 좀 오게."

나는 대답 대신 멀뚱히 그의 얼굴을 보았다.

그는 자기 할 말을 다 했다는 듯이 걸음을 떼려고 했다.

"저, 무슨 일인지 말씀해 주실 수 있는지요?"

순간 그는 당혹해 하는 기색이 역력했다.

"아, 저 좋은 아르바이트 건이 있어서…."

그는 말끝을 흐렸다.

나는 그가 정직하게 말하고 있지 않다고 생각 들었다.

"전 아르바이트 필요하지 않습니다."

나는 정중히 인사를 하고 발길을 옮겼다.

이후 교지 예산 집행은 아주 순조롭게 이루어졌다. 공사구분이 안 되는 자들에게는 일관성 있게 끝까지 공적으로만 대처해야 한다.

전국시대BC 403~221는 춘추시대의 진晉나라가 한韓, 위魏, 조趙 세 나라로 분열되고 주나라 천자가 세 나라의 실체를 인정하면서 시작되었다. 이후 천하는 7패七覇, 즉 진秦, 초楚, 제齊, 한, 위, 조, 연燕으로 갈라진다. 이렇다 보니 이 시대에는 다른 나라에게 망하지 않고 살아남는 것만이 중요했다. 요컨대 자기 보존의 논리가 전국시대의 시대정신이었다.

우리가 알고 있듯이 진나라는 여섯 나라를 멸하고 통일을 이루어냈다. 이로써 약 220년에 걸친 분열과 투쟁의 시대가 막을 내렸다. 이에 따라 분열시대가 아닌 통일시대의 새로운 시대정신이 요구되었다. 전국시대는 자기 보존의 논리를 우선시했지만 통일 제국을 이룬 진은 당장의 재분열을 막기 위해서라도 공공성을 강화하지 않으면 안 되게 되었다.

공사公私 개념은 전국시대 말기에 급부상한 주제였다. 전국시대는 결국 사私들의 전쟁이었고 새롭게 등장한 통일 국가는 사私들의 재분열을 예방하기 위해서 공公의 영역을 확장해야 했다.

'사私' 자는 원래 사厶로 쓰이다가 나중에 화禾와 결합해서 뒤에 나온 글자라고 한다. 화禾, 즉 벼 재배가 시작된 이후에 사厶와 결합된 것으로 보인다. 사厶는 일정한 테두리를 두르는 모양을 나타낸다. '공公'은 지배자와 관련되는 공간을 가리키는 데 반해 '사'는 나와 남을 구분하는 일정한 테두리 안의 영역을 가리킨다.

제자백가 중에서 한비는 공과 사의 문제를 가장 진지하게 탐구했다. 그는 "스스로 빙 둘러 에워싸는 것을 사라고 하고, 그런 사를 등지는 것을 공이라 한다."라는 창힐蒼頡, 한자를 만들었다고 전해지는 전설적인 인물의 견해를 수용했다.

춘추시대의 초기 법가들은 국가가 군주 중심의 중앙집권적 관료국가를 수립하여 부국강병을 이루면 최강대국을 만들 수 있으리라고 보았다. 하지만 초기 법가들의 낙관적인 기대에도 불구하고 부국강병 노선은 강대국의 꿈을 실현시켜 주지 못했다. 한비는 후기 법가 중에서 부국강병이 왜 강대국의 실현을 가져오지 못하는지를 가장 심각하게 연구했다. 결과 한비는 부국강병과 강대국의 괴리를 두 가지 면에서 설명했다.

첫째, 군주와 귀족이 협력하지 않는다면 중앙집권적 관료국가는 권력의 새로운 각축장이 된다.

둘째, 부국강병을 이루어 전쟁에서 승리한다고 하더라고 이익은 군주 중심의 국가에 집중되지 않고 전쟁을 지휘한 장군에게 집중되어 그들이 새로운 특권층으로 권력을 차지하게 된다.

이런 분석에 의거하여 한비는 귀족의 사적 권력을 압도하는 군주의 공적 권력을 통해서 강대국의 실현, 즉 통일 국가의 도래에 대비하고자 했다. 이를 위해서 군주 중심의 공公은 자기 정당성을 제시할 수 있어야 한다. 요컨대 군주의 공이 사私들의 것에 비해 우위를 차지한다는 힘의 측면만이 아니라, 사들보다 질적으로 우월한 성격을 가져야 했다.

여불위? ~ BC 235는 전국시대 말기 진나라의 정치가로 장양왕 때 승상이 되었고 이후 최고의 상국相國이 되었으나 태후의 간통사건에 연루되어 자살한 인물이다. 그는 한비의 공사개념을 보다 구체화하여 세계를 공천하公天下와 사천하私天下의 틀로 양분하여 논의했다. 그는 '군주의 공은 더욱 철저히 사와 구분되어야 할 뿐 아니라 단순한 공을 뛰어넘어 공공성을 지향해야 한다'고 주장했다. 그는 말하기를,

> 옛날 뛰어난 성왕이 세상을 다스릴 때 반드시 공공성을 우선시했다. 공공성이 확보되면 세상이 평화로워진다. 평화는 공공성으로부터 생겨난다. 옛날의 기록을 살펴보면 천하를 얻은 자가 많은데, 그들은 공공성으로 천하를 차지했고 편파성으로 천하를 잃었다. 합당한 군주의 등장은 공공성에서 생겨난다…. 천하는 한 사람의 것이 아니라 세상 사람들의 것이다. 제때 내리는 이슬과 비는 한 사물을 편애하지 않고 만인의 지도자는 특정인을 편들지 않는다.

여불위는 세상의 질서와 무질서, 혼란과 통일이 바로 공공성에서 갈린다고 보았다. 여불위는 공공성을 존중하지 않는 선공후사先公後私의 논리가 얼마나 위험한 것인지를 알려주었다. 왜냐하면 정치 지도자는 공공성을 도외시하고 선공후사의 논리를 통해 자신의 사익을 공익으로 포장하고 자신의 편파성을 공정성으로 둔갑시키기 때문이다.

법가의 최고 황제는 마오쩌둥

법가는 법法, 술術, 세勢를 융합하여 최상의 단계인 도치道治를 추구하는 치국론이다. 고전연구가이자 역사문화 평론가인 신동준은 법가의 네 가지 치술을 모두 겸비한 가장 탁월한 군주로 마오쩌둥을 꼽는다.

마오쩌둥이 장제스를 제압하고 신중화제국의 창업주가 된 것은 전적으로 한(비)자의 4대 통치술을 활용한 덕분이었다. 노자 사상에서 차용한 도치술은 외세와 군벌에 신음하는 인민들에게 새로운 세상의 도래에 대한 희망을 안겨 주었다. 마르크시즘에 입각한 공산사회에 대한 환상이 그것이다. 이는 대동세계와 별반 다를 바가 없는 것이어서 자연스럽게 받아들여졌다.[1]

마오의 법치술은 민폐를 엄금하는 홍군의 군율로 구체화되었다. 이른바 3대 규율과 8항주의八項注意가 그것이었다.

[3대 규율]

1. 명령에 신속하게 복종하라.
2. 인민으로부터 바늘 하나, 실 한 오라기도 받지 않는다.
3. 일체의 노획품은 공공의 것으로 한다.

[8항주의]

1. 정중한 언행
2. 공정한 매물買物
3. 빌린 것 필히 반환
4. 파손 기물 변상
5. 농작물 안 밟기
6. 구타 욕설 금지
7. 아녀자 존중

....

1 신동준, 《고전으로 분석한 춘추전국의 제자백가》(인간사랑, 2014, p1308)을 참조하여 재인용했다.

8. 포로 학대 금지

마오가 1912년 호남성 고등학교 재학 시절에 쓴 최초의 논문은 〈상앙의 사목입신론商鞅徙木入信論〉이었다. 상앙은 한비자와 함께 법가의 거목으로 진나라 통일의 기반을 구축한 인물이다. 논문 제목 '상앙의 사목입신론'은 '상앙이 나무를 옮기도록 해서 신뢰를 얻은 것을 논함'이란 뜻이다. 이것은 유명한 고사성어 남문입목南門立木의 배경이 된 사건이다.

처음 진나라 좌서장으로 부임한 상앙은 제도를 개혁하는 법령을 만들었지만 백성들이 신뢰하여 새 법령을 지켜야 성공할 수 있다는 점을 중시했다. 그래서 그는 도성 남문에 석 장丈 높이의 나무를 세우게 하고는, "이 나무를 성 북문으로 메고 가는 자에게는 금 10냥을 상으로 준다."는 방을 붙였다.

남문 밖에는 많은 사람들이 몰려들었지만 아무도 선뜻 나무를 메고 가려 하지 않았다. 백성들이 나라의 영을 믿지 않았기 때문이다. 상앙은 상금을 금 50냥으로 올렸다. 그러나 상금이 오르자 사람들의 의심은 더욱 커졌고 역시 아무도 나서지 않았다.

이때 한 사람이 나섰다. 아무 할 일도 없는 이 사람은 속는 셈치고 재미 삼아 나무를 뽑아 어깨에 메고 북쪽 성문까지 옮겨갔다. 그러자 상앙은 즉시 그 사람에게 금 50냥을 주었다. 상앙은 이 이야기를 온 나라에 알려지도록 했다. 백성들은 상앙이야말로 한 번 말하면 그대로 하는 사람이라고 믿게 되었다. 이런 방법으로 백성의 믿음을 얻게 된 상앙은 새로 만든 법령을 전국에 공포, 시행했다.

이처럼 상앙은 변법을 시행하기 전에 백성의 신뢰를 확고히 다져놓는 일부터 했다. 마오의 첫 논문이 상앙의 남문입목을 다뤘다는 것은 의미심장하다. 서구 열강과 장제스의 국민당군 그리고 군벌들에게 끊임없이 착취와 무시를 당하던 중국 인민들은 마오의 홍군에게 열광적인 지지를 보냈다.

이는 마오가 법가의 법치를 실전에 적용한 것이었다. 세계적인 군사 전문가인 미국의 베빈 알렉산더Bevin Alexander는《위대한 장군들은 어떻게 승리했는가》라는 책에서 마오를 세계전사에서 가장 출중한 전략가 가운데 하나로 지목했다.

법가의 후흑구국(厚黑救國)

법가의 핵심은 왕패지변, 즉 공과 사의 영역 구분에 있다.《한비자》의 전편을 관통하는 핵심 요지를 한 마디로 말하면 '공사지변'이라고 할 수 있다. 이것은 마키아벨리가《군주론》에서 정치와 종교의 영역을 구분한 것에 대비된다.

법치는 공정한 신상필벌로 구체화된다. 중국 역사상 신상필벌에 철저했던 군주 중 하나로 삼국시대의 조조曹操, 155~220가 꼽힌다. 하지만 왕패지변을 이루기 위해서는 법치 외에도 세치勢治와 술치術治가 함께 동원되어야 한다.

마오쩌둥은 대장정과 연안시절 소련 유학파인 이른바 '28인의 볼셰비키'와의 노선투쟁에서 세치술을 구사했다. 28인의 볼셰비키는 1920~1935년 기간 모스크바 중산대학에 유학한 왕명, 박고, 왕가상 등이다. 그들은 겉으로 내세우는 것과는 달리 여전히 도시중심의 레닌혁명 노선에서 벗어나지 못하고 있었다.

마오는 그들을 제압하기 위해서 세勢를 강화해야 한다고 생각했다. 마오는 프랑스 유학파의 우두머리인 저우언라이周恩来를 적극 끌어들였다. 유학파 수장인 저우언라이가 마오를 적극 지원하고 나서자 다른 유학파들의 도전이 사라지게 되었다. 이것은 세치술을 요긴하게 활용한 것이다.

마오가 신중국 창업 이후 문화대혁명 때 사용한 것은 술치였다. 창업 이후 처음으로 마오의 권위에 도전한 사람은 류사오치刘少奇였다. 류는 자본주의적 요소를 성급하게 도입하면서 마오의 노선을 깎아 내렸다. 술치를 성공시키기 위해서는 군주가 자기의 심중을 드러내지 않아야 한다. 마오는 류사오치를 볼 때마다 속으로 칼을 갈면서도 겉으로는 웃었다. 이른바 소리장도笑裏藏刀, 즉 '앞에서는 웃지만 속에 칼을 감추다'의 전형이었다.

마오는 자신이 직접 나서지 않고 부인 장칭江青을 비롯한 4인방을 내세웠지만 실질적으로는 배후에서 다 조종했다. 류사오치는 홍위병들에 의해 끌려 내려지는 순간까지도 사태를 정확히 파악하지 못했다고 한다. 류사오치에 이어 홍위병들의 광란을 진압하는 데 주도적이었던 린뱌오林彪 역시 마오의 술치술에 걸려 패주하다가 죽었다.

이처럼 마오는 법가의 통치술인 도치와 법치와 세치와 술치를 적시에 절묘하게 구사하여 불세출의 패자覇者가 될 수 있었다. 이것은 무려 2300년 전 상앙의 법치, 신불해의 술치, 신도의 세치, 그리고 이 셋을 집대성한 한비자의 법가까지 섭렵한 마오의 남다른 면학 덕분이라고 할 수 있다. 아마도 공자가 마오의 시대에 구경을 왔더라면 마오의 호학好學, 공부를 좋아함 하나만은 극찬을 아끼지 않았을 것이다.

1940년대 사천대학의 리쭝우李宗吾 교수는 "노자의 도치와 한비자의 법치가 동전의 양면처럼 같다."는 놀라운 주장을 펼쳤다. 이로부터 그는 '후흑구국厚黑救國'을 제창하고 나섰다. 이 말은 직역하면 '두꺼운 낯가죽과 시꺼먼 속마음'이 된다. 그는 후흑구국으로 무장해서 서구 열강의 침탈로부터 중국을 구해내자고 역설했다. 마오는 리쭝우의 후흑구국론을 탐독했다고 한다.

최근에 나는 해산된 통합진보당의 당원 두 사람과 대화할 기회를 가졌다. 둘 다 순수하고 명석한 분들이다. 일단 통합진보당은 해체되었다. 이에 한 사람은 말하기를 "진보승리에의 믿음"을 여전히 가지고 있다고 했고, 다른 한 사람은 "우리가 믿음을 주면 다른 이들도 언젠가는 우리에게 믿음을 줄 것이다."고 말했다.

이들이 주장하는 것은 제자백가 중에서 공자와 맹자의 '인의론'이다. 인의론에 입각한 왕도정치는 난세가 아닌 치세에 적합한 논리일 수 있다. 마오에게 쫓겨 섬으로 달아난 장제스蔣介石는 걸핏하면 '인의'를 내세웠다. 실력이 받치지 못하는 인의정치는 나약하다. 그리고 위선적인 인의정치만큼 해로운 것은 없다.

병가(兵家), 손무와 《손자병법》

미국의 네오콘들 《손자병법》부터 읽어야

병가는 전쟁 문제를 전문적으로 다룬 학단이다. 병가의 비조는 흔히 손무孫武로 알고 있다. 손무는 우리가 익히 들은 바 있는 《손자병법》의 저자이다. 하지만 그는 신비에 싸여 있는 인물이며 실존 여부 자체도 불투명하다. 이렇듯이 병가에 관한 모든 학설에는 결정적인 증거가 없다.

《손자병법》은 춘추시대 오왕 합려闔閭를 섬기던 손무武가 쓴 것으로 그동안 널리 알려졌으며, 한편 손무의 손자로서 전국시대 제齐의 전략가 손빈孙膑이 저자라는 설도 있었으나, 1972년 4월 은작산银雀山 한조汉朝의 무덤에서 발견된 죽간을 통해 손자병법과 손빈병법孙膑兵法이 다르다는 것이 밝혀졌으며, 연구결과 손무의 기록이 손자병법의 원본이고, 손빈의 것은 제나라의 손빈병법이라는 것이 현재까지 주류 학계의 추정이다.[1]

그런데 내가 말하고자 하는 것은 이런 문헌적인 사실이 아니다. 이 글에서는 병법에서의 서양과 동양의 수준 차이를 주로 논의하려고 한다.

현대의 초강대국 미국은 전쟁을 벌였다 하면 상대국의 도시를 공격한다. 우리는 히로시마와 나가사키에 투하된 원자폭탄을 알고 있으며, 미군의 이라크 바그다드 함락을 생생히 기억하고 있다. 최근 들어 군사 전문가들은 인구가 밀집해 있는 도시를 공격할 경우 불과 1시간 내로 100만 명 이상이 죽을 수 있다고 말한다.

《손자병법》에서는 공성전攻城戰, 즉 적국의 도성을 함락시키는 전투를 최악의 병법으로 간주하여, 전투 이전에 승리하는 것을 목표로 한다. 《손자병법》의 전쟁에는 3등급이 있다.

첫째, '벌모伐謀'가 최상의 것이다. 벌모는 적의 의도를 미리 읽고 사전 차단하는 것이다. 이것이 통하지 않으면 외교수단을 강구해서 적을 고립시켜 침략 의지나 저항 의지를 좌절시켜야 한다. 이것마저 안 되었을 때 최후로 전쟁을 선택해야 한다.

둘째, 전쟁이 선포되었을 때는 온전하게 승리를 확보하는 '전승全

1 이현국, 《중국 시사문화 사전》(인포차이나, 2008)을 참조하여 재인용했다.

勝'을 목표로 한다. 싸우지 않고 이기는 '부전승'은 전승 중에서 가장 좋은 것이다. 미국의 전쟁은 대부분 '전승'이 아닌 '완승完勝'을 추구한다.

셋째, 불가피하게 전투가 개시되었을 때는 승리하든 패배하든 '속전速戰'으로 끝내야 한다. 속전이라야 피해를 최소화할 수 있기 때문이다. 속전이 아니면 패전했을 때는 말할 것도 없고 승전을 거두어도 피해가 많은 승리, 즉 '상처뿐인 영광'이 되기 십상이다.

"전쟁은 정치의 연장이다.", 이것은 카를 폰 클라우제비츠Carl Phillip Gottlieb von Clausewitz, 1780~1831가 《전쟁론》에서 한 말이다. 서양에서는 이 책을 최고의 병서로 친다. 그러나 《전쟁론》은 이보다 무려 2400년 전에 나온 《손자병법》에 비하면 현저히 철학적 고뇌가 없는 저작물이다.

《전쟁론》은 적의 투항보다는 적의 섬멸을 목적으로 하는 병법이다. 게다가 은근히 전쟁을 즐기는 듯한 '호전론'의 성격을 띠고 있다. 아무리 양보해서 말하더라도 전쟁을 해야 한다면 그것은 평화를 위한 것이라야 한다.

《손자병법》은 불가피한 상황의 전쟁론, 즉 '신전론愼戰論'이다. 그럼에도 클라우제비츠의 《전쟁론》이 병서의 최고 고전인 양 떠받들어지는 것은 아편전쟁 이후 200년 가까이 서양이 세계의 문화적 주도권을 잡았기 때문이다.

우리는 제갈공명의 칠종칠금七縱七擒 고사를 알고 있다. 제갈공명이 굴복하기 싫어하는 적장 맹획을 7번 잡았다가 7번 풀어 준 이야기이다. 이렇게 함으로써 제갈공명은 맹획에게 진정한 승복을 받을 수 있었다. 제아무리 전쟁에서 승리한다고 해도 적에게 정신적인 승복을 얻어내지 못한다면 그것은 별 의미가 없다. 미국과 전쟁해서 진 나라

치고 미국에 정신적으로 승복한 나라가 있는가? 우선 미국은 더 이상 전쟁을 일으켜서는 안 된다. 진정 불가피해서 일으킨 전쟁이라고 해도 미국은《손자병법》에서 배우지 않으면 안 된다.

제자백가와 책벌레들

지금까지 제자백가의 주요 인물들과 기본 개념들을 살펴보았다. 잠시 쉬어 가는 의미에서 제자백가의 기본 텍스트들을 소개한다.

유가 :《논어》,《맹자》,《순자》,《좌전》,《주역》,《시경》
도가 :《도덕경》,《장자》
묵가 :《묵자》
상가 :《관자》,《화식열전(사기)》
법가 :《한비자》,《상군서》
병가 :《손자병법》
종횡가 :《귀곡자》

제자백가의 기본 텍스트들에는 군주의 리더십과 난세의 책략이 망라되어 있다. 여기에는《대학》과《중용》이 빠져 있다. 주희가 일생일대의 심혈을 기울인《대학》과《중용》의 기본 논지는 이미《논어》와《주역》안에 들어 있다고 볼 수 있다. 이 두 책은 조선인들이 매우 중시한 저작물이다.

위의 책 중에서 마지막에 있는 종횡가의 귀곡자를 제외하고는 대충 한 번 이상은 내 글에서 언급한 것 같다. 종횡가와 귀곡자는 다음 회에서 논의하기로 하고 이 글에서는 제자백가의 기본 텍스트를 소개한 김에 '책읽기'에 대해 더 이야기해 보려 한다.

좋은 책이나 어려운 책은 정독뿐 아니라 복독도 필요하다. '위편삼절韋編三絶'이라는 말이 있다.(《사기》) 옛날에는 대나무에 글자를 써서 책으로 만들었는데(죽간본), 공자가 《주역》을 하도 많이 읽어 책을 엮은 끈이 세 번이나 끊어졌다는 데서 생긴 말로, 책을 수십 번이나 복독해서 읽는다는 것을 환유하는 말이다.

일본 메이지유신 지도자 후쿠자와 유기치(ふくざわ ゆきち)는 《춘추좌전》을 13번이나 읽었고, 마오쩌둥은 방대한 양의 《자치통감》을 무려 17번이나 읽었다고 한다. 동양의 위정자들은 죽을 때까지 '책을 손에서 놓지 않는다'는 수불석권手不釋卷의 삶을 살았다. 중국 삼국시대의 조조曹操는 전장에서도 책을 끼고 다니며 읽었다고 한다. 조조는 행군 도중 강을 건너고 산을 넘을 때는 간밤에 읽었던 시들을 암송했다.

조선 왕 중에서 세종은 공인된 책벌레였다. 그가 말년에 건강을 해친 것은 독서로 인한 운동 부족과 관련이 있다는 설이 있다. 우리의 선입견과는 달리 청대에는 뛰어난 황제가 많았는데 그들은 하나 같이 애독가들이었다.

중국 역사를 통틀어 가장 교양 있는 황제로 손꼽히는 강희제康熙帝 역시 호학가였다. 그는 군막 안에서 서양 선교사와 함께 삼각함수 문제를 푼 일화가 전해진다. 200만 명에 불과한 만주족이 수억 인구의 한족을 270년 동안이나 지배할 수 있었던 것도 사실 여기에 비결이 있는 것이 아닐까?

박정희 시절 중앙정보부장이었던 김형욱의 회고록을 보면, 김대중에 대한 김형욱의 흠모의 정이 기술된 곳이 있다. 김대중은 회식에 나올 때 보자기에 책을 싸서 옆에 끼고 왔는데, 그는 다른 정치인들이 2차, 3차에 갈 때 혼자 슬며시 빠져나와 여관방에 가서 책을 읽었다고 한다.

종횡가, 귀곡자&소진 · 장의

종횡가는 뱀과 쥐새끼의 지혜?

춘추전국시대 종횡가들은 주로 책략과 유세를 전업으로 삼았다. 종횡가는 요즘으로 치면 외교 및 협상 방략과 관계되는 학문이다. 우리는 '합종연횡合從連衡'이라는 말을 들어 알고 있다. 이는 중국 전국시대 최강국인 진秦과, 연燕 · 제齊 · 초楚 · 한韓 · 위魏 · 조趙의 6국 사이의 외교 전술을 가리키는 말이다.

기원 전 4세기 말 여러 나라를 유세하던 소진蘇秦은 먼저 산동의 연을 시작으로 다른 5국에, "진 밑에서 소꼬리가 되기보다는 차라리 닭의 머리가 되자."고 설득했다. 결과 그는 산동 6국을 종적縱的으로 연합시켜 서쪽의 강대한 진나라와 맞서는 공수동맹을 맺도록 하였다. 이것을 '합종合從'이라 한다.

뒤에 위나라 장의張儀는 "합종은 일시적 허식에 지나지 않으며, 진을 섬겨야 한다."고 산동 6국을 돌면서 각각 설득하여 진이 산동 6국과 개별로 횡적 동맹을 맺게 하는 데 성공하였다. 이것을 '연횡連衡'이라고 한다. 그러나 진은 합종을 타파한 뒤 산동 6국을 차례로 멸망시켜 중국을 통일하였다.

귀곡자鬼谷子는 합종과 연횡의 주도자 소진과 장의의 스승이라고 전해지지만 병가의 손무처럼 실존 자체가 확실하지는 않은 인물이다. 의성醫聖으로 지금까지 회자되는 편작扁鵲이나 말馬 다루기의 전설적인 천재 백락伯樂도 사실은 실존 여부가 불투명한 인물들이다.

귀곡자는 유세학의 귀재였다. 오늘날 유세라고 하면 서양에서 발달한 선거에서의 유세를 말하는데, 중국에서의 유세는 현실 참여적인 학자가 이곳저곳으로 옮겨 다니면서 대부나 군주를 만나 자기 의견이나 주장을 펼치는 행위를 말한다. 공, 맹, 순, 묵, 장, 한비자 등이 모두 유세를 다녔다.

종횡가의 무기는 언변이었다. 한편 유가는 종횡가를 사갈시했다. 인의를 추구하고 교언영색을 경계하는 유가로서는 일면 당연한 일이었다. 특히 송대의 유학자 송렴宋濂은 "《귀곡자》의 내용은 모두 소인들이 사용하는 뱀과 쥐새끼의 지혜에 지나지 않는다. 이를 집안에서 쓰면 집안이 망하고, 나라에서 쓰면 나라가 망하고, 천하에서 쓰면 천하가 망한다. 사대부들은 의당 침을 뱉듯이 이를 내던지며 좇지 말아야 할 것이다."라고 저주를 퍼부었다.

말이 심하기는 했지만 그래도 유가의 종횡가 비판은 합리적인 것이었다. 하지만 법가의 종횡가 비판은 일면 모순되는 것이었다. 한비자는 "군주가 유세객의 말주변에 넘어가서는 안 된다. 신하들은 제후국의 여러 유세객을 불러들이고 군주 앞에 내세워 교묘한 언변과 헛된 말로 군주의 마음을 허문다."라고 비판했다.

나는 법가가 종횡가를 비판한 데에는 경쟁의식도 작용했을 것으로 본다. 사실 따지고 보면 법가는 물론 제자백가 모두가 유세객이라는 점은 마찬가지 아닌가? 게다가 공교롭게도 한비자는 심한 말더듬이였다. 종횡가를 인정한 것은 오직 병가뿐이었다.

나는 제자백가의 일방적인 종횡가 비판은 정당하지 않았다고 생각한다. 노련한 종횡가의 눈에는 다른 학파의 유세는 초보 수준에도 미치지 못했을 수도 있다. 종횡가의 논리는 다른 제자백가의 주장처럼 그다지 속된 것만은 아니었다. 특히 종횡가의 논리는 외교와 협상이 중시되는 현대적 관점에서 유용하다고 본다.

합종책으로 전국시대를 풍미했던 소진의 유세술 7단계를 보면 종횡가의 논리가 대단히 예리하고 정교했다는 것을 알 수 있다.

1. **열예(說譽)** : 상대방을 칭찬하여 기분을 고양시킨다.
2. **협해(脅害)** : 자기 권고를 듣지 않으면 어떤 해가 미칠지를 말한다.
3. **시성(示誠)** : 마음을 열어 정성을 보인다.
4. **명세(明勢)** : 대세를 명확히 밝혀 주면서 깨우친다.
5. **유리(誘利)** : 이익이 되는 바를 알려 설득한다.
6. **격언(激言)** : 상대의 자존심을 건드려 분격시킨다.
7. **결력(決力)** : 상대가 우물쭈물 결단하지 못할 때 강하게 밀어붙인다.

문화대혁명이 한창 진행되던 1968년 4월 30일, 홍위병의 난동이 통제의 선을 넘었을 무렵, 마오쩌둥은 홍위병의 공격 대상에서 자유롭지 못한 저우언라이 등을 관저로 초빙하여 말했다.

"오늘은 단결 모임입니다. 우리는 어쨌든 단결해야 하지 않겠습니까? 처음에 나는 어찌된 영문인지 잘 몰랐습니다. 제가 전에 회의에서 여러 말을 한 것은 모두 푸념에 불과한 것이었지만, 그래도 그런 말을 나는 당 회의에서 했으니 그것은 '음모'가 아니라 '양모'였습니다. 앞으로 무슨 의견이 있으면 나에게 직접 해 주시기 바랍니다."

음모와 대비되는 것이 양모다. 일을 꾸밀 때 시작은 은밀하게 하되 때가 이르면 공개적으로 펼치는 것을 '음도양취陰道陽取'라고 하는데, 이는 바로 귀곡자의 논리였다. 천하의 독서가 마오는《귀곡자》를 읽었음이 틀림없어 보인다.

제자백가의 노선투쟁

사람들에게는 단합과 분열의 속성이 있다. 이는 마치 힘에 구심력과 원심력이 동시에 있는 것과 비슷한 이치다. 단합은 언제나 좋은 것인가? 물론 좋은 것이다. 하지만 그 단합이 일시적일 뿐, 장기적으로 보아 결국 단합을 저해하는 요인으로 작용한다면 다시 생각해 보아야 하지 않을까?

진보는 늘 새로운 것을 추구한다. 그러다 보니 보수보다 노선 갈등이 많이 생긴다. 노선 갈등에서 가장 나쁜 것은 '봉합'이다. 진보에게 필요한 것은 의견통일이 아니라 난상토론爛商討論이다. 서로 다른 의견을 활발히 제기하고, 반론에 반론을 거듭하는 가운데 진보는 발전할 수 있다. 이것이 곧 변증법의 논리다. 나는 난상토론이야말로 진보를 약동하게 하고 분열을 예방하는 근본적인 처방이라고 생각한다.

비판과 토론을 두려워하는 것은 전혀 진보답지 않은 태도다. '진보주의자의 수구'야말로 비극적인 역설이 된다. 춘추전국시대 제자백가의 백가쟁명은 난상토론의 정화를 보여 주었다. 우리가 성인군자라고 알고 있는 제자백가가 얼마나 격렬한 토론을 벌였는지를 알아보기로 하자.

제자백가의 비조 공자도 비판과 비난의 표적에서 자유롭지 못했다. 공자를 비판한 것은 주로 백이, 숙제 류의 재야인사들이었지만, 노자와 같은 도가주의자들 역시 공자에게 신랄한 비판을 가했다.

《사기》에는 노자가 공자에게 한 말이 기록되어 있다. 노자가 공자에게 면박 주기를,

"당신이 말하는 성인은 이제 뼈까지 다 썩어 지금은 그 말만 남아 있을 뿐이오. 당신의 그 교만과 욕심, 방자함과 지나친 마음은 모두 버려야 하오. 그것은 당신에게 아무런 득도 없는 것이오. 내가 말하고 싶은 것은 이뿐이오."

순자는 어제보다 오늘을 중시하는 현실주의자였다. '잘 알지도 못하는 옛 성현의 왕도를 추구하기보다는 후대 군주들로부터 치도의 전형을 찾아내는 것이 더 낫다'는 게 그의 생각이었다. 그의 이런 생각은 이상주의적인 왕도주의자 맹자에 대한 통렬한 공격으로 나타났다.

> 옛 군주를 본받는다면서도 그 정통을 알지 못하고 있다. 이는 곧 맹자의 죄이다.
>
> —《순자》

반면 순자는 부국강병의 패업을 달성한 관중을 높이 평가했다. 그러나 맹자는 오히려 관중의 패업을 신랄하게 비판했다.

> 관중은 그토록 오래 재상의 자리에 있었건만 그 업적인즉 보잘 것이

없다. 나를 어찌 그따위 인물과 비교하는가? — 《맹자》, 공손추 상

한편 북 송대의 소동파와 20세기 초엽의 중국 근대 사상가 량치차오梁啓超는 순자를 거의 죄인 취급했다.

일찍이 이사(진시황 재상)가 순자를 사사한 것을 괴이하게 생각했다. 지금 《순자》를 보니 이사가 진나라를 섬긴 것이 모두 순자에게 비롯된 것임을 알겠다. — 소동파

일찍이 이사가 주도한 분서갱유의 화가 순자에게서 발단되었다고 하는 것은 잘못이 아니다. — 량치차오

성리학을 집대성한 주희도 관중의 패업을 깎아내렸고, 맹자를 높이며 순자를 이단시했다. 주희는 맹자처럼 치세와 난세를 불문하고 반드시 왕도를 펴야만 천하를 태평하게 만들 수 있다고 본 것이다.

또한 맹자와 고자告子, 전국시대 제나라의 사상가는 인성 문제를 놓고 격론을 벌였다. '무선무악설' 입장을 취한 고자는 맹자의 성선설을 날카롭게 공박했다.

"사람의 본성은 급히 흐르는 물과 같다. (맹자가) 사람의 본성에 선악의 구별이 없다고 하는 것은 물 자체에 동서의 구분이 없다고 하는 것과 같다."

근검과 절약을 강조했던 묵가는 유가의 운명론(천명론)과 허례허식에 경멸을 보냈다. 묵가는 유가학단을 싸잡아 '속유의 무리'라고 비난했다. 이에 맹자는 '묵가의 무리는 군신과 부자의 도를 알지 못하는 자들'이라고 반격을 가했다.

순자의 묵가 공격은 더욱 논리적이었다.

"묵자는 실용에 가려서 예문을 알지 못했다. 실용만을 도라고 하면 사람들은 모두 공리만을 추구할 것이다. 이는 도의 한 모퉁이일 뿐이다."

순자는 장자를 정점으로 하는 출세간적인 도가사상에도 반대하면서 장자를 추중하는 무리를 질타했다.

우리가 알고 있듯이 맹자는 혁명옹호론자였다. 법가는 맹자의 '폭군 방벌론'을 통박했다. 법가는 '신하된 도리로서 끝까지 군주를 위해 헌신해야지 시군弑君, 군주를 죽임은 어떤 식으로도 합리화할 수 없다'고 주장했다. 이에 맹자는 '폭군이란 군주가 아니라 잔적의 범부에 불과하니 정치를 잘못하면 언제든지 축출할 수 있다'고 맞섰다.

종횡가는 유가와 법가로부터 저주에 가까운 비난을 받았다. 송대의 유학자 송렴宋濂은 "《귀곡자》의 내용은 모두 소인들이 사용하는 뱀과 쥐새끼의 지혜에 지나지 않는다. 이를 집안에서 쓰면 집안이 망하고, 나라에서 쓰면 나라가 망하고, 천하에서 쓰면 천하가 망한다. 사대부들은 의당 침을 뱉듯이 이를 내던지며 좇지 말아야 할 것이다."라고 저주를 퍼부었다.

법가의 한비자는 "군주가 유세객의 말주변에 넘어가서는 안 된다. 신하들은 제후국의 여러 유세객을 불러들이고 군주 앞에 내세워 교묘한 언변과 헛된 말로 군주의 마음을 허문다."라고 비판했다.

이에 대해 종횡가는 "세상에는 영원히 귀한 것도 고정불변의 법칙도 없다. 성인이 일을 하면서 항구적인 지지를 보내거나 고정불변의 반대를 하지 않는 이유다. 언제나 해당 계책이 현실에 부합하는지 여부를 살펴야 한다."라고 반박했다.

나의 잘못이 없을 때 누가 나를 비난한다면 즉시 적극적으로 반론을 펴야 한다. 이래야 깨지든지 뭉치든지 둘 중의 하나라도 건질 수가 있다. 한편 나는 내가 분명히 잘못했는데도 상대가 아무 말도 하지 않으면 불안해진다. 상대가 나의 잘못을 명확히 지적해주고 내가 거기에 동의하면서 내 잘못을 인정하게 되면 마음이 평화로워진다.

대부분의 사람은 잘못을 지적하면 서운해 하거나 노여워한다. 이것은 지나친 이기적 발상이다. 잘못해 놓고 자기 잘못에 대해 인정, 사과하기는커녕 상대에게 "괜찮아 그럴 수도 있지." 말을 기대하며 위로까지 받으려는 사람들을 나는 이해하지 못한다. 마오, 카스트로, 호치민, 김일성 등 혁명은 언제나 노선투쟁에서 승리한 자의 몫이었다. 노선투쟁이 없는 진보는 진보가 아니다.

디오게네스와 양주, 영원한 비주류

뜻밖에 좋은 책들을 무더기로 만났다. 성균관대 동양철학과 신정근 교수의 동양학 관련 저작들이다. 그의 책들은 역사를 현대적 관점으로 해석하는 데 남다른 안목과 참신성을 가지고 있다.

중국 제자백가 사상이나 그리스 철학은 대충 비슷한 시기의 산물로 고대 인류 최고 수준의 사색이 반영된 것이다. 그래서 나는 나머지 글에서는 중국 제자백가와 그리스 철학을 연결시켜 논의하려 한다. 물론 중국철학과 그리스 철학은 많이 다르다. 하지만 우주론이나 인성론 그리고 치국론 등에서 의외로 많은 공통점이 발견된다.

예컨대 고대 그리스 철학에서 엠페도클레스와 소크라테스의 '영육 분리설'은 불교의 윤회설과 거의 같다. 파르메니데스와 플라톤의 '이데아' 논리는 맹자의 '상도론'과 흡사하며, 헤라클레이토스의 '생성론'은 노자의 '불상도' 논리와 비슷하다. 아리스토텔레스의 '중용middle of the road'과 동양고전《중용》에서 말하는 '중용中庸'도 흥미로운 비교 대상이 될 수 있다.

우리는 기원전 3세기에 활동한 그리스 철학자 디오게네스Diogenes Laertios는 알지만 양주楊朱, BC 440?~360?에 대해서는 거의 모른다. 양주는 중국 전국시대의 학자로서 '위아설爲我說', 즉 이기적인 쾌락설을 주장했다. 그의 삶은 명확하지 않고《장자》,《열자》등에 그 편린이 남아 있다. 그러나 맹자가 "양주 · 묵적墨翟의 말이 천하에 충만하였다."고 지적한 것으로 미루어, 당시 양주학파는 대단히 융성했던 것으로 보인다.

그러나 아무리 의미 있는 철학사상일지라도 국가 공동체의 권력이나 기득권에 방해되는 것들은 후대까지 계승되지 않는다. 사실 민본혁명론을 주장한 맹자만 하더라도 춘추전국시대는 물론 한, 당대까지도 찬밥 신세를 면치 못했다. 맹자가 부각된 것은 송대 이후의 일이었다.

디오게네스와 양주는 국가권력을 전혀 인정하지 않았다는 점에서 공통점을 갖는다. 양주가 그렇듯이 디오게네스에 관련된 기록도 거의 남아 있지 않다. 우리는 '노숙자 디오게네스'와 '황제 알렉산드로스'의 일화를 알고 있다.

"내가 당신을 위해 무엇을 해 주기를 바라는가?"

"아, 몸을 좀 비켜 폐하의 그림자를 치워 주시기 바랍니다. 제가 원하는 것은 햇빛뿐입니다."

이 말을 들은 황제는 호탕하게 웃으며 말했다.

"내가 알렉산드로스가 아니라면 디오게네스 같은 사람이 되고 싶구나."

하지만 그냥 넘어갈 디오게네스가 아니었다.

"제가 디오게네스가 아니라면 폐하가 아닌 그 어떤 사람이 되어도 좋겠습니다."

이처럼 디오게네스는 그 어떤 권위도 인정하지 않고 세상에 대해 조롱과 독설을 서슴지 않았다. 이것은 장자와 비슷하다고 할 수 있다. 그러나 본질적인 점에서는 장자보다 양주와 더 닮은 것 같다. 디오게네스와 양주의 공통점은 일면 개인주의적이지만 '개체 중심적인 세계관'이라는 말로 요약할 수가 있다.

拔一毛而利天下 不爲(발일모이리천하 불위)

몸의 털 한 올을 뽑아서 세상을 이롭게 할 수 있다고 하더라도 나는 그렇게 하지 않겠다.

—《맹자》, 〈진심장〉 편

이는 양주가 남긴 말 중에서 가장 유명한 것이다. 맹자는 양주의 핵심 사상인 위아爲我, 즉 나를 가장 우선시해야 한다는 주장이 결국 사람과 짐승의 경계를 허물게 될 것으로 보아 혹독하게 비판했다. 맹자는 양주를 극단적인 이기주의자 또는 허용될 수 없는 혹세무민의 사설邪說로 보았던 것이다.

우리가 보기에도 양주의 입장은 지나친 점이 있어 보인다. 몸에서 털 한 올을 뽑는다고 해서 뭐가 그리 손해 보는 일이라고? 그런데 나라를 위해서 그것조차 하지 않겠다고 하니 너무한다고 생각될 수 있다. 특히 털 한 올과 나라의 비중을 고려하면 양주는 전혀 합리적인 사람이 아닌 것으로 보인다.

하지만 털 한 올을 글자 그대로가 아니라 나의 건강을 유지하고 나의 의지에 반해서 누구에 의해서도 훼손될 수 없는 '생명체의 상징'이라고 생각해보자. 일모一毛도 개인의 생명을 이루는 중요한 부분이므로 천하의 가치에 결코 뒤지지 않는다.

생명의 관점에서 보면 일모는 천하와 대등하거나 더 소중할 수도 있다. 부국강병을 내세우는 국가주의자의 입장에서 보면 '나'는 희생해서라도 나라에 이바지해야 한다. 하지만 국가의 요구를 충실히 이행했지만 제대로 보답을 받지 못하는데도 계속해서 개인의 희생만 요구한다면,

"내가 왜 나라를 위해서 희생해야 하는가?"

라고 되물을 수가 있다. 양주는 바로 이러한 시대, 다수를 형성하는 개인들의 여망을 담아서 '위아'를 주장했던 것이다.

한비자는 양주의 사상을 물질의 가치를 가볍게 보고 생명의 가치를 높게 봐야 한다는 뜻의 '경물중생輕物重生'으로 규정했다. 이러한 한비자의 평가는 맹자의 비판에 비해서 단연 객관적이라고 할 수 있다.

생명은 부분으로 나눌 수도 없고 어떤 외적 가치에 의해서 양도될 수도 없는 절대적 가치를 갖는다. 바로 이런 인식을 했을 때 우리는 비로소 어떠한 외부의 요구로부터 우리의 심신을 온전히 지키려는 '인권'을 자각하게 되는 것이다.

이런 자각이 있어야 우리는 나의 심신을 스스로 통제하는 자유를 가지면서 내 생명의 주체가 될 수 있다. 국가보다 자기 생명을 중시한 양주의 글은 거의 소실되었지만, 사회와 국가의 힘에 굴하지 않고 생명의 온전한 가치를 내세웠다는 점에서 그는 '대단히 독창적이고 인상적인 제자백가'였다는 평가를 내릴 수가 있겠다.

진의 통일, 40만 군사를 생매장한 장평전쟁

우리가 알고 있듯이 진나라는 전국시대를 마감하면서 중국에서 최초로 천하통일을 이룬 국가이다. 물론 이런 위업을 달성하기까지에는 무수한 고비를 넘겨야 했다. 그리고 이런 고비 중에는 형세를 결정짓는 대회전이 있는 법이다. 진나라와 조趙나라 사이에 벌어진 장평전쟁長平, BC 262~260이 바로 그것이었다.

장평전쟁은 진나라가 인접국 한韓나라의 중간지대를 공격하면서 시작되었다. 이 공략으로 한나라는 영토가 남과 북으로 동강 나버렸다. 특히 북부 17개 현이 있는 상당上黨지역은 도성과 분리되면서 자구책 마련이 시급해졌다. 지리상 더 이상 본국의 지원을 받을 수 없게 되었으므로 상당 군대는 진나라에 투항하든지 아니면 이웃의 조나라에 합류하는 수밖에 없었다.

상당 태수 풍정馮亭은 조나라에 합류하기로 결정했다. 이렇게 되자 진나라로서는 손 안에 들어온 상당 땅을 조나라에게 빼앗기게 되는 국면이 되었다. 진나라는 이에 조나라를 공격했고, 그리하여 두 나라는 장평에서 맞붙게 되었다.

조나라 염파廉頗 장군은 진나라의 파상공격에 응하지 않으면서 끈질기게 지구전을 펼쳤다. 이에 따라 본국에서 멀리까지 출전한 진나라 군은 시간이 갈수록 불리해질 수밖에 없었다. 이에 진나라는 염파 장군을 제거하기 위한 모계를 짰다. 조나라에 스파이를 보내 이상한 소문을 퍼뜨린 것이었다.

'염파는 진나라와 내통해서 수비에만 치중하고 있다. 진나라는 염파보다 진짜로는 조나라의 조괄趙括 장군을 무서워한다.'

가뜩이나 염파 장군의 지구전술에 답답해하던 조나라 효성왕은 전황을 일거에 변화시키기 위해서 사령관을 염파에서 조괄로 교체했다. 진나라 사령탑은 회심의 미소를 지었다. 조나라의 신예 조괄은 전쟁을 조기에 끝내기 위해서 부임하자마자 적극적인 응전을 펼쳤다.

조괄이 지휘하는 조나라 군이 수비에서 공격으로 전환하며 성채를 나오자 조나라 장군 백기는 패주하는 척하며 적을 유인한 뒤 일거에 대병력을 투입하여 조나라 군의 퇴로를 차단해 버렸다. 이로써 조나라 군은 본국과 차단되고 진나라 군에게 포위되었다.

조괄은 전략의 실패를 깨닫고 그 자리에 보루를 쌓은 후 본국의 구원병을 기다리기로 했다. 백기는 급히 현지에서 징병하여 군사 수를 늘리고 조나라 군에 대한 포위를 더욱 견고히 했다. 그러자 보급이 차단된 조괄은 더 이상 버틸 수가 없었다. 조괄은 결사 항전했지만 46일 만에 패배하고 말았다. 백기는 승리를 거둔 후 40만 명이 넘는 포로를 구덩이에 생매장해 버렸다. 사마천의 《사기》에는 '후환을 없애기 위해서였다'고 기록되어 있다.

최근 이 생매장지가 발굴되었는데, 아직도 수많은 유골들이 뒤엉켜 있어서 당시의 참상을 알려 주고 있다고 한다. 아무튼 장평전쟁으로 조나라는 더 이상 회복할 수 없는 치명적인 패배를 당했고 반면에 진나라는 천하통일의 일대 전기를 마련할 수 있게 되었다.

그런데 이 장평전쟁 직후 아주 흥미로운 외교전이 벌어진다. 낭중지추囊中之錐의 주인공 모수毛遂와 관련된 이야기이다. 모수의 이야기는 다음 글로 넘긴다.

모수(毛遂), 낭중지추를 실현하다

장평전쟁의 여파로 조나라는 위기에 봉착했다. 진나라는 BC 257년 아예 조나라의 수도 한단邯鄲으로 쳐들어갔다. 조나라는 이미 자력만으로 진나라의 공격을 당해낼 수가 없었다. 조나라의 평원군은 초楚나라로 가서 구원병을 요청하고 서로 연합해서 진나라에 대항하는 동맹을 맺고 오라는 사명을 부여 받았다.

조나라의 운명은 이제 평원군이 초나라를 설득하느냐 마느냐에 달려 있게 되었다. 평원군은 뛰어난 인재로 외교 진용을 구성하려고 했다. 그는 자신의 빈객(문하의 식객)에서 20명을 채우기로 했는데, 19명을 찾았지만 마지막 한 명을 찾지 못했다. 바로 이때 모수毛遂가 평원군 앞으로 나와 자신을 추천했다.

"초나라와 동맹을 맺으러 길을 떠나는데 사람이 하나 모자라다고 들었습니다. 저를 일행에 넣어 주시기 바랍니다."

"선생은 저의 문하에 머문 지 몇 년이 됩니까?"

"올해로 3년입니다."

"뛰어난 선비는 낭중지추囊中之錐, 즉 주머니 속에 든 송곳과 같아서 뾰족이 밖으로 드러나기 마련입니다. 나는 3년 동안 선생을 칭찬하는 이야기를 듣지 못했습니다."

"저는 아직 주머니에 들어가지를 못했습니다. 오늘에야 처음 공의 주머니에 넣어 달라고 청하는 것입니다."

평원군은 속는 셈치고 모수를 일행에 포함시켜 초나라로 떠났다. 모수는 큰소리를 쳤다가 무능한 인물로 밝혀지면 큰 고초를 치를 수 있다는 것을 알고 있었다. 그럼에도 모수가 과감하게 나설 수 있었던 이유는 무엇일까? 일단 모수는 능력은 있는데 세상이 나를 알아주지 않는다고 서운해 하거나 불평만 늘어놓는 유형의 사람이 아니었다.

한편 평원군은 모수가 포함된 외교진과 함께 초나라에 도착했다. 협상은 지지부진했다. 초나라는 조나라와 동맹하면 진나라의 공격을 불러들일 것을 염려했다. 한편 조나라 외교진은 동맹으로 생기는 이점을 과장하여 말했다. 시간이 흐를수록 평원군의 속은 타들어갔다.

평원군과 외교진은 머리를 맞대고 초나라를 설득할 수 있는 논리를 궁구했다. 초나라는 또 다른 논리를 들고 나와서 동맹의 난점을 말했다. 시간이 흘러 협상이 성과 없이 거의 지지부진해졌을 무렵, 난데없이 모수가 칼을 빼들고 단상으로 올라서며 고함을 질렀다.

"합종合從이 이로운지 불리한지만 말하면 된다."

초왕이 당황하며 물었다.

"저 사람은 누구입니까?"

"저의 가신입니다."

"당장 내려가지 못할까. 내가 너의 주인과 이야기하는데, 도대체 무슨 짓을 하는 건가?"

"지금 대왕께서 큰소리치는 건 초나라의 군사를 믿기 때문입니다. 하지만 지금 열 걸음 안에서 왕은 그들을 믿을 수 없습니다. 왕의 목숨은 제 손에 달려 있습니다. 이미 진나라는 초나라 땅까지 진공했습니다. 진나라에게 수치를 당한 것은 조나라뿐 아니라 초나라도 마찬가지입니다. 대왕은 부끄러운 줄을 모르십니다. 합종은 초나라를 위한 것이지 조나라를 위한 것이 아닙니다."

초왕은 생명의 위협을 느꼈다.

"… 과연 그렇군. 선생의 말대로 사직을 받들어 합종하겠소."

이렇게 하여 평원군은 조나라의 구원병과 함께 한단으로 달려가서 진나라의 포위를 풀었다.

이야기를 되돌리자면, 조나라 외교진은 합종에 적극적이지 않는 초왕을 설득해야 했다. 설득하지 못하면 조나라는 진나라의 공격에 당할 수밖에 없었다. 조나라는 절대적으로 불리한 상황에 놓여 있는 셈이었다. 불리한 처지에 몰리다 보면 적극적이지 못하고 수세적으로 된다. 겨우 대항 논리를 하나 찾아내더라도 상대의 다른 논리에 함몰되어 버린다.

이때 모수는 상황을 하나하나 논리적으로 풀어서는 사태를 해결할 수 없다고 보았다. 모수는 지지부진하던 협상의 흐름을 칼을 꺼내들어 확 끊어 버렸다. 결과 상황이 수세에서 공세로 단숨에 바뀌게 된 것이다. 이로써 모수는 문자 그대로 '낭중지추'의 주인공이 된 것이었다.

마지막으로 모수가 평원군에게 나아가 스스로 자기를 추천할 수 있었던 이유는 무엇일까? 이것은 모수가 자신을 믿었기 때문이었다. 그는 자신을 믿어야 자신을 설득할 수 있으며, 자신을 설득할 수 있어야 남도 설득할 수 있다는 것을 알고 있었다.

사마천, 《사기》는 왜 불후의 명작인가

《역사》의 저자 헤로도토스는 과거의 사건을 운문으로 극화하지 않고 사실로 기술했기 때문에 서양에서 '역사의 아버지'로 불린다. 그런데 중국의《서경》과《춘추》는 헤로도토스의《역사》보다 더 일찍 나왔다.《서경》은 요堯 · 순舜 임금의 역사를 기술했고,《춘추》는 주周나라 산하 실력 있는 제후들이 패자覇者로 활약한 역사를 기술했다.

이 밖에 개인 저작 사서로 사마천司馬遷, BC 145?~86의《사기》와 반고班固, 32~92의《한서》가 있다. 사마천은 고대의 제왕帝王에서 시작해서 한제국 초기까지 통사(通史)를 썼다. 반면 반고는 한의 건국에서 시작하여 전한의 멸망까지를 다루었다. 반고는 선배 사마천의《사기》를 추켜세웠다.

반고는 위대한 선배 사마천의 전기를 쓰기도 했다. 그러나 반고는 전기의 끝에 선배의 삶을 부정적으로 총평하는 글을 남겼다. 역사 서술과 관련해서 "황로도가黃老道家, 노자의 무위지치론를 육경六經보다 앞에 두고, 뜻있는 처사보다 간웅姦雄을 내세우고, 권세와 이익을 높이면서 빈천을 부끄럽게 여겼다."라고 평가한 것이다.

또한 반고는 인생과 관련해서 사마천은 "제 몸을 온전히 지키지 못하고 궁형宮刑을 당하고서 가라앉았던 마음과 힘을 돋우어 일으켰다."고 말했다. 반고는 사마천이 전체적으로 세상 돌아가는 이치에 두루 밝았지만 제 한 몸을 건사하는 명철보신明哲保身을 못했기 때문에 글과 삶에서 문제가 생길 수밖에 없었다고 보았다. 이처럼 반고는 선배에 대해 칭찬할 것은 칭찬했지만 반대할 것은 분명하게 반대했다.

사마천은 용문에서 태어났고 6세 때 한제국의 수도 장안으로 이사를 갔다. 그는 10세부터 고대 전적을 배웠다. 아버지 사마담司馬談은 천문 관측天官과 문서관리 직을 맡고 있었다. 사마천은 가문의 직업에 다소 수치심을 가진 것으로 보인다.

문서, 역사, 별자리, 역법을 맡으니 점술과 제관의 신분에 가까워서 본래 황제가 데리고 놀면서 광대처럼 대우받으니 세상 사람들이 깔보았다.

—《한서》

사마천은 20세에 이른바 '성장 여행' 비슷한 것을 떠난다. 청년 사마천은 장안에서 출발하여 한수(漢水)를 통과하여 남쪽 장강 유역에 이르렀다. 장강에서 배를 타고 안후이성의 회수淮水 유역으로 이동했다.

도중에 그는 저장성의 회계산會稽山에 올라서 성인 우禹의 무덤을 찾았고 후난성의 구의산九疑山에 올라서 순舜의 사적을 조사했다. 또 사마천은 모함으로 제 뜻을 펼치지 못하고 죽은 초나라의 굴원屈原이 거닐던 곳에 들렀다. 그 뒤 공자의 고향 곡부曲阜에 가서 공자의 자취와 지역 유풍遺風을 살폈다.

"내가 죽거든 너는 반드시 태사가 되어 내가 하고자 했던 논저를 잊지 마라."

아버지 사마담의 유언은 사마천의 인생을 송두리째 바꿔 놓았다. 그는 아버지의 유언을 따라 역사 집필에 착수했다. 하지만 뜻밖의 불운이 찾아들었다. 사마천은 역적 누명을 쓰게 된 친구 이릉을 변호하다가 궁형에 처해졌던 것이다. 사마천이 생각하기에 자기는 사실을 사실대로 말했을 따름인데 부당하게 가혹한 형벌을 받은 것이었다.

"이 때문에 창자가 하루에도 아홉 번이나 뒤틀렸다. 집에 있으면 멍하니 정신이 나간 듯하고 밖에 나가면 어디로 가야 할지 갈피를 잡지 못했다."

그러나 사마천은 정신을 가다듬었다.

"사람은 원래 누구나 한 번 죽기 마련이다. 그 죽음은 태산보다 무겁기도 하고 털보다 가볍기도 하다. 어떻게 쓰느냐에 따라 달라지기 때문이다."

사마천은 치욕스럽지만 살아야겠다는 마음을 굳게 먹었다. 사마천은 쓰다가 만 미완의 역사 집필을 끝내겠다고 발분했다. 《사기》는 '발분지서發憤之書'라고 불리며 한때 저평가를 받았다. 주관적이고 감정적인 문체가 엄정하고 객관적인 역사 서술을 중시하는 사람들의 동의를 받지 못했기 때문이다.

하지만 그것은 오해였다. 사마천은 자신의 발분을 오히려 부정의에 대한 과감한 비판, 약자에 대한 따뜻한 시선, 시대를 만든 무명의 인물에 대한 애정으로 전환시켰다는 것을 그들은 뒤늦게야 알게 되었다.

사마천은 황후이지만 사실상 황제였던 여태후呂太后를 황제의 본기에 올리면서도 그가 질투에 눈이 멀어 척(戚)부인에게 가했던 광적 행위를 적나라하게 표현했다. 진승陳勝은 품팔이꾼이었지만 진제국의 붕괴를 촉진하는 반란을 일으켜서 잠깐 왕이 되었으므로 그를 제후의 반열에 올렸다.

사마천은 유협游俠, 혹리酷吏, 화식貨殖 열전에서 오늘날 사업가에 해당하는 인물마저 역사의 무대에 부상시켰다. 그는 도덕적 업적을 중시하지 않은 것은 아니지만, 동시에 벌거벗은 인간의 모습을 《사기》에 가감 없이 그려 놓았다.

도전하지 못할 권위는 없다

2005년《공자가 죽어야 나라가 산다》라는 책이 발간되어 적잖이 팔린 일이 있다. 책을 들여다보니 일단 저자는 공자와 유학을 너무나 모르고 있었다. 한마디로 말해서 함량미달인 책이었다. 스스로 갑골학 박사(참고로 이런 명칭의 학위는 없다.)라는 저자는 서구예찬론자인 데다가 숭미주의자에 근접하는 세계관을 보였다.

이 책에 반발하여《공자가 살아야 나라가 산다》는 책도 발간된 것으로 안다. 읽어 보지는 않았지만 제목만으로 볼 때 공자를 엄청 긍정적으로 말한 책이 아닐까 한다. 부당한 근거를 가지고 남을 비판하는 것은 근거 없이 비판하는 것보다 더 나쁘다. 근거를 대지 않는 것은 태만이거나 무지일 수 있지만 거짓 근거를 대며 남을 비판하는 것은 모해나 모략이기 때문이다.

그렇다고 해서 내가 공자를 긍정적으로만 말하는 견해에 찬성하는 것은 아니다. 세상의 어느 누구도 결함이 없는 사람은 없으며 공자라고 해서 예외가 아니기 때문이다. 그러므로 나는 공자를 전인적인 성인으로 보는 견해에 반대한다. 결함 없는 천재는 없다. 다만 나는 결함 없는 범용보다는 결함 있는 천재를 더 좋아한다.

공자는 사후에 정치권력의 필요성에 따라 실제 이상으로 칭송되면서 인류의 스승으로 제사받기에 이르렀다. 한나라는 개국 이후 제국의 정통성을 내세우기 위해 공자의 권위를 이용했다. 한고조 유방은 오늘날 곡성 지역에 위치한 공자 사당을 방문하기도 했고, 한나라 황실은 공자의 후손을 제후로 분봉하기도 했다. 공자는 비록 생전에 자기 이상을 실현하지 못하고 죽었지만 사후에 자기가 가장 존경했던 주공 이상의 성인聖人으로 추앙되었다.

"말 위에서 천하를 제패할 수는 있지만, 말 위에서 천하를 다스릴 수는 없다."는 말이 있다. 불세출의 혁명가 마오쩌둥은 공자의 미덕을 잘 알면서도 천하를 장악하기 위해 공자와 유학을 폄하했다. 그러나 오늘날 공자는 중국에서 다시 웅장하게 부활되고 있다. 중국인들은 자기들의 체제를 스스로 유학사회주의라고 일컫기도 한다. 작년 여름 천안문 광장에 들렀는데 도덕을 강조하는 초대형 간판이 마오쩌둥의 초상화 옆에 세워져 있는 것을 보았다.

> 이러한 분위기의 중국에서 공자를 공공연하게 비판하기가 쉽지 않았다. 이를 위해서는 강고한 현실 권력과 맞설 수 있는 용기와 대안 지식을 가져야 했다. 하지만 한 제국 내내 그러한 도전의 목소리는 들리지 않았다. 이렇게 '공자 따라하기'의 열풍이 지속되면서 기괴한 상황이 일어났다. 공자의 사상을 입으로만 떠드는 사람은 공자 열풍의 수혜자가 된 반면 공자의 사상을 가슴으로 아는 사람은 오히려 세계의 변방으로 몰리게 되었다.[1]

후한 말 왕충王充은 실로 대담한 책《논형》을 세상에 내놓았다. 논형은 '논하여 저울질한다'는 뜻이다. 왕충은 자기가 하고 싶은 말을 주저 없이 그대로 던진다.

> 세상의 유학자들은 스승을 믿고 옛것을 옳게 여기길 좋아한다. 성현이 한 말은 모두 잘못이 없다고 생각해서 오로지 배우고 익히려고 할 뿐 따지고 물을 줄 모른다. 성현이 붓을 움직여서 글을 지을 때 마음

1 신정근,《동양철학 인생과 맞짱 뜨다》(21세기북스, 2014)을 참조하여 재인용했다.

> 씀씀이가 아무리 세세해도 아직 모두 사실과 들어맞는다고 할 수 없다. 하물며 급하게 쏟아낸 말이 어찌 모두 옳다고 하겠는가? 모두 옳지 않은데도 당시 사람들은 따질 줄 몰랐다. 옳다고 하더라도 뜻이 분명하지 않는데도 당시 사람들은 물을 줄 몰랐다. 생각해보면 성현의 말에는 위아래가 서로 어긋난 곳이 많고, 문장도 앞뒤가 서로 모순되는 곳이 많은데도 세상의 학자들은 그걸 모른다. —《논형》

왕충은 실제로《논어》등 고전 텍스트의 결함과 모순을 구체적으로 밝히면서 맹목적인 추종과 앵무새 식의 암기를 일삼은 '침묵'의 학습을 끝장내라고 요구했다.

"배우고 묻는 길은 재능에 있지 않다. 어려움은 스승과 거리를 두고서 도의를 사실대로 밝히고 시비를 논증하는 데에 있다. 묻고 따지는 길은 반드시 성인과 마주하거나 살았을 적에만 요구되는 것은 아니다. 만약 밝게 이해되지 않는 물음이 있으면 공자에게 따져 묻는다고 하더라도 어찌 도의를 다치게 하겠는가? 진실로 성현의 학업을 전할 지혜가 있다면 공자의 말을 비판하더라도 어찌 이치에 거슬리겠는가?"

왕충은 일찍이 공자가 지녔던 바로 그 자유로운 정신과 영혼을 가지고 공자의 진실한 세계에 이르고자 했던 것이다. 우리는 잘 모르면 마땅히 물어서 밝히고, 제대로 이해되지 않으면 끝까지 따져서 파헤쳐야 한다.

결 어

오래 전에 나는《논술의 수사학》이라는 책을 낸 적이 있다. 여기서 수사학은 레토릭rhetoric을 의미한다. 레토릭이란 '글을 그럴듯하게 만드는 모든 것'을 뜻하지만 아무래도 기교적 측면이 강한 용어이다. 이것은 독자로 하여금 '글에 대해 공감하게 만드는 온갖 장치'라고도 할 수 있다.

연주를 잘하는 음악가가 있다고 치자. 나를 공감케 하는 그 연주로만 보면, 그는 비범한 정신력을 가졌음에 틀림없다. 그러나 직접 만나 보면 실망하게 될 때가 있다. 음악보다는 덜 하겠지만 문학에도 그런 사람이 적지 않다. 아무튼 이럴 경우 음악이건 문학이건 그것은 예술이 아니라 한낱 기량일 따름이다.

반면에 정신은 비범한데 작품은 보잘 것 없는 경우도 비슷하게 있다. 어느 경우이든지 간에 그것은 불운이다. 내가 이 책을 쓰는데 처음 유의한 것은 바로 이 점이다. 가급적이면 기량을 강조하고 싶지가 않았다.

그런데 현실이 요구하는 것은 조금 달랐다. 대부분의 사람은 정신에 비해 기량이 부족하다. 아니 글쓰기에 필수적인 기량 공부가 전혀 되지 않았다고 해도 틀린 말이 아니다. 그래서 이 책에서는 우선 글을 만드는 데 화급히 필요한 것들에 역점을 두어 논의했다. 이것 때문에 나는 책을 내면서도 개운하지가 않다.

나는 하루 약 10시간 정도를 들여서 평균 35매씩 소설쓰기를 강행한 적이 있다. 하루 35매면 단순 계산으로 잡아 40일에 1200장짜리 장편소설이 하나 만들어진다. 그런데 집필 개시 이전에 구상과 자료 읽기에 들어가는 시간이 있다. 대체로 이것에는 최소 한 달 이상이 필요하다. 보통 소설 하나 당 책 20~30권, 그리고 이보다 많은 논문과 기록물 등의 자료를 먼저 읽어야 한다.

구상은 자료 읽기와 밀접한 관련이 있다. 나는 자료 읽기에 앞서 미리 '큰 구상'을 한다. 그러고는 큰 구상에 따라 자료를 선정, 취합한다. 어떤 자료를 읽을 것인지 선택하는 일은 아주 중요하다. 나는 취합된 자료를 읽으며 내 구상에 부합하거나 유다른 의미가 있거나 독자에게 매혹적인 흥미를 일으킬 수 있는 내용이 있으면 밑줄 · 별표 등의 표시를 하고 그것이 어디에 있는지를 목차 형식으로 만들어 놓는다.

이 작업이 끝나면 기왕 표시된 자료만을 다시 읽는다. 이 과정에서 처음의 큰 구상은 상당 부분 달라진다. 구상과 자료 읽기를 모두 마치면, 나는 아무것도 읽거나 보지 않으며 철저히 빈둥거리기만 한다. 이 '빈둥거림'의 시간은 며칠에서 한 달까지 가기도 하는데 의외로 의미 있는 시간이다. 이것은 집필에 앞서 에너지를 비축하기도 할 뿐더러, 나를 한없이 무료하게 만들어서 결국 무슨 일이든지 하고 싶은 충동이 일도록 만들기 때문이다. 그러나 이 시간에도 세부적인 인물과 지엽적인 사건들의 연상을 피할 수는 없다. 하지만 나는 이런 것조차 하지 않으려고 최대한 노력한다.

'나를 무자비하게 공동화空洞化시키자.' 이것이 이 시간 나의 슬로건이다.

그렇긴 하지만 간헐적으로 꼬리를 물며 연상되는 작은 생각들을 모두 물리칠 수는 없다. 결국 작은 구상은 이때 완성되는 셈이다. 구상을 치밀하게 해 놓으면 집필에 힘이 덜 드는 대신 분방한 상상력에 제한을 받을 수도 있다. 이런 점에서 구상에는 '과유불급'이 요구된다.

집필이 본격 개시되고 나서 약 40~60일이면 1200장 장편이 하나 만들어진다. 이로부터 퇴고에 최소 열흘이 소요된다. 물론 집필의 과정에도 매일 퇴고가 있다. 퇴고는 1차로 모니터에서 한 후, 2차로 인쇄하여 다시 읽으면서 하고, 3차로 소리 내어 읽으면서 한다.

이때 잘 읽히지 않는 문장이 있으면 거의 고친다. 글을 쓴 사람에게도 잘 읽히지 않는 문장이 남에게 잘 읽힐 턱이 없다. 최종 퇴고는 집필 완료 후 두 차례 정도 더 읽으며 한다. 이렇게 해서 장편소설 하나가 만들어진다.

결국 장편소설 하나를 완성한다는 것은 반년 정도의 기간 내 삶의 전부를 투여해야 이룰 수 있는 일이다. 이 시간에는 아주 여러 가지 것들이 무시로 나에게 찾아들어 나와 함께 한다. 그들의 목록에는 인고 · 저돌 · 치밀 · 긴장 · 합리 · 피로 · 실망 · 타협 · 회의 · 자위 · 자조 · 자신 · 성찰 등이 모두 들어있다.

그러나 이 기간에 가장 견디기 힘든 것은, 이렇게 해서라도 '작품이 된다'는 보장이 없는 데서 오는 막막함이다. 이런 무서운 것을 물리치려면, 비록 타협적인 방법이긴 하지만 '나에 대한 관용' 밖에는 없다. 물론 이 기간에 건강 악화를 경고하는 신체적 징후들도 불청객처럼 찾아든다.

이렇게 살아오는 동안 어느새 나는 내가 낸 책이 몇 권인지 정확히 헤아리지 못할 만큼의 글을 썼다. 아마 소설과 비소설이 반반쯤 될 것이다. 당연히 이 책은 비소설이다. 공저 두 권을 포함하여 열댓 권은 넘을 것 같은데 굳이 세어보고 싶지 않은 이유는 뭘까? 내가 쓴 열댓 권의 책이 내 마음에 들지 않기 때문이다.

글쓰기라는 것이 이렇다. 아무리 써대도 만족이 없고 욕망이 식지 않는다. 나이와 함께 다른 욕망은 감퇴해 버렸는데 글쓰기만은 아직 예외에 있다. 그런데 생각해 보니 나는 글쓰기만큼, 기실 글쓰기를 가르치는 데에도 시간을 쓰며 살았다. 내 필생 작업의 반을 정리했다는 것, 그리고 이것을 보다 많은 이들과 공유할 수 있는 기회를 마련했다는 것으로 위안을 삼는다.

2016년 3월